パリ・レヴュー・インタヴュー

I

作家はどうやって小説を書くのか、
じっくり聞いてみよう！

THE PARIS REVIEW INTERVIEWS

パリ・レヴュー・インタヴュー

I

作家はどうやって小説を書くのか、じっくり聞いてみよう!

青山 南◉編訳

岩波書店

THE PARIS REVIEW INTERVIEW ANTHOLOGY
Volume 1

This Japanese collection published 2015
by Iwanami Shoten, Publishers
by arrangement with The Paris Review
c/o Wylie Agency(UK)Ltd, London
through The Sakai Agency, Inc., Tokyo.

パリ・レヴュー・インタヴューⅠ

作家はどうやって小説を書くのか、じっくり聞いてみよう！

目次

イサク・ディネセン　Isak Dinesen　1
「絵描きは目と鼻の先のものなんか求めてない、
後ずさって距離を置いて、目を細めて風景をながめる」

トルーマン・カポーティ　Truman Capote　25
「批評家に反論するようなことをして自分を貶めたりはぜったいするな」

ホルヘ・ルイス・ボルヘス　Jorge Luis Borges　45
「そのうちわかった、ほんとにいい隠喩《メタファー》はつねにおなじである、と」

ジャック・ケルアック　Jack Kerouac　95
「ただの木陰の詩人でいろ」

ジョン・チーヴァー　John Cheever　149
「フィクションは実験なんだよ、そうであることをやめたら、
フィクションはやめたということさ」

ポール・ボウルズ　Paul Bowles　177
「わたしの腕が、わたしの脳が、
わたしという有機体が書いたのだという気はするが、
できあがったものは必ずしも自分のものではないという気がする」

レイモンド・カーヴァー Raymond Carver 211
「ひとつの小説につき二十から三十もの原稿をつくります。十や十二を下回ることはありません」

ジェームズ・ボールドウィン James Baldwin 245
「自分のかたちをつくった直接的な現実を見ないふりをしてると、じき、ものが見えなくなると思う」

トニ・モリスン Toni Morrison 283
「わたしたちは慣れすぎてるんだと思う、反論しない、弱者の武器をつかう女たちに」

アリス・マンロー Alice Munro 327
「大事なのはアイデアだけじゃないし、テクニックやスキルだけでもない。ある種の興奮と信仰がないと、仕事はできません」

イアン・マキューアン Ian McEwan 367
「悪なしで生きるのは、神なしで生きるよりも大変なことだと思う」

訳者解説1

イサク・ディネセン

Isak Dinesen

「絵描きは目と鼻の先のものなんか求めてない、後ずさって距離を置いて、目を細めて風景をながめる」

ある意味、適役だった、数年前に『アフリカの日々』の映画化が計画されたとき、イサク・ディネセンの役をグレタ・ガルボが演じることになったのは……なにしろ、その作家は、その女優同様、北欧の神秘のひとなのだから。[1] イサク・ディネセンは、じつは、デンマーク人のカレン・クリステンツェ・ブリクセン＝フィネッケ男爵夫人で、一九世紀の古典となっている『狩猟家の手紙』の著者ウィルヘルム・ディネセンの娘である。ブリクセン男爵夫人はいくつものちがった名前でいろいろな国で本を出してきた。たいていはイサク・ディネセンだが、タニア・ブリクセンだったりカレン・ブリクセンだったりする。昔からの友人たちはタニーとかタニャとかタニアと呼んでいる。しばらくのあいだ自著とは認めたがらなかった楽しい小説もある。もっとも、読者は簡単に著者のピエール・アンドレゼルは男爵夫人のもうひとつの変名だと推測できたのだが。文芸批評家たちは彼女をめぐるいくつもの伝説で大騒ぎしている。彼女はじつは男だ……かれはじつは女だ……「イサク・ディネセン」はじつは男と女のきょうだいの合作だ……「イサク・ディネセン」

（1）ガルボはスウェーデン生まれ。

は一八七〇年代にアメリカに来た……彼女はじつはパリジェンヌだ……かれはエルシノアに住んでいる……彼女はおもにロンドンで暮らしている……彼女は修道女だ……かれはとても寛大で、若い作家たちに好意的だ……彼女に会うのはむずかしく、世捨て人なのだ……彼女はフランス語で書いている……ちがう、英語でだ……ちがう、デンマーク語でだ……彼女はじつは……という具合に騒ぎはやまなかった。

一九三四年にハース＆スミス社(のちにランダムハウス社に吸収された)が『七つのゴシック物語』という本を出した。一読したハース氏が刊行を決めたのだ。それがベストセラーになった。作家や画家にも好まれて、初めて登場したときから不朽の書のごとく語られるようになった。

現代文学の名著たちからは離れて、籠のなかで歌うムネアカヒワから遠く離れて鳴くムクドリモドキのように、「イサク・ディネセン」はお話の尽きることのない愉楽を読者にもたらす、「それからどうなったの？……そしてそれからは……」と。話し手としての、バラードの作り手としての本能が、華麗で明晰な独自のスタイルと結びついている。それゆえ、ヘミングウェイは、一九五四年にノーベル文学賞をうけたさい、ほんとうならディネセンが受賞すべきだ、と異を唱えた。

——ユージーン・ウォルター　一九五六年

第一幕

一九五六年初夏のローマである。最初の対話がおこなわれたのはナヴォーナ広場にある野外レストラン。その広場は細長い空間で、大昔は、ひとたび洪水になると、海戦を模した試合がよく実施された。夕暮れ時で、空は淡い紫色に染まってきている。そんな空を背にしているからか、ベルニーニの手になるいくつもの像のあいだにそびえたつオベリスクも、ぼんやりとして影が薄く、重みに欠けるように見える。カフェのテーブルにすわっているのはブリクセン男爵夫人と、旅に同行する秘書のクララ・スヴェンセンと、インタヴュアー。男爵夫人はまるで彼女の小

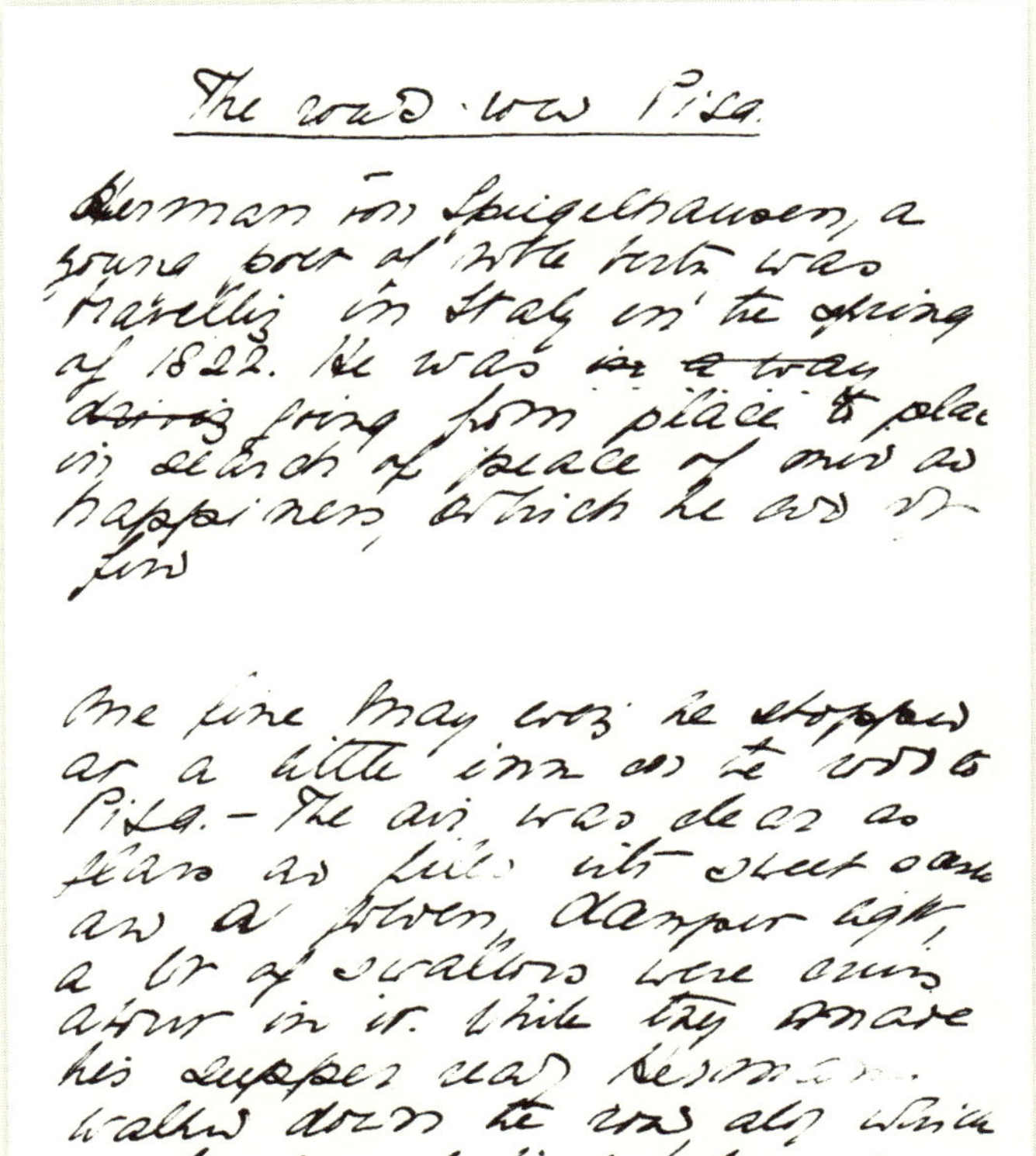

The road to Pisa.

Herman von Spiegelhausen, a young man of noble birth was travelling in Italy in the spring of 1822. He was ~~in a way~~ ~~doing~~ going from place to place in search of peace of mind and happiness, which he could not find

One fine May day he stopped at a little inn on the road to Pisa. — The air was clear and warm and full with sweet scents and a golden, damped light, a lot of swallows were darting about in it. While they prepared his supper Herman walked down the road along which a big row of tall poplars grew,

「ピサへの道」の草稿の原稿

説の登場人物のようだ。痩せてすらりとしていてシックで、服は黒一色、黒の長い手袋をしている。目深にかぶった黒いパリジャン・ハットがとても印象的な目を隠している。下のほうよりも上のほうが明るい色をした目なのだ。顔はほっそりとして気品がある。口と目のまわりではうっすらとした幽霊のような笑みがたえず変化しながらただよう。声は耳に心地よくてソフトだが、その勢いと音色から、大真面目で深刻な意見も、すこぶる軽薄な話もともにこなせるレディーであることが、だれにでもすぐわかる。同行者のミス・スヴェンセンは健康な顔色をした若い女性で、笑みがチャーミングだ。

イサク・ディネセン インタヴューですか？ そうねえ……まあ、わかってるけど……質問を羅列するのはやめてね、取り調べみたいのは勘弁して……ちょっと前にインタヴューを受けたんだけど……ひどかったのよ……

クララ・スヴェンセン そうなんです、記録映画の撮影でいらしたんですが……なんだか教理問答みたいになって……

ディネセン いままでみたいにおしゃべりしましょう。あなたが自由にまとめるんでしょ？

――はい、で、そのあと、そちらで削っていただいたり、新たに書き加えていただきます。

ディネセン そうですか。わたしはもうあまりいろいろしちゃいけないのよ。ここ一年以上ずっと具合が悪くて、老人ホームにいるの。ほんと、死ぬかと思った。死ぬつもりで、つまり、死ぬ準備もしてたし。そうなるだろうと。

スヴェンセン コペンハーゲンのお医者さんがわたしに言ってました、「タニア・ブリクセンはなんでも軽々とこなすが、もっとも軽々とこなしたのはこのふたつの手術を乗りきったことだ」と。

ディネセン 最後のラジオ・トークに出ようとも考えた…… いろんなテーマでいままでずいぶんたくさんラ

ジオでトークをやってたのよ、わたし、デンマークで……ラジオのスピーカーとしては気に入ってもらえてたみたい……そこで、死ぬのがいかに簡単か、おしゃべりしようかと考えた……陰気な話じゃなく、そんなんじゃなくて、なんというか、楽しい話として……死ぬってグレートでラブリーな体験だって。でも、体の具合が悪すぎて、実現しなかった。いまは、とても長いこと老人ホームにいて、体の具合も悪いんで、ほんとうに生きてるってかんじがないのよ。カモメみたいに宙に浮かんでる。この世はハッピーで素晴らしくてどんどん進んでいるのに、でも、わたしはそこには属してはいない、そんなかんじ。ローマに来たのは、この世にもう一回なんとか戻りたいからよ。見て、あの空！

――ローマはよくご存知なんですか？　もうどのくらいここにいらっしゃるんです？

ディネセン　数年。法王に謁見したときから。最初に来たのは一九一二年で、若い娘の頃。親友のいとこのところにいた。彼女、在ローマのデンマーク大使と結婚してたのよ。いっしょに毎日のようにボルゲーゼ公園で馬車に乗ってた。美男美女を乗せた馬車が走ってて、ときどき停まってはおしゃべりなんかしててね。素敵だったわ。いまは、ほら、ああいう車とかバイクが騒音をだして飛びまわってるけど。いまの若いひとは、でも、ああいうのがいいんでしょ。スピードがいちばん最高なんでしょ。でも、自分が馬に乗ってた頃のことを考えると――子どものときはいつもそばに馬がいたのよ――なにかとても貴重なものがいまの若いひとたちからは奪われたという気がする。わたしの時代の子どもの暮らしはぜんぜんちがってたから。おもちゃだって少ししかなかったし、どんなに大きな家でもよ。現代の機械仕掛けの遊び道具の、自分で勝手に動くようなものなんか、ほとんど存在してもいなかった。まったく単純なおもちゃばかりで、こっちが命を吹きこんであげなければいけなかった。マリオネットがわたしの大のお気に入りだったのはそのせいだったと思う。自分でマリオネットの劇をせっせと書こうともしてたしね。もちろん、木馬だってお金で買えたけど、でも、森から拾ってきた節だらけの木の枝のほうが好きだった、こっちの想像力ひとつでアレキサンダー大王の愛馬のブケファロスにもなれば翼のあるペガサスにもなったんだから。いまの子どもたちとはちがってたのよ、いまの子は生まれたときから傍観者でいることに満足してるからね……わたしたちは創造者だったの。いまの若いひとは自然の力と付き合いがない、接することがない。なにもかもが機械で動き、都会的になってしまってる。子どもたちは生きた火も生きた水も、大地も知らずに育っていく。若いひとは過去と決別したがってるし、過去を毛嫌いし、過去に耳を傾けようともしない。ろくに過去も理解できてない。かれらにとっての近い過去はただただ戦争につぐ戦争の長い歴史だから、おもしろくもないんだろうけど。なにかが終わってしまったのかもね、文明かなにかが。

――でも、嫌悪はいずれは愛につながるんではないですか。かれらもぐるりと一巡りして伝統にもどっていくかもしれません。むしろ、無関心のほうがもっと怖いです。

ディネセン　かもしれないね。わたしだって、ええ、かれらが好むものを好きにならなくちゃいけないのかも。いまはジャズが大好きよ。わたしの人生のなかで新しい音楽といったら、それだけ。古いものよりも好きということはないけど、かなり楽しんではいる。

――あなたの作品の多くは前世紀の話ですよね。たとえば『復讐には天使の優しさを』など?

ディネセン　あれね、わたしの私生児! デンマークがドイツに占領されてたときよ、退屈で退屈で気が狂うかと思ってた。楽しいことがしたくて、自分の楽しみが見つけたくて、それとお金もなかったし、コペンハーゲンの付き合いのあった出版社に訪ねてって提案したのよ、小説を書くから前払い金をくれないかってね、口述するから速記者を送ってって。そしたら、そうしましょうってことになって、速記者がやってきて、わたしは口述したの。始めたときはいったいどういう話になっていくのか、自分でもぜんぜんわからなかった。毎日少しずつやったわ、即興で。かわいそうに、速記者もさぞやまごついたでしょう。

スヴェンセン　はい、彼女はビジネスレターの仕事をもっぱらしてましたから、速記したものをタイプで原稿に起こすときも、ときどきビジネス的に数字をつかってましたね、たとえば、「怯えた2少女」とか「かれの1恋人」とか。

ディネセン　あるとき、「それから誰々が部屋に入ってきた」とわたしは始めたの、そしたらね、速記者が大きな声で言うのよ、「いけません、無理です、そのひとは昨日死んだんです、十七章で」。やめときましょう、『復讐には天使の優しさを』はわたしの秘密にしときたい。

――わたしは、その本、大好きでした。評判もすごくよかったように覚えてます。あなたが書いたのだということは多くのひとが知ってたんですか(2)？

ディネセン　何人かは。

――『冬物語』はどうですか？　あれは戦争の最中に出ました――どういうふうにしてアメリカに原稿を持ちこんだんです(3)？

ディネセン　わたしがストックホルムに行ったのよ――そのこと自体も簡単なことではなかったけど――もっとはるかにむずかしかったのは原稿をいっしょにもっていくことだったわね。アメリカ大使館に行き、毎日アメリカに飛行機は飛んでないか、原稿を持ってってもらうことはできないか、と訊いた、そしたら、政治の、ないしは外交の文書しか運べない、と言われたんで、今度はイギリス大使館に行った、すると、イギリスに身元保証人はいるか、と訊かれたんで、いると言うと(内閣にたくさん友人がいたのよ、アンソニー・イーデン(4)とか)、電信で確認してから、運べる、と言われ、そこ経由で原稿はアメリカに渡った。

(2)　ピエール・アンドレゼルという変名で出版した。
(3)　『冬物語』は、ドイツの占領下に英語で書かれ、一九四二年にデンマーク語に翻訳されてデンマークで出版された。オリジナルの英語の原稿は、それからまもなく、ニューヨークで英語で出版されて好評を博した。
(4)　アンソニー・イーデンは伯爵。政治家。一九四二年当時は下院議長。戦後になると、首相。

――がっかりです、アメリカ大使館には。きっと運べたでしょうに。

ディネセン　あら、そんなにつらくあたっちゃだめよ。アメリカの皆さんには、ほんと、恩義をかんじてるんだから。ともかく、わたしの本を出してくれてるアメリカの出版社には原稿といっしょに手紙をつけて、すべてお任せする、連絡をとりあうことはできない、と書いた。そして『冬物語』がどんなふうに受けとめられたかはまったく知らないまま、戦争が終わったんだけど、そしたらとつぜん、世界中のアメリカの兵隊さんから素敵な手紙がどっさり来始めたの。本が「軍隊版」でも出てたのね――兵隊のポケットに入る大きさのかわいいペーパーバックよ。すごく感動した。二部、わたしの手元にも届いたんで、デンマーク国王に一冊さしあげると、喜んでたわ、あの暗い時代に沈黙を強いられた自分の国からこんな声が発信されていたのかって。

――アメリカの皆さんに恩義をかんじてるとおっしゃったのは？

ディネセン　そうよ、わたしをすぐに受け入れてくれたんだから、あのことはこれからもけっして忘れない。一九三一年にアフリカからもどってきたときのことよ、わたしは一九一四年以来ずっとアフリカで暮らしてたんだけど、コーヒー農園が立ちゆかなくなって、結婚したときに持ってた全財産を失った。そこで、弟に二年ほどお金をだしてもらい、その間に『七つのゴシック物語』にとりかかった。弟には、二年したらきっと自立するから、と言ってね。原稿ができあがると、イギリスに行った、で、あるとき、昼食会で出版社をやってるハンティントンに会った。そこでお願いしたのよ、読んでいただきたい原稿があるんですが、見ていただけませんかって。すると、かれは、どういうもの？　と訊いてきたから、短編集です、と言うと、両手を前に突きだしてかれは叫んだわ、無理だ！　と。わたしはしつこくお願いした、見ていただくだけでも、ぜひ、とね。するとかれは言ったのよ、まったく無名の書き手の短編集だろ？　無理だな！　それでわたしはアメリカに送った、そしたら、ロバート・ハースがあっさり引き受けて、出版してくれた。アメリカの皆さんからの受けもよくて、[5] 気に入ってもらえた。以来ずっと支持してくれてる。あら、もうたくさんよ。コーヒーはけっこう。一服させて。

——出版社はどこもバカだ。著者たちのそういった嘆きは昔からお馴染みです。

ディネセン　おもしろいのは、本がアメリカで出ると、ハンティントンがロバート・ハースに手紙をよこして、本をほめたたえ、著者の住所を教えてくれ、と言ってきたことよ。ぜひ、イギリスでも出したい、と。前にかれと会ったときは、わたしの名前はブリクセン男爵夫人だった。いっぽう、ミスター・ハースとはわたしは一度も会ってなかった。ハンティントンはわたしがイサク・ディネセンだとは思いもつかなかったのよ。[6] かれはまもなく本をイギリスで出した。

——愉快な話です。あの小説集の一編みたいで。

ディネセン　外にこうしてすわってるのってとても気持ちいい、でも、ごめんなさい、もう行かなくちゃ。つづきは日曜日にしません？　ヴィラ・ジュリア国立博物館でエトルリア美術の品々も見たいし。そこですこしおしゃべりしましょう。あら、月が素敵！

——素晴らしいですね。タクシーを拾ってきます。

第二幕

雨が降る、あたたかい日曜の正午である。ヴィラ・ジュリアのエトルリア博物館は天候のせいでそんなに混んでい

（5）　大手のブッククラブの選定図書に選ばれた。
（6）　『七つのゴシック物語』はイサク・ディネセンの名で出されていた。

ない。ブリクセン男爵夫人は、今日は、赤みがかった茶色のウールのスーツに円錐形の黄土色の麦わら帽だが、帽子がまたしても印象的な目を隠している。新たに展示されたエトルリアの彫像や陶器やジュエリーのあいだをぶらりぶらりと歩く姿は、エトルリアの美術品同様、ぱたぱたと小走りに通りぬけていく普通の美術館の客を寄せつけない。悠々と、みごとに背筋を伸ばして歩き、細部が気に入ったものがあると、立ち止まり、いつまでも見つめている。

ディネセン　どうすればあんな青がつくれたんだと思う？　ラピスラズリを砕いて粉末にしたのかしら？　見て、あの豚！　北のわたしたちは豚にすごい神話的重要性をあたえてるんだけどね。豚は太陽の子分みたいなものになってる。たぶん、暗く寒い時期に豚の脂肪がわたしたちを暖めてくれるからでしょう。とても賢い動物よ……わたしは動物はみんな好き。デンマークでは大きい犬を飼ってる、アルザス犬、(7) 巨大なの。散歩の相手よ。あの子に先立たれたら、つぎはすごく小さい犬を飼うと思う——パグね。でも、どうなんだろう、パグはいま手に入るのかしら。昔は一時期とても人気があったけど。見て、石棺に彫ってあるライオン。エトルリア人がどうしてライオンを知ってたんだろうね？　アフリカではわたしがいちばん好きな動物だったけど。

——いちばんいいときのアフリカをご存知だったということになるんじゃないですか。行こうということになったのはどうしてです？

ディネセン　若い娘のときは、アフリカへ行こうなんてまったく考えたこともなかったし、アフリカの農園がまさか自分が幸せになれる場所だなんて夢にも思ってなかった。神さまの想像力のほうがわたしたちのよりもはるかに壮大で素敵だということの、これは証しだね。いとこのブロル・ブリクセンと婚約したときよ、わたしたちのおじがアフリカに猛獣狩りに出かけてね、帰ってくると、アフリカを絶賛したの。アメリカの大統領のセオドア・ルーズベルトもその頃はよくそこに狩りに出かけていて、要するに、東アフリカが話題になってた。それで、ブロルとわたしはそこで運試しをしてみようかと決めて、両方の親戚が出資してくれたので農園を買った、ケニヤの高地にあって、ナイロビからそう遠くないところの。そして着いた初日にもう、わたしはその土地に惚れたのよ、すっかり馴染んだ。そこいらじゅう、知らない花や木や動物ばかりなのに。ンゴング丘陵の上空ではたえず雲が変化していて、そんな雲もそれまで見たことなかった。その頃の東アフリカはほんとうに楽園で、アメリカインディアンが「ハッピー・ハンティング・グラウンド」(8)と呼んでたようなところだった。若い頃は射撃に夢中だったけど、アフリカにいた長い間ずっといちばん興味があったのはあらゆるアフリカ人たち、とりわけソマリ族とマサイ族よ。美しくて高貴で、恐れを知らない賢いひとたちだった。コーヒー農園を経営していくのは楽じゃなかったわ。農地は一万エーカーあったし、イナゴとか干魃とか……それに、後の祭りだったけど、わたしたちがいた台地はコーヒーをうまく栽培するには標高が高すぎたの。あそこでの生活は、なんというか、一八世紀のイギリスみたいだったわね、つまり、いつも現金がなくて往生したけど、それでも生活は多くの面で豊かだったから。うっとりするような景色があって、馬や犬がどっさりいて、使用人が大勢いて。

――そこにいるときから本気で書き始めたのですね?

ディネセン　いいえ。書き始めたのは、じつは、アフリカに行く前から。物書きになりたいなんて考えたことは一度もなかったけどね。文芸誌に短編を二つか三つ発表した、デンマークにいるときで、わたしは二十歳だった。評判もよくて、もっと書けと励まされもしたけど、書かなかった――よくわからないけど、

(7) ジャーマン・シェパード犬。
(8) 狩人や勇者が死後に狩りを存分に楽しめる場所。

きっと行き詰まるという怖れを直感的にかんじたんだと思う。それに、もっと若い時にデンマーク王立美術アカデミーですこし絵の勉強をしたこともあったんで、一九一〇年には[9]パリに行った、シモンとメナール[10]のもとで学びたいと思って。でも［クスッと笑う］……でもほとんど勉強しなかったなあ。パリのインパクトがすごく大きくて、あちこちまわって絵をたくさん観るのが、パリを見ることのほうがはるかに大事という気がしたのよ、正直なところ。アフリカでもすこし絵は描いていた、主に原住民のポートレート。でも、描いてるといつもだれかが駆けこんできて、雄牛が死んだとかなんとか言うのよ、だから外へ飛びだしていかなくちゃならなかった。ずいぶんたって、農園を売ってデンマークに戻ったほうがいいかなと思いはじめたあたりからね、書き始めたのは。気持ちを別なほうへ持っていくために、お話を書き始めた。『七つのゴシック物語』のうちの二つはそこで書いた。だけど、ずいぶん早くからお話のしかたは学んでたの。だって、ほら、素晴らしい聴き手がいたから。白人の人たちはお話に耳を傾けるということはもうできなくなっているけどね。いらいらしたり、眠くなったりして。だけど、原住民はまだしっかりと耳を持ってる。わたしはしょっちゅうかれらにお話を聴かせてたのよ、あらゆる種類のを。あらゆる種類のナンセンス物も。たとえば、「むかしむかし、ある男が頭のふたつある象を飼ってました……」とやるでしょ、するともう、かれらはそのつづきが聴きたくてたまらなくなる。えーっ？　でも、奥さん、そいつはそれをどこで見つけてきたんですか？　それにはどうやってエサをやるんですか？　とかいろいろ。そういった作り話がかれらは大好きなのね。わたしが韻を踏んだかたちで話してきかせると、みんな大喜びしてた、かれらは韻というものを知らなかったからね、韻をまだ発見してなかったからね。だから、わたしが「ワカンバ、ナ、クラ、マンバ（ワカンバ族は蛇を食う）」なんて話し始めると、意味的にはかれらは怒っていいはずなんだけど、韻に乗せられてすごくおもしろがっちゃうのよ。ずっと後になってからはよく、奥さん、話の雨を降らせてよ、と言われたわ。それで、わたしの話を気に入ってくれてるんだな、とわかった。だって、雨というのはかれらにはとても貴重なものだったから。あら、ミス・スヴェンセンが来た。あの子、カトリックでね、今日は特別な枢機卿の話を聴きに行ってたの。さて、絵葉書をすこし買いましょうか。あのライオンのがあるといいけど。

スヴェンセン　おはようございます。

ディネセン　クララ、素敵なライオンがいるから観てらっしゃい。そしたら絵葉書を買ってランチにしましょう。

絵葉書は見つかり、タクシーが呼ばれ、傘が開いて、一行はタクシーに乗りこみ、雨降るボルゲーゼ公園を走りぬける。

第三幕

カッシーナ・ヴァラディエはボルゲーゼ公園にあるファッショナブルなレストランで、ポポロ広場の真上にあり、ローマのすてきな景色を一望できる。一行は、水浸しのテラスから雨で灰色にけぶる街をちらりとながめてから、金襴の部屋に入る。ていねいにかさをかぶせられた枝付きの飾り燭台があり、輝く色の絨毯があり、絵が何枚も掛かっている。

（9）　二十五歳の時。
（10）　ルシアン・シモン、エミール・ルネ・メナール。暗い色を多用して憂鬱を描いた「バンド・ノワール」の画家のグループ。

ディネセン　わたしはここにすわる、ぜんぶがよく見えるから。
――気持ちのいいところですね？
ディネセン　ええ、とても気持ちがいいの。思い出したのよ。一九一二年にもここに来てたって。ローマにいるとしょっちゅう、当時に訪ねた場所をすごく鮮明に思い出す。［しばらくして］あら、頭が変になりそう！
――どうかしました？
ディネセン　見て、あの絵、曲がってる！［向かい側にある黒ずんだポートレートを指さす］
――直してきます。［絵のところへ行く］
ディネセン　ちがう、もっと右。
――こうですか？
ディネセン　だいぶよくなった。

ポートレートの下のテーブルにすわっていた謹厳実直そうなふたりの紳士は当惑の表情をみせる。

スヴェンセン　家でもあんなふうなんです。ひとの出入りがすごく多いんで、いつもわたしが絵をまっすぐにしなくてはいけなくなります。
ディネセン　北海に面したところに住んでるのよ、コペンハーゲンとエルシノアの中間。
――シーラーズとアトランティス[11]の中間なんじゃないですか？
ディネセン　シェークスピアの『テンペスト』の島と、どこでもいいけど自分がいまいるところの中間。一服させていただくわね。しばらくはここでかまわない？　わたしって、気に入った舞台にいったん腰を落ち着けてしまうと動くのがいやになっちゃうのよ。いろんなひとからよく、さあ、急いで、とか、早く、とか、あれをしろ、これをしろ、とか言われるんだけど。昔、乗ってた船が喜望峰のあたりにさしかかったときのことよ、アホウドリの群れにでくわした。あのときも、いつまでデッキにいるんだ、さあさあ、中に入れ、ランチの時間だ、と言われた。ランチなんか要らないって、わたしは答えた。ランチなんかいつでも食べられる、でも、アホウドリは二度と見られないかもしれないのよって。すごいのよ、翼をいっぱいに広げたときの大きさときたら！

――お父上について話していただけますか。

ディネセン　フランスの陸軍にいたの、祖父もおなじ。普仏戦争の後は、父はあなたの国のアメリカに行って、そこのど真ん中で、大草原を移動するインディアンたちと生活した。自分で小屋を建て、若い頃幸せに過ごしたデンマークの土地にちなんだ名前をそれにつけた――フリーデンルンド(「幸せの森」)と。皮をとるために動物を狩猟し、皮商人になった。皮はおもにインディアンに売り、その売り上げでプレゼントを買ってはインディアンに贈った。父のまわりには小さなコミュニティができあがっていった。いま、フリーデンルンドはウィスコンシン州の一地域の名前になっていると思う。そしてやがてデンマークに戻ると、本を何冊か書いた。だから、ほら、当然なのよ、その娘であるわたしがアフリカに行って原住民と生活して、やがて故郷に戻ってくるとそのことを本に書くというのも。ちなみに、父は戦争体験についても書いたわ、『コミューン下のパリ』という本で。

――英語で書くというのはどのようなわけで？

(11)　シーラーズはイランの都市で十四世紀イスラム教の文化の中心地。アトランティスはジブラルタル海峡の西にあったとされ、一夜のうちに海中に没したという。美しく豊かな伝説の島。

ディネセン　すごく自然にそうなったわ。イギリスの学校にすこしは行ったけど、それ以前は家で女性の家庭教師たちにいつも教わってた。だから、いろんな常識がわたしには欠けてるのよ、ほかのひとと共通した貨幣になるようなものがね。でも、家庭教師たちはみんな意欲的で、いろんな言語を教えてくれた、ひとりの先生には『湖上の美人』(12)をデンマーク語に翻訳させられた。それから、アフリカでは、じっさい、イギリス人にしか会わなかったし。二十年間、英語とスワヒリ語をしゃべってた。読んでたのもイギリスの詩人やイギリスの小説家のものよ。いまでも昔の作家たちのほうが好きだけど、最近のだとオルダス・ハクスリーの『クローム・イエロー』を初めて読んだときのことは覚えてる、未知の、さわやかなフルーツをかじったってかんじだった。

——お書きになる話はそのほとんどが前世紀を舞台にしてますよね？　現代についてはいっさい書いてません。

ディネセン　書いてるわよ、祖父たちの時代、手の届かないそんな時代もわたしたちの大きな一部なんだと考えればね。気がつかないうちにすごくたくさんのことを受けついでるんだから。それと、わたしが書く登場人物たちはみんなでお話をつくってる。最初は、なんていうか、わたしはお話の風味をかんじるだけ。それから登場人物たちを見つける、すると、かれらがお話を乗っ取るのよ。かれらが構図をつくり、わたしはかれらが自由にふるまうのを許すだけ。いっぽう、現代の生活や現代のフィクションにあるのは雰囲気というようなもの、それと、なによりも内面の動き——登場人物の——それはそれでまた大事なものだけど。人生でも芸術でも、今世紀の人々はすこし疎外感をもってると思う。孤独がいまは全世界的なテーマだから。だけど、わたしはある構図のなかにいる登場人物たちを書いてるのよ、かれらがおたがいにどのように行動するのかを。他人との関係がわたしには大事なことでね、友情がかけがえのないものなの、わたしは素晴らしい友情にずいぶん恵まれていたから。でも、お話のなかの時間はフレキシブルよ。十八世紀で話を始めて、まもなく第一次大戦に飛んだりする。そういう時代はいちおう解決済みで、はっきり目に見えるものになってるからね。それに、じつにたくさんの小説が、発行日と同時代の主題をあつかっているかと思いきや——ディケンズとかフォークナーとかトルストイとかツルゲーネフを考えてみて——ずっと前の時代を、数世代前の時代を舞台にしている。現在というのはいつだって不安定なものよ、それを静かに観察する時間なんてだれも持てない。わたしは文章を書く前は絵を描いてたけど……絵描きは目と鼻の先のものなんか求めてない、後ずさって距離を置いて、目を細めて風景をながめる。

——詩は書いたことはありますか？

ディネセン　若い娘の頃は。

——お好きな果物は？

ディネセン　いちご。

——猿はお好きですか？

ディネセン　ええ。芸術のなかの猿は大好きよ——絵とか小説とか陶器のなかのは——でも、生身のはなんかひどく悲しそうでね。見てると、こっちがナーバスになる。ライオンやガゼルは好きよ……わたしって猿に似てると思う？［しばらく前にだれかが男爵夫人に、『七つのゴシック物語』のなかの「猿」が映画化される時には、猿に変身してしまう修道院長の役はあなたが演じるべきではないか、と言ったのである］

——もちろん。でも、猿にもいろんな種類がいることは承知していただかないと。［ここでインタヴュアーは、男爵夫人を喜ばせるべく、生物学者イワン・サンダーソンの新刊『猿の王国』の一節を読みあげる］「〈猿〉の定義は、しかし、いまだ十分に決まっていない。この一見単純な問題には念入りな検証が必要で、それが済んで初

（12）ウォルター・スコットの叙事詩。一八一〇年の作。

めてわれわれは話を先に進めることができる。というのも、われわれは猿にのみ関心があるわけではないが、その定義の解決なしでは、猿もその一員である生物の巨大な銀河系に挑むことができないからである」

ディネセン　一見単純ないろんな問題の検証なしでは、お話だって先に進めないわよ。それこそ、話にならない。

第四幕

いまいるところはセルモネータの城の中央塔の胸壁の上だ。家々が密集する町の真ん中にそびえる丘の上、ローマからは南へ一時間半ほどのところである。堀にかかった跳ね橋をわたり、がたがた揺れる梯子段を昇ってきた。十四世紀のフレスコ壁画の遺跡を見た。また、塔の砦のなかでは壁に落書きやデッサンを見かけたが、それらは、真新しく見えるものの、ここに幽閉されたナポレオンの兵士たちが残していったものだ。いま、一行は外に出てきて、目の上に手をかざした。眼下に広がるのは緑色と金色のポンティーネ平野、そしてその先にはまぶしい午後の陽光を浴びた海。何マイルも下のほうで小さな人間たちが豆の畑と桃の果樹園で働いているのが見える。

――奇妙に思えるのは、批評家や書評家のほとんどだれからも、アメリカでもイギリスでも、あなたの作品のとてもコミカルな点について指摘がないことです。あなたの物語のコミック精神についてすこしお話ししませんか。

ディネセン　まあ、うれしい、よく言ってくださった！　いつも訊かれるのは、あの話この話のあれやこれやはどういう意味をもってるんですか、ということばかりだから――これはなんの象徴ですか、とか、あれはなにを表しているのですか、とか。いつも往生してるの、こっちの意図は書いてあるとおりだ、と納得してもらおうとして。作品の説明を作品とまた別にしなくちゃいけないなんて最悪よ。わたしがよく狙うのはコミックなものよ。ジョークが大好きだし、ユーモアのあるものが大好きなんだから。名前のイサクも「笑い」という意味なのよ。よく思うけど、わたしたちにいまいちばん必要なのは偉大なユーモア作家ね。

——英語だと、どんなユーモア作家がお好みですか?

ディネセン うーん、たとえばマーク・トウェインね。でも、わたしが尊敬してる作家にはみんなコミック精神の血が流れてる。物語作家はたいていそうよ、少なくとも。

——物語作家ではだれに惹かれます、というか、だれに親近感をもってますか?

ディネセン E・T・A・ホフマン、ハンス・アンデルセン、バルベー・ドールヴィイ、ラ・モット・フーケ、シャミッソー、ツルゲーネフ、ヘミングウェイ、モーパッサン、スタンダール、チェーホフ、コンラッド、ヴォルテール……

スヴェンセン メルヴィルを忘れちゃいけませんよ! わたしのことをバブーと呼んだりするんですが、それって『ベニト・セレノ』の登場人物ですから。そのほかにも、サンチョ・パンサと呼ばれたりします。

——まいりますね、ぜんぶお読みになった!

ディネセン わたし、ほんとうは三百歳で、ソクラテスとも食事をご一緒したことがあるのよ。

——なんですって?

ディネセン これは読みなさい、とか、あれは読んじゃいけない、とかいちども言われたことがないので、手元に転がってきたものをなんでも読んだ。シェークスピアはかなり早い時期に見つけたけど、かれなしでは人生は無に等しかったろうといまは思うわ。ちなみに、わたしの新しい作品集[13]のなかの一編は『テンペスト』を演じる劇団についてのものよ。だれも読まなくなった作家たちも大好き、たとえばウォルター・スコットとか。ああ、それとメルヴィルはすごく好き、『オデュッセイア』も、北欧神話も――北欧神話は読んだことあります? ラシーヌも大好き。

――『冬物語』に入っている話のなかで北欧神話について考察してらしたのを覚えています。* ちなみに、物語というか、お話というものを作品の形式に選ばれてきたのは?

ディネセン 自然にそうなったのよ。故郷の文学仲間によく言われるの、わたしの作品の核にあるのは思想ではなくて語りだって。だれだってお話はできるでしょ、たとえば、『アリババと四十人の盗賊』みたいなお話は。でも、『アンナ・カレーニナ』となると、とても無理。

――ですが、あなたのお話を「作りもの」と言うひともいます……

ディネセン 作りもの? もちろん、作りものよ。こっちもそのつもりだし、それがお話を語るという芸術のエッセンスだもの。そのことを認めてたからこそ……いや、そのことを示したくて……最初の作品集を「ゴシック」という題にしたのよ。「ゴシック」という言葉をつかったときは、本物のゴシックを狙ってなんかいなかった、ゴシックのイミテーションよ。バイロンのロマン派の時代の、ホレス・ウォルポールの、あのストロベリー・ヒル[14]を建てた人物の時代の、ゴシック・リバイバルの時代の……ウォルポールの『オトラント城奇譚[15]』はもちろんご存知でしょ?

――はい、もちろん。お話ではプロットがなにより大事なんですよね?

ディネセン はい、そうよ。最初はぞくっとするような感覚が、書こうとしているお話の気配みたいなものがあるだけ。それから登場人物たちがあらわれて乗っ取りにかかり、ストーリーをつくりだす。でも、そういうことがぜんぶ、結果的には、プロットになる。ほかの作家たちには、そういうことって不自然に思えるかもしれないけどね。でも、ふつう、お話にはかたちと輪郭というものがある。絵にはフレームという重要なものがあるように。絵をどこで終わらせるか、細部はどこまで描くか、はそれで決まるんだから。あるいは、なにを削るかが！　絵から削られたものはどこへ行く？　いつも訊かれるのよ、「ノルデルナイの大洪水」の登場人物たちは最後には溺れて死ぬんですか、それとも救出されるんですか、と。(覚えてる？　かれらは洪水のなかで小屋に閉じこめられ、一晩、おたがいの話をしながら救出されるのを待っている。)ねえ、なんて答えたらいい？　どんなことが言える？　そんなのはストーリーの埒外なんだから。わたしはぜんぜん知りません！

——何度も書き直しますか？

ディネセン　ええ、直します、直します。ものすごく。何度も何度も。で、終わったかなと思ったところで、出版社に送るためにクララが清書し、それをまたわたしが見て、発作をおこしたみたいにまたまた書き直す。

スヴェンセン　ある話のなかに、端役で、ネズミのマリアナという、「シラミとりの櫛《ラウジング・コーム》」なる宿屋を経営している登場人物がいたんです。出版社は、本のカバーに書いた宣伝文句で、彼女に言及しました。ところが、

*　若い貴族がこう言っている、「この作品を読んでいて驚きましたよ。崇高な精神という点で、いかに北欧神話がギリシア・ローマ神話にまさっているか、今まで理解されていなかったのですね。古代ギリシアの神々も、大理石の形で今の時代に伝わっている肉体美がなかったら、現代人には崇めるにふさわしいと思えなかったでしょう。残忍、気まぐれで、崇高さも憐れみもなく、それどころか真の英雄精神を欠いているのです。われわれデンマーク人の祖先が崇めた神々のほうが、ずっと神々しいではありませんか。ケルトのドルイド僧のほうがローマの卜占官より気高いのと同じです」(渡辺洋美訳)。

(13)『運命綺譚』。

(14) ウォルポールの別荘。ゴシック建築に改装したことで話題を集めた。

(15) 一七六四年刊。イギリス・ゴシック小説の元祖と言われる。

最終ゲラが出てきたときには、彼女はお話から削除されてました。なんだろうと思ったことでしょうね。

——「猿」は、たくさんのひとが、なんだろう、これは、と思うでしょ。

ディネセン　そうね、あの話についてはあちこちからどっさり質問をうけてうんざりしたわ。だけど、あれはね、奇怪なお話なの。だから、そういうふうに解釈してくれないと。原理は、つまり、こういうこと。プロットが複雑になりすぎて人間の登場人物では処理しきれなくなったら、あとは猿に解決してもらおうということよ。ところが、みんなは訊いてくる、「あれはどういう意味なんですか?」と。あれが意味なのに……[ここで一呼吸してすこし笑う]自分が書いたお話について、お話のなかですでに語ったことよりももっとうまい説明ができたりしたら、それって最悪じゃない。懲りずに言わせてもらうけど、作品がすべてであるべきよ。

——あなたのお話がどういうふうに形づくられてくるのかに、みんな、興味があるんですよ。とくに、お話のなかにまたべつなお話があるようなものとか。たとえば、「ノルデルナイの大洪水」を例にとると……一見、ごく自然に、当たり前のように見えるんですが、よくよく検証すると、設計がみごとです……いったいどんなふうに——

ディネセン　読んでよ、読んで。そうすれば、どう書かれてるか、わかるから!

第一四号　一九五六年

エピローグ(16)

エピローグとして、ブリクセン男爵夫人の『アルボンドカニ』の一節を追加しておきたい。おたがいにつながりのあるお話でできた大長編になるはずのもので、未完成のまま、一九六二年に著者は亡くなった。以下の抜粋は「空白のページ」からで、それは『最後の物語』(一九五七年)に収録されている。お話を聞かせるのを生業にしている老婆が話している。

「婆さんには」と老婆は言った、「ずいぶんしごかれたもんだよ。「話に忠実でいろ」ってあの鬼婆はよく言っていたっけね。「つねに迷うことなく話に忠実でいろ」ってね。「お婆ちゃん、どうして」って、あたしゃ尋ねたよ。「この生意気者、理由を言わなきゃわからないのか」と婆さんは叫んでね。「そんなお前が語り部になるつもりでいるんだから、呆れるよ！　いいかい、おまえは語り部になるんだから、わしが大事な理由を教えてやるよ！　よく聞きな。語り部が忠実でいるならね、話に対してつねに、迷うことなく忠実でいるならね、そんなときには、最後には沈黙が語りはじめることになるからだよ。話が歪められてしまえば、沈黙は空っぽでしかないがね。だがわしらみたいに誠実なものには、最後の言葉を言い放つと、沈黙の声が聞こえることになるんじゃよ。生意気な小娘がそれを理解しようがしまいがね」

「じゃあ、いったい誰が」と老婆はつづけた、「あたしたちよりもましな話をすることになる？　沈黙がするんだよ。そしてとびきり上等な本のとびきり完璧に印刷されたページ以上に深い話を、人はどこに読みとると思うかね？　空白のページの上にだよ。雄々しくて勇敢な筆が、最高に霊感の高まった瞬間に、一番高価なインクで話を書きつける。そのとき、それよりなお深くて、なお優しくて、なお陽気で、なお残忍な話を人が読みとるのは、いったいどこだと思うかね？　空白のページの上だよ」

（利根川真紀編訳『レズビアン短編小説集——女たちの時間』所収）

(16)「エピローグ」は一九七六年に加筆されたもの。

トルーマン・カポーティ

Truman Capote

「批評家に反論するようなことをして自分を貶めたりはぜったいするな」

トルーマン・カポーティが住む大きな黄色い家はブルックリン・ハイツにあるが、それをかれは最近かれならではのテイストとエレガンスで修復している。わたしがなかに入っていくと、木製のライオンを収めた、届いたばかりの木箱に頭を突っこんでいた。

「やあ!」とかれは大声で言い、ライオンをひっぱりだすと、それを新生児のようにおが屑とかんな屑がごちゃごちゃしたなかに置いた。「こんなすごいの、見たこと、あるかい? これだ、と、見てすぐに買ったよ。いまやぼくのものさ」

「大きいですね、どこに置くんですか」とわたしは訊いた。

「そりゃあ、暖炉だよ、もちろん」とカポーティは言った。「まあ、パーラーに入ってよ、ここはだれかにかたづけてもらうから」

パーラーはヴィクトリア調で、カポーティがとても大事にしている美術品や独特の宝物のコレクションが置いてあるが、よく磨かれたテーブルや竹の本棚にきれいに並べてあるのに、なんだか、とてもませた男の子のポケットの中身を見せられているかんじである。たとえば、ロシアから持って帰ってきた黄金のイースターエッグ、つるつるになってしまっている鉄製の犬、ファベルジェのピルボックス、おはじき、青いセラミックのフルーツ、文鎮、バタシーのボックス、絵はがき、古い写真。どれも、一日、世界一周の冒険が楽しめそうな品々だ。

カポーティは、一見、そんな印象にぴったりはまる。小柄で、ブロンドで、前髪が執拗に目の上に垂れてくる。笑顔はいきなりあらわれ、明るい。初対面のひとへのアプローチは開けっぴろげの好奇心と愛想よさに満ちている。いかにもだまされやすそうで、じっさい、いつでもどうぞという風情である。しかし、そんなふうに開放的に見えるにもかかわらず、だますことはできないなという雰囲気がただよってもいるので、きっと、やめたほうがいい。

廊下をひっかく音がして、カポーティが、白い顔をしたブルドッグの後から入ってきた。

「これはバンキー」とかれは言った。

バンキーはわたしのにおいをかぎ、わたしたちは腰をおろした。

——パティ・ヒル　一九五七年

——いつですか、書き始めたのは?

トルーマン・カポーティ　十歳か十一歳の子どものときで、モービル[1]の近くに住んでたときだよ。毎週土曜日、町の歯医者に行かなくちゃいけないんで、「モービル・プレス・レジスター」が主催するサンシャイン・クラブに入ったんだ。あの新聞には子ども向けのページがあってね、作文と塗り絵のコンテストなんかや

(1)　アラバマ州のメキシコ湾に面した町。

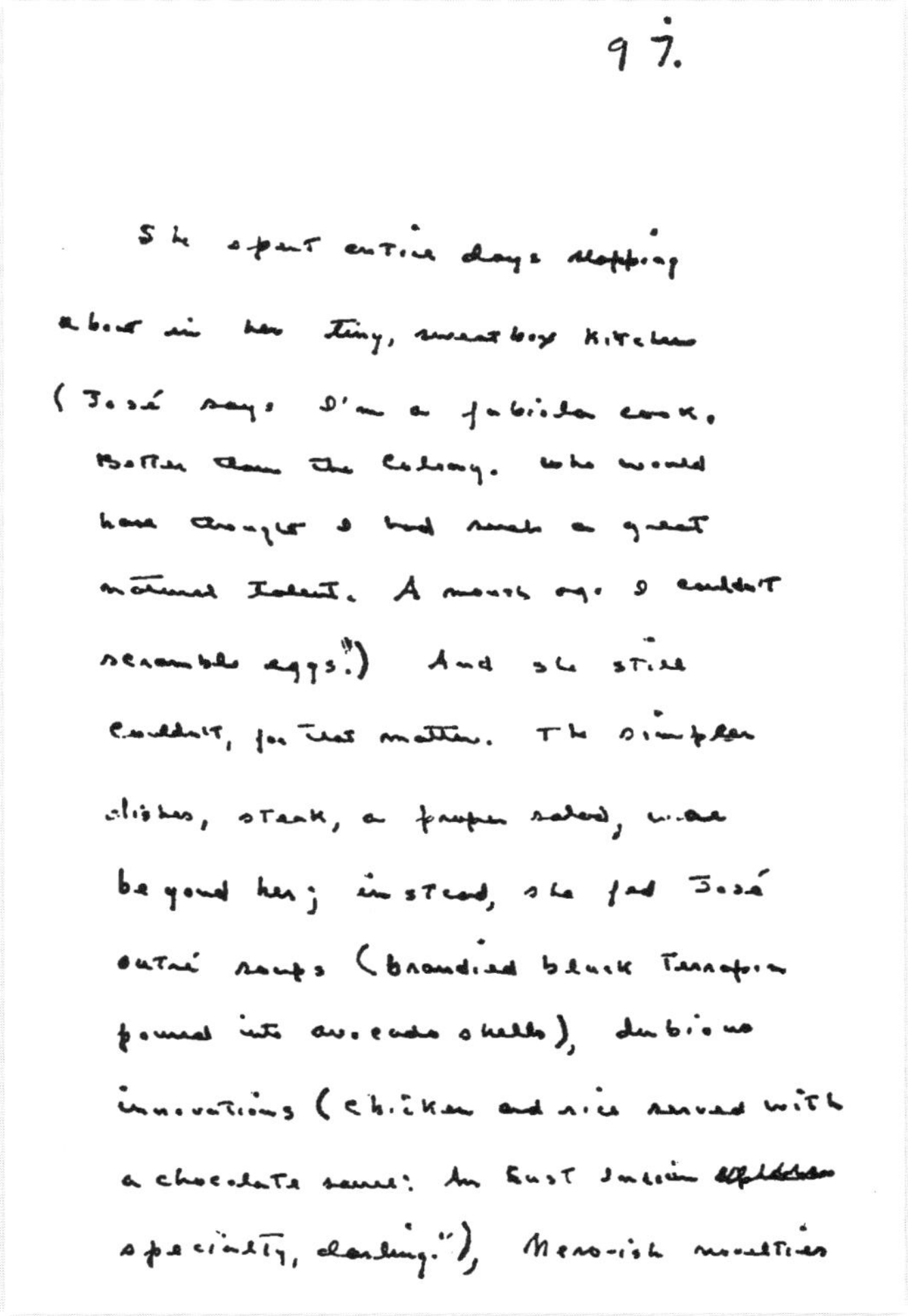
97.

She spent entire days slopping about in her tiny, sweatbox kitchen ("José says I'm a fabulous cook. Better than the Colony. Who would have thought I had such a great natural talent. A month ago I couldn't scramble eggs.") And she still couldn't, for that matter. The simplest dishes, steak, a proper salad, were beyond her; instead, she fed José outré soups (brandied black terrapin poured into avocado shells), dubious innovations (chicken and rice served with a chocolate sauce: "An East Indian specialty, darling."), Nero-ish novelties

『ティファニーで朝食を』の原稿

ってた、そして毎週土曜の午後にはパーティを開いて、ニーハイやコカコーラをただで飲ませてたのよ。作文のコンテストの賞品は子馬か犬だった。どっちだったかは忘れちゃったけど、それが無性に欲しかったの。それで、家の近所の連中がよからぬことを企んで妙なことをしてるのを知ってたんでね、「でしゃばりおじさん《オールド・ミスター・ビジーバディ》」という題のモデル小説みたいのを書いて応募した。連載の第一回が、まもなく日曜日に、本名のトルーマン・ストレクファス・パーソンズで掲載された。ところが、地元のスキャンダルを小説仕立てにしてぼくが提供しようとしてるってことにだれかが気がついたんだね、二回目はついぞ掲載されなかったよ。とうぜん、賞品もなし。

——そのころすでに作家になりたいという気持ちはあった？

カポーティ　作家になりたいんだってことはわかった。でも、なろうかなって思ったのは十五かそこいらのときだよ。その頃になると、図々しくも、いろんな雑誌や文芸雑誌に小説を送りはじめてた。どの作家も自分の原稿が初めて採用されたときのことは忘れないもんだけど、ぼくの場合は、十七歳のときのある晴れた日さ、いっきに三つ、採用の通知が来た、おなじ日の朝の郵便でね。いやあ、まったく、興奮で目がくらくらしたなんてもんじゃなかったよ！

——最初はなにを書いたんですか？

カポーティ　短編小説さ。この表現形式にたいする意欲はいまなお強まるばかりだけどね。まじめに追究すればするほど、短編ってやつは散文のなかでいちばんむずかしく、かつ、きびしい形式だって気がしてくる。文章のコントロールやテクニックはいろいろあるけど、ぜんぶ、この形式のなかでのトレーニングから学んできたよ。

——「コントロール」というのは正確にはどういう意味ですか？

カポーティ　あるスタイルと情感を保ちながら素材に臨むってことさ。ぜいたくな要求で、そんなの無理だろって言いたくもなるけど、でも、小説は文章のリズムがちょっとおかしくなっただけでダメになる、とぼくは考えてんのよ——とくに終わりあたりでそういうことになるとね——それからパラグラフのとりかたのまちがいとか、句読点のつけかたなんかも要注意だな。ヘンリー・ジェームズはセミコロンの使い方の巨匠だよ。ヘミングウェイは第一級のパラグラフの作り手だ。耳への聞こえ方という点からみれば、ヴァージニア・ウルフはひどい文章はひとつも書いてない。いま言ったようなことをぼくがみごとにやってのけてるなんて言うつもりはないけどね、がんばってるよ、そういうこと。

——短編小説のテクニックはどうすれば手に入るんでしょう？

カポーティ　どの小説もそれぞれにテクニカルな問題を抱えこむからさ、どうしたって、二かける二は四ですみたいに一般化して言うことはできないね。自分の小説にふさわしいかたちを見つけることさ、そうすれば、その小説のもっとも自然な語り方が決まる。作家が自分の小説にふさわしい自然なかたちをうまく見つけたかどうかをテストするには、こうするのよ。読んだ後、べつなかたちを想像することができるかどうか、ないしは、そんなこっちの想像を受けつけない、完全で最終的なものになってるかどうか？　オレンジが最終的なかたちのものであるようにさ。オレンジは自然がこれぞふさわしいと決めたかたちのものになってるんだから。

——テクニックを磨くのにつかえる道具ってあります？

カポーティ　仕事することが唯一の道具だろう。書くことには視点とか光とか影とかについての法則がいくつもある、絵がそうであるようにね、それから音楽も。生まれながらにしてそういうことがわかってるんだったら、それでいいけど、そうでなかったら、それらを勉強することさ。そして、その規則を自分に合ったものにアレンジする。ジョイスだってね、とんでもなく極端なルール違反者だったけど、素晴らしい職人だったんだよ。『ユリシーズ』(2)が書けたのは『ダブリン市民』(3)が書けたからさ。短編小説を書くことを指の運動みたいに考えてる作家が多すぎるように思うね。まあ、そういう連中には、ほんとにただの指の運動にしかなってないんだろうけど。

――書き初めの頃、励みになったり支えになったひとっていっぱいいましたか？　いたとしたら、たとえば、だれでしょう？

カポーティ　おいおい！　一代記を言わせようなんて、きみ、すごいことを言うじゃないの。質問への答えは、「ノー」が蛇の巣くらいうじゃうじゃ、そして、「イエス」はわずかってとこかな。あのね、ずっとというわけじゃないけど、だいたい、子どもの頃は、ぼくは田舎にいたの、まわりの連中は文化的なことへの関心なんかこれっぽちもなかった。まあ、それは悪いことじゃなかったけどね、長い目で見ると。早すぎた観もあるけど、逆流に抗する強さをあたえてくれたんだから――じっさい、ある程度、ほんもののバラクーダ並みの筋肉がついたよ、とくに、敵のあつかいかたの技術とか。そういう技術は、友だちの見つけかた同様、必須のものだから。でも、話をもどすと、いま言ったような環境だったから、とうぜん、どこかエキセントリックなやつと思われてたな、しかたないよね、それから、バカだ、とも。それにはもちろんカッとなったけど。でも、学校は嫌いだった――どこの学校もね、転校してばかりいたからあちこち行ったんだよ――もうウンザリで退屈で、毎年毎年、簡単な科目を落としてた。週に最低二回は学校をサボったし、よく家出もしてた。一度は、向かいに住んでた友だちと家出したよ――ぼくよりもずっと年上の女性で、後年はけっこう有名になったひとさ。なにしろ、六人、ひとを殺してシンシン刑務所で電気椅子にかけられたんだから。彼女のことはだれかが本に書いた。ロンリー・ハーツ・キラー(孤独な心の殺人者)って名前までついてたよ。だけど、また話がそれちゃってるかね。ともかく、それで、とうとう十二歳の頃かな、そのとき行ってた学校の校長が家に訪ねてきたのよ、そして、わたくしの考えでは、また、これは教員全員の見解でもありますが、おたくのお子さんは「知能が正常以下です」とのたまった。正常以下の児童への対処法をもった特別な学校へ入れるのが賢明だし、思いやりある処置だ、と言った。ほんとうのところどう思ったかはわからないけど、家の連中は、表向きには、ひどく怒って、正常以下でないことを証明するべく、ぼくを東部の大学の精神科のクリニックにあわてて送りつけ、IQの検査をさせた。あれはけっこうおもしろかったよ――で、どうだったと思う？――天才、ということでご帰還さ、科学のお墨付きでね。そんな結果にいったいだれがいちばん仰天したことやら、教師どもは信じようとしないし、家の連中も信じたがらない――なにしろ、ナイスな正常な子って診断してほしかっただけなんだから。ハハ！　でも、こっちはもううれしくなっちゃってね――鏡に映る自分をほれぼれながめて、吹き出しそうになるのをじっとこらえて、何度も自分に言い聞かせてた、おい、おまえはフロベールとおんなじだぞって――あるいは、モーパッサン、プルースト、チェーホフ、ウルフと。当時のアイドルを軒並みならべてさ。

むちゃくちゃ真剣に書き始めた――毎晩徹夜で精神を集中させてね、何年もろくに寝てなかったと思う。そのうちやっとウィスキーがあるとリラックスできるとわかった。だけど、若すぎるんで、十五歳なんで、自分では買えない、でも、そういうことにかんしてやけに親切な年上の友だちが何人かいたんでさ、まもなくスーツケース一個分、ボトルが溜まったよ、ブラックベリー・ブランデーからバーボンまでいろいろと。スーツケースはクローゼットに隠しておいて、飲むのはたいがい午後も遅くなった時間。そして、口臭を消すセンセンをひとつかみ口にふくんで夕食のテーブルについてたんだけど、こっちの動きが、ぼおっとしてうつろに黙ってるのが、だんだんみんなの心配の種になってきた、親戚のひとりがよく言って

（2）　実験的な長編小説。
（3）　短編集。

たっけ、まさかとは思うけど、この子、どう見てもべろんべろんに酔ってるよって。で、もちろん、このささやかなコメディは、まあ、そんなもんだったと思うけど、すべて発覚してちょっとした騒ぎになっておしまいさ。それからかなりたってからだね、つぎに飲んだのは。でも、また話、脱線しちゃったね。質問は励みになったひとだったっけ。最初にほんとにぼくに力をくれたのは、変な話だけど、ひとりの先生さ。ハイスクールの英語の先生でキャサリン・ウッドといって、あらゆる点でぼくの野心を応援してくれた、これからもずっと感謝しつづけるだろう。それから後、初めての本を出してからは、ふつうではなかなか望めないような励ましをたくさんもらった、とくに雑誌「マドモアゼル」の小説担当の編集者マルガリータ・スミスや、雑誌「ハーパーズ・バザー」のメアリー・ルイス・アズウェルや、ランダムハウス社のロバート・リンスコットから。よほどの欲張りだろうな、仕事をはじめた頃にぼくがもらった幸運以上のものを望むやつがいるとすれば。

――いま名前をおあげになった三人の編集者が励みになったのは作品を買ってくれたからですか、それとも、いろいろ意見もくれたからですか?

カポーティ　まあ、自分の作品をだれかが買ってくれることほど励みになるものってないんじゃないかな。お金がもらえないとわかってたら書かないよ――じっさい、まったく書けなくなる。だけど、いまあげたひとたちは、じつは、ほかにも何人かいるけど、ふんだんにアドバイスをくれたね。

――ずっと昔に書いたもので、いま書いてるもの同様に気に入ってるものってありますか?

カポーティ　うん。たとえば、去年の夏に『遠い声、遠い部屋』を、八年前の刊行以来初めて読んだんだけどね、ほかのひとが書いたのを読んでるような気分になった。まったく、こっちには馴染みがないってかんじだったな。あの本を書いた人間と現在の自分にはほとんど共通したものがないと思えた。両者はメンタリティも、内部温度もまったくちがうね。未熟なところはあるけど、でも、あれにはすごい密度があってさ、たいへんなボルテージだ。あのときにああいう本が書けてほんとうによかったよ、さもなきゃ、あの本は生まれてなかったろう。『草の竪琴』も好きだね、それと短編のいくつかも。もっとも、「ミリアム」はダメ。なかなかの妙技ではあるけど、それだけのものだ。「誕生日の子どもたち」や「最後の扉を閉めて」のほうが好きだな、それから、その他いくつか、とりわけあまり見向きされてないかんじの一編「マスター・ミザリー」[4]ね、『夜の樹』に入ってる。

——最近、ミュージカル『ポギーとベス』のロシアへの公演旅行についての本を出されました。とても興味深かったのはその文体で、異常なくらいに突き放して書いている。いろんな出来事を公正に記録するべく何年も訓練してきたジャーナリストたちが書くような報道の文章と比べても、そうです。こういう書き方が、可能なかぎり他人の目で見るという、真実にいちばん近づく方法だったんではないかという印象をもちました。あなたの作品のほとんどはきわめてパーソナルなものであるのが特徴だということを考えると、これは驚きです。

カポーティ　ぼくとしては、その本、『詩神の声聞こゆ』の文体がぼくの小説の文体と著しくちがうなんて思ってないの。きっと、話の中身が、じっさいの出来事についてのものだということで、そう見えるんだよ。結局のところ、『詩神』はストレートな報告《レポーティング》だからね、報告である以上、事実に忠実であるかとか目に見えるものをちゃんと見ているかといったようなことを気にすることになる——フィクションでやってるみたいにいきなりひとの心の深いところに入っていったりはできないわけよ。でもね、ぼくがルポルタージュをやってみたいとかねがね思ってたのは、ぼくの文体は現実をあつかうジャーナリズムにも適用可能だということを証明したいからなの。だって、ぼくの小説の方法は、やはり、突き放す、距離をもつ

（4）　邦題「夢を売る女」。

ってことだもの――情緒に流されたら、書くときのコントロールを失っちゃうからね。まずは情感というものを排出して空にして、十分冷静になってから、分析と描写をはじめる。ぼくにかんして言えば、それがほんとうのテクニックを発揮する法だよ。もしもぼくのフィクションがパーソナルなものに見えるとしたら、アーティストのいちばんパーソナルで衝撃的なところ、つまり想像力に頼っているところがあるからだね。

――どのようにして情感を排出して空にするんですか？　ストーリーについて長い時間いろいろ思いめぐらすってことですか、それとも、ほかのやりかたが？

カポーティ　いや、時間の問題だけではないと思うな。たとえば、一週間、リンゴだけ食べたとする。間違いなく、リンゴへの食欲はすっかりなくなってるよ、でも、それがどういう味なのかはたっぷりわかってる。つまり、ストーリーを書きはじめる頃には、ストーリーへの欲求はまるでなくなってるけど、でも、その味だけは完璧にわかってるってことさ。『ポギーとベス』についてのいろんな記事なんかはどうでもいいの。そういうのは報告《レポーティング》で、「情感」はろくに含まれていないんだから――少なくとも、ぼくが言ってるようなややこしくてパーソナルな感情はそこにはない。前にどこかで読んだのをいま思いだしたけど、ディケンズは、自分で小説を書きながら、自分のユーモアがおかしくてたまらなくて喉がつまりそうになったり、自分の小説の登場人物が死ぬところでは涙をこぼしたりしてたらしい。だけど、ぼくの理論ではね、作家は自分のウィットについてはしっかり吟味し、涙はきれいに拭いて、それから、しかる後、読者のなかに同様な反応が生じるよう、おもむろにとりかかるべきなのよ。言い換えると、芸術においては、いかなるかたちのものでも、最高の強度をもたせるには、熟慮ができる強靭でクールな頭が必要だってこと。たとえば、フロベールの「純な心」さ。あったかい小説で、あったかく書かれてる。でも、あれはほんとうのテクニックの数々を、つまり、こうすればこうなるといういろんな必然性をものすごく意識したアーティストの作品さ。間違いないね、ある時点で、フロベールはあのストーリーにすっかりかんじ入ってしまったはずさ――しかし、書いてた時はそうじゃないんだよ。あるいは、もっと最近の例をあげるんなら、キャサリン・アン・ポーターの見事な短編「昼酒」さ。すごい強度だよ、いま目の前でことが運んでいるという強烈なかんじがある。しかし、文章はすごくコントロールされてて、ストーリーの内的リズムはまったく完璧だ、これもぜったい間違いないね、ミス・ポーターは素材からしっかり距離をとってる。

――あなたの場合、うまく書けた本は、比較的落ち着いた時間のなかから生まれてきましたか、それとも、感情的なストレスがあったほうが、それを撥ねのけながらということもふくめて、仕事はしやすいですか？

カポーティ　いままでの人生、落ち着いた時間なんか、なかったような気がするよ、催眠薬がときどきもたらしてくれるものを勘定にいれるなら別だけど。でも、そういえば、シシリーの山の上のすごくロマンティックな家で二年間暮らしたことはあるから、あれが落ち着いた日々と言えるかもね。どうなんだろう、静かだったけど。あそこで『草の竪琴』は書いた。でも、少々のストレスかな、締め切りにむかってがんばるとか、そういうのがぼくにはいいみたい。

――この八年、ずっと海外で暮らしてらっしゃいましたね。どうしてアメリカにもどろうと思われたんですか？

カポーティ　だって、アメリカ人だから。それ以外にはなりえないし、なりたいとも思わないし。それに、都会が好きで、ニューヨークは唯一のほんものの都会都会したところだからさ。さっき言った二年間は別として、八年の間、毎年アメリカにもどってたんだよ、海外生活者という気持ちになったことは一度もないね。ぼくにとっては、ヨーロッパへ行くというのは視野と教養を手に入れるためのひとつの方法であって、成熟への足がかりってなものさ。でも、収穫逓減の法則ってのがあるんだね、それがおよそ二年前から作動しはじめた。それまではヨーロッパはかなりのものをぼくにくれてたんだが、とつぜん、それが逆になったかんじでね——こっちからどんどん持ってかれるような気分になった。それで帰ってきた。けっこう成長したし、もう自分の帰属する場所に腰をすえることもできるだろうってな思いもあってね——べつに揺り椅子を買って石みたいに動かなくなっちゃったといった意味じゃないよ。ぜんぜんそんなんじゃない。フロンティアがあるかぎりはいつでも気軽に飛び出してやろうとは思ってる。

——本はたくさん読まれますか？

カポーティ　多すぎるくらい。なんでも読むよ、ラベルもレシピも広告も。新聞が大好きでね——ニューヨークの日刊紙はぜんぶ毎日読んでる、それと日曜版も、それから外国の雑誌も何冊か。買わないものは、ニューススタンドで立ち読みしてる。平均して本は週に五冊かな——普通の長さの小説ならだいたい二時間で読む。スリラーはすごく好きだ、いつかは書きたいね。(5) どっちかというと第一級のフィクションが好きなんだけど、ここ数年、読むものというと、書簡集とか日記とか伝記ばっかり。自分で書いてるときにひとの本を読むのも平気だ——つまり、ほかの書き手の文体がぼくのペンから滲みでてくるようなことはないってこと。でも、一度、ヘンリー・ジェームズに長いこと呪文をかけられてたときは、自分の書く文章がおそろしく長くなった。

——どんな作家にいちばん影響をうけました？

カポーティ　自分の認識では、だれかにダイレクトに文学的な影響をうけたってことはないんだけど、いろんな批評家によく言われるのは、初期の作品はフォークナーやウェルティやマッカラーズに負うところが多いということ。かもね。その三人はすごく大好きだから。それと、キャサリン・アン・ポーターね。でも、思うんだけど、しっかり検証してみれば、このひとたちに、それとぼくに、共通したものってあまりないのよ。ただ、みんな、南部の生まれだってことだけ。十三歳から十六歳のあいだは、トマス・ウルフに夢中になる唯一の、とは言わないまでも、最高の年頃だからね——その頃はかれがぼくには偉大なる天才にみえたよ、いまもそうはみえるけど。でも、いまは一行も読んでられなくなったな。若いときに夢中になるほかの作家たちについても、かなりほとぼりはさめた、たとえばポーとかディケンズとかスティーブンソンとか。みんな、いまはなつかしい作家で、いまはとても読むに耐えない。ずっと変わらず夢中になっている作家というと、フロベール、ツルゲーネフ、チェーホフ、ジェーン・オースティン、ヘンリー・ジェームズ、E・M・フォースター、モーパッサン、リルケ、プルースト、ショー、ウィラ・キャザー——あれえ、けっこう出てきたね、じゃあ、締めはジェームズ・エイジーにしとこうか、素晴らしい作家で二年ほど前に死んだけど、たいへんな損失だよ。ところで、エイジーの作品は映画の影響をすごく受けてるのね。思うんだけど、若い書き手のほとんどは、ヴィジュアルな面や構造的なところで、映画のテクニックから学び、盗んでる。ぼくもそうだけど。

——映画の脚本を書いてましたよ？　それってどんなかんじですか？

カポーティ　愉快だったなあ。少なくとも、ぼくが書いた映画の一本『悪魔をやっつけろ』[6]はすごく楽しかった。ジョン・ヒューストンといっしょに書いたの、イタリアでロケをしながら。現場でシーンを書いて、それを即撮影なんてこともあった。キャストはすっかりまごついてたね——ときにはヒューストンも、なにがどうなってるのか、わかってなさそうだった。シーンは、とうぜん、ひとつのシークエンスのなかで書かれなきゃいけないわけだけど、いわゆるプロットのアウトラインがぼくの頭のなかにしかないって

（5）『冷血』の刊行は一九六六年。このインタヴューの二年後におきた実際の殺人事件を取材した末に生まれた。
（6）一九五三年公開。

ときもけっこうあったのよ。観てない？　ああ、ぜひ観てよ。すごくおかしいから。でも、プロデューサーは笑ってなかった。あいつらはダメだね。リバイバル上映があるたび観に行くけど、楽しいよ。でも、まじめな話、作家はなかなか映画には口出しできないよね、監督とよほど親しい関係のもとで仕事してるか、あるいは自分が監督をしてるのでなければ。あれはかなり監督のものだから、脚本専業で仕事をしてる、そして天才と呼べる作家は、映画はいまのところまだひとりしか生み出してないよ。つまり、恥ずかしがりで陽気な小男の百姓こと、チェザーレ・ザヴァッティーニだけさ。素晴らしいヴィジュアルのセンスだよ！　すぐれたイタリア映画の八十パーセントはザヴァッティーニの脚本さ——たとえばデ・シーカの映画はぜんぶそうだし。デ・シーカはチャーミングな男で、才能もあるしそうとうソフィスティケートされた人物ではあるけど、でも、ほとんどザヴァッティーニのためにメガホンをとってるってかんじだな。かれの映画は完全にザヴァッティーニの作品だよ、ニュアンスのひとつひとつ、ムード、細かなところすべて、明確にザヴァッティーニの脚本に書いてあるんだもの。[7]

——書くときの癖って、なにかありますか？　デスクはつかいます？　書くのはマシンでですか？

カポーティ　ぼくは完全に水平系の作家なのよ。横になってないとなにも考えられない、ベッドとか、カウチに伸びてるとかしてないと。それから、煙草とコーヒーが手元にないと。ぷかぷか吸ったり、ちゅるちゅる飲んだりしてないとダメなのね。午後になると、時間がたつにつれ、コーヒーはミントティーに変わり、そしてシェリーに、マティーニになっていく。タイプライターはつかわないな。初めからはつかわない。第一稿は手書きだ(鉛筆)。それから徹底的に直す、これも手書き。基本的にぼくは自分をスタイリストだと思ってるけど、スタイリストっていうのは、カンマの打ちかたとかセミコロンの重みとかをどうしようもないほど気にしちゃうんだ。そういうことにこだわるんで、そういうことにくよくよしてるときは自分でもイライラする、我慢できないくらいね。

――スタイリストの作家とそうでない作家を区別してらっしゃるように思いますが、どんな作家がスタイリストでどんな作家がそうでないとお考えですか？

カポーティ　スタイルってなに？　それから、禅の公案が問うてるけど、片手を叩く音ってどんなの？[8]　だれもほんとうのところは知らないのに、知ってるか知らないかのどっちかということになってるんだよね。ぼくの考えだと、ちょっと安っぽいイメージになるのは勘弁してもらうとして、スタイルってのはアーティストの感性の鏡だと思うな――作品の中身よりもなによりも。どの作家にも、多かれ少なかれ、スタイルはあるさ――ロナルド・ファーバンク[9]は、素晴らしいことに、ほかになにもなかったけどさ、でも、そのことは本人がよく承知してたから。しかし、スタイルをもってるっていうのは、ひとつのスタイルがあるっていうのは、ときにけっこう邪魔になるのよ、ネガティブな力になってしまう、ほんとうはそうならないはずなんだけど。だって、ほんとうは――たとえば、そうだねえ、E・M・フォースターとかコレットとかフロベールとかマーク・トウェインとかヘミングウェイとかイサク・ディネセンの場合は――作品を強化してくれるものになってるんだから。たとえば、ドライサーにもスタイルがある――まったく困っちゃうんだけどさ！　それからユージン・オニールにも。フォークナーにもね、かれはすごいけど。かれらは、みな、強力だけれどもネガティブなスタイルはみごとに押さえこんでるように思う、書き手と読み手のコミュニケーションにまったく寄与しないスタイルはね。それから、スタイルをもたないスタイリストというのがいる――これはかなりむずかしくって、うらやましいことだけど、そういうひ

（7）　デ・シーカの映画『終着駅』の脚本はザヴァッティーニとカポーティの共作。
（8）　両手を叩く音はわかるが、片手を叩く音は、という問い。このインタヴューの三年前に刊行されたサリンジャーの『ナイン・ストーリーズ』で広く知られるようになった。
（9）　二十世紀前半に活躍したイギリスの作家。批評家からの評価は低かったが、カルト的な人気があった。

とたちはかならず人気作家さ、グレアム・グリーン、モーム、ソーントン・ワイルダー、ジョン・ハーシー、ウィラ・キャザー、ジェームズ・サーバー、サルトル(忘れないでよ、いま言ってるのは中身のことじゃないよ)、J・P・マーカンド等々ね。ところが、そうねえ、ノンスタイリストという動物どももいる。もっとも、そいつらは作家じゃないけど。タイピストだけど。汗臭いタイピストでさ、何ポンドもの厚い紙にかたちもなければ目も耳もないメッセージを黒々と打ちこむだけ。(10) さあて、若い作家で、スタイルというものがあるんだってことがわかってるのはだれかなあ？ P・H・ニュービーとフランソワーズ・サガンはすこしはわかってるかなあ。ビル・スタイロンと、フラナリー・オコナー――あの子はちょっといいところがあるよ。ジェームズ・メリル。ウィリアム・ゴイエン――ヒステリックになるのはやめてほしいけどね。J・D・サリンジャー――とくに話し言葉の伝統においてね。コリン・ウィルソン？ あれはタイピストだよ。

――ロナルド・ファーバンクはスタイルだけでほかにはなにもないっておっしゃいました。スタイルだけで作家は偉大になれると思いますか？

カポーティ いや、そうは思わない――けど、こういうことは考えられるだろ、たとえばプルーストからあのスタイルをとってしまったらどうなる？ スタイルをアメリカの作家たちはこれまでまったく重視してこなかったんだよ。そうなんだけど、ところが、いちばんいいスタイルをもってたのはアメリカ人だったのね。ホーソーンがまず素晴らしいスタートを切ってくれた。そしてこの三十年は、ヘミングウェイが、スタイルの点から言えば、ほかのだれよりも、世界的なスケールで多くの作家に影響をあたえてきた。現在は、われらがミス・キャサリン・アン・ポーターがスタイルのなんたるかをよく心得ている。

――スタイルは学んで身につけられるものですか？

カポーティ いや、意識すれば得られるってもんじゃないと思う、目の色が手に入らないのと同じさ。結局のところ、きみのスタイルはきみそのものなのよ。最終的には、書き手の個性が作品に影をおとしてくる。個性がそこにあらわれてくる。個性って言葉も価値が下がってきてはいるけど、それはわかってるけど、でも、そういうことよ。書き手の人間性、世界にたいする言葉、ジェスチャーがまるで登場人物のようにあらわれて、読み手と接触をする。個性があいまいで混乱していてたんに文学的なだけってことになると、サ・ネ・ヴァ・パ《うまくいかない》。フォークナーとかマッカラーズとか——個性は一目瞭然だから。

——あなたの作品がフランスで広く評価されているのは興味深いことです。スタイルは翻訳が可能だと思われますか?

カポーティ　可能だろ? 作家と翻訳者が芸術上の双児《ふたご》だとすれば。

——あのお、短編小説を書いてらっしゃるところに、まだ鉛筆で書いてらっしゃるところにお邪魔しちゃったんじゃないかと心配なんですが、このあとはどういうふうになるんですか?

カポーティ　ええっと、これは第二稿だよ。これから第三稿をタイプで打つ、黄色い紙に、特別な種類の黄色い紙にね。いや、そのためにベッドから出たりはしないよ。膝のうえにマシンをそっと置くの。もちろん、だいじょうぶさ、一分に百ワードは書けるから。そして黄色い紙の原稿がかたづいたら、それはしばらく放っておく、一週間、一ヶ月、ときにはもっと長くね。ふたたび引っぱりだしてきたときは、なるたけ冷静に読み、それから友人の一人か二人に読んで聞かせ、どんなところを直したいか、活字にしたいか、を決める。いままでもいくつか短編は捨ててるし、長編をまるまるひとつ、それと、長編を半分、捨ててるよ。でも、万事オーケーってことになれば、最終稿を白い紙に打って、それでおしまい。

——本は、書きはじめる前から頭のなかにすっかりできあがっているんですか、それとも、徐々にできあが

(10)　このインタヴューがおこなわれた年に刊行された『オン・ザ・ロード』の著者のケルアックのこと。

っていくものなんですか、途中でご自分でもびっくりしたりして？

カポーティ　両方だね。いつも、ストーリーはぜんぶ、冒頭も中間部も結末もすべてこっちの頭のなかにできているという幻想はもってる——ぜんぶがきれいに見えているという。ところが、作業をはじめると、書きはじめると、際限なく、驚きの連続なのね。ありがたいよ、そんな驚きや転回、書いてるときにどこからともなく出現してくる言葉こそ、予想外のおまけみたいなもので、そういう楽しい小さなプッシュがあるからどんどん書いていけるんだから。

昔、ストーリーのアウトラインをノートに書いてたことがある。だけど、そういうことをしてると、こっちの想像力のアイデアを殺すことになるって気がついた。案がいいものなら、ほんとうに自分のものであるなら、忘れようがない——いつまでもつきまとってくるから書かないわけにはいかないもん。

——作品はどのくらい自伝的なところがあるんですか？

カポーティ　ほとんどない、ほんとに。ほんの少し、現実の出来事や人物にヒントをもらったりはするけど、そういうことを言ったら、作家が書くものは多かれ少なかれ自伝的だってことになるよ。『草の竪琴』は、唯一、ほんとうにあったことだけど、みんな、ふつうに、あれはぜんぶがつくりものだと思ってる。そして、つくりものの『遠い声、遠い部屋』を自伝的なものだと思ってる。

——これからのことについてなにかはっきりとしたアイデアやプロジェクトはありますか？

カポーティ　うーん、ある、と思う。いままではずっと自分にとって簡単なものだけを書いてきたんでね、そうじゃない、べつなことをしたいなあ、なんというか、コントロールをきかせたハチャメチャなこと。もっと心を使いたいよ、もっとたくさんの色を使いたい。ヘミングウェイが言ってたことがある、だれにだって一人称の小説は書けるんだ、と。その意味がよくいまのぼくにはわかってきた。

——ほかの芸術に惹かれたことはありますか？

カポーティ　芸術なのかどうかはわかんないけど、何年も舞台にあこがれてたことがあって、なによりもタップダンサーになりたかった。しょっちゅうバック・アンド・ウィングの練習をしてたんで、そのうち家の連中全員に殺されそうになったよ。そのあとは、ギターを弾いてナイトクラブで歌いたいと思うようになったっけ。お金を貯めてギターを買って、一冬まるまるレッスンをうけたんだけど、結局弾けたのは、唯一、初心者向けの「もういちどシングルになれたらいいなあ」だけ。すっかりうんざりして、ある日、ギターはバス・ステーションにいた知らないやつにあげちゃったよ。絵にも興味はあって、三年勉強したけど、情熱がラ・ヴレ・ショーズ《ほんもの》じゃなかった気がするな。

――批評は役に立ちます？

カポーティ　活字になる前なら、そして、信頼できるひとの意見であるなら、うん、もちろん批評は役に立つよ。でも、活字にした後は、こっちが読みたいのは、聞きたいのはほめ言葉だけだね。それ以外はうんざりだ、五十ドルあげてもいいよ、書評家のねちねちしたあら探しやえらそうな態度が役に立ったと心底から言ってる作家を見つけてきたら。プロの批評家にはいっさい耳を傾ける必要はないって言ってるんじゃない――ただ、いい批評家たちがあまり書評をやってないのね。ともかく、意見にたいしては冷徹でなきゃいけないと確信してる。ぼくはいままでずっと、そしていまもなお、中傷されるばっかりだし、なかにはひどい個人攻撃もあるし、もうぜんぜん動じなくなった。ぼくにたいするひどい誹謗だって読める、心臓の鼓動が乱れるなんてこともないし。そんなところにいるぼくからの、ぜひとも言っておきたいアドバイス。批評家に反論するようなことをして自分を貶めたりはぜったいするな。編集者への手紙は頭のなかで書け、ぜったい紙には書くな。

――なにか奇妙な癖ってありますか？

カポーティ　迷信深いところが奇妙な癖って言えるかもね。数字をみると、合計せずにはいられないんだよ。

何人か、ぜったい電話しない相手っていうのがいるんだけど、それは電話番号の合計が不吉な数になるからなの。それと、ホテルの部屋もダメ、おなじ理由でさ。黄色いバラがあると耐えられない——好きな花なんで、悲しくなる。ひとつの灰皿に吸い殻が三本あるのもダメ。尼さんが二人乗ってる飛行機には乗れない。金曜日にはなにも始めないし、終わらせない。無限にあるよ、できないこと、したくないことは。でも、こういう原始的な概念に従ってるとね、なんか、奇妙に落ち着くの。

——以前、理想の娯楽はと訊かれたとき、こうおっしゃってました、「おしゃべり、読書、旅行、執筆、この順番で」と。これはその通りなんですか？

カポーティ　だと思う。少なくとも、おしゃべりがつねに一番であるのはまちがいない。聞いてるのも好きだし、話すのも好きだ。ねえ、きみ、気がつかなかったの、ぼくがおしゃべり好きだってこと？

第一六号　一九五七年

ホルヘ・ルイス・ボルヘス

Jorge Luis Borges

「そのうちわかった、ほんとにいい隠喩《メタファー》はつねにおなじである、と」

このインタヴューは一九六六年七月におこなわれた。ボルヘスと話をしたのは、国立図書館《ビブリオテカ・ナシオナル》のかれのオフィスで、いまかれはそこの館長である。部屋には昔のブエノスアイレスの雰囲気がただようが、まるでオフィスというかんじはなく、新たに修復された図書館のなかの、大きくて装飾も多い天井の高い私室といった風情である。壁には――高すぎてなかなか読めない、まるで恐る恐る飾ってあるかのような――アカデミズムからの認証書や文学関連の賞状がもろもろ並んでいる。また、ピラネージのエッチングも何枚かあって、ボルヘスの小説「不死の人」のなかの悪夢めいたピラネージの廃墟を思いださせる。暖炉の上方には大きな肖像画がある。その肖像画についてボルヘスの秘書のミス・スサーナ・キンテロスに訊くと、意図したわけではないだろうが、まさにボルヘス的なテーマのひびきをおびた返事が来た。「たいしたもんじゃありません《インポルタ》。なにかの絵の複製です」

部屋には斜めに向き合うようなかっこうで二本、大きな回転式の本棚があって、ミス・キンテロスの説明だと、ボルヘスのよく参照する本がある順序で並んでいて、その順序は変えられることはない。ほとんど目の見えないボルヘスが位置と大きさで本を見つけられるようになっている。たとえば、辞書はまとめて置いてある。古い、背を頑丈なものに付け替えた、使いこまれたウェブスター英語大百科辞典、同じく使いこまれたアングロサクソン語辞典等。その他、ドイツ語や英語で書かれた神学や哲学から文学や歴史にいたる書物のなかには、『ペリカン版イギリス文学案内』全巻、モダン・ライブラリー版のフランシス・ベーコンの『著作集』、ホランダーの『古エッダ』、『カトゥルス詩集』、フォーサイスの『四次元の幾何学』、ハラップのイギリスの古典の何巻か、パークマンの『ポンティアックの陰謀』、チャンバーズ版の『ベーオウルフ』がある。ミス・キンテロスの話だと、ボルヘスはこのところずっと『アメリカン・ヘリティッジ版図解南北戦争史』を読んでいて、前の晩に家へ持ち帰ったのは——九十歳を越えた母親が声にだして読んでくれるのだ——ワシントン・アーヴィングの『マホメットの生涯』である。

毎日、午後遅くに図書館にやってくると、手紙と詩を口述するのが日課である。ミス・キンテロスがタイプで打ち、読みあげる。ボルヘスの直しが入り、二回か三回、ときには四回、ボルヘスの満足が行くまで、彼女は詩を打ち直す。ときどき午後、彼女が本を読んでやることもあるが、そんなときはボルヘスがていねいに彼女の英語の発音を直す。ときたま、考え事がしたくなると、オフィスを出て、閲覧室のはるか上方にある円形の大広間をぐるぐる歩く。でも、いつも深刻そうにしてるわけじゃありません、とミス・キンテロスは強調して、かれの文章から思い描ける姿をあらためて思いださせてくれた、「しょっちゅうジョークを言ってますよ、けっこうくだらないジョークを」。

ボルヘスが、ベレー帽をかぶり、ダークグレーのフランネルのスーツを肩からだらりと靴の上まで垂らした恰好で図書館にやってくると、だれもが一瞬おしゃべりをやめて様子をうかがうのは、おそらくは尊敬の念からがひとつ、もうひとつはたぶん、すっかり目が見えないわけではない人間へのためらいの混じった同情からだろう。歩き方は自信なさげで、杖をついていて、それを地下の鉱脈をさぐる占い棒のようにつかっている。背は低く、髪は、頭からの生え方をみると、少々ニセモノのようにも見える。顔だちははっきりせ

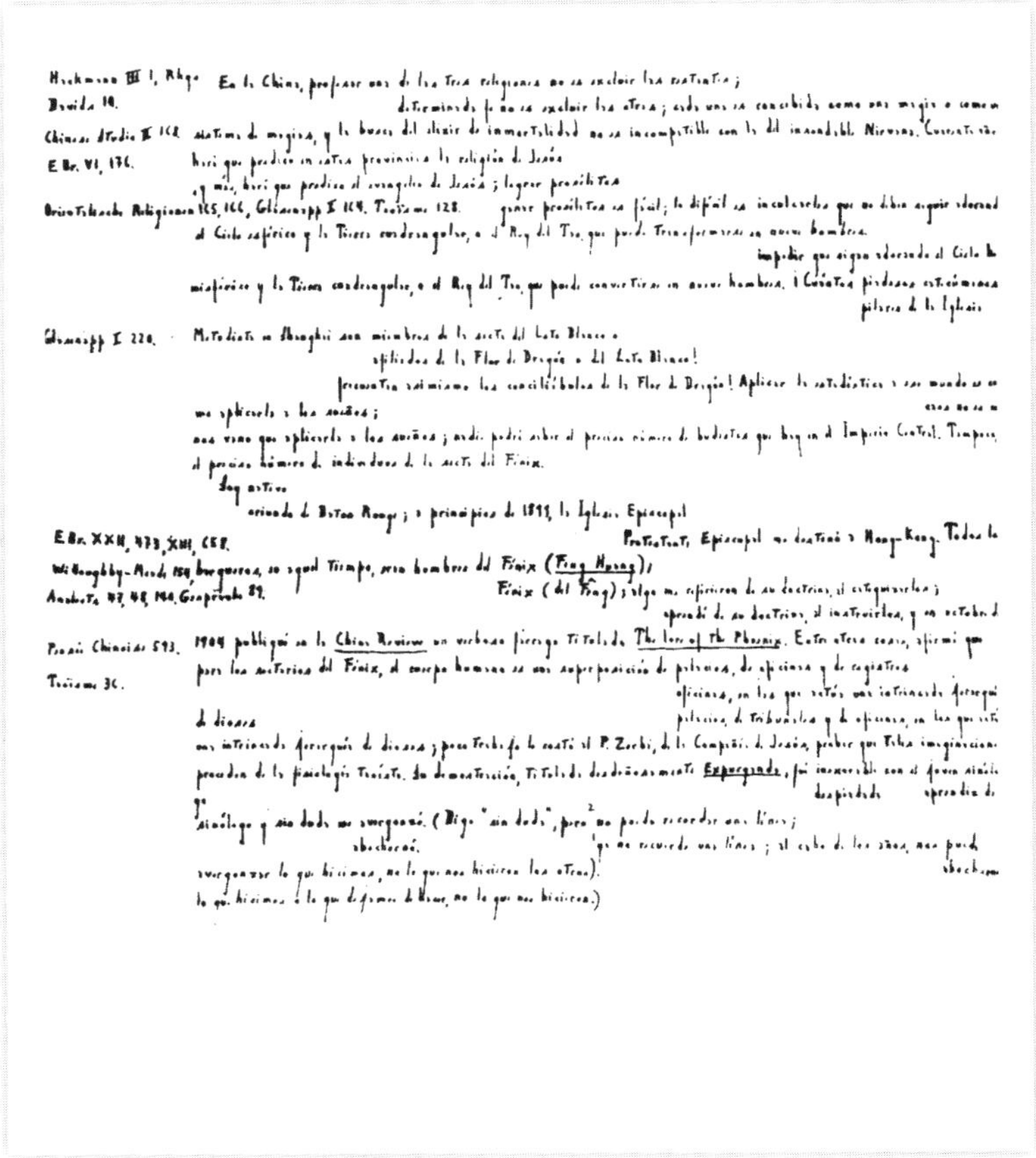

Hackmann III 1, Rhys En la China, profesar una de las tres religiones no es excluir las restantes;
Davids 10. determinada fe no es excluir las otras; cada una es concebida como una magia o como un
Chinese Studies II 162. sistema de magia, y la busca del elixir de inmortalidad no es incompatible con la del inasible Nirvana. Constantino
E.Br. VI, 176. hará que predique en estas provincias la religión de Jesús
y más, hará que predique el evangelio de Jesús; lograr prosélitos
Orientalische Religionen 165, 166, Glasenapp II 164. Tractatus 128. ganar prosélitos es fácil; lo difícil es inculcarles que no deben seguir adorando
el Cielo esférico y la Tierra cuadrangular, o al Rey del Tao, que puede transformarse en nueve hombres.
impedir que sigan adorando al Cielo he-
misférico y la Tierra cuadrangular, o al Rey del Tao, que puede convertirse en nueve hombres. ¡Cuántos fieles son extrañamente
pilares de la Iglesia
Glasenapp I 220. Metodistas en Shanghai son miembros de la secta del Loto Blanco o
afiliados de la Flor de Dragón o del Loto Blanco!
frecuentan asimismo los conciliábulos de la Flor de Dragón! Aplicar la estadística a ese mundo es
no aplicarla a los sueños;
una vana que aplicarla a los sueños; nadie podrá saber el preciso número de budistas que hay en el Imperio Central. Tampoco,
el preciso número de individuos de la secta del Fénix.
hay activo
oriundo de Baton Rouge; a principios de 1899, la Iglesia Episcopal
E.Br. XXII, 473, XIII, 658. Protestante Episcopal me destinó a Hong-Kong. Todos la
Willoughby-Meade 154, burgueses, en aquel tiempo, eran hombres del Fénix (Fung Hwang);
Anecdota 47, 48, 140. Grapendorf 89. Fénix (del Fung); algo me refirieron de su doctrina, al catequizarlos;
aprendí de su doctrina, al instruirlos, y en octubre de
Poesie Chinoise 593. 1904 publiqué en la China Review un verboso ensayo titulado The lore of the Phoenix. Entre otras cosas, afirmé que
Tractatus 36. para los sectarios del Fénix, el cuerpo humano es una superposición de palacios, de oficinas y de registros
oficinas, en las que están unas intrincadas jerarquías
de dioses palacios, de tribunales y de oficinas, en los que está
una intrincada jerarquía de dioses; poco tiempo después el P. Zorbi, de la Compañía de Jesús, probar que tales imaginaciones
proceden de la fisiología taoísta. Su demostración, titulada desdeñosamente Expurgando, fue inexorable con el joven sinólo-
despiadada aprendiz de
go
sinólogo y sin duda me avergonzó. (Digo "sin duda", pero no puedo recordar una línea;
abochornó. ya no recuerdo una línea; al cabo de los años, nos puede
avergonzar lo que hicimos, no lo que nos hicieron los otros). abochornar
lo que hicimos o lo que dejamos de hacer, no lo que nos hicieron.)

「フェニックス宗」のための調査メモ

ず、年齢のせいでいっそうあいまいになり、皮膚の青白さばかりがところどころ目立つ。声もまたはっきりせず、ほとんど単調な物憂い話しかたで、焦点が合ってないような目のせいだろう、顔の後ろに隠れた別な人物が話しているかのようだ。身振りや表情に力はまるでない——際立つのは自然に垂れた片方のまぶたである。しかし、笑うと——けっこう笑う——顔ぜんたいがしわくちゃになって歪んだクエスチョン・マークみたいになる。まわりのものを掃き清めるかのように片腕をよく動かしては、手を机のうえに置く。発言はたいがい反語的だが、真剣な質問をするときになると、威圧的なまでに好奇心をしめしたり、おどおどとした哀れげな不信の表情を見せたりする。気が向くと、ジョークを言うときなど、はきはきしたドラマティックな口調になる。オスカー・ワイルドを引用したときの様子はエドワード朝の役者顔負けだ。かれの発音は簡単に分類できるものではなく、そのコスモポリタン的な言葉使いは出自はスペイン語圏で、正確なイギリス英語で教育をうけたあと、アメリカ映画の影響をうけたものである。(“piano”を「ピエアノ」と発音するイギリス人はいないし、“annihilates”を「アニーヒレイツ」と言うアメリカ人はいない。)かれの発音で際立っているところは、言葉がたがいにぼやけてソフトにつながっていくことである。言葉のお尻が消えてしまうようなことになり、couldn’tとcouldは事実上区別がつかない。その気になるとスラングや俗語もつかうが、ぜんたいにはイギリス英語のフォーマルでブッキッシュな英語で、当然のことながら、“that is to say”とか“wherein”といったフレーズをよくつかう。いつも文章は、物語的な「and then(それから)」とか論文的な「consequently(したがって)」でつなげられる。

しかし、なんといっても、ボルヘスはシャイである。遠慮がちで、自分をだしたがらず、個人的な意見はできうるかぎり避け、自分についての質問には遠回しに答える。ほかの作家の話をしながら、かれらの言葉やかれらの本を、自分の考えを示すもののようにつかうのである。

このインタヴューでは英語を話すかれのくだけた口調をなるたけ残そうとした——かれの作品とはきわめて対照的なものだからである。文章を磨くなかで重要な役割をはたした言語とのかれの親密さを明らかにしたかった。

――ロナルド・クライスト　一九六七年

――わたしたちの話を録音するのはいやじゃありませんか？

ホルヘ・ルイス・ボルヘス　いいよ、いいよ。用意してください。邪魔ですけど、なるたけ、気にしないで話しますよ。あなたはどちらから？

――ニューヨークです。

ボルヘス　ああ、ニューヨーク。行ったことあります。とても気に入りました――自分に言い聞かせてました、ああ、これはわたしが作った、わたしの作品だって。

――高いビルの壁とか、迷路のような通りのことをおっしゃってるんですか？

ボルヘス　はい。通りを歩きましたよ――フィフス・アベニュー――迷いましてねえ、でも、みんな、どこでも親切だったなあ。背の高い恥ずかしがりの若いひとたちがするわたしの作品についてのたくさんの質問に答えたのを覚えてます。テキサスでは、ニューヨークは怖いよ、と言われたんですがね、気に入りました。えーと、用意できた？

――はい、もうまわってます。

ボルヘス　じゃあ、始めますか、どんなような質問があるんです？

――おもに、あなた自身の作品についてと、興味があるとおっしゃってるイギリスの作家たちについてです。

ボルヘス　ああ、それならいい。若いいまの作家たちについて訊かれても、ほとんど知りませんから。だいたいここ七年わたしが一所懸命やってるのは、古英語(1)と、古ノルド語(2)です。したがって、アルゼンチンからもアルゼンチンの作家たちからも時空的にだいぶ離れてますよね？　でも、『フィンスブルグ・フラグメント』[3]とかエレジーとか『ブルアンブルグの戦い』[4]について話せというんなら……

——そっちの話がしたいですか?

ボルヘス　いや、べつに。

——なにがきっかけで古英語や古ノルド語の勉強をしようと思われたんです?

ボルヘス　はじめたのは、隠喩《メタファー》にとても興味があったからです。そしてそのうち、なにかの本で——アンドルー・ラングの『イギリス文学史』だと思いますが——ケニングについて読んだ。古英語に、そして古ノルド語の詩にはもっと複雑なかたちであらわれてくる隠喩です。それで古英語の研究に入りこんだ。最近は、というかいまは、何年も研究してきたんで、隠喩にはもう興味ないです、だって、あれって、詩人たちにはぼてぼてした退屈なものになってたと思うんでね——少なくとも古英語の詩人たちには。

——繰り返すばかりのものになってたということですか?

ボルヘス　繰り返す、何度も何度も使う、hranrād や waelrād という言葉を、「鯨の道」という意味ですがね、「海」の代わりに使いつづける——そんなようなもんです——「海の木」とか「海の種馬」を「船」の代わりにつかうとか。それで、わたしはとうとうそれらを使うのを止すことにしたんです、隠喩を。ところが、いっぽうでその言語のほうの勉強をはじめてたんで、そっちに恋してしまった。いまではグループでやってますよ——六、七人で——ほとんど毎日勉強してます。『ベーオウルフ』や『フィンスブルグ・フラグメント』や『十字架の夢』のさわりを読んできました。アルフレッド大王の散文とかも。そして最近にはじめたのが古ノルド語で、これは古英語にけっこう近い。ボキャブラリーがそんなにちがわない。古英語は低地ドイツ語とスカンジナビア語の中間にあるようなものですから。

——英雄物語《エピック》の文学にはずっと興味をすごくおもちですよね?

ボルヘス　ずっとですね、はい。たとえば、たくさんのひとが映画を観て泣きますよね。よくあることですが、それとおなじようなもんです、わたしの場合も。もっとも、お涙ちょうだいものに泣いたことはありませんが。それと、感傷的なものにも。でも、たとえば、ジョセフ・フォン・スタンバーグの最初のギャング映画を観たとき[5]、英雄物語のようなところがあって——シカゴのギャングが勇敢に死ぬところです——ええ、目が涙でいっぱいになったのを覚えてます。叙情詩やエレジーよりも英雄物語にわたしは感動する。ずっとそうでした。そうなるのはきっと軍人の血筋だからでしょう。祖父はフランシスコ・ボルヘス・ラフィヌール大佐といい、インディオとの国境の戦争でたたかい、革命で死にました。曾祖父はスアレス大佐といって、スペイン人を相手にした最後の大戦闘のひとつでペルーの騎兵隊を指揮して突撃した。曾祖伯父はサンマルティンの軍隊の前衛部隊を指揮してた——そんなもんです。それと、そうそう、高祖母のひとりはロサス*の妹だった——この類縁についてはべつに自慢したくもないですけど。ロサスなんて、当時のペロン[6]みたいなもんでしょうから。でもまあ、こういったことがわたしをアルゼンチンの歴史と、それから、人間は勇敢でなくちゃいかんという考え方と結びつけてるんじゃないでしょうか、そう思いませんか？

＊　ホアーン・マヌエル・デ・ロサス(一七九三—一八七七)、アルゼンチンの軍人の独裁者。

(1)　一一五〇年頃までの英語。

(2)　八世紀から十四世紀までスカンジナビアで使われた英雄詩。

(3)(4)　古英語で書かれた英雄詩。

(5)　『暗黒街《アンダーワールド》』一九二七年公開。

(6)　アルゼンチンの軍人、政治家。一九四六年に大統領になると独裁的なやりかたで改革をすすめた。二度目の妻のエバも夫とともに政治活動を展開、「エビータ」の愛称で大衆の人気を集めた。その後失脚し、このインタヴューがおこなわれた頃は国外への亡命を余儀なくされていたが、一九七三年ふたたび大統領になり、翌年に亡くなった。そのあとは三度目の妻のイザベルがひきつづき大統領に就任した。

――でも、英雄物語の英雄としていま挙げてらっしゃった人物たちは――たとえばギャングですが――ふつうは英雄物語の英雄とはあつかわれないんじゃありません？

ボルヘス　ギャングにも、まあ、低級な英雄物語みたいのがあるとは思いますよ――そう思いません？

――昔のようなタイプの英雄物語はもはや不可能になったから、そのての人物たちにわれらの英雄物語の英雄を探さなくてはいけなくなった、ということですか？

ボルヘス　英雄物語の詩や文学について言うと――『知恵の七柱』のT・E・ローレンスといった作家たちとか、「デーン人の女たちのハープ唄」といった詩や、それと小説も書いたラドヤード・キップリングのような詩人たちを除くと――文学者たちが英雄物語への責務をあまり果たさなくなってきた、そこで、英雄物語は、おかしなことに、ウェスタン映画によって守られることになった、とそんなふうに思います。

――映画の『ウェスト・サイド物語』は何度もご覧になったと聞きました。(7)

ボルヘス　何回も、はい。でも、『ウェスト・サイド物語』はウェスタンじゃないですよ。

――ええ。だけど、英雄物語的なものをかんじられたのではありません？

ボルヘス　そういうところはありますね、はい。さっきも言いましたが、今世紀に入ってからは、英雄物語の伝統は、どこよりもまず、ハリウッドによって守られてきましたから。パリに行ったときのことですが、みんなをびっくりさせたくてね、映画について訊かれると――わたしが映画が好きだ、というか、いまじゃ視力もほんとにわずかなものになりましたから、好きだった、のを知ってるんで訊いてきたんですよ、どんな映画が好きですかって。わたしはこう答えました、正直に申し上げて、いちばん楽しんでるのはウェスタンです、と。すると、全員がフランス人でしたからね、みんな、わたしに全面賛成でした。かれらは言ってましたよ、もちろんわれわれは『二十四時間の情事』や『去年マリエンバードで』(8)のような映画も義務感から観るが、楽しみたいとき、楽しくなりたいとき、ほんとうにいい気分になりたいときは、アメリカ映画を観る、と。

――興味をもたれるのは、映画の内容、「文学的」内容のほうですか、テクニカルな面ではなくて?

ボルヘス 映画のテクニカルな面についてはほとんど知りません。

――あなた自身のフィクションのほうに話を変えさせていただきたいのですが、自信がなくてなかなか小説を書き始めることができなかった、とおっしゃってたことがあります。そのことについてうかがわせてください。

ボルヘス ええ、とても自信がなかった、若い頃は自分のことを詩人だと思ってましたし。だから、小説を書いたりしたら、自分はよそものあつかいされて、禁断の地に足を踏み入れた、とみんなに思われるんじゃないか、と考えてました。そしたら、事故に遭ったんです。傷、まだありますよ。頭のここに触ってもらえばわかります。山になってるでしょ、瘤に? それで二週間、入院した。いやな夢を見たり、眠れなくなったり――不眠症になりましたよ。あとで聞いたら、まあ、あやうく死ぬところだったらしいです、手術が成功してほんとに素晴らしい、と言われました。知能のほうは大丈夫なんだろうか、と心配になりましてね――なにももう書けないんじゃないか、とくよくよ考えました。そんなことになったらもう自分の人生はおしまいだって。なにしろ、文学がとても大事なものでしたから、わたしには。自分はかなりいいものを持ってると思ってたわけじゃなくて、書かなかったらちゃんと生きていけないとわかってたからです。書かなければ、なんというか、悔いかな? そんなものをかんじる日々を送ることになるだろうって。それで、記事か詩を、ともかくひとつ書いてみようと思った。ところが、よく考えてみたら、記事

(7) 公開されたのは一九六一年、このインタヴューは一九六七年におこなわれた。
(8) いずれもフランスのアラン・レネの監督作品、斬新な表現で注目された。

や詩はもうすでに何百と書いてた。出来が悪かったら、ダメだ、とすぐに自分でわかってしまう、なにもかもおしまいだって。そこで、やったことのないことをやってみようと考えたんですよ。それなら、出来が悪くても、べつに不思議でもなんでもないだろうって。だって、短編なんか書いたことないんだから。でも、命取りの一発になってたかもしれませんね、絶体絶命のところにいるのはわかってたんだから。そうして書いたのが、ちょっと待ってくださいよ、えーと、「ばら色の街角の男」*で、みんながかなり喜んでくれた。ホッとしましたねえ。あのとき頭をガツンとやってなかったら、きっと短編小説を書いてることもなかったでしょう。

――そしたら翻訳されるようなことにもついぞならなかった？

ボルヘス　だれも翻訳しようなんて考えなかったでしょう。あの事故は、だから、災い転じて福というしろものです。あれらの小説で、どうにか、道が開けたんだし。フランス語に翻訳されて、フォルマントール国際文学賞をうけ、それから、なんだか、多くの言語に翻訳されるようになった。最初に翻訳してくれたのはイバッラ(9)ですよ。親しい友人ですが、かれがフランス語に翻訳した。いいものにきっと書き直してくれたんです。

――イバッラですか、最初の翻訳家は？　カイヨワではなくて？

ボルヘス　かれとロジェ・カイヨワ**(10)です。よぼよぼの老いぼれになってはじめて、世界中のたくさんのひとがわたしの作品に興味をもってくれた。変なかんじです、自分の書いたものが英語になったり、スウェーデン語になったり、フランス語になったり、イタリア語になったり、ドイツ語になったり、ポルトガル語になったり、スラブ系のいろんな言語になったり、デンマーク語になったりするのは。いつもそのことにはすごくおどろいてます、だって、思いだしてみれば、本というものを初めて出したとき――はるか昔の一九三二年のことだと思いますが***――その年の年末に確認してみたら、売れたのはじつに三十七部だったんですから!

——それは『汚辱の世界史』ですか?

ボルヘス　ちがう、ちがう。『永遠の歴史』です。最初は、買ってくれたひと全員を探しだして、あんな本ですみません、とあやまり、買ってくださってありがとうございます、とお礼を言いたかった。どういうことかというとですね、三十七人というのは、考えてみると——リアルなんです、つまり、ひとりひとりに顔がある、家族がある、暮らしている町がある。ところが、たとえば二千部売れたとすると、それはぜんぜん売れなかったのとおなじことなんです、だって、二千は大きすぎますよ——つまり想像をはたらかすには。しかし、三十七人ならね——たぶん三十七も多すぎて、たぶん十七がもっといいんだろうけど、いや、七かな——でも、まあ、三十七はまだ想像できる範囲内でしょう。

——数字の話になりましたが、あなたの小説ではいくつかの数字が繰り返し出てきます。

ボルヘス　おっしゃる通りです。ひどく迷信深いんですよ、恥ずかしいくらい。自分に言い聞かせてるんですがね、迷信は小さな狂気なんだぞって。そう思いませんか?

*　これはきっと記憶違い。小説は「『ドン・キホーテ』の著者、ピエール・メナール」で、雑誌「スル」の五六号(一九三九年五月)に掲載された。ボルヘスはじっさいにはこの小説の前にふたつ、短編を書いている。「アル・ムターシムを求めて」という、存在しない本の書評(「ピエール・メナール」に似ている)、それと、最初の短編である「ばら色の街角の男」だが、これは一九三五年刊の『汚辱の世界史』に収録された。インタヴューでつづけて言及されるフォルマントール国際文学賞はボルヘスの『伝奇集』にあたえられたもので、「ばら色の街角の男」はそのなかに入っていない。

**　カイヨワは出版した人物。

***　一九三六年である。

(9)　ネストル・イバッラ。

(10)　フランスの批評家、哲学者。『遊びと人間』等の著書も多いが、ラテンアメリカの作家を多くフランスに紹介した雑誌「ラ・クロワ・ドゥ・スド(南十字星)」の編集兼発行人でもあった。

——あるいは、小さな宗教?

ボルヘス うーん、宗教ね、でも……たとえば、人間、百五十歳になったら、かなり狂ってくるんじゃないですか、そう思いません? だって、いろんな小さな病気が積み重なってゆっくり大きくなってきてるはずですからね。でも、母親を見てると、いま九十歳ですが、わたしのほうがよっぽど迷信深いんですよ。このあいだ、たぶん十回目になりますが、ボズウェルの『ジョンソン伝』を読んでたら、かれは迷信漬けだった、とありました、そして自分が狂うことをすごく恐れていた、と。かれが神に祈ってたことのなかには、狂人にだけはしないでほしいというのがあります。とても心配してたんですね。(11)

——やはりおなじ理由からですか——迷信からでしょうか——あなたがおなじ色を——赤と黄と緑——を繰り返しつかうのは?

ボルヘス でも、緑はつかってる?

——ほかほどではないですが。でも、トリヴィア的だと思われるでしょうが、色を数えてみたら……

ボルヘス いや、いや。それが文体論というものさ、それが研究です。でも、見つかるのは黄色でしょ?

——しかし、赤もです、けっこう動く赤で、ばら色になったりもしますが。

ボルヘス ほんとに? そりゃあ知らなかったなあ。

——今日の世界は昨日の火の燠《おき》のようである——これはあなたがつかわれる隠喩《メタファー》です。あるいは、「赤いアダム(Red Adam)」についても語ってます。(12)

ボルヘス うん、そういえば、Adamって語は、ヘブライ語ではたぶん「赤土」という意味だ。音のひびきもいいねえ、そう思いません? 「ロホ・アダン(Rojo Adán)」。

——ええ、いいですねえ。でも、色を隠喩につかって世界の退化を示すというのは、あなたが意図したものではないですよね?

ボルヘス　なにかを示そうなんて意図はわたしにはないよ［声をだして笑う］、意図なんかまったくない。

——叙述するだけですか？

ボルヘス　叙述。書くだけ。だけど、黄色については、具体的な説明もできる。だんだん視力がなくなっていったとき、最後に見えた色、というか、最後まで目立った色は、いまもあなたのコートはこのテーブルの色とも、あなたの後ろにある木工品の色ともおなじじゃないのがわかるわけですから——最後まで目立った色は、黄色だったんです。色のなかでいちばんビビッドなんですよ。アメリカにイエロー・キャブ・カンパニーがあるのもそのせいです。最初はかれらは車を緋色にすることを考えてた。ところが、そのうちだれかが気がついた、夜とか、霧が出てるときは、黄色のほうが緋色よりもだんぜんビビッドに目立つって。それで、だれにでも目につくというわけで、黄色のタクシーになった。わたしの視力がだんだんなくなっていったとき、世界がわたしの前からだんだん消えていったときですが、友だちがよく言ってました……からかってました、いつもわたしが黄色のネクタイをしてたもんでね。みんな、わたしが黄色が好きなんだと思ってましたよ、ぎんぎらぎんに派手なものだというのに。だから言ってやったんです、きみらは好きかもしれないが、おれは好きじゃない、だって、見えるのがこの色だけなんだから！　わたしのいるところは灰色の世界です、銀幕の世界といったかんじですかね。でも、黄色は目につくんですよ。これでおわかりいただけたでしょう。オスカー・ワイルドが言ったジョークを思いだしました、かれの友人が黄色とか赤とかもろもろはいったネクタイをしてた、そしたらワイルドはこう言ったんです、おいおい、勘弁してよ、そんなネクタイをしてられるのは耳の聞こえないやつくらいだ！

（11）ジョンソンは十八世紀イギリスの批評家、編集者で、「ジョンソン博士」と呼ばれた。ボズウェルによる伝記は伝記文学の傑作として知られ、その人柄等が仔細に描かれている。七十五歳で亡くなった。

（12）「円環の廃墟」『伝奇集』所収。

――わたしの今日のネクタイも黄色ですが、おなじことを言われてたかもしれませんね。

ボルヘス　そういえば、思いだした、その話をね、ある女性にしたらみごとに勘違いされました。彼女はこう言ったんです、ほんと、その通り、ネクタイのことをあれこれ言われても耳の聞こえないやつだったらわからないものね。これを聞いたらオスカー・ワイルドは大笑いしたでしょう。

――かれがどう答えるか、聞きたいところですね。

ボルヘス　まったく。これほど完璧に誤解されたケースは聞いたことがないよ。愚の骨頂です。ワイルドがああ言ったのは、もちろん、あることを軽妙に翻訳してのことだったんですから。スペイン語でも英語でも「やかましい色」という言いかたをする、そのことを踏まえてた。「やかましい色」はいろんな言語に共通した言いかたですね、もっとも、文学のなかで語られることはどこでもいつもおなじなんですが。大事なのは、どんなふうに言うかだ。そこで、たとえば、隠喩《メタファー》探しになるんです。若いときはせっせと新しい隠喩を探したもんです、そしてそのうちわかった、ほんとにいい隠喩はつねにおなじである、と。つまり、時間を道に、死を眠りに、人生を夢になぞらえたりしますが、そういったものが文学において大いなる隠喩になってきたのは、なにか本質的なものにつながるものがあるからですよ。なにか隠喩を新しく作れば、ほんの一瞬はひとをびっくりさせられるかもしれませんが、深く心にひびくということはない。人生を夢だと考えるのは、すでに、ひとつの思想なんですよ、ほんとうの思想なんです、というか、少なくとも多くのひとが持ちそうな考えかただということです。そう思いません？　「しょっちゅう頭に浮かぶのに、言葉で表現されたことのないもの」[13]　わたしには、そういうもののほうが、ひとをおどろかせたり、それまでつながりのなかったものにつながりを見つけたりすることより、大事なことに思えます。無理に見つけたつながりなんて、ほんとうのつながりではありません。一種の曲芸《ジャグリング》にすぎません。

――言葉の曲芸？

ボルヘス 言葉だけの。そういうのは、ほんとうの隠喩だとは思わない、だって、ほんとうの隠喩の場合、ふたつのものはほんとうにつながってるんですから。最近、ひとつ、例外を見つけましたがね——変わった、新しい、美しい隠喩で、古ノルド語の詩にあった。古英語の詩では、戦闘のことを「剣の勝負」とか「槍の対決」と言う。ところが、古ノルド語では、それとたぶんケルト語の詩でもおなじだと思いますが、戦闘のことを「ひとの編物《ウェブ》」と言う。変わってると思いませんか？ だって、編物には模様があるんだし、人間で編んだ、編物《テヒード》ですよ。きっと、中世の戦闘では剣や槍が向かい合ってぶつかっているところあたりが、なにかを編んでるように見えてたのかもしれません。そんなわけで、まあ、新しい隠喩はあったんです。それにしても、どこか悪夢的なタッチがこれにはありますね、そう思いませんか？ 生きている人間、生きているものでできた編物ですよ、そして編物ですから模様がある。変わった考え方です、そう思いません？

——それって、ざっとした印象ですけど、ジョージ・エリオット(14)が『ミドルマーチ』でつかってた隠喩につながるように思います、社会とは編物であって、糸をほどこうとすると、ほかの糸ぜんぶに触らないわけにはいかない、という。

ボルヘス ［すごく興味深そうに］だれですって、そう言ったのは？

——ジョージ・エリオットです、『ミドルマーチ』のなかで。

ボルヘス ああ、『ミドルマーチ』ね！ まったくその通り！ 世界はぜんぶつながってるということね——すべてはつながってる、と。うん、それがひとつの理由ですよ、ストア派の哲学者たちが前触《オーメン》れを信じた

(13) 十八世紀のイギリスの詩人アレキサンダー・ポープの『批評論』の一節。
(14) 十九世紀のイギリスの女性作家。

のも。ひとつ、文書があります、とてもおもしろい文書で、このひとのはどれもぜんぶおもしろいんですが、ド・クインシー[15]が現代の迷信について書いたものです、そのなかでストア派の理論を披露してる。宇宙全体がひとつの生き物なのだから、すごく遠く離れてるように見えるもののあいだにもつながりはある、という考え方です。たとえば、十三人の人間がいっしょに食事をしたら、そのうちのひとりは一年以内に死ぬ。これは、イエス・キリストと最後の晩餐に由来するだけではなくて[16]、すべてはつながってることのせいでもある。ド・クインシーはこう言ってました――この通りだったかは自信ないですが――この世ではすべてのものが宇宙の秘密の鏡である。

――影響をうけたひとたちのことをよくお話しくださいますが、ド・クインシーも……

ボルヘス　ド・クインシーはそうですね、かなり。それと、ドイツだと、ショーペンハウアー。ええ、じつを言うと、第一次大戦中はカーライルにみちびかれて――カーライルはいまは大嫌いですがね、わたしはかれがナチズムといったようなものを作ったんだと思ってます、ああいうものの父親というか先祖のひとりですよ――でもまあ、カーライルにみちびかれてドイツ語の勉強をしたんです[17]。そしてカントの『純粋理性批判』に挑戦した。もちろん、立ち往生しました、多くのひととおなじです――多くのドイツ人もおなじです。それで自分に言い聞かせた、よしッ、詩に挑戦しよう、詩なら短いぞと。そしてハイネの『叙情的間奏曲』と英独辞典を手に入れましてね、二、三ヶ月後には辞書の助けなしでけっこう行けるようになった。

覚えてますが、初めて読み通した英語の小説は『緑の鎧戸のある家』というスコットランドの小説でした。

――だれですか、書いたのは？

ボルヘス　ダグラスというひとです[18]。やがてそれは剽窃されましたね、『帽子屋の城』を書いた男に――クローニン[19]ですか、まったく同じプロットになってます。本はスコットランドの方言で書かれてました——つまり、money と言うところを bawbees と言い、children の代わりに bairns と言う(これは古英語でもあればノルド語でもあります)、そして night の代わりに nicht と言う、これは古英語です。

——いくつのときですか、読んだのは?

ボルヘス　たしか——わからないところはたくさんありましたけどね——十歳か十一歳でした。その前に、もちろん、キップリングの『ジャングル・ブック』は読んでたし、スティーヴンソンの『宝島』も読んではいました、『宝島』はとてもいい本ですよ。でも、初めて読んだほんとうの小説はその小説なんです。読んだあと、スコットランド人になりたくなって、祖母にそう言ったら、祖母はひどく不機嫌になり、とんでもない、おまえがそんなんじゃなくてよかったよ、と言いました。でも、祖母はまちがってたんです。だって、祖母はノーサンバーランド[20]の出身なんですから。スコットランド人の血はすこしは入ってるはずなんです。さかのぼれば、たぶんデーン人の血も。

——イギリスに長いこと興味をおもちなのも、愛着が深いのも……

ボルヘス　そうだった、いまはアメリカの人と話してるんでしたね、一冊、話しておかなくちゃいけない本がありますす——べつに意外なものではないんですが——『ハックルベリー・フィンの冒険』。わたしはト

(15)　十八世紀のイギリスの批評家、随筆家。自分の体験から書いた『ある阿片吸飲者の告白』が有名。
(16)　キリストが十字架にかけられる前日に十二人の弟子とした最後の夕食。この席で、ユダが裏切者だと告げた。
(17)　カーライルは十九世紀のスコットランドの歴史家、批評家。ドイツの文学と哲学の大きな影響をうけた。ゲーテの翻訳等のほか、『英雄崇拝論』などの著書がある。
(18)　ジョージ・ダグラス・ブラウン。スコットランドの作家。一九〇一年刊。
(19)　A・J・クローニン。スコットランドの二十世紀の作家。
(20)　イングランド最北の州でスコットランドは隣り。

ム・ソーヤーは大嫌いですよ。『ハックルベリー・フィン』の終わりの数章なんか、トム・ソーヤーによって台無しにされてると思います。くだらないジョークばかり言って。まったく無価値なジョークばかりですよ。きっとマーク・トウェインは、愉快な気分でないときでも愉快にふるまわなくちゃいけないって、義務のように思ってたんでしょう。ジョークをなんとしてでも挟みこまなくちゃいけないんだって。ジョージ・ムーア[21]によれば、イギリス人っていうのはいつも、「ひどいジョークでもないよりはまし」と考えてたそうですから。

マーク・トウェインはじつに偉大な作家のひとりだった、とわたしは思ってますが、かれはそのことに気づいてなかったように思います。でも、ほんとうに偉大な本を書くには、おそらく、気づいてないほうがいい。そのほうが作品にがむしゃらに取り組めて、すべての形容詞をほかの別なのに替えたりすることもできますし。まちがいがあったほうが、たぶん、いいものが書けるんです。バーナード・ショー[22]が言ってます、スタイルについていうと、作家のスタイルとは作家の信念によってもたらされるのであり、それ以上のものではない、と。ショーは、スタイルをゲームのように考えるのはナンセンスでまったく意味がない、と考えてたんです。たとえば、バニヤン[23]のことをかれは偉大な作家と考えてましたが、それはバニヤンが自分の言ってることに強い信念をもってたからです。作家が自分の書いてることを信じてなかったら、読者にそれを信じさせることなんて無理です。ところが、ここアルゼンチンでは、文章を書くことを——とりわけ詩を書くことを——スタイルのゲームと考える傾向がある。じつにうまく書く詩人たちをたくさんわたしは知ってます——まったくすてきなものを書く——繊細なムードなどをただよわせて——ところが、かれらと話をすると、話すことは薄汚い話か、あるいは、そこいらの人間たちが話してるような政治の話しかしない。つまり、かれらには、ものを書くっていうのは余興のようなものになってるんです。言葉のあつかいかたを、チェスかブリッジのやりかたを学ぶみたいに、学んできたんですね。

かれらは、まったく、詩人や作家といったものじゃありません。かれらは技《わざ》を学んできたのであって、それはもう完璧なまでに学んできた。指先にみごとにすべてを蓄えた。でも、そのほとんどは——四、五人、例外はいますが——人生を詩的なものとも、ミステリアスなものとも考えてないように思います。かれらはなにもかもなめてかかってる。ものを書く段になると、よし、ここはすこし悲しめに行くか、あるいは、アイロニックに行ってみようか、とやるわけです。

——作家の帽子をかぶるというわけですね？

ボルヘス　そうですね、作家の帽子をかぶる。そして適切なムードに入って書き始める。そしてその後は昨日今日の政治の話に舞いもどる。

スサーナ・キンテロス　［入ってくる］失礼します。セニョール・キャンベルがお待ちです。

ボルヘス　そうか。待ってるように言ってください。そうでした、ミスター・キャンベルが待ってるんだった。キャンベル夫妻が来るんだった。

——小説を書いてらしたときは、たくさん直されましたか？

ボルヘス　最初の頃はそうしてた。そのうち、人間、ある年齢に達すると、それなりに自分のトーンを見つけるようになるんだ、と気がつきましてね。いまは、書いてから二週間くらいたってから見直すくらいです。間違いや繰り返しはもちろんたくさんあって、それは直さなくちゃいけない。また、お気に入りの癖も程々にしなくてはいけない。でも、最近は、自分の書くものはあるレベルのところにつねにあって、それ以上良くもならなければ悪くもならない、と思うようになりました。したがって、放っときます、忘れ

(21)　アイルランドの詩人、劇作家。
(22)　アイルランド出身の二十世紀の劇作家、批評家。毒舌、警句の達人としても知られた。
(23)　ジョン・バニヤン。十七世紀のイギリスの伝道師、作家。『天路歴程』など。

ることにしてます、で、いまやってることだけを考えるようにしてる。このところ書いてるのはミロンガ[24]です、ポピュラーソングです。

——はい、それ、拝見しました。美しい本ですね。

ボルヘス　はい、『六弦のために《パラ・ラス・セイス・クエルダス》』、ギターのことですよね。ギターは、わたしが子どもの頃、人気のあった楽器です。みんながギターを、あまりうまくはないんですが、ほとんどどこの町のどこの街角でも弾いてました。最高のタンゴのいくつかを作曲したのは、楽譜も読めない書けないひとたちでしたよ。でも、かれらは魂のなかに音楽をもってた、シェークスピアがそんなこと言ってませんでしたっけ。それで、まずだれかに聴かせた。やがて、それがピアノで演奏されて、楽譜に書きとられ、出版されて楽譜の読めるひとたちの手に渡ったんです。そういうひとたちのひとりに会ったことがあります——エルネスト・ポンシオ。「ドンファン」を書いた男です、最高のタンゴのひとつですよ、タンゴはその後ラ・ボカ[25]のイタリア人たちによって台無しにされてくんですが——いま言ってるのはそうなるより前のこと、タンゴがまだクルオーリョたち[26]のものだった頃のことです。かれはわたしに言いました、自分は何回も牢屋に入ったがね、セニョール・ボルヘス、でも、いつも人殺しでだからね！　かれとしては、自分はこそ泥やヒモではない、と言いたかったんですよ。

——あなたの『自選集』に……

ボルヘス　まあ、見てくださいな、その本はミスプリントばかりですよ。わたしの目がほとんど見えないもんで、ゲラの校正をほかの人間にやってもらうしかなかったんですが。

——はい、でも、たいした間違いではないんではないですか？

ボルヘス　そうだけどね、でも、まぎれこむ。書き手には悩みの種です。読者にはなんでもないことですけど。読者はなんでも受け入れますからね、でしょ？　最悪なナンセンスなことでも。

──どんな基準で作品を選んでその本はつくったんですか？

ボルヘス　選択の基準は単純で、ましだと思えたものをとり、その他ははずした。もちろん、もっと賢ければ、それらの小説もなんとかはずそうとしたでしょ。そうすりゃ、わたしが死んだ後、だれかがそれを見つけて、はずしてあったもののほうがほんとうにいいものだったんだ、と気がつくことになったかもしれないし。それって、利口な方法だと思いません？　つまり、下手なものだけを出版しておいて、後にだれかに、ほんとうにいいものははずしておいたんだ、と気づかせる。

──ジョークがすごくお好きですよね？

ボルヘス　はい、好きです、はい。

──でも、あなたの本について、とくにフィクションについて書いてるひとたちは……

ボルヘス　ちがいますよねえ──みんな、とんでもなくまじめに書いてる。

──なかなかわかってないみたいですよ、すごく滑稽なものもけっこうあるんだってことが。

ボルヘス　滑稽なものになってるはずなんですがね。まもなく『ブストス＝ドメックのクロニクル』という本が出ます、アドルフォ・ビオイ・カサレスといっしょに書きました。建築家や詩人や小説家や彫刻家などについての本です。登場人物はみんな架空の人物ですが、全員がすこぶる現在の人間、じつにいまどきの人間たちです。すごくまじめなんですよ、作家もね。でも、かれらはだれかのパロディというわけじゃない。成り行きにまかせて書いてったらそういうものになったんです。たとえば、この国の作家たちによく言われるんです、あなたのメッセージが知りたい、とね。でもねえ、じつは、われわれにはメッセージ

(24)　アルゼンチン、ウルグアイの民謡。やがてタンゴに発展。
(25)　ブエノスアイレスの一地区。イタリアからの移民が多く住み、ヨーロッパの雰囲気がある。
(26)　中南米で生まれたスペイン人の子孫。生粋の中南米人のニュアンスがある。

なんかぜんぜんないんです。書くのは、なにかができあがりそうだからですよ。作家は自分の作品にあまりちょっかいを出すべきじゃない、と思います。作品が自然に進んでいくがままにまかせるべきだ。

――いつかおっしゃってましたよね、どんな思想の持ち主かで作家は評価されるべきではない、と。

ボルヘス ええ、思想は重要だとは思いません。

――では、なにによって評価されるべきなんでしょう？

ボルヘス どれだけ楽しませてくれたか、どれだけ心を揺さぶってくれたか、で評価されるべきです。思想について言うと、作家がなにか政治的な意見をもってるかどうかなんて、結局のところ、そんなに重要じゃない。だって、そんなのに関係なく作品は生まれてくるんですから。キップリングの『キム』がいい例です。イギリス帝国という思想を重視してたら――いいですか、『キム』では、だれもが好きになる人物たちはイギリス人じゃないですよ、インド人でありイスラム教徒たちです。ほんと、すてきな連中なんだから。それは、キップリングがそう思ってたからであって――ちがう！　ちがう！　すてきだと思ってたからではなくて――すてきだとかんじてしまったからです。[27]

――形而上学な思想についてはどうでしょう？

ボルヘス ああ、形而上学的な思想ね、はい。そういうのは寓話やなんかに入ってきますね。

――あなたの小説を寓話だと言う読者はけっこういます。そう言われるのはお好きですか？

ボルヘス いいえ、いいえ。寓話のつもりはないです。つまり、寓話になってるとしたら[長い沈黙]、つまり、寓話になってるなら、たまたまそうなってしまったということで、わたしのなかには寓話を書こうなんて気持ちはぜんぜんなかった。

――カフカの寓話のようなものではない、ということですか？

ボルヘス カフカについては、われわれはろくに知らないんですよ。知ってることといったら、自分の作品にすごく不満足だったということだけでしょ。もちろん、友人のマックス・ブロートに、原稿はぜんぶ焼いてほしい、と言ったとき、ウェルギリウスもそうでしたが、かれはわかってたんだと思います、友人はぜったいそんなことはしない、とね。もし自分の作品を破棄したいなら、自分で火にくべればいいことだ、それで一件落着ですよ。親友に、原稿をぜんぶ破棄してほしい、と言うときは、友人はぜったいそうはしないことを知ってるし、また、友人も、かれが知ってるのを承知してるし、かれが知ってるのを承知してることをほかの人間も知ってるのを承知してる、とまあエトセトラ。

――ヘンリー・ジェームズ的ですね。

ボルヘス はい、もちろんです。カフカの世界のすべてははるかにもっと複雑なかたちでヘンリー・ジェームズの小説のなかにあらわれている、とわたしは思ってます。ふたりとも、世界というものは複雑であり、かつ、無意味である、と考えてたと思います。

――無意味ですか？

ボルヘス そう思いません？

――いえ、そうは思いません。ジェームズの場合……

ボルヘス いや、ジェームズの場合、そうです。ジェームズの場合はそうです。世界にはなにかモラル的な意味があるとかれが考えてたとはわたしは思わない。かれは神を信じてなかったと思ってます。じっさい、兄である心理学者のウィリアム・ジェームズに宛てた手紙がありますが、そのなかで、世界はダイアモンドの博物館だ、と言ってる、これって、珍奇なものの集まりだってことですよ、そう思いません？ 本心からの言葉だと思います。それで、カフカの場合は、カフカはなにかを探してたんだと思ってます。

(27) キップリングは大英帝国寄りの立場で作品を書きすぎるとの批判をしばしば受けていた。

——なんらかの意味を？

ボルヘス　なんらかの意味をですね、はい。そして見つからなかった、たぶん。でも、ふたりとも、一種の迷路のなかで生きてたんだと思いますよ、そう思いませんか？

——それには賛成です。たとえばジェームズの『聖なる泉』といった本なんか。

ボルヘス　はい、『聖なる泉』、それと、たくさんの短編小説ですね。たとえば、『ノースモア卿夫妻の転落』は美しい復讐の話ですが、しかし、読者には、復讐がおこなわれることになるのかどうか、ついにわからない。女は、夫の業績のほうが、だれひとり読んだこともなければ気にかけてる気配もないのですが、夫の有名な友人の業績よりもはるかにいいものだ、と確信している。でも、きっと、ぜんぶ真実じゃないんです。彼女はきっと夫への愛ゆえにそう思ってるだけです。夫の手紙が、もし出版されたら話題を呼ぶことになるだろうなんて、だれにもわからない。もちろん、ジェームズは同時に二つか三つの小説を書こうとしてました。だから、説明するということをけっしてしなかった。説明をしてたら、小説は貧弱なものになってたでしょう。かれは『ネジの回転』は金稼ぎに書いた、いろいろ考えないでくれ、と言ってます。わたしは、でも、それは真実だと思わない。たとえば、かれは言ってるんですよ、説明するということをしたら、小説は貧弱になる、だってほかの説明がはずされることになるんだから、と。わざとやってたんだ、と思います。

——賛成です、わかってしまってはいけない。

ボルヘス　わかってしまってはいけないし、たぶん、かれにもわかってなかったんですよ！

——おなじようなことをあなたも自分の読者に仕掛けたいですか？

ボルヘス　ええ、ええ、もちろんです。しかし、ヘンリー・ジェームズの短編小説は長編よりもはるかに上を行ってます。ヘンリー・ジェームズの短編では、重要なのはシチュエーションであって、登場人物ではない。長編の『聖なる泉』は、登場人物の区別がつけられたら、はるかにもっといいものになってたでしょう。なにしろ、三百何ページだか苦心して読んでいって初めてレディ・だれそれの愛人がだれであるのかがわかるわけですし、最後に来ても、それはだれそれであって、だれだれではないと察するしかない。まったく区別がつかない。みんな、おなじようなしゃべりかたですし、とてもまともな登場人物ではないですよ。はっきりしているのは語り手のアメリカ人だけだ。ディケンズを考えてごらんなさい、登場人物がなんともはっきりしないようにみえるときでも、かれらはプロットよりもはるかに重要なものになってますから。

――あなたの小説の源にあるのはシチュエーションであって登場人物ではない、とおっしゃりたい？

ボルヘス　シチュエーションね、たしかに。勇ましさという思想を除外するならばですね。これはわたしのお気に入りですから。はい、勇ましさ。なにしろ自分があまり勇ましくないもんで。

――だからなんですか、あなたの小説にナイフや剣や銃がたくさん出てくるのは？

ボルヘス　はい、かもしれません。ああ、でも、原因はふたつありますね。ひとつは、祖父や曽祖父なんかのおかげで家に剣があるのを見てきたこと。剣はいっぱい見てきましたよ。もうひとつは、パレルモ[28]で育ったこと。そこは当時はすっかりスラムだったんですが、そこの連中は自分たちのことを――わたしはそうだとは思いませんがね、連中はつねにそう思ってた――町のほかの地域に住んでるやつらよりも上等だ、と考えてた。はるかに喧嘩は強いんだみたいに。もちろん与太だったかもしれません。かれらがずばぬけて勇ましかったとは思いません。でも、腰抜けだと言われたり思われたりすることはとんでもないことだった――とても耐えられないといったようなことだった。こんなことがありましたよ、町の南の

(28)　ブエノスアイレスの北東部に位置する地区。

地区から男がやってきたんです、北の地区でナイフ使いとして有名な人物と喧嘩しにね。そしてむなしく殺された。喧嘩に理由なんかなかったです。ふたりはそれまで会ったこともなかった。金とか女とかそういった問題もなかった。アメリカの西部とおなじなんだと思いますよ。ただ、ここでは銃でなく、ナイフをつかった。

――ナイフをつかうと、行動が古風なかんじになりますね？

ボルヘス　古風なかんじね、はい。それから、勇気というものがすごく個人的なものになってくる。だって、射撃の名手ではあるが勇ましくはない、ということはありえますから。接近してたたかうとなると、ナイフでやるとなると……覚えてます、片方が降参するのを見たことがあります。でも、降参したのは、たぶん、トリックにひっかかったんですね。ひとりは老練のベテランで七十歳、もうひとりは若い元気いっぱいの男で二十五から三十だったでしょう。老人のほうが、ちょっと失礼と言って座をはずし、やがてダガーを二本もってきたんです。一本のほうが手の平ひとつぶん長かった。老人は、さあ、好きなほうを選んで、と言った。そうやって相手に、長いほうの武器を選んで優位にたつチャンスをあたえたんです。しかしそれは、自分に自信があってハンディはどうにかできると踏んでたということなんです。相手は、結局、あやまって降参しましたよ。覚えてますが、わたしがそこのスラムの若僧だった頃は、勇ましいやつはいつもきまって短いダガーをもってたもんだ、しかも使い込んだやつを。ここがこうなってましてね「腋の下を指さす」、瞬時に引っぱりだせた。ナイフのことをスラムでは――スラムの言語のひとつですね――エル・フィエロ[29]と言ってました、もちろんとくに意味はないんですが。でも、また別な名前もあって、すっかり聞かなくはなりましたが――残念ですが――エル・バイベンとも言ってた、「行ったり来たり」という意味です。行ったり来たり「ジェスチャーをする」という言葉だと、ナイフの光、キラッという光が見えてきますね。

——ギャングが銃をおさめているホルスターみたいなかんじだったわけですね？

ボルヘス そう、その通り、ホルスターです——左側にね。だから瞬時にとりだせた、そしてエル・バイベンを見せる。一語ですが、それがナイフだってことはみんな知ってました。エル・フィエロは、その点、名前としては貧弱です、だって「鉄」とか「鋼」じゃ、ぜんぜんたいしたことないもの。エル・バイベンはそうじゃない。

スサーナ・キンテロス ［ふたたび入ってくる］セニョール・キャンベルがずっとお待ちです。

ボルヘス はいはい、わかってます。キャンベル夫妻が来るんだね！

——ぜひおうかがいしたいふたりの作家がいます、ジェームズ・ジョイスとT・S・エリオットです。あなたはずいぶん早くにジョイスを読んだ人間のひとりで、『ユリシーズ』の一部をスペイン語に翻訳してもいらっしゃいますよね？

ボルヘス はい、『ユリシーズ』の最後のページをすっかり誤訳しちゃったんじゃないか、と心配ですけど。それから、エリオットですが、最初は、詩人というよりはすばらしい批評家だと思ってました。でもいまは、すばらしい詩人なんだと思うことのほうが多くて、批評家としては、なにかにつけ整理をしたがるところが多いなあと考えるようになってます。偉大な批評家は、たとえばエマーソンやコールリッジですが、対象としている作家をちゃんと読んでるんだなということがわかる。当の作家を読んだという個人的な体験から批評が生まれてきているのがわかる。ところが、エリオットの場合、いつも思うのは——少なくともわたしはそうかんじるんですが——ある学者の意見はもっともであるとか、ある学者の意見は感心しないとか、そういうことを言ってる。したがいまして、クリエイティブではないんです。上手に整理の

(29) 鉄ないしは鋼。

できる知性のひとで、かれの言うことはきっと正しいでしょう、でも、すぐに思いつく例で言いますと、コールリッジのシェークスピアについての文章を読むと、とりわけハムレットの性格についてのものなど、新しいハムレット像がこっちのなかにできあがる、あるいは、エマーソンのモンテーニュや、だれのでもいいですが、論を読むと、やはりそういうものがこっちにできあがってきている。エリオットだと、そういうものができあがることはない。わかるのは、とりあげているテーマについての本をたくさん読んだんだなということです――同意したり異を唱えたりしながらですね――ときには辛辣な論評を加えたりしながらね、そう思いません？

――ええ、それから、後になって前言を撤回したりもする。

ボルヘス　そうですよ、そうです。後になって前言を撤回してる。もちろん、辛辣な論評を後になって撤回するのは、当初は「アングリー・ヤング・メン」みたいな存在だったからですよ。だけど、結局は、自分のことをイギリス人の鑑みたいに考えるようになり、仲間の鑑たちにも敬意を表しておかなければ、と気がついた、そこで、前にミルトンについて言ったことやシェークスピアに食ってかかったことのほとんどを撤回した。結局のところ、おなじアカデミーの一員でいたい、とすこし期待もまじえて、かんじたんでしょう。

――エリオットの作品、かれの詩はあなたが書くものになんらかの影響はあたえましたか？

ボルヘス　いや、それはないと思う。

――エリオットの『荒地』とあなたの「不死の人」がどこか似ているので驚いたことがあるんですが。

ボルヘス　ほお、すこしはあるかもしれないね、でも、だとしても、ぜんぜん意識してはいない、だって、わたしの好きな詩人のなかにかれは入ってませんから。イエーツ[30]のほうがはるかに上だと思ってますよ。じっさい、あえて言わせてもらうなら、フロスト[31]だって、エリオットよりもいい詩人です。いい詩人だってことですよ。エリオットのほうがはるかに知性のひとだとは思います、でも、知性は詩とはほとんど関係がない。詩はもっと深いところから出てくる、知性のはるか向こうから。それは賢さとも縁はないかもしれません。それは、それ自体なんですよ、それ独自のものです。なんとも名状しがたいものです。覚えてますが――わたしが若かった頃です――エリオットがサンドバーグ[32]をバカにするように書いてるのを読んで、カッとなりました。こんなふうに言ってたんです――言葉そのままじゃありませんが、おおむねはこんなふうでした――古典主義[33]が大事なのは、たとえばミスター・カール・サンドバーグのような書き手を理解する助けになってくれるからである。詩人に「ミスター」をつけるというのは［声にだして笑う］、まず、高慢であることの証拠です、高所からものを言ってる。すなわち、ミスター・だれだれはがんばってなんとか詩の世界に入ってはきたが、本来いるべき場所ではなく、じつはアウトサイダーである、ということなんですね。スペイン語にはもっとひどい言い方もあってね、詩人のことを「エル・ドクトール・だれだれ」と言ったりする。そう言われたら、おしまいです、抹消です。

――サンドバーグはお好きなんですね？

ボルヘス　はい、好きです。もちろん、ホイットマンのほうがサンドバーグよりはるかに重要だとは思いますが、ホイットマンを読んでますと、文学的というかな、学者ではないが文人だなあ、というかんじがして、がんばって庶民の言葉をつかおうとしてるのが、スラングを一所懸命つかってるのがわかる。しかし、サンドバーグの場合、スラングが自然に出てきてるかんじがある。ふたりのサンドバーグがいるんですよ、

(30)　ウィリアム・バトラー・イエーツ。アイルランドの劇作家、詩人。
(31)　ロバート・フロスト。アメリカの詩人。
(32)　カール・サンドバーグ。二十世紀のアメリカの詩人。シカゴとその周辺の大草原を詩に書いた。『シカゴ詩集』など。
(33)　ギリシャ・ローマの文学のように簡潔で均整のとれた文学のスタイル。

ひとりはラフで、もうひとりはすごくデリケートなサンドバーグ、とくに風景を書かせると、そうなる。霧の描写なんか、ときどき、たとえば中国の絵あたりを連想させます。サンドバーグのほかの詩では、ギャングとかごろつきとか、そういう連中が思い浮かぶんですがね。かれにはそういったふたつの面があるんだと思います、しかも、両方とも同等にほんとうなんだと思う——シカゴの詩人たるべくがんばるサンドバーグと、まるでちがったムードで書くサンドバーグと。それともうひとつ、サンドバーグでおもしろいと思うのは、ホイットマンは——ホイットマンはもちろんサンドバーグの父ですけどね——ホイットマンは希望に満ち満ちてるのにたいし、サンドバーグは、なんだか二、三世紀先の時間のなかで書いてるようなところがある。外国に戦争をしにいくアメリカ軍のことを書くときとか、あるいは、帝国とか戦争といったようなものについて書くときとか、そういうものすべてが死に絶えた、過ぎ去った遠い昔のことのように書くんです。

——かれの作品にはファンタジーのようなところもあります、そこで——幻想的《ファンタスティック》ということについておうかがいしたいのですが。あなたはその言葉をよくつかいます、覚えてるのは、たとえば、『緑の館』[34]を幻想的な小説とおっしゃってたことです。

ボルヘス　はい、そうですね。

——幻想的という言葉はどのように定義なさってるんでしょう?

ボルヘス　それはきみが定義してください。わたしは書き手の気持ちの持ちかたひとつだと思ってますから。ジョゼフ・コンラッドがとても深遠なことを言ってたのを覚えてます——大好きな作家のひとりですがね——『ダーク・ライン』かなにかの序文でだったかなあ、いや、ちがうな……

——『シャドウ・ライン』ですか?

ボルヘス　『シャドウ・ライン』でした。その序文で、船長の幽霊が船をとめるのだからこの小説は幻想的な小説だ、と考えてるひとたちがいる、と書いてましてね、そしてつづけて、幻想的な小説を書くことと世界を幻想的とか神秘的《ミステリアス》とかかんじることは別なことであるし、また、机のまえで幻想的な小説を書いてる人間を感受性に乏しいと言うことはできない、と言ってたんです——わたし自身、幻想的な小説を書いてましたから、これには衝撃をうけました。コンラッドは、世界をリアリズムで書こうとしているのに幻想的な小説を書いてしまう人間がいるのは、世界自体が幻想的で正体のつかめない神秘的なものだからだ、と考えてたんです。

——同感ですか?

ボルヘス　はい。かれの言う通りだと思いました。そのことをビオイ・カサレスに話すと、かれも幻想的な小説を書いてるんですが——とてもとてもいい小説ですよ——やはり言ってました、コンラッドの言う通りだって。だれにもわからないんですよ、世界は現実《リアリスティック》にあるものなのか幻想的《ファンタスティック》なものなのか。すなわち、世界は自然現象なのか一種の夢なのか。そして他人と共有できる夢なのかできない夢なのか。

——ビオイ・カサレスとはよく合作してますよね?

ボルヘス　はい。いつも合作してます。毎晩、かれの家で食事をして、食後、いっしょに書いてます。

——どうやって合作するのか、話していただけますか?

ボルヘス　うーん、ちょっと変かもしれないがね。いっしょに書くとき、合作するときは、H・ブストス＝ドメックと名乗るんです。ブストスはわたしの曽曽祖父で、ドメックはかれの曽曽祖父でした。それでね、変なのは、いっしょに書くときはたいがいユーモラスなものを書いてるんです——どんなに悲劇的な話でもユーモラスに語る、ないしは、自分がなんの話をしてるのか話し手がわかってないかのように語るよ

(34)　イギリスの作家W・H・ハドソンが一九〇四年に書いたベネズエラの密林を舞台に描いた小説。

うにしてます——そうやっていっしょに書いててどんなのができるかっていうと、うまく行った場合、まあ、けっこううまく行くんですがね——気軽に言えるもんですね、われわれってかんじで話をしてると——うまく行った場合、できあがってくるのは、ビオイ・カサレスのものともわたしのものともまったくちがうものなんですよ。ジョークのひとつひとつすらちがう。それで、第三者みたいのをこしらえたんです。まるでわれわれらしくない第三者を。

——幻想《ファンタスティック》の著者ですか?

ボルヘス　はい、幻想の著者ですね、かれなりに好き嫌いもあって、かれなりに滑稽なものを作ろうというスタイルがあり、そして、それはあくまでもかれのスタイルで、わたしが滑稽な登場人物を作ろうとするときに用いるスタイルとはぜんぜんちがう。合作はそういうふうでなきゃいけないと思いますよ。おおざっぱに言うと、ふたりでまずプロットを綿密に考えるんです、それから紙にペンで書きはじめる——いや、タイプライターか、かれがタイプライターを持ってますから。書き始める前には話ぜんたいについてよく話し合います、細部も検討して、もちろん変えたりもする。書き出しを考え、それから、その書き出しは最後にもってきたほうがいいかとか、おもしろくするには、登場人物のだれそれにはいっさいなにも話させないようにしたほうがいいか、それとも見当違いのことを言わせたほうがいいかとか、考える。書きあがったものを見ただれかに、この形容詞は、この文章はビオイが考えたのか、それともわたしのか、と訊かれても、わたしたちにすらわかりません。

——第三者が書いた。

ボルヘス　はい。合作はそういうふうでなきゃいけないと思いますよ、ほかのひとたちとも合作はしてきましたからなおそう思います。たいがいはうまく行くんですが、しかし、ときどき合作をライバルとの試合のように考えるひとがいる。というか——ペイロウとの場合ですが——合作をはじめましたら、かれは内気で、かなり控えめで、すごく行儀のいい人物だったんですね、したがいまして、かれがなにか言って、それにこっちが反論すると、傷ついてしまって自分の発言をひきあげてしまう。そうですね、その通りですね、はい、わたしのはちがうなあ、軽率でした、と言う。あるいは、こっちがなにかを提案すると、ああ、すばらしい！と言う。そういうふうではうまく行かないんです。わたしとカサレスの場合、おたがいをライバルのようには考えてない、チェスをしているようなもんだとすら思ってない。勝つか負けるかではないんです。考えてることはただひとつ、お話、作品のことだけ。

――すみません、いまおっしゃったもうひとりの作家について知らないのですが。

ボルヘス　ペイロウ[35]ですね。最初はチェスタートン[36]を真似してました、小説を書いたり探偵小説を書いたり。悪くはなかったですよ、チェスタートンにも負けないくらい。でも、いまは、新しい路線で小説を書いて、この国はペロンの時代はどんなふうだったか、ペロンが国外へ逃亡した後はどんなふうになったか、そんなようなことに焦点をあててます。そのてのものにはわたしはあまり興味はないんですよ。いい小説だとは思います、でも、それは、歴史的な観点、というかジャーナリスティックな観点から言えばってことでね。チェスタートンに倣って書いてた最初の頃は、それはそれはなかなかいい小説を書いてた――ある作品になんか、わたしは泣きました。まあ、泣いたのはたぶん、わたしが育った地域のパレルモについてかれが書いてたからですけどね、それと、昔のごろつきどもについてね――『繰り返される夜』っていう本で、ギャングとかごろつきとか強盗とかそういったことについて書いたほんとにほんとにいい小説でした。ずっと昔の、そうですね、今世紀初めの頃のことについての話。でも、いまは新しい路線で、

(35) マヌエル・ペイロウ、アルゼンチンの作家。
(36) 二十世紀前半のイギリスの作家、批評家。推理小説も書き、ブラウン神父シリーズはとくに有名。

この国がどんなふうだったかを描こうとしてる。

——ローカルカラーものですか、いわば？

ボルヘス　ローカルカラーとローカルポリティクス。かれの描く登場人物たちは、なんというかな、汚職とか横領とか金稼ぎとか、そういうことにすごく興味がある。でも、そういう事柄にわたしはあまり興味ないんだ。まあ、わたしの勝手な好みです、かれが悪いわけじゃない、わたしがかれの初期のもののほうが好きだというのはね。かれのことは偉大な作家だといつも思ってます、重要な作家です、古い友人です。

——以前こんなことをおっしゃってました、自分の作品は、初期は「言い表わすこと《エクスプレッション》」だったが、後期は「ほのめかすこと《アルージョン》」に変わった、と。

ボルヘス　はい。

——「ほのめかすこと」とはどういう意味ですか？

ボルヘス　いいですか、言いたかったことはこういうことです、ものを書き始めた頃は、なにもかも作家が説明しなきゃいけない、と思ってたんです。たとえば、「月」と書くだけではぜったいダメで、なにか形容詞を、月を形容する語句を見つけなきゃいけないんだ、と。(もちろんいまはすごく単純化して話してますよ。だって、わたしは何度も「ラ・ルナ(月)」と書いてましたから。ただ、当時わたしがやってたことを象徴的に言うとこういうことになるってことです。)はい、すべて説明しなきゃならない、ありふれた言い回しは使えない、と。たとえば、だれそれが入ってきて腰をおろした、なんてとても書けなかった、だって、当たり前すぎてあまりに安易ですから。なにかもっとシャレた言い方を見つけなくては、と思ってました。いまは、そういうのはたいてい読者には鬱陶しいだけだってわかってますがね。思うに、こういうことの根っこにあるのは、書き手が若いと、自分の言おうとしてることがなんだかバカバカしいわかりきった当たり前のことのようにかんじられるので、それを隠そうとしてバロック的な装飾をほどこすってことでしょ、十七世紀の作家たちから言葉を借りてきたりして。あるいは、そうでなけりゃ、モダンたろうとして逆なことをやる、たとえば、しょっちゅう言い回しを発明したり、なにかと飛行機や列車や電報や電話に言及したり。そうやって一所懸命にモダンたらんとする。しかし、やがて年をとってくると、心に浮かんだ考えは、その善し悪しはともかく、明快に言ったほうがいい、と思うようになるんです、なぜなら、考えは、ないしは気持ちは、ないしは気分は、読者の心に届かなくてはしかたないですから。そんなときに、たとえば、トマス・ブラウン卿[37]やエズラ・パウンド[38]みたいなふりもしようなんて考えると、それはうまくいかない。思うに、作家はみな初めは、ひどく複雑なことをやろうとするんです——一度にいくつものゲームをやろうとする。ある気分を伝えたいが、同時に、現代的でもあろうとする、さもなきゃ、逆に反動的、古典的であろうとする。ヴォキャブラリーについて言いますと、若い作家がまずやることは、少なくともこの国では、自分は辞書をもってますよ、と読者に示すことなんですね、同義語はぜんぶ知ってます、と。そんなわけで、たとえば、一行の文章のなかに、赤《レッド》がまず出てきて、つぎは緋《スカーレット》が出てきて、それから、まあまあおなじ色をしめす別な言葉が出てくる——紫《パープル》とか。

——それで、あなたの場合は、古典の散文のほうに向かわれた？

ボルヘス　はい、いまはがんばってますよ。なんだか頓珍漢な言葉が思い浮かぶたび、すなわち、スペインの古典で使われていそうな言葉とか、ブエノスアイレスのスラムで使われている言葉とか、つまり、ほかと違う言葉が思い浮かぶたび、すぐさまそれは抹消して、普通の言葉をつかってますから。覚えてますが、スティーヴンソン[39]がいいことを言ってます。よくできたページの上ではすべての言葉がおなじなりをして

(37) 十七世紀のイングランドの作家。
(38) 二十世紀の詩人、イマジズム運動の指導者。
(39) ロバート・ルイス・スティーヴンソン、十九世紀のスコットランドの作家。

いる、と。不格好な言葉や、ひとをびっくりさせるような、ないしは古めかしい言葉を書いたら、そのルールは崩れたことになる。それに、もっと大事なことは、そんな言葉があると読者の集中力が乱される。形而上的なことや哲学のようなものを書くとしても、それらはすらすらと読まれるものになってなければなりません。

——ジョンソン博士(40)がそれと似たようなことを言ってますね。

ボルヘス　はい、言ってたかもしれません。いずれにせよ、おなじ考えだったことでしょう。ほら、かれの英語はどっちかというと長ったらしく複雑でした。だれでも真っ先にかんじるのは、かれは長ったらしくて複雑な英語で書いてたってことです——非常にたくさんラテン語も入ってますし——ところが、再読してみると、そういった複雑構文の裏にはかならず意味があるのがわかる、たいていは興味深い新しい意味が。

——かれ独自の?

ボルヘス　はい、かれ独自の。ですから、ラテン語のスタイルで書いていても、かれはじつにきわめてイギリス的な作家だったと思うんです。わたしはかれを——罰当たりな言い方になりますがね、でも、相手が相手ですからどうしたって罰当たりになるでしょう——ジョンソンをシェークスピアよりもはるかにイギリス的な作家だと思ってます。なぜなら、イギリス人に特徴的なことをひとつあげるとしたら、控えめな言い方をする癖があるということでしょう。ところが、シェークスピアの場合、控えめに言うようなところはない。それどころか、たしかアメリカ人のだれかが言ってましたが、おおげさに哀れを誘うように言う。思うに、ラテン語的な英語を書いてたジョンソン、それと、サクソン的な言葉をもっぱら書いてたワーズワース、それと、名前が出てこないけどもうひとり——まあ、いいか、ジョンソンとワーズワースと、キップリングもですが、シェークスピアよりもはるかにはるかにイギリス的です。どうしてかはよくわかりませんがね、シェークスピアにはイタリア的なものを、ユダヤ的なものをいつもかんじてしまうんですよ。きっと、イギリス人がシェークスピアをありがたがるのもそのためでしょう、自分たちとちがうから。

――だからフランス人はけっこう嫌いなんでしょうかね、物言いがおおげさだから。

ボルヘス　たしかにとてもおおげさでした。いま思いだしましたが、数日前に映画を観たんです――たいした映画じゃなかったですが――『ダーリング』[41]というやつ。そのなかでシェークスピアの詩がいくつか引用されてました。それらの詩は、引用されるといつもなかなかいいひびきをただよわすんですが、イングランドの定義をやってるからですよ。たとえば、「このもうひとつのエデンの園、なかば楽園……銀色の海にうかぶ貴重なる石(This other Eden, demi-paradise.... This precious stone set in the silver sea)」とかなんとか、そして最後に「この王国、このイングランド(this realm, this England)」とかなんとか。[42]引用の場合は、ここで終わりますから、読むほうもその先までは行かない。しかし、テクストの場合だと、まだ先がありますからね、ぜんたいのポイントがいったいどこにあるのかわからなくなる。ほんとうのポイントは、ひとりの男がイングランドを定義してみせようとするところにあるんでしょう、かれはイングランドをとても愛していて、最後には、自分にできることはただひとつ、イングランド、と言うことだけだ、と気がつく――あなたたちが、アメリカ、と言うようなものですよ。ところが、「この王国、この大地、このイングランド(this realm, this land, this England)」と言った後に「このなかば楽園(this demi-paradise)」とかなんとかつづくとなると、ぜんたいのポイントはわからなくなってくる、なぜならイング

(40)　サミュエル・ジョンソン、前出。
(41)　ジョン・シュレシンジャー監督、一九六四年公開。
(42)　『リチャード二世』第二幕第一場。

ランドが最後に来るべき言葉なんですから。まあ、きっと、シェークスピアはいつも急いで書いてたんですよ、役者がベン・ジョンソンに話してますがね、それはそれでいい。だから時間がなくて、その言葉、つまりイングランドは最後にきて、それまでの言葉を総括し、かつ、抹消するものであるべきだ、と考える余裕がなかった、なんか無理なことをやってるような気がするなあとか言いながらね。でも、やっちゃった、いつものメタファーといつものおおげさな言葉で。なにしろ、おおげさなひとですから。あの有名なハムレットの最後の台詞みたいなものでもそうだと思いますよ。「あとは沈黙あるのみ(The rest is silence)」[43]、これもどこかウソっぽい。印象づけようというのが見え見えだ。だれもこんなこと言わないと思いますがね。

——コンテクストからながめて『ハムレット』でわたしがとくに気に入ってる台詞は、クローディアスの祈りのシーンの後、ハムレットが母親の部屋に入ってきて言う台詞です、「お母さん、なんの用ですか(Now, Mother, what's the matter?)」[44]。

ボルヘス　「なんの用ですか」は「あとは沈黙あるのみ」の対極だね。少なくともわたしには、「あとは沈黙あるのみ」は空疎な言葉ですよ。シェークスピアはきっとこう考えたんでしょう、さあて、デンマークのハムレット王子が死ぬんだ、なんか印象的なことを言わせなきゃ。そして絞り出したのが「あとは沈黙あるのみ」。印象的かもしれませんが、でも真実のものじゃあない！　詩人としての仕事をかたづけただけで、デンマークのハムレットというリアルな人物のことは考えてなかった。

——書いてるときは、どんな読者を想定してらっしゃいますか？　もし想定してらっしゃるとしたらですが。理想の読者はだれでしょう？

ボルヘス　たぶん親しい友人の何人かでしょう。自分じゃあない、なにしろわたしは自分の書いたものはけっして読み直さないから。ものすごく怖いんですよ、自分のしたことで恥ずかしい思いをするのが。

――あなたの作品を読むひとたちには、いろんなほのめかしがあること、いろんなものへのそれとない言及があることを、わかってもらいたいですか？

ボルヘス　いいえ。ほのめかしや言及は、たいてい、個人的なジョークのようなつもりでポイと置いただけです。

――個人的なジョークとは？

ボルヘス　他人とは共有できないジョーク。まあ、共有できれば、それに越したことはないですが、でも、できなければ、それでちっともかまわない。

――ということは、ほのめかしへの姿勢は、たとえばエリオットの『荒地』なんかとはまるで正反対ですね。

ボルヘス　わたしが思うに、エリオットやジョイスはどちらかというと読者に謎掛けをしたかったんでしょ、いったいこれはどういう意味なんだろうと悩ませたかった。

――ノンフィクションとか事実にかんする文献を、小説や詩ほどではないまでも、そうとう読んでらっしゃるように思います。ですよね？　たとえば、明らかに、百科事典を読むのは好きでらっしゃる。

ボルヘス　ええ、はい。すごく好きですよ。覚えてますが、一時期、それを読むためにこの図書館に通ってました。すごく若い頃で、気が小さくて、本の借り出しを申請する勇気がなかった。それに、まあ、貧しくはなかったですけど、その頃はとくに裕福でもなかったですから――それで、毎晩ここへ来ちゃあ、『ブリタニカ百科事典』を棚からもってきた、古い版のやつです。

――第十一版(45)？

(43)　第五幕第二場。
(44)　第三幕第四場。
(45)　一九一一年版、全二十九巻。

ボルヘス　第十一版か第十二版、なにしろ、それらの版のは新しい版のものより数段上でしたからね。なにより読んでもらうことを前提にしてた。最近のはただの参考書ですから。その点、『ブリタニカ百科事典』の第十一版や第十二版では、マコーレーやコールリッジの書いた長い項目がある、いや、ちがった、コールリッジじゃなくて……

——ド・クインシー？

ボルヘス　そう、ド・クインシーとかいろいろ。だから、棚からてきとうに一巻をとってきたもんです——係に申請する必要はなかったんでね、参考書ですから——そして本を開いて興味のある項目を探す、たとえば、モルモン教とか好きな作家とか。じっくりと腰をおろして読みました、なにしろ、どの項目も立派な小論になってますから。もう、本です、短い本。ドイツの百科事典もおなじです——『ブロックハウス』とか『メイヤーズ』とかも。新しいのが入ったとき、これが噂の『ベイビー・ブロックハウス』というやつかな、と思ったもんですが、そうではなかった。みんなが小さな家に暮らすようになったので三十巻もの本を置いておく場所がなくなったんだと言われました。百科事典にはとんだ災難ですね、ぎゅう詰めにされて。

スサーナ・キンテロス　［入ってくる］すみません。セニョール・キャンベルがお待ちですが。

ボルヘス　ああ、もうちょっと待って、と言ってください。キャンベルさんはよく来るんです。

——あといくつか質問をしてもいいですか？

ボルヘス　はい、どうぞ、もちろん。

——読者のなかには、あなたの小説は冷たくて人間味がなく、最近の新しいフランスの作家たち(46)のようだ、と考える者もいます。それは、意図してのことですか？

ボルヘス　いいえ。［淋しそうになる］もしもそうなってるとしたら、たんにこっちの書き方が下手だからです。

だって、どれも、わたしがほんとうにかんじ入ったことなんですから。すっかりかんじ入ったので、それを書いたんです、まあ、変なシンボルをつかってるので、それらの話がどれも多かれ少なかれ自伝的なものなんだってことがわかってもらえないのかもしれません。話はぜんぶわたしについてのもの、わたしの個人的な体験についてのものです。イギリス的な控えめなところがあるんでしょうか？

――では、『エヴァネス(Everness)』のような小冊子が、あなたの作品について知りたいというひとには恰好の本になるかもしれませんね？

ボルヘス　そうだと思います。それに、それを書いた女性はわたしの親しい友人ですし。[47] その言葉は、わたしが『ロジェ類語辞典』で見つけたんですよ。見つけたとき、ウィルキンズ主教の造語だな、と思いました。人工言語を発明した人物ですがね。

――そのことは書いてらっしゃいますね。

ボルヘス　はい、ウィルキンズについては書きました。[48] でも、かれは素晴らしい言葉を発明してもいましてね、それは、奇妙にも、いまだイギリスの詩人によってつかわれたためしがないんです――こわい言葉です、まったく、おそろしい言葉です。もちろん、everness も eternity よりはいいですよ、なにしろ eternity はなんだかいまや使い古されたものになってますから。everness、いいですよ、おなじ意味のドイツ語の Ewigkeit よりもはるかにいい。しかし、かれはもっと美しい言葉をこしらえてます、それ自体が詩になってる言葉で、無力感と悲しみと絶望が詰まっている――neverness という言葉です。美しい言葉

(46)　アンチロマンとかヌーヴォーロマンを標榜した作家たちを指す。
(47)　マリア・エステル・バスケス。このインタヴューの二年前に書いたボルヘス論が『エヴァネス』。ボルヘスは四〇歳以上も年のちがうバスケスとの結婚を一時期真剣に考えていた。
(48)　「ジョン・ウィルキンズの分析言語」『続審問』所収。

ですよ、そう思いません? かれがこしらえたんです。詩人たちがそれを放ったらかしにしていっこうに使おうとしない理由がわかりません。

——使ってみたことはあります?

ボルヘス いいえ、ない、ぜんぜん《ネヴァー》。everness は使いました[49]、でも、neverness はとても美しい。無力感がただよってます、そう思いません? ほかの言語にはおなじ意味の言葉はありませんよ、英語にも。impossibility はどうだとおっしゃるかもしれませんが、neverness と比べるとおとなしすぎる——英語ならではの - ness で締めるやりかた。neverness。キーツは nothingness という言葉はつかってます、「Till love and fame to nothingness do sink(愛も名声も虚無のなかに沈んでしまうまで)[50]」。でも、nothingness は、わたしの考えでは、neverness よりも弱い。スペイン語には nadería があります——似たようなのがたくさんあります——しかし、どれも neverness のようではありません。もしもあなたが詩人なら、この言葉を使うべきです。気の毒ですよ、この言葉が辞書のページのなかでぽつねんとしてたたずんでいるなんて。いまだ使われたことはないと思います。だれか神学者が使ったかもしれませんが。たとえば、ジョナサン・エドワーズ[51]ならこのての言葉をうまく使いこなしたでしょう、あるいは、おそらくトマス・ブラウン卿、それからもちろんシェークスピア、なにしろかれは言葉が好きでしたから。

——英語がとてもよくおわかりになり、英語をとてもお好きでらっしゃる。これまで英語であまり書かれなかったのはどうしてですか?

ボルヘス どうして? そりゃあ、こわいからです。恐怖。でも、来年、講義をやることになってるんで、それは英語で書きます。もうハーヴァードにそう伝えました。

——来年、ハーヴァードにいらっしゃるんですか?

ボルヘス はい。詩についての講義をしばらくやるんです。詩は翻訳はほぼ不可能だと思ってるんで、また、イギリスの文学が――そのなかにはアメリカも入りますが――いまのところ世界でいちばん豊かだと思ってるんで、サンプルはたくさん、ぜんぶじゃないですが、イギリスの詩からそのままとります。それと、もちろん、わたしの趣味でもあるんで、古英語も入れようかと思ってますよ、それだって英語ですからね！　じっさい、わたしの学生たちの何人かに言わせると、古英語は、チョーサーの英語なんかより、はるかに英語らしいそうです。(52)

――ちょっとご自身の作品にもどります。しばしば不思議に思うんですが、どういうふうに作品を集めて作品集をつくってらっしゃるんですか？　明らかに年代順が原則ではない。テーマの類似性で決めてるのですか？

ボルヘス　はい、年代順ではありません。ただ、ときどき気がつくんですよ、同じような話を二回書いたな、とか、ちがうふたつの話だが言ってることは同じだな、とか。だから、そういうのは並べて置くようにします。それが唯一の原則ですね。というのも、たとえば、昔こういうことがあったんです、詩を書いたんですよ、あまりいい詩ではなかった、ところがそれを、何年もたってからまた書いてたんです。その詩を見た友人の何人かが、おいおい、これ、これ、五年前かに書いたのと同じだぞって。言われてびっくり、あっ、そうか！　てなもんです。これっぽちも気がついてなかった。結局のところ、思うんですが、詩人なんて、五つか六つくらいしか、詩は書けない、それ以上は無理。あとはただ、書き直しながら新しいことを試してるだけのことです、アングルを変えてみたり、あるいはプロットを変えてみたり、時代を変えてみたり、

(49)　その題の詩がある。『エル・オトロ、エル・ミスモ』所収。
(50)　ジョン・キーツの詩「When I Have Fears That I May Cease to Be」(「私は命の終るのが恐ろしい」高島誠訳)の一節。
(51)　十八世紀のアメリカの牧師、神学者。
(52)　この講義は、後、『詩のこのような技法』(邦題『詩という仕事について』)として刊行された。

登場人物を変えてみたり。だけど、詩そのものは、本質的なところでは、内部においては、同じなんです。

――書評とか、新聞への原稿とか、たくさん書いてらっしゃいましたね。

ボルヘス　はい、やむをえず。

――書評する本はご自分で選ばれてたんですか？

ボルヘス　はい、たいていは。

――ということは、その選択そのものに好みがあらわれている？

ボルヘス　そうです、そうです。たとえば、なんだったか文学史の本の書評を頼まれたとき、マチガイやデタラメがたくさんあるのがわかったんです。もとより書き手が詩人の本がすごく好きなもんで、書きたくない、と断りました。書くとなると、けなすことになるから、と言って。ひとをやっつけたくはないんですよ、とくにいまは――若い頃は、はい、かなり好きでしたがね、でも時とともに、そんなことはしてもしかたない、と気がつくもんです。ほめても、また、やっつけても、相手のためになることもないし、相手が傷つくこともない。思うに、ためになるのも、傷つくのも、本人が自分で知るんです、自分の書いたもので。他人があれこれ言ったことでではなくて。ですから、いくらホラを吹いても、みんなに天才だと言われても――いずれ本人にはわかるんです、ほんとうのところが。

――登場人物の名前のつけかたになにかこだわりはありませんか？

ボルヘス　ふたつありますね。ひとつは、わたしの祖父たちや曽祖父たち等々の名前を忍び込ませること。そうすることで、なんというか、永遠の生命を与えるというわけでもないんですが、まあ、こだわっているひとつではあります。もうひとつは、なんらかのかたちで印象に残った名前を使うこと。たとえば、わたしのある小説のなかに出てくる人物のなかにヤーモリンスキーというのがいますが、すごく印象に残ってた名前なんですよ――変な言葉ですよね、そう思いません？　それから、べつな人物にレッド・スカーラック(Red Scharlach)というのがいますが、Scharlach はドイツ語で scarlet(緋色)という意味です、かれは人殺しです、だからダブルで赤い、どうです? Red Scharlach、赤色・緋色。

——あなたのふたつの小説に登場する美しい名前のプリンセスはどうなんです?

ボルヘス ファウチニ・ルチンゲですか?(53) はい、彼女はわたしの大の友だちですよ。アルゼンチンの女性です。フランスのプリンスと結婚した。名前がとても美しい。フランスの称号には多いんですが、ファウチニをとってしまうと、さらにいいです。彼女はとってますが。ルチンゲ公妃です。美しい言葉です。

——トレーン(Tlön)とウクバール(Uqbar)はどうなんですか?

ボルヘス うん、まあ、不格好なものにしたかった。それで、U-q-b-a-r。

——発音不可能ですよね、ちょっと?

ボルヘス はい、多少、発音不可能です。それから、Tlön ですが、t-l というのはどちらかというと珍しい組み合わせだ、そう思いませんか? それから、ö も。ラテン語の Orbis Tertius は——これはすらすら言える、そう思いませんか? Tlön については、たぶん、Traum をわたしは頭のなかで考えてたんです、英語の dream(夢)と同じ意味です。しかし、それが Tröme になり、しかし Tröme だと、読者のなかには列車を連想するものもいそうだったんで、それで、t-l という奇妙な組み合わせになった。架空の事物に hrön という言葉をこしらえたこともありますよ。ところが、古英語の勉強をはじめたら、hrān というのがあって、鯨を意味する言葉のひとつだとわかった。鯨にはふたつあるんですね、wael と hrān と。そして hranrād は「鯨の道」、すなわち「海」、古英語の詩に出てきます。

——現実にないものを想像力でつくり、それを説明するべく言葉をこしらえたら、その言葉は前からあって、

(53) フォシニ・リュサンジュ Faucigny Lucinge、「トレーン、ウクバール、オルビス・テルティウス」『伝奇集』所収。

hranだった、と?

ボルヘス はい、はい、そういうことです。わたしとしては、十世紀前の先祖から届いたんではないかと思いたい――ありそうな話でしょ、そう思いません?

――あなたは小説で、短編小説とエッセイとをかけあわせようとしてきた、と言ってもかまいませんか?

ボルヘス はい――でも、わざとやってました。最初にそのことを指摘したのはカサレスです。わたしの書いてる短編小説はエッセイと小説の中間に位置するようなものだ、と。

――それって、物語《ナラティブ》を書くことにためらいがあるんで、その埋め合わせのアイデアみたいなものだったんでしょうか?

ボルヘス はい、そうだったかもしれません。はい。といいますのも、最近は、というか、少なくともいまは、ブエノスアイレスのごろつきたちについての連作を書いてますが、それはまったく素直な小説ですから。エッセイのようなものではぜんぜんないし、まして詩なんてもんじゃない。素直なかたちの語りで、話はどこか悲しく、きっと不気味でもある。冗舌な小説ではないです。語ってるのもごろつきたちですが、話はちょっとよくわからないところがある。悲劇なのかもしれないが、語ってる連中には悲劇だという認識がない。ただ語るだけ。ですから、読者がかんじるしかないんです、この話は見かけよりも奥の深い話なのかもしれないぞ、と。登場人物たちの心情についてはなにも語られませんから――これは古ノルド語のサガから学びました――登場人物についてはその人物の言葉と行動から知るべきであり、その人物の頭の中に入っていったり、その人物の考えていることを語ったりしちゃいけない、と。

――つまり、人間味がないというより、心理学的なものじゃないということなんですね?

ボルヘス はい。でも、話の裏に隠れた心理はあります、だって、そうでなきゃ、登場人物たちはただの人形になってしまう。

──カバラ[54]についてはどうですか？　それに最初に興味をもたれたのはいつですか？

ボルヘス　ド・クインシーからだったと思います。世界は象徴の連なりであり、あらゆるものがほかのなにかを意味している、というかれの思想を通してでした。それから、ジュネーヴで暮らしてたとき、ふたり、親しい、すごい友人がいたんですね。モーリス・アブラモウィッツとサイモン・ジクリンスキ──名前が出自を歴然と語ってますが、ポーランド系のユダヤ人でした。わたしはスイスがとても好きですよ、国自体も。風景とか町とかだけじゃなくて。でも、スイス人はとてもよそよそしくてね、スイス人とはなかなか友だちになれない。外国人を頼りにして生きるしかないからなんでしょう。だから、きっと外国人が嫌いなんです。メキシコ人にも同じところがあります。アメリカ人に頼って、アメリカ人の観光客に頼って生きてますから。思うに、恥ずかしい商売なんかではぜんぜんないんですが、だれもホテルの経営者にはなりたくないんですよ。ホテルの経営者になると、ほかの国から来たたくさんの人間たちを楽しませてやらなくちゃいけないわけで、そうなると、自分とのちがいばかりが気になってきて、最後には、嫌いになりかねない。

──自分の小説をカバラのようなものにしようと考えたことはありますか？

ボルヘス　はい。ときどき。

──伝統的なカバラの解釈法をつかった？

ボルヘス　いいえ。『ユダヤ神秘主義、その主潮流』という本を読みました。

──ショーレムのですか？

ボルヘス　はい、ショーレム[55]のと、ユダヤの迷信について書いたトラクテンバーグ[56]の本ですね。それから、

(54)　ユダヤ教の神秘思想。

カバラについての本で見つけたものぜんぶと、百科事典のそれについての項目ぜんぶ、その他もろもろ読みました。でも、ヘブライ語がダメですからね、わたしは。先祖にユダヤ人がいるような気はするんですが、なんとも言えません。母親の名前がアセベドなんです。アセベドはポルトガル系ユダヤ人の名前のような気がしますが、でも、それもまた、なんとも言えない。まあ、アブラハムとかいう名前だったら、もう問題なしですがね、しかし、ユダヤ人は名前をイタリア風やスペイン風やポルトガル風のものに変えてしまうんで、そういう名前になってしまってると、出自がユダヤ人かどうか、なかなか辿れないんですよ。アセベド(acevedo)という言葉は、もちろん、意味は木の一種ですが、その言葉はとくにユダヤ的じゃない、まあ、アセベドという名前のユダヤ人は多いんですがね。なんとも言えないです。でも、わたしはともかくユダヤ人の先祖が欲しいなあ。

――人間はプラトン主義者かアリストテレス主義者かのどっちかである、と書いてらしたことがありますね。

ボルヘス　わたしが言ったんじゃないよ。コールリッジが言った。

――でも、引用なさってた。

ボルヘス　はい、引用しました。

――あなたはどちらですか?

ボルヘス　アリストテレス主義者だと思ってますが、もうひとつのほうでもいいですねえ。わたしが概念をあまりリアルには考えず、どちらかというと特定の事物や人物のほうをリアルに考えるのは、イギリス的な血のせいかな、と思います。[57] では、そろそろ、キャンベル夫妻が来るんで。

――では、引き上げますが、その前に『迷路《ラビリンス》』[58]にサインをいただけますか?

ボルヘス　いいですよ。ああ、これね、この本、知ってますよ。わたしの写真がある――でも、わたしってほんとにこんな顔なんですか? この写真、好きじゃないなあ。こんなに陰気ですか、わたし? 打ちひしがれたかんじで？

――沈思黙考してるってかんじじゃないですか？

ボルヘス まあね。でも、暗くありません？ つらそうじゃない？ 額のあたりが……あーあ。

――この版はお好きですか？

ボルヘス 翻訳はいいでしょ、そう思いません？ ただ、いかにもラテンアメリカ的な言葉がたくさんありますからね。たとえば、habitación oscura(暗室)とわたしが書いていたとします、たとえばですよ(もちろんわたしはそうは書きません。cuarto oscura と書きますから、あくまでたとえばの話です)、そうすると、どうしても habitación は habitation と翻訳したくなる。もとのに音も近い言葉ですから。でも、わたしが欲しい言葉は room です。そのほうが明快であっさりしててだんぜんいい。まあね、英語は美しい言葉ですよ、でも、昔の言語のほうがはるかにもっと美しい、母音がありましたから。現代の英語では母音はその価値を、その趣きをすっかりなくしてしまった。英語については――英語という言語については――アメリカに期待してます。アメリカ人ははっきりとしゃべりますからね。いまも映画に行くと、ろくに見えもしないのですが、アメリカ映画だと、言葉はぜんぶわかります。イギリス映画だと、そんなふうにはわからない。そう思いません？

――ときたま、とくにコメディではそうですね。イギリスの俳優のしゃべりかたは速い。

(55) ゲルショム・ショーレム。二十世紀のイスラエルの思想史家。
(56) ジョシュア・トラクテンバーグ『ユダヤの魔術と迷信』。
(57) ボルヘスの祖母は、前出の通り、イングランドの出身だが、父も母もイギリス文学に造詣が深く、子どもの頃、家では英語とスペイン語が使われていた。
(58) ボルヘスの英訳の作品集。

ボルヘス　そうです！　まったくその通り。速いうえに、発音に強勢がろくにないんだ。言葉も音もすっかり曖昧になって。速すぎてぜんぶがぼんやりしてくる。いけません。ここはぜひアメリカに英語を救ってもらわなければ。ご存知ですか？　スペイン語も事情は同じようになってると思いますよ。わたしは南アメリカの話し方のほうが好きなんです。ずっと。アメリカではリング・ラードナーやブレット・ハート[59]はもう読まれてないいんじゃないですか？

——読まれてます、でも、主にハイスクールでだけで。

ボルヘス　O・ヘンリーは？

——それもまた、おもに学校でだけで。

ボルヘス　でも、テクニックの面からじゃないですか。おどろきのエンディングとかなんとか。[60]わたしはあいうトリックは好きじゃないな、どうですか？　ええ、理論としてはいいですよ。だけど、実際問題となると話は別です。おどろきが待ってるだけのものなんて一度読めばそれっきりだ。ポープが言ってた言葉を思いだします、いわく「沈んでいく芸術」[61]。しかし、探偵小説はちがう。おどろきもありますが、しっかりした登場人物たちがいます。場面や風景も申し分ないですし。でも、そうだった、キャンベル夫妻が来るんです、キャンベル夫妻が。なかなか横暴な種族で。どこにいる？

第四〇号　一九六七年

(59) ラードナーは二十世紀の、ハートは十九世紀のアメリカの短編作家。口語を駆使した作品を書いた。
(60) O・ヘンリーが得意とした書き方。
(61) 詩の衰退を皮肉ったエッセイである。

ジャック・ケルアック

Jack Kerouac

「ただの木陰の詩人でいろ」

ケルアックの家には電話がない。テッド・ベリガンは何ヶ月も前から接触してはインタヴューしたいと説得してきた。そして、そろそろ訪ねていってもいい頃合いだろうと踏むと、ケルアックの家へふらりとおもむいた。友人がふたり、詩人のアラム・サローヤンとダンカン・マクノートンが同行した。ケルアックがドアをあけたので、ベリガンは急いで名前を名乗り、訪問の目的を告げた。ケルアックは詩人たちも歓迎したが、なかへ入れようとすると、かれの妻が、なんとも毅然とした女性が押しとどめ、みなさん、すぐにお帰りください、と言った。

「ジャックとぼくは同時にしゃべりだしてたよ、「パリ・レヴュー！」とか「インタヴュー！」とかいろいろ」とベリガンは振り返る。「ところが、ダンカンとアラムはこそこそ車のほうにもどりはじめてた。もうダメかと思ったが、でも、頼みつづけた、教養もあって理性的で穏やかで親しみやすい口調になってますようにと祈りながらね。まもなく、ミセス・ケルアックは二十分だけということで入れてくれた、酒はダメという条件で。

「なかに入り、われわれがまじめな目的でやってきたのがはっきりしてくると、ミセス・ケルアックもだんぜん親しみやすくなって、われわれもインタヴューをはじめられるようになった。どうやら、いまなお、『オン・ザ・ロード』の作者を探していろんな人間がひっきりなしにケルアック家を訪ねてきては、何日も居つき、酒を飲みほし、ジャックが真剣に仕事をする邪魔をしているらしい。夜になるにつれて、雰囲気はがらりと変わり、ミセス・ケルアックことステラも、じつは、やさしくてチャーミングなホステスであることがわかった。

「ジャック・ケルアックのなによりすごいところはその魔法の声で、そのサウンドはまさにかれの作品そのものだ。ハッとするような、あるいはゾッとするような変化の数々を、アッというまになしとげる。すべてを口で語ってしまう、もちろんこのインタヴューでも。

「インタヴューが終わると、ケルアックは、それまではケネディ大統領が愛用しているような揺り椅子にすわっていたのだったが、大きな安楽椅子に移り、『で、きみたちは詩人なのか? それじゃあ、きみらの詩を聴こうじゃないか』と言った。われわれはおよそ一時間長くいた。アラムとわたしが自分のをいくつか読んだ。最後に、かれは自分の新しい詩を印刷した紙にサインをしてわれわれにくれた、われわれは引き上げた」

——テッド・ベリガン　一九六八年

——足のせ台、こっちに移していいですか、これを置きたいんで。

ステラ　どうぞ。

ジャック・ケルアック　おいおい、あぶなっかしいな、ベリガン。

——ほんとは、テープレコーダーは使わないんですよ。ただ、わたしがおしゃべりなので。あなたとおなじ

『ドゥルーズの虚栄』の最初の原稿．
丸まっているのはテレタイプ用紙だからで，
数百フィートの長さにわたってつながっている．

で。よしッ、はじめましょう。

ケルアック　オーケー？［口笛を吹く］オーケー？

――じゃあ、始めます……わたしが最初に読んだあなたの本は、ちょっと変わってるんですが、たいていのひとは『オン・ザ・ロード』が最初ですからね……『町と都会』なんです……

ケルアック　ヒェーッ！

――図書館から借りました……

ケルアック　ヒェーッ！　『ドクター・サックス』は読んだか？　『トリステッサ』は？

――正直な話、じつは、『ランボー』も読んでます。『コディの幻影』は持ってます、ロン・パジェットがオクラホマのタルサで買ってきた。

ケルアック　ヤッちまえ、ロン・パジェットなんか！　どうしてかわかるか？　あいつが「ホワイト・ダヴ・レヴュー（白い鳩）」っていうリトルマガジンを出したときだ――カンサスシティでだったかな？　タルサかな？　オクラホマだ……そうそう。それで手紙をよこした、「雑誌を出しますので、すばらしいビッグな詩を送っていただけませんか」ってな。それで送ったんだ、「のたうちまわる鳩」ってやつ。それから、またひとつ送ったんだが、二番目のはいらないって言ってきやがった、雑誌はもう出ましたんで、だと。ごろつきっていうのはそういうもんよ、ひとにゴマをすってうまくやろうとする。ああ、あいつは詩人なんかじゃないね。だれが偉大な詩人か、おまえ、知ってるか？　おれは、だれが偉大な詩人か、知ってるぞ。

――だれですか？

ケルアック　うーん、それはだな……バンクーバーのウィリアム・ビセットだよ。インディアンだ、ビル・ビセット、またの名、ビソネット。

サローヤン　ジャック・ケルアックの話をしましょうよ。

ケルアック　そいつはビル・ビセットほどじゃない、まあ、けっこうオリジナルではあるがな。

――編集者の話から始めましょう、いったい……

ケルアック　オーケー。マルカム・カウリーのあとは、おれの編集者はみんな、おれの散文はおれが書いたとおりにしておけっていう方針になったよ。マルカム・カウリーの時には、『オン・ザ・ロード』にしても『ダルマ・バムズ』にしても、おれには自分のスタイルで立つだけの力がなかったんだ、好むと好まざるとにかかわらず。マルカム・カウリーは際限なく書き直し、要らないカンマを何千と入れてきた、たとえば、「Cheyenne, Wyoming」(「Cheyenne Wyoming」[1]でいいだろう、カンマなんか気にするな)。それから、『バムズ』の原稿を完全に復元してもらうのには五百ドル払わされた、ヴァイキング社からの請求書には「書き直し」ってあったっけ。ホッホッホッホッだ。そうか、質問はおれが編集者とどういうふうに仕事をしているかってことだったな……うん、最近はほんと感謝してるよ、原稿を読んで、どうしようもない間違いを、たとえば日付とか場所の名前とか、見つけてくれるからね。たとえば、こないだの本では、「フォース湾」って書いたんだが、編集者に言われて調べ直したら、おれがじっさいに船に乗ったところは「クライド湾」だってわかった。[2]そんなようなこと。あるいは、アレイスター・クロウリーを「Alisteir」と書いたりとか、[3]フットボールのヤード数にかんするちょっとしたまちがいとか、そんなこと。いったん書いてしまったものは直さないでおいたほうが、読者には、こっちが書いていたときの心のじっさいの動きが伝わるんだがね――いろんなことについての思いがそのまま変わらないかたちでさらけださ

(1)　ワイオミング州シャイアン。
(2)　前者はスコットランドの南東部に、後者は南西部にある湾。
(3)　正しくはAleister。二十世紀前半、物議をかもした魔術師、神秘主義者。

れるから……たとえばの話、バーでどっかのだれかがみんなに長々とむちゃくちゃな話をしてるとする、みんな、聞いて笑ってる、そいつが途中で話をやめて話し直しをするのなんて聞いたことあるか？ 前の文章にもどってそれを直したりとか、リズミックな思考の流れの衝撃をやわらげたりとか？……もしも話を中断して鼻をかむとしたら、それってつぎの文章を考えてるってことじゃないか？ そして、つぎの文章を放出したら、そいつの言いたかったことは結局はそれであり、それでおしまいってことだろ？ その文章にたどりつくまで考えていたことからは離れてしまったってことで、シェイクスピアが言ってるとおり、その件については「永久に口をつぐむ」[4]しかないんだよ、だって、その件のうえは通過しちゃったんだから、川がひとつの岩のうえを流れていったみたいに、それっきりさ、もうもどれない、川がのこのこ逆方向に流れるか？ ところで、おれのピリオド嫌いについて言うとね、『鉄道の大地の十月』の散文ではとくにそうなんだが――けっこう実験してたんだよ、ガタンゴトンとずっと進むつもりだった、ちょうど蒸気機関車が百台もの貨車をえんえん引っぱって進んでいくみたいにさ、最後尾にはおしゃべりな車掌のいる車掌車がくっついててな。当時はそういうやりかたをしてたんだよ、いまだってそういうことはやるかな、スピードをつけて書いてるときの思索が告白的でピュアで、その躍動感に完全にノッてるときなんかは。ほんとの話、若い頃は、書くのがスローでね、直してばかりで、考察をいじくっては際限なく直したり削除したりしてた、そんな具合だから一日にワン・センテンスしか書けなくて、しかも、そのセンテンスに感情《フィーリング》がない。まいったよ、感情が、おれが芸術でいちばん好きなところだっていうのにさ。技巧とか、感情を隠すことなんかより。

――『オン・ザ・ロード』で「即興」スタイルをつかおうと思ったきっかけはなんですか？

ケルアック 『オン・ザ・ロード』の即興スタイルのアイデアは、なつかしいな、ニール・キャサディ[5]がくれた手紙だよ――ぜんぶ一人称で、スピーディで、狂ってて、告白的で、完璧に真剣で、じつに事細かで

――しかし、手紙だから、ぜんぶ実名。それと、ゲーテの忠告も思いだした――ゲーテの予言っていうかな――西洋の未来の文学は告白調のものになるだろうっていうやつさ。それから、ドストエフスキーも似たようなことを予言してたからね、長生きして、構想していた『偉大なる罪人の生涯』なる傑作にとりかかってたら、そのやりかたで書いてたかもよ。キャサディもかなり若いときから文章を書こうとしてたんだ、ただ、どうにもスローになって気苦労ばかりで、くだらない技巧のあーたらこーたらにふりまわされて、おれとおなじでうんざりしてた、自分がかんじているようなかたちで魂から出てきてくれないってね。でも、おれはやつのスタイルでひらめいたんだよ。『オン・ザ・ロード』はやつからアイデアをもらったんだなんて言うと西海岸の不良どもには嘘八百に聞こえるだろうけどさ。やつがくれた手紙は、ぜんぶ、おれと会う前の若い頃の話ばかりだった、父親といっしょだった子どものときとか、そんなこと、十代後半に経験したこととか。やつの手紙は一万三千語の手紙だったってことになってるが、それは間違いでね……ちがうんだよ、一万三千語なのはやつの小説の『はじめの三分の一』のほうで、これはやつが保管してた。手紙のほうは、とくにおれにとって大事な手紙はというと、四万語だよ、四万、もう短編小説ひとつの分量だな。あんなすごい文章、見たことないね、アメリカのだれもかなわないだろう、まあ、メルヴィルもトウェインもドライサーもウルフも墓のなかでひっくりかえるな、わかんないけど。アレン・ギンズバーグが、読みたいからその巨大な手紙を貸してくれって言ってきた。そして、読むと、ガード・スターンってやつに貸した。カリフォルニアのサウサリートでハウスボートに暮らしてたやつだが、一九五五年のことさ、こいつが手紙をなくした、水のなかに落っことしたんだろうと踏んでるけどね。ニ

(4)『ハムレット』第一幕第二場。
(5)『オン・ザ・ロード』でディーン・モリアーティのモデルになった。

ールとおれはそれを、便宜上、ジョーン・アンダーソン書簡って呼んでた……玉突き場でのクリスマスの週末のこととか、ホテルの部屋のこととか、デンヴァーの監獄のこととか、そこいらじゅう楽しい話やら悲劇的なのがいっぱいで、おまけに窓の絵もついてた、読む方に話が見えるようにだよ、そういうものなの。だからさ、もしも見つかってたら、この手紙はニールの名前で出版されてたろう、でもまあ、おれに来た手紙だからおれの財産だけどね、ともかくアレンはうかつだったんだ、ハウスボートの野郎もそうだったが。その四万語の手紙がまるまる発掘されたら、ニールも正当に評価されるだろう。おれたちは、また、ふたりでべらべらしゃべって、それをテープに録音したりもしたもんさ、一九五二年のことだ、そしてよく聞いた、ふたりとも秘密っぽい隠語で意味ありげにしゃべってるがね、ああでもしないと、あの時代のスピードとかテンションとかエクスタシーいっぱいのバカな言動とかは表現できなかったんだろうよ……こんなもんでいい?

――そのスタイルは『オン・ザ・ロード』のあとはどんなふうに変わったと思いますか?

ケルアック　なんのスタイル? ああ、『オン・ザ・ロード』のスタイルね。さっきも言ったように、カウリーがもとの原稿のスタイルを訳の分からないものに変えたんだ、こっちには文句を言う力もなかった、でも、それ以降は、おれの本はおれが書いた通りに出てる、さっきも言った通り。スタイルはいろいろだよ、すごく実験的な、スピードをつけて書いた『鉄道の大地』から、足の指の爪が肉に食いこんでいくみたいな、ちょっと霊的な『トリステッサ』とか、『地下室の手記』(ドストエフスキー)の狂気の告白的な『地下生活者たち[6]』とか。その三つを一つにしたような『ビッグサー』は、おれに言わせりゃ、ふつうの話をなめらかなバターみたいな教養豊かな調子で語ってる、それから『パリの悟り』は、じつは、横っちょに酒をおいて書いた初めての本さ(コニャックと強いビール)……それと忘れちゃいけないのは『夢の本』で、目を覚ましたばかりのまだ半分眠っているやつがベッドの脇で鉛筆でさらさらと書きとめたスタイルだ……そう、鉛筆なんだ……たいしたもんだよ！　目はまだかすんでる、頭のなかも調子が変で眠りでぼやけて訳がわからない、そこにひょいと飛びだしてくる細々したことを、どういう意味なのかさっぱりわからないまま書いていく、そのうちちゃんと起きてコーヒーを飲んで、書いたのをながめると、夢の言語の夢のロジックがわかるというわけ、わかる？……そして最後は、疲れた中年にもなったんでスローダウンすることにして、『ドゥルーズの虚栄』はかなりふつうのスタイルでやった、だから、これまではずっとなんか密教的なかんじでやってきていたからね、これで昔の読者も帰ってくるんじゃないか、そしてこの十年でおれの人生と思考がどういうことになったかわかるんじゃないか……要するに、出せるものはぜんぶ出したってこと、おれがなにを見たか、それをどう見てきたか、ほんとうの話をね。(7)

――『コディの幻影』には口述で書いたところもありますね、そういう方法はそのあともやったことはありますか？

ケルアック　『コディの幻影』に口述で書いたところなんかないよ。ニール・キャサディ、すなわちコディと、やつのロサンジェルスでの若い頃の冒険について話したときのテープレコーダーの録音を、おれがタイプで打ったんだ。四章分。その方法はそれ以来つかってない。なにしろ、なかなかきちんと起こせないんだよ、ニールのもおれのも、ぜんぶ書き起こしていくことになるとね、「あー」とか「おー」とか「えー」とかもぜんぶ。そして恐るべきことは、あの機械は着々とまわっていくってことだ、電気代やテープを無駄にするわけにもいかんし……まあね、わかんないが、いずれはああいうものに頼ることになるのかもな、疲れてきているし、目も見えなくなってきたから。こういう問題は悩ましいよ。ともかく、みんなやって

(6)　邦題『地下街の人びと』。
(7)　『ドゥルーズの虚栄』の刊行にあわせてこのインタヴューはおこなわれた。

るっては聞くが、おれはまだこつこつ書いてる。マクルーハンに言わせりゃ、おれたちはどんどんオーラルになっていくそうだから、おれたちはみんないずれは機械にむかってうまくしゃべることを学んでいくんだろう。

——即興で書いていくのに理想的な雰囲気をつくってくれる「W・B・イエーツ的セミ・トランス」(8)の状態っていうのは、どういうものですか?

ケルアック　そうねえ、べらべらしゃべっていたらトランス状態には入れないだろうな……書くってことは、少なくとも、沈黙の瞑想だよ、一時間に百マイル進むとしても。映画の『甘い生活』に、老いた司祭が怒り狂うシーンのあったのを覚えてるか、子供たちが聖母マリアを見たという木を見物しに群衆が狂ったみたいにどっと押しよせてきたときのことだ。かれはこう言う、「こんなふうな狂乱のなかに、わめいたり押し合いへし合いしてるようなところに、ヴィジョンはあらわれない。沈黙と瞑想のなかでのみ、ヴィジョンはあらわれる」。そういうことだよ。

——まえに、俳句は即興で書かれるわけではなくて推敲され修正される、とおっしゃっていたことがありますよね。あなたの詩もおなじですか? 詩を書く方法は散文のそれとはどうしてちがわなくてはいけないんでしょう?

ケルアック　そうじゃないんだ、まずね——俳句は、推敲されて修正されて、ベストになるんだ。わかってるんで、おれも試してみた。まったく無駄なものがあってはいけない——葉っぱや花や言語のリズムがあればいいってものじゃない——三行のなかにシンプルな小さな絵ができてなければいけないんだ。少なくとも、かつての巨匠たちはそうしていた、三行に何ヶ月もかけてやっと、たとえば、こういうのができる。

In the abandoned boat,
The hail
Bounces about.
(捨舟の中にたばしる霰《あられ》かな)

子規だ。しかし、おれのふつうの英語の詩はというと、散文とおなじでパッとさっとたたきだす、そしてここが大事だが、ノートのページのサイズをつかって詩のかたちや長さを決める、ちょうどミュージシャンが、ジャズ・ミュージシャンが何小節かのなかで、ワンコーラスのなかで、ステートメントを出していくみたいなもんさ、もちろん、つぎにこぼれてはいくんだが、コーラスのページの止まったところで止めなくちゃいけない。それともうひとつ、詩では、なにを言おうが完璧に自由だ、お話をする必要はない、こっそりとしゃれをつかってもいいし。だから、散文を書くときにはいつも言ってるよ、「いまは詩を書いてるんじゃない、ふつうの話をしろ」。［酒がでる］

——俳句はどうやって書くんです?

ケルアック　俳句? 俳句が聴きたいか? すごいビッグなお話を短い三行に圧縮するんだよ。まずは、俳句的な状況からはじめる——たとえば、こないだの晩彼女にも言ったことだが、木の葉が十月のすごい暴風のなかスズメの背中に落ちるのを見たとする。でかい木の葉がちいさなスズメの背中に落ちる。これをどうやって三行に圧縮するか? 日本語だと、十七字に圧縮しなくちゃいけない。アメリカ語——というか英語——ではそういうことはしなくていい、字数のなんだかんだが日本語とはおなじじゃないか

(8)　ケルアックのエッセイ「即興的文章の要点」でつかわれた表現。

らな。そこで、まずはこうなるだろう、「ちいさなスズメ」——でも「ちいさな」は言わなくてもいい——スズメがちいさいのはみんな知ってるから。そして葉っぱが落ちる、だからこうなる、

スズメ
おおきな葉を背にのせて——
暴風
Sparrow
with big leaf on its back——
windstorm

ダメだな。最低。ボツだ。

ちいさなスズメ
落ち葉がいきなり背にはりつく
風が吹き
A little sparrow
when an autumn leaf suddenly sticks to its back
from the wind.

ハハ、これならいいか。ダメかな、ちょっと長すぎる。だろ、長すぎるよな。ベリガン、わかるか？

――なんだか余分な語かなにかがありますね、when かな。when をとってみたらどうでしょう？　こんなかんじで、

A sparrow
an autumn leaf suddenly sticks to its back――
from the wind!

ケルアック　おい、いいじゃないか。when だな、余計なのは。よく気がついた、みごと！「A sparrow, an autumn leaf suddenly」――suddenly は要らないんじゃないか？

A sparrow
an autumn leaf sticks to its back――
from the wind!

［ケルアックは最終ヴァージョンをスパイラルノートに書きとめる］

――suddenly がぜったいここでは要らない語ですね。それを出版するときは、わたしに意見をもとめた、と脚注に書いておいてくださいね。

ケルアック　［書く］ベリガンによる指摘あり。これでいいか？

――詩はたくさん書くんですか？　俳句のほかにも詩は書くんですか？

ケルアック　俳句をつくるのはむずかしいねえ。長いバカげたインディアン詩も書くよ。おれの長いバカげ

たインディアン詩、聴きたい？
――インディアンて、どの？
ケルアック　イロコイ族だ。おれの顔を見りゃわかるだろ。(9)［ノートから読む］
店に行く途中の芝生で
四十四の男、近所に聞こえるように言う
ヘイ、ママ、怪我しちゃった。ぜったい
あの噴射のせいだ。

意味、わかる？

――もう一回言ってください。

ケルアック　ヘイ、ママ、怪我しちゃった、店に行く途中、怪我しちゃった、芝生で転んだ、母親にむかってさけぶ、ヘイ、ママ、怪我しちゃった。つけくわえて、ぜったいあの噴射のせいだ。

――スプリンクラーにつまづいた？

ケルアック　ちがう、父親が噴射したんだ、ママのなかに。

――そんなに遠くから？

ケルアック　いい、もうやめたよ。きみにはこれはわからない。説明しなきゃいけなかった。［ノートをまたひろげて読む］

ユダヤ人でないってことは楽しいってこと。

――それはギンズバーグに送りましょう。(10)

ケルアック　［読む］

しあわせなひとはいわゆる偽善者である――だって

しあわせだとかんじているためには

とうぜん欺瞞が要るから、ある種の策略や嘘や

隠蔽が要るから。偽善に欺瞞、インディアンお断り。笑顔お断り。

――インディアンお断り？

ケルアック　おまえがおれに密かに敵意を持っているのはだな、ベリガン、フレンチ・インディアン戦争のせいさ。(11)

――ありえますね。

サローヤン　ホレス・マン男子学校の地下室であなたがフットボールをしてる写真を見ました。当時はずいぶん太ってたんですね。

(9)　ケルアックは自分にイロコイ族の血が入っていると信じていた。

(10)　ギンズバーグはユダヤ人。

(11)　ケルアックの両親はフランス系カナダ人、ベリガンの先祖はイギリス人。一七五五―六三年に英仏が北米大陸カナダでおこなった植民地争奪の戦争がフレンチ・インディアン戦争。フランスはインディアンと同盟を結んでイギリスと戦うが敗北。在住のフランス人の多くはカナダを追われてアメリカへ移る。

ステラ　タフィ！　おいで、タフィ！　さあ、かわいい子猫ちゃん……

ケルアック　ステラ、もう一本か二本、持ってきてくれ。そうだったなあ、抜けられるならだれでもぶっ殺してやれって勢いだった。まったく。ホットファッジサンデー！　ドッスーン！　試合の前にはホットファッジサンデーを二、三個たいらげてな。ルー・リトルが……

――コロンビア大学でのコーチですね？

ケルアック　ルー・リトルはコロンビアでのコーチだった。おれの父親はやつのところに出かけていくと「やい、鼻でかのこそこそしたペテン師……」なんて言いやがってね、「わしの息子のティ・ジャンを、ジャックをアーミーとの試合になぜ出さない、ローウェル以来の天敵に仕返しできるっていうのに」。そしたらルー・リトルは言った、「まだ無理だからだ」「だれがまだ無理だって言うんだ?」「わたしがまだ無理だって言うんだ」。すると父親はこう言い放った、「なんだよ、鼻でかのバナナっ鼻の盗人が。とっとと消えやがれ！」そしてどかどかとオフィスから出てくるとでかい葉巻をふかしてこう言った、「来い、ジャック、もうここはおさらばだ」。てなわけでコロンビアをいっしょにおさらばしたのよ。海軍にいたときもおなじだ、戦争中でね――一九四二年――将官たちがいる真ん前でだぜ、父親はどかどか入ってくるやこうぬかした、「ジャック、おまえは正しいぞ！　ドイツはわれらの敵であってはならん。同盟国でなきゃいかん。きっと時が証明してくれる」。将官たちは口をぽかーんとあけたままだったよ、父親はだれからもとやかく言われるのが嫌いだったんだ――太鼓腹でね、こんなにでかくて［腕をつきだしてジェスチャーをする］、ポーン！と叩く。［立ちあがってやってみせる、ものすごい勢いで腹をふくらませてポーン！］いつだったか、母親と腕を組んで歩いてたときもそうだったな、ニューヨークのローアー・イースト・サイドあたりだよ、昔の話だ、一九四〇年代、向こうからユダヤ人のラビどもがごっそりやってきた、やはり腕を組んで……らんらんらん……そして、そいつらときたら、こっちのキリスト教徒の夫婦に道を譲ろうともしない。そしたら父親はポーン！　ラビを溝に叩きつけた。そして母親の手をとるとさっさと立ち去った。

お気に召さんかもしれんがね、ベリガン、これがわが家族史だ。だれからもとやかく言われるのは嫌いなの。いずれはおれもだれからもとやかく言われるのが嫌いになるかもな。記録しとけ。これ、おれのワインか？

――『町と都会』は即興創作の原理で書かれたんですか？

ケルアック　はい、すこしはそうでございます。別なヴァージョンのも書いたが、それは床下に隠してる、バロウズと共作の。

――それですよ、その本の噂、聞いたことあります。みんなが見たがってる。

ケルアック　『そしてカバたちはタンクで茹で死に』ってやつね、カバだ。ビル・バロウズとおれが、ある晩、バーにいると、ニュースキャスターが言ったんだ、「……エジプト人が攻撃してきましたベラベラ……いっぽうロンドンの動物園は大火事で、火の手はぐんぐんひろがりました、そしてカバたちはタンクで茹で死に！　おやすみなさい、みなさん！」ビルさ、あいつがそれに気がついた。あいつはね、ああいうの、気がつくんだよ。

――タンジールでかれの『裸のランチ』の原稿をタイプしてやったというのはほんとうですか？

ケルアック　いや……最初だけね。最初の二章。寝ると悪夢を見てな……でっかい長いボローニャソーセージがおれの口から出てきやがった。原稿をタイプしてる悪夢も見たよ……「ビル！」とおれが叫ぶと、「黙って打ってろ」とやつは言う。「北アフリカでこんな灯油ストーブを買ったのはおまえのためなんだぞ」。そう言うわけ。まわりはアラブ人ばかりでな……灯油ストーブを手に入れるのはむずかしいんだ。おれは灯油ストーブをつけて、寝床をつくって、すこしマリファナを、というか、あそこではケフっていうんだが、それを吸う……ときにはハシシ……あっちでは合法だったんだよ……マリファナ、マリファナ、マリファナでな、そして夜に寝ると、さっき言ったようなのが口から出てくる。だからしまいには、べつなやつらの登場とあいなったんだが、アラン・アンセンとかアレン・ギンズバーグだな、こいつらは原稿を台無しにしちまったよ、なにしろ、書いてある通りにタイプを打たないんだから。

――かれがオリンピア・プレス社で出していた本は、いま、グローヴ・プレス社がどんどん出してます、修正とかいろいろ加わってますけど。

ケルアック　まあ、おれに言わせりゃ、おれたちの壊れそうな心を引きつけるものは、バロウズは『裸のランチ』以降、書いてない。やつがこのところやってるのは例の「なんでもバラバラに」とかいうやつだろ……散文を一ページ書いて、そしてもう一ページ書いて……それらを折って切って、また合わせるとかいう……そんなようなこと……

――でも、『ジャンキー』はどうですか？

ケルアック　あれはもはや古典だよ。ヘミングウェイよりいい――まったくヘミングウェイっぽいが、ちょっとばかりまさってる。たとえば、こんなところな、「ダニーがある晩おれのアパートに来て言う、「ヘイッ、ビル、おまえのサップ、借りられるかな」」。サップだよ――サップってなんだかわかるか？

サローヤン　ブラックジャック(黒革の棍棒)ですか？

ケルアック　ブラックジャックだよな。ビルはこうつづけてる、「おれは下の引き出しをあけて、しゃれたシャツの下からブラックジャックをとりだした。ダニーに渡して言った、「なくすなよ、ダニー」――ダニーは言う、「心配いらねえ、なくさねえよ」そして出ていって、なくした」。

サップ……ブラックジャック……おれ。サップ……ブラックジャック。

――それ、ずばり、俳句になってますね。サップ、ブラックジャック、おれ。書きとめておいたほうがいいですよ。

ケルアック　要らん。

――じゃあ、わたしがあとで書きとめときます。それ、つかってもいいですか？

ケルアック　勝手にしろ！

――コラボは信じてないですか？　コラボってやったことはあるんですか、出版社以外と？

ケルアック　ビル・カナストラとロフトのベッドでコラボは二、三回したよ。ブロンドたちを相手に。

――そのひと、地下鉄から飛びおりようとしたひとでしょ、アスター・プレイスで。ジョン・クレロン・ホームズの『ゴー』に出てきますね。

ケルアック　そう。そうだよ、「服をぜんぶ脱いでそこらをひとっ走りしてこうぜ」てなことを言うやつよ……雨が降ってたときにだぜ。七番街と十六丁目のぶつかるあたりだった。おれは言った、「待てよ、おれはショーツはいていくぞ」――しかしやつは「ダメ、ショーツなしだ」。おれは「ショーツははいていく」。やつは「わかった、でもおれははかねえ」。そしてタッタカタッタカ走った。十六丁目から十七丁目まで……そしてもどってきて階段を駆けあがった――だれにも見られなかったよ。

――何時頃ですか？

ケルアック　あいつは素っ裸だった……朝の三時か四時だな。雨が降ってた。みんな揃ってた。あいつは、割れたガラスの上でダンスをし、バッハを弾いたよ。屋根の上をよくふらふら歩いてたっけ――部屋が六階でな。「おれに落っこってほしいか？」とやつはよく言ってた。「よせよ、ビル、よせ」とおれたちは言ってた。やつはイタリア人だからな。イタリア人は無鉄砲なんだよ。

――かれはものを書いてたんですか？　なにをしてたんですか？

ケルアック　よく言ってた、「ジャック、来いよ、この覗き穴から覗こうぜ」。覗き穴から下を覗いたもんだよ、いろいろ見た……やつのトイレとか。

おれが「そんなの、興味ない」って言うと、やつは「おまえはなんににも興味がない」って言ったっけ。翌日だったかな、W・H・オーデンが来た、午後のカクテルパーティに。チェスター・コールマンもテネシー・ウィリアムズもいっしょだったな、たぶん。

——ニール・キャサディとはそのころもうお知り合いだったんですか？ ビル・カナストラと付き合ってたころすでに、ニール・キャサディはご存知で？

ケルアック うん、そうだよ、そう……あいつはマリファナのでかいパックを持ってたんだ。マリファナの幸せを運ぶ男でね。

——ニールはものを書いてないって、どうしてそう思ったんですか？

ケルアック やつは書いてたよ……じょうずに！ おれよりもよっぽどうまく書いてた。ニールはすごく楽しいやつでな。まさにカリフォルニア人だよ。そこいらのガソリン・スタンドの従業員の五千人分くらい、いや、それ以上、おれたちはたっぷりいろいろ楽しんだ。おれに言わせりゃ、やつほどに知的な人間はいない。ニール・キャサディはすごいよ。ところで、やつはイエズス会でね。昔は聖歌隊で歌ってた、デンヴァーのカトリック教会の聖歌隊の少年だったんだ。神についてのあれこれでなにを信じるべきか、それを教えてくれたのはやつだ。

——エドガー・ケイシー(12)とか？

ケルアック いや、やつは、エドガー・ケイシーのことを知る前から、おれとあちこち旅してたときから、いろいろ教えてくれた——「神のことはおれたち知ってるよな、ジャック？」「はいッ」てなもんよ。「起こることに間違ったものはないってことはおれたち知ってるよな？」「はいッ」「じゃあいくぞ……フムムムジャブムムムム……」てなもんよ。パーフェクト。やつはいつもパーフェクトだった。あいつが来てしゃべりだすともう、こっちは口がはさめない。

――ニールがフットボールをしてるところは『コディの幻影』に書いてましたね。

ケルアック　うん、すごい優秀なフットボール選手だった。あの頃だよ、あいつ、フリスコ[13]のノースビーチでブルージーンのビートニクふたりが運転している車を拾ったんだ。「急いでんだよ、バンバン、いいかな、急いでんだけど」って言ってな。鉄道で働いてたんだ……そして腕時計をみせて……「いま二時十五分だろ、二時二十分までに着かなきゃならねえ、乗っけてくれ、汽車に間に合うように……汽車で」――なんていうとこだっけ――そう、サンノゼまでって。すると、相手ふたりは「いいよ」、それでニールは「ありがとよ、これ、マリファナだ」。そしたらよ――「おれたち、びっしりヒゲ生やしてりっぱなビートニク風だが……じつは警察なのね。逮捕する」。

それで、「ニューヨーク・ポスト」のだれかが監獄に面会に行ったら、やつがこう言ったんだ、「ケルアックに伝えてくれ、もしもまだおれのことを信じてくれてるならタイプライターを送れって」。だからおれは百ドル、ニールにタイプライターを買ってやれって、アレン・ギンズバーグに送った。で、ニールはタイプライターが手に入ったんで、いろいろ書きはじめた。しかし、それは外に持ち出せなかった。許可がおりなくてな。タイプライターはいったいいまはどこにあるものやら。

ジャン・ジュネは『花のノートルダム』を豚箱で書いた……監獄で。すごい作家だよ、ジュネは。書いて書いて書きつづけてたんだから、イクまで書いて……そして自分のベッドにもぐりこむ――監獄の。フランスの監獄の。フランスの刑務所の。そうやって一章一章ができた。どの章でもジュネはイッてたの

(12)　心霊治療師。
(13)　サンフランシスコ。

よ。サルトルはそのへんのところがわかってた。

――それは即興の書きかたとはまたべつなものだと思われます？

ケルアック まあね、おれも監獄に入ったら、毎晩マギーやマグーやモリーのことを一章ずつ書くことぐらいはできるだろうけどね。美しいよ。ジュネは、ほんと、最高に正直な作家だ、ケルアックとバロウズ以来だな。まあ、やつのほうが先だけど。年上だけど。うん、バロウズとおなじ年齢なんだよ。でも、自分が不正直だとはおれは思ってないぞ。ただね、おれはすごい楽しかったから！　だって、おまえ、国中を、ハチみたいにブンブン、自由に走りまわったんだ。その点、ジュネはすごく悲劇的な美しい作家なんだよ。月桂冠を授けたい。月桂冠を。月桂冠をリチャード・ウィルバーなんかにやるか！　あるいは、ロバート・ロウエルにも。(14) 月桂冠はジャン・ジュネとウィリアム・バロウズにやれ。それとアレン・ギンズバーグと、ぜったいグレゴリー・コーソに。

――ジャック、ピーター・オーロフスキーの書くものはどうですか？　ピーターのはお好きですか？

ケルアック ピーター・オーロフスキーはバカだよ!!　ロシアのバカ。いや、ロシアでもない、あいつはポーランドだ。

――いい詩もありますよ。

ケルアック そうか、へえ……どんな詩？

――「二番目の詩」という美しい詩があります。

ケルアック 「おとうとがベッドにおしっこした……地下鉄に乗ったら、ひとがふたりキスしてるのを見た……」

――ちがいます、こういう詩です、「床は、掃くより、ペイントするほうが、クリエイティブだ」

ケルアック すごいクソじゃねえか！　もうひとりのポーランド人のバカが、アポリネールっていうポーランド人のアホが書いたような詩だな。アポリネールって本名じゃないんだぞ。サンフランシスコで何人かが言ってたよ、ピーター・オーロフスキーはバカだって。でも、おれは、バカは好きだから、やつの詩も楽しんでる。そのへんはよく考えろよ、ベリガン。しかし、おれの好みはグレゴリー・コーソだな。

それ、ひとつ、くれ。

――この錠剤ですか？

ケルアック ああ。それはなんだい？　悪魔の二枚舌か(15)？

――オーベトロール(16)っていいます。ニールに教わった。

ケルアック オーバトーン？

――オーバトーン？　ちがいます、オーバコート。

サローヤン あれはどういう意味でしょう……グローブ・プレスのアンソロジーのうしろに書いてらっしゃいましたが……いったん書いた詩行もしばらく放っておくと、やがて文章の最後にあらわれる秘密のイメージで補完されるようになるとかなんとか？

ケルアック さすがはアルメニア人！　沈殿さ。三角州さ。泥さ。そこから詩ははじめる……

ある日　通りをあるいていったら
湖がみえてきて　ひとびとがぼくのお尻を切っていた

(14)　二人ともアメリカ議会図書館の桂冠詩人に選ばれた。
(15)　コーソの詩「結婚」の一節。
(16)　アンフェタミン。

一万七千人の司祭がジョージ・バーンズのようにうたっていた

そしてそのままどんどん書いていって……

じぶんのことをわらってみる
じぶんの骨を地中にくだいてみる
すると　ぼくは　偉大な　ジョン・アルメニアン
土にかえっていく

そしてはじめをおもいだして、こう言う……

アハハ！　タタタタドゥーダ……くたばれ、トルコ[17]！

わかる？　おしまいで詩行をおもいだすんだ……途中では正気を失っている。

サローヤン　なるほど。

ケルアック　それは、詩同様、散文でも言えるんだよ。

——でも、散文だと、ストーリーを語るわけですし……

ケルアック　散文ではパラグラフをつくる。パラグラフのひとつひとつが詩さ。

——そういうふうにしてパラグラフを書くんですか？

ケルアック　ダウンタウンのあそこへ走っていったときだった、やるつもりだった、そこで寝るつもりだった、そこの女の子とだ、そしたら男がハサミを出してきたんでなかにいれた、やつが見せてくれたのはエロ写真。飛びだしたおれはじゃがいもの袋といっしょに階段からころげおちた。

――ガートルード・スタインの作品は好きになったことあります?

ケルアック　あんまり興味はないね。「メランクサ」がちょっと好きかな。(18)

ほんとうなら、おれは学校にでも行って子どもらに教えてやるべきなんだろう。週に二千ドル稼げるし。なかなか教われるものじゃない。なぜだかわかるか? 悲惨な父親のもとに生まれなくちゃいけないんだからな。

――ニューイングランドの生まれならだいじょうぶですよ。

ケルアック　そういえば、おれの父親が言ってたよ、きみの父親はぜんぜん悲惨じゃないって。

サローヤン　父が悲惨だとはぼくも思いません。

ケルアック　おれの父親が言ってたのは、サローヤンは……ウィリアム・サローヤンはぜんぜん悲惨なんかじゃない……あれはクソだ、と。父親と大議論になったよ。「空中ブランコに乗る勇敢な若者」なんか悲惨そのものなんだから。

サローヤン　父もその頃は若者だったんですよ。

ケルアック　ああ、でも、かれは飢えてる、そしてタイムズ・スクエアにいる。空中のやつ。空中ブランコの若者な。美しい話だよ。子どものときはコロリとまいった。

――ウィリアム・サローヤンの小説で、町にやってきたインディアンが車を買って子どもに運転させるのが

(17)　サローヤンはアルメニア系。十九世紀末から初頭にかけてのオスマン・トルコによるアルメニア人虐殺のことを指す。

(18)　『三人の女』所収。

ありますよね？

ステラ　車はキャデラック。

ケルアック　町はどこだい？

サローヤン　フレズノ。カリフォルニアのフレズノ。

ケルアック　えーと、ぼくが夜にうとうとしてるときみが白馬にのって窓の外にあらわれるっていうの、おぼえてるかい……

サローヤン　「うつくしい白馬の夏」。

ケルアック　で、ぼくは窓の外を見てこう言う、なに、これ？　きみは答える、ぼくの名前はアラム。白馬に乗っている。

サローヤン　ムーラッドですよ。

ケルアック　ぼくの名前はムーラッド、か。失礼。いや、ちがう、ぼくの名は……ぼくはアラムで、きみがムーラッドだ。そしてきみは言う、起きろ！　ぼくは起きたくない。寝ていたい。「ぼくの名はアラム」は本の名前だよ。きみは農夫から白馬を盗み、ぼくを起こした、アラム、いっしょに乗ろうって。

サローヤン　ムーラッドは変わったやつで、馬を盗んだんです。

ケルアック　おい、さっきくれたのはなんだ？

――オーベトロールです。

ケルアック　ああ、オービーね。

――ジャズやバップからの影響についてはどうですか……サローヤンやヘミングウェイやウルフのことより？

ケルアック　うん、ジャズとバップか、そうだよな、たとえば、テナー吹きは息を吸いこみ、息が切れるまでサクスフォンでフレーズを吹くわけだが、息の切れたときが、そいつのセンテンスが、そいつのステートメントが完成したときだ……おれのセンテンスの切りかたもそれだよ、こころの息が切れるのに合わせてる……尺度としての息の理論はおれがつくった、散文と詩における理論だよ、オルスンがな、チャールズ・オルスンががたがた言ってるが、あれは忘れていい、あの理論は一九五三年に、バロウズとギンズバーグに求められておれがつくった。ジャズのきわどさ、自由さ、ユーモアだよ。かったるい分析とか、ジェームズは部屋に入ってくると煙草に火をつけた、この仕草をあいまいすぎるとジェーンは思ったのかもしれない、とかれは思った、みたいなのは要らないのよ……わかるだろ。サローヤンについて言うと、うん、十代のときは大好きだったなあ、その頃に学ぼうとしていた十九世紀風の因習的なスタイルから、ほんと、おれを引っぱりだしてくれたんだから、その愉快なトーンだけでじゃない、すてきなアルメニアの詩的文章でさ、よくわかんないが……とりこになった……ヘミングウェイは魅力的さ、真珠みたいな言葉が白いページのうえにあってきちんとした絵を見せてくれる……でも、ウルフは、アメリカ的な天国と地獄がほとばしる奔流だ、アメリカそのものが主題になるのだ、と、あれでおれの目は開いた。

——映画はどうですか？

ケルアック　うん、映画にはみんな影響をうけてるさ。そういえば、マルカム・カウリーにもそんなことはよく言われたっけ。あいつはときどきすごく敏感で、『ドクター・サックス』にはひっきりなしにおしっこが出てくるって指摘されたこともある。じっさい、その通りなんだが、それは、メキシコ・シティにいたときは、小さなタイルのトイレの便器のふたの上しか、書く場所がなかったからなのね、部屋にいる客に邪魔されないでいられるところがさ。そういうことで言うと、クソみたいな幻覚を、クソしてて書いたこともあるな。まあ、クソしててっていうのはマリファナをやっててってことだけど。ホッ、ホッ。

——禅は作品にどう影響をあたえてます？

ケルアック　おれの仕事に影響をあたえてるのはマハヤナ〔大乗〕仏教だよ、ゴータマ・シャカムニ〔釈迦牟尼〕、つまりブッダ自身のもともとの仏教で、古いインドのものだ……禅は、かれの仏教、かれのボーダイ〔菩提〕から生まれた。それが中国に渡ってからな、そして日本に渡った。おれの書くものに影響をあたえた禅というのはそれの一部で、俳句のなかにあるような禅だよ、さっきやったみたいな、三行の十七音節の詩で、何百年も前に芭蕉とか一茶とか子規が書いてた。いままでたくさん巨匠はいる。短くてスウィートで思考がいきなり跳躍するような文章は、まあ、俳句だな、自由も、じぶんをおどろかす楽しみもたっぷりあって、こころが木の枝から鳥へ跳んでいくのを邪魔しない。しかし、おれのまじめなほうの仏教はだな、古いインドのそれは、おれの文章の、宗教的な、というか、熱い、というか、敬虔な部分に影響をあたえてるよ、カトリックとほとんどおなじくらいに。もともとの仏教は、思いやりをつねに忘れるなとか、兄弟愛とか、ダーナ・パラミター〔檀波羅密〕(施しをきちんとおこなうことという意味だ)とか、虫を踏みつぶしてはならないとかいろいろあって、謙虚であれとか、乞食であれとか、唱えてる。ブッダはスウィートで悲しそうな顔のやつなんだよ(じつは、アーリア人なんだ、ペルシャの兵士の階級で、東洋人と思われがちだけどそうじゃない)……もともとの仏教では、若い子が修道院にやってきても「ここに生き埋めにする」なんて警告されるようなことはなかった。瞑想するようにと、ひとに親切にするようにと、やさしくみちびかれるだけだった。禅のはじまりは、ブッダが僧を全員集めたときのことだよ、説法をして、マハヤナの教会の最初の長を選ぶことになっていた。ところが、やつは、口を開くかわりに、花を一本、掲げただけだった。みんなびっくりしたが、ただひとり、カシャピーヤだけがニコッと笑ったんだな。こうしてカシャピーヤが最初の長に任命された。この思想は中国人にアピールしてな、たとえば、第六代の長のフイネンは「はじめから、なんにもなかったのだ」と言って、スートラに残されているようなブッダの言葉の記録を破棄したがった――スートラっていうのは「糸のようにつながった説教」だけどな。そんなだから、まあ、禅っていうのは穏やかでバカげたところのある異端なんだよ、どっかにはほんとうに気持ちのいい老僧がいるにちがいないが、いままで聞いたかぎりではブッとんだやつらばっかりだよ。おれは日本には行ったことがない。あんたのマハ老師のヨシはこういったところの門弟で、なにか新しいものを始めたひとじゃないよ、もちろん。ジョニー・カーソン・ショーに出てきたときは、やっこさん、ブッダの名前も出さなかった。きっとあいつにとってのブッダは完璧な女ということだろう。

――イエス・キリストについてなんで書かないんですか？　ブッダについては書いてるのに。イエスもすごいやつじゃないですか？

ケルアック　おれがイエスについて書いたことがないって？　なるほど、とんでもねえイカレたやつが今日はいらっしゃったってわけか……ふーん……おれはイエスのことしか書いてねえよ。おれはエヴェラール・メルキュリアンだぞ、イエズス会という軍隊の将軍の。(19)

サローヤン　イエスとブッダのちがいはなんですか？

ケルアック　とてもいい質問だ。ちがいはない。

サローヤン　ちがいはない？

ケルアック　しかし、インドのもともとのブッダと、頭を剃りあげて黄色いローブを着て共産党の宣伝員になっているヴェトナムのブッダのあいだにはちがいはある。もともとのブッダは、若草の上さえ、潰してはいけないというので、歩こうとはしなかった。インド北部のゴラクプルの生まれで、ペルシャから入ってきた大集団の領事の息子だ。戦士の賢者と呼ばれていて、毎晩、一万七千人の女がやつのために踊った、匂いをお嗅ぎになりますか、と言って花を差しだしながらな。うるさい、淫売ども、とやつは言った。も

(19)　一五七三年から八〇年までイエズス会の総長をつとめた。

ちろん、そのなかのたくさんと寝てたよ。だが、三十一歳になった頃にはもうすっかりうんざりして飽きしてきた……外の町で起きていることにおやじがいっさい目を向けさせなかったんでな。それで、やつは馬に乗って、おやじの言いつけに背いて、町へ出ていったら、死にかけた女がいる——河へおりる階段のうえには焼けこげた男がいる。だからやつは言った、なんだい、この死と荒廃は？　すると従者は、こういうものなのでございますよ、この世は、と言ったんだな。こういうふうであるのをお父さまはあなたさまに隠していたんです。

なんだと？　やつは言った、おやじがッ！　馬を用意するんだ、鞍をつけろ！　森へ行くんだ！　そして森へ行くと、やつは言った、おれの馬から鞍をはずして、おまえのにつけろ……手綱をひいて、おれの馬を城まで連れていけ、そしておやじに伝えろ、二度と会うことはない、と！　従者のチャンナは泣いた。やつは言った、おまえにも二度と会うことはないだろう、しかしかまわん！　行け！　とっとと失せろ！

七年、森にいたよ。歯ぎしりしながら。なんにも起きない。飢えることで自分をひたすら自分を痛めつけた。ずっと歯を噛みつづけるぞ、死の原因がわかるまで、と言いながらな。そしてある日、よろよろした足取りでラプティ河を渡ろうとしていたとき、河のなかで失神した。若い女がミルクをいれたお椀をもって近づいてきて、言った。どうぞ、ミルクをお飲みください。［ズルズルズル］やつは言った、うん、これで力がついた、ありがとう。そして歩きだすと菩提樹の下にすわった。フィゲロサだ。イチジクの木だ。よおし、とやつは言った……脚をこう組もう［ポーズをとる］……ずっと歯を噛みつづけるぞ、死の原因がわかるまで。夜中の二時になると、十万ものお化けが襲いかかってきた。やつは動じなかった。三時には、でっかいブルーのお化けどもが来た！　あああああッ！　全員が声をかけた。（おれってけっこうスコットランド人だな。）四時になると、地獄の気違いどもが……マンホールから出てきた……ニューヨークだよ。知ってるか、ウォール街って、蒸気が出てくるんだよ。ほら、ウォール街の、マンホールのふたのところから……蒸気が飛びだすんだ。ふたをとるだろ、すると……ぶわああああ！　六時になると、すべて静まった――鳥が歌いだした。やつは言った、そうか！　死の原因は……死の原因は誕生だ。単純なもんだろ？　そしてとことこ歩いてインドのベナレスまで行ったんだ……長髪でな、おまえみたいな。

　すると、三人の男がいた。ひとりが言った、おい、ブッダだ、おれたちと森で飢えてたやつだぞ。あいつがそのバケツにすわっても、足を洗ってやっちゃだめだぞ。ブッダはバケツにすわった。男が駆けよってきて足を洗った。そなたはなぜ足を洗う？　わたしはベナレスに命の太鼓を叩きに行くのだが、とブッダは言う。なんのことですか？　死の原因は誕生だということだよ。なにをおっしゃってるんですか？　見せてやろう。

　死んだ赤ん坊を腕に抱いた女がやってきた。そして言った、あなたが救い主なら、わたしの子どもを生き返らせてください。ブッダは言った、いいだろう、いつでもそうしてあげよう。シラヴァスティの町に出かけていって、ここ五年、死人の出ていない家族を探しなさい。そしてマスタードの種をもらってわたしのところにもってきなさい。そうしたら、子どもを生き返らせてあげよう。女は町を歩き回った、いいか、二百万人はいる町なんだぜ、シラヴァスティは。ベナレスよりもでっかい。やがて女がもどってきて言った、そんな家族、見つかりませんでした。どこもみな、ここ五年、死人が出ています。ブッダは言った、そうか、それならその子も埋葬してあげなさい。

　あとは、ブッダの嫉妬深いいとこのデーヴァダッタだな(まあ、ギンズバーグだ……おれがブッダで、ギンズバーグがデーヴァダッタよ)、やつは象に酒を飲ませた……でっかい雄の象をウィスキーで酔っぱらわせた。象が近づいてきた――［象のように甲高く鳴く］でっかい鼻をぶらんぶらんさせてな。すると、ブッダは道を進んでいくと象をつかまえて、こうしたんだ［膝をつく］。象も膝をついた。おまえは悲しみの泥のなかに埋められているのだ！　おまえの鼻を鎮めなさい！　やつはたいした象使いだったんだよ。するとデーヴァダッタはこんどはでっかい岩を崖のうえから落としてきた。もうちょっとでブッダの頭にぶつかるところだったよ。わずかにそれた。ドスン！　ブッダは言った、またしてもデーヴァダッタか。ブッダはこんなふうにして歩いていたんだ［前後に行ったり来たりする］弟子たちの前をな。すぐ後ろにいたのはやつを愛しているいとこで……アナンダ……サンスクリットで愛って意味だ［行ったり来たりをつづける］。刑務所にいるときはこんなふうに歩いて体調を保つんだよ。

　ブッダの話はどっさり知ってるさ、ただ、そのたびにどんなことを言ってたのかは正確に知らないんだな。でも、唾をひっかけてきたやつについてどう言ったかは知ってるぞ。こう言った、おまえが悪態をくれてもわたしには使い道はない、お返ししよう。偉大だねえ。

［ケルアックはピアノを弾く。酒がふるまわれる］

サローヤン　なんかいいですね。

――母がよく弾いてましたよ。でも、音を紙に書くやりかた、記譜のしかたがわからないんです。あなたがピアノを弾いているレコードもいっしょに収録しなくちゃいけませんね。レコードのためにもう一回弾いていただけますか、ミスター・パデレフスキ[20]？「雲雀《ひばり》」[21]は弾けます？

ケルアック　無理だ。アフリカ系ドイツ人の音楽だけだ。おれって、しょせん、頭はガチガチだから。オービーにウィスキーって、どうなるんだ。

――儀式とか迷信とかはどうです？　仕事にとりかかるときにやることにしてることって、なにかありますか？

ケルアック　一時は、蠟燭に火をつけて、その明かりで書き、夜の仕事が終わったら吹き消すというような儀式をやってた……それと、膝をついてお祈りしてから仕事にかかるとか（それはゲオルク・フリードリヒ・ヘンデルについてのフランスの映画を観てからだったな)……しかし、いまは書くのは嫌で嫌でしかたない。信じてる迷信かい? 満月ってものを信頼しなくなってきた。それと、数字の9にこだわりがある——おれみたいな魚座は数字の7に執着すべきらしいがね——一日に九回はタッチダウンをするようにしてるよ、バスルームで逆立ちするんだ、スリッパの上でな、そして爪先を九回床につける、バランスをとりながら。ちなみに、これはヨガ以上でね、スポーツの離れ業だ。あれをやったんだ、「バランスのとれてない」おれなんて、もうありえない。正直言うと、心がどっかに行っちゃうようにかんじるときはある。だから、あんたの言う「儀式」のもうひとつは、イエスに祈ることだ、わたしの正気とエネルギーをお守りください、家族の世話ができますように、とね。体の動かなくなった母親と女房といつもそばにいる猫たちが家族さ。

——『オン・ザ・ロード』は三週間で書きましたね。『地下生活者たち』は三日で仕上げた。そんなすごいペースでいまも生産できますか? 腰をおろしてそんなふうにすさまじくタイプを打ちだす前ってどんな状態なのか、すこし話していただけませんか——どの程度、頭のなかにできあがっているんでしょう、たとえば?

ケルアック じっさいどんなだったか、まずよく考える、それからそのことを友だちにたっぷり話す、それをこころのなかで反芻する、それらをじっくりといろいろつなげてみる、そして、いよいよ、年貢の納め時がきて、がんばってタイプの前にすわる、あるいはノートのまえにすわる、そしてできるだけ速くかたづける……とくに問題はない、話はぜんぶもう揃ってるんだから。まあ、うまくできるかどうかは、この

(20) ポーランドのピアニスト、政治家。
(21) フランスの民謡。

ちっちゃいイカレた頭にどんなトラバサミがはいってるか次第だよ。ちょっと自慢になるがな、女の子に言われたことがある、あなたはトラバサミのような脳をもってるってね。一時間も前に彼女の言ったことをおれがしっかり覚えてたんだ、その話題から百万光年も離れたところにまでおしゃべりは進んでいたというのにな……わかるだろ、いわば、弁護士級の頭だってわけ。ぜんぶ、頭に自然にはいってるんだ、まあ、そのときにつかわれた言葉どおりにではないけどな……それと、『オン・ザ・ロード』と『地下生活者たち』だがな、無理だ、あんなに速くはもう書けない……『地下』を三晩で書いたのは、まったく、ファンタスティックなスポーツ的な離れ業だった、頭のだけじゃなくてな。終わったときの姿を見せたいよ……顔は紙みたいに真っ白で、体重は十五ポンド(6.8kg)減って、鏡をみると他人のようだった。いまは、座りっぱなしで平均八千語[22]ってところかな、夜中にやる、そしてさらに八千語、だいたい一週間後にやる、その間はお休みして溜め息をついている。ほんと、書くのが嫌で嫌でしかたないんだ。書いても楽しくないんだよ、起きても、さあ、仕事だって気になれない、ドアを閉めて、コーヒーをもってきてもらって、「文人」のようにどっしりと腰をおろして一日に八時間はたらき、そうやって出版界にろくでもない自己中心の空念仏とボンバストを放出していくということができないんだ、ボンバストってのは、スコットランド人ならわかるだろうが、枕に詰める綿さ。聞いたことないか、政治家は、わずか三語で言えることを千五百語つかって言うんだ。だからおれはね、ここんとこは、自分までうんざりしないですむように遠ざかっている。

サローヤン　なんでもすべてしっかり見るようにしてらっしゃるんですか、言葉のことは考えずに——なんでもすべてできるかぎりしっかり見て、それからそのかんじを言葉にしていく？　たとえば、『トリステッサ』の場合なんか？

ケルアック　インディアナ大学の創作科の授業みたいだな。

サローヤン　わかってますが、でも……

ケルアック　おれがやったことと言えば、あのかわいそうな娘といっしょに苦しんだということだけだよ。やがて、彼女は倒れて自殺寸前のところまで行った……覚えてるかな、彼女が倒れるところ？　すっかり破綻してね。とびきりゴージャスなかわいいインディオの娘だったよ、あんなの見たことない。インディオだ、ピュアなインディオだ。エスペランサ・ビヤヌエバ。ビヤヌエバはスペインのどっかの名前だったなあ――カスティリャの。でも、彼女はインディオなんだ。半分インディオ、半分スペイン人……美人だよ。完璧な美人だ。骨、まったく骨だけでね、ガリガリにやせてた。彼女をいよいよ仕留めたときのことは本には書かなかった。うん、仕留めたんだよ。結局、仕留めたんだ。「しいぃぃぃぃ！　家主に聞こえるわ」と彼女は言った、「忘れないで、わたしはとても弱くて病気なんだから」。おれは言った、「わかってる、きみがどんなに弱くて病気か、そのことを本に書いてるんだ」。

――どうしてそこを本に入れなかったんですか？

ケルアック　クロードの女房が、入れるな、と言った。本が台無しになるってね。しかし、征服なんてもんじゃなかったよ。遠くにかがやく光だったな、彼女は。Mでかがやいている光。M――モルヒネね。じっさい、彼女のためにアップタウンやダウンタウンやスラムを駆けずり回ってさ……そして「ほら、持ってきたよ」。すると、彼女は「しいぃぃ！」と言って射ち、おれは「ああ……ナウ・ザ・タイム(さあ、来た)」と言う。でも、おれの持ってきたのはろくでもない代物でさ。まったく……メキシコはやっぱりメキシコよ！

ステラ　あら、猫ちゃん！　また出ていった。

(22)　日本語だと約一万一千字。

ケルアック　すてきな子だった、おまえらも気に入るだろうよ。ほんとうの名前はエスペランサ。その意味、知ってる？

――いいえ。

ケルアック　スペイン語で「希望」だ。『トリステッサ』は、スペイン語では、「悲しみ」なんだが、彼女のほんとうの名前は希望なんだよ。いまは、メキシコ・シティの警察署長と結婚してる。

ステラ　ちょっとちがうわね。

ケルアック　おい、きみはエスペランサじゃないだろ――おれが話してる。

ステラ　いいのよ、わたしも知ってるんだから。

ケルアック　むちゃくちゃやせてた……シャイで……レールみたいだった。

ステラ　警部補と結婚したって、あなたは言ってたわ、署長じゃなくて。

ケルアック　彼女は元気だよ。そのうち会いに行こうかと思ってる。

ステラ　わたしが死んでからにして。

――『トリステッサ』はメキシコにいるときに書いていたんですか？　後から書いたのでは？

ケルアック　第一部はメキシコで書いて、第二部を書いたのは……メキシコだな。そうそう。一九五五年に第一部で、五六年に第二部だ。こんなことのどこが大事なんだい？　おれはチャールズ・オルスンじゃない、あんな大芸術家じゃないぞ！

――事実がほしいだけです。

ケルアック　チャールズ・オルスンだよ、日付をぜんぶ並べるやつは。知ってるだろ。グロスターのビーチで犬を見つけたことを細々と語ってくれるさ。そこのビーチでセンズリをこいてたやつを見かけたとかね……なんて言ったっけ？　バンクーバー・ビーチだっけ？　ディグ・ドッグ川だっけ？……ドッグタウンだ。そういう名前だ、「ドッグタウン」。ふーん、ここはメリマック川に面したクソタウンよ。ロウエルは「メリマック川に面したクソタウン」って言われてんの。おれはクソタウンなんて題の詩を書いて自分の町を侮辱するようなことはしないぞ。だけど、おれだって、二メートルも身長があったら、きっとなんでも書けるんだろうな。(23)

――作家たちとはどんな付き合いですか？ 手紙、書いてます？

ケルアック ジョン・クレロン・ホームズとは手紙のやりとりをしてるが、年ごとにだんだん少なくなってきた――怠け者になってきてね。ファンレターにも返事を書かないな、口述筆記してくれたりタイプを打ってくれたり切手やら封筒を用意してくれたりする秘書もいないし……それに返事として書くこともない。残りの人生、ニコニコ笑って握手したりとか、空疎な言葉をもらったりとかあげたりとか、したくないよ。議席をねらう政治家じゃあるまいし。おれは作家だからね――こころは孤独にさせておきたい、グレタ・ガルボみたいに。(24) でもな、外に出かけたり、不意に客が来たりすると、むちゃくちゃ楽しくなっちゃうんだよ。

――仕事を邪魔するものはなんですか？

ケルアック 仕事を邪魔するものねえ……仕事を邪魔するもの。時間をつぶしにかかってくるものだろ？「悪名高い」(「有名な」じゃないぞ、間違うな)作家に向けられる関心ってところかな、胸の奥に野心をためた作家志望の連中がうろちょろつきまとったり、手紙をよこしたり、電話をかけてきたりして、ふつう

(23) オルスンはアメリカの詩人。グロスターはオルスンの故郷で、ロウエルはケルアックの故郷。ともにマサチューセッツ州の町。オルスンにはグロスターをめぐっての長大な詩がある。二人には共通の友人が少なからずいた。オルスンは二メートルを越える長身。ケルアックは百七十三センチ。

(24) ガルボは女優を三十代半ばで引退してからは公の場にいっさい出なくなった、生涯独身。

だったら冷酷無情なエージェントがやるようなサーヴィスを要求してくることだ。おれがいわゆる無名の悪戦苦闘している若い作家だったときは、自分の足で動いてた。マディソン街を何年もせっせと行ったり来たりして、出版社から出版社へ、エージェントからエージェントへ巡ってたよ、本を出してる有名な作家に手紙をだしてアドバイスや助けをもとめたりしたことはただの一度もない。どっかの貧乏な作家に図々しく原稿を送りつけるようなこともしなかった、もらったほうも迷惑なんだ、こっちのアイデアを盗んだなんて因縁をつけられる前に急いで送り返さなくちゃいけないんだから。若い作家へのおれからのアドバイスは、自分でエージェントを見つけろってことだ、大学で教わった教授に紹介してもらうのもいいだろう(マーク・ヴァン・ドーレン教授におれは最初の出版社を紹介してもらった)、あとは自分の足でまわれ、じぶんで好きにやれ……まあ、仕事を邪魔してくるのは、結局は、ある種のひとびとだな。仕事を守ってくれるのは夜の孤独さ、「広い世界がぐっすり眠りについたとき(25)」。

——書くのに最高の時間と場所は?

ケルアック 部屋の机だな、ベッドがそばにあって、明かりの具合もよくて、夜中から明け方まで。疲れたらなにか飲むものがある。家が一番だが、家がないなら、ホテルやモーテルや下宿の部屋を自分の家にする——大事なのは平和。[ハーモニカをとりあげて吹く]おい、おれ、吹けるじゃん?

——ドラッグの影響のもとで書いたものってあります?

ケルアック 『メキシコ・シティ・ブルーズ』の二百三十番目のコーラスが純粋にモルヒネのもとで書いた詩だよ。この詩では、一行一行、一時間おきに書いた……Mをどっさりやってハイになって。[本をもってきて読む]

愛の無数の墓場で腐敗がすすむ、

一時間後、
こぼれたミルクはヒーローたちの不始末、
一時間後、
ぼろぼろになったシルクのスカーフは砂嵐のしわざ、
一時間後、
愛撫するヒーローたちは目隠しされて柱につながれている、
一時間後、
殺人の犠牲者たちはここで生きることを許される、
一時間後、

(25) フランク・シナトラの名曲「In the Wee Small Hours of the Morning」。

頭蓋骨は指や関節と物々交換をする

一時間後、

ぷるぷると震える肉はやさしい象たちのものでワシたちに喰いちぎられる、

(わかるか、おれの詩のどこからギンズバーグが盗んでいったか?)一時間後、

こわれやすい膝頭の想念。

言ってみろよ、サローヤン。

サローヤン　こわれやすい膝頭の想念。

ケルアック　上出来。

ネズミへの恐怖がバクテリアとしたたる。

一時間後、

ゴルゴダのコールド《つめたい》な希望はゴールド《黄金の》な希望。

言ってみろ。

サローヤン　ゴルゴダのコールド《つめたい》な希望はコールド《つめたい》な希望。

ケルアック　それじゃ冷えすぎだ。一時間後、

ぬれ落ち葉がはりつくのは木の舟、

一時間後、

タツノオトシゴのこわれやすいすがたはゼラチンでできている。

ケルアック　小さなタツノオトシゴを海で見たことあるか？　あれはゼラチンでできてるんだ。……タツノオトシゴのにおいを嗅いだことあるか？　まあいい、言ってみろ。

サローヤン　タツノオトシゴのこわれやすいすがたはゼラチンでできている。

ケルアック　ずっとついてこい、サローヤン。

長らく野ざらしにされて汚れきった死。

サローヤン　長らく野ざらしにされて汚れきった死。

ケルアック　……

不気味で幻惑的でミステリアスな生き物たちはおのれのセックスをかくす。

サローヤン 不気味で幻惑的でミステリアスな生き物たちはおのれのセックスをかくす。

ケルアック ……

ブッダの衣装が冷凍されて見えないほど薄く切りとられているのは北の死体安置所だ。

サローヤン ねえ、それは言えないよ。ブッダの衣装が冷凍されて見えないほど薄く切りとられているのは北の死体安置所だ。

ケルアック ……

ペニスの林檎がおとろえてきた。

サローヤン ペニスの林檎がおとろえてきた。

ケルアック ……

切られた喉頸が砂粒よりも多い。

サローヤン 切られた喉頸が砂粒よりも多い。

ケルアック ……
いとしの子猫の腹にキスするかのように
サローヤン いとしの子猫の腹にキスするかのように
ケルアック ……
やわらかさがわれらの報酬。
サローヤン やわらかさがわれらの報酬。
ケルアック こいつ、ほんとにウィリアム・サローヤンの息子なのか？　最高だねえ！　もう一回やるか？
——その前に、ストレートなまじめな質問がたくさんあります。アレン・ギンズバーグと会ったのはいつですか？
ケルアック 最初に会ったのはクロードだ。* そのあとアレンに会い、それからバロウズに会った。クロードが非常口から入ってきたんだよ……横町で銃撃戦があって——パンッ！　パンッ！——雨が降っていたよ、女房が言ったんだ、あらッ、クロードだわ。すると、そのブロンド野郎が非常口から入ってきた、びしょ濡れでな。どうした？　どうなってんの？　おれは訊いた。やつの返事はこうだ、追われている。翌日、アレン・ギンズバーグが本を抱えてあらわれた。十六歳で両方の耳がぴーんと突ったっていたよ。や

＊　「クロード」はケルアックがつけたルシアン・カーの変名で、『ドゥルーズの虚栄』でもつかわれている。

つは言いやがった、用心も勇気のうちだよな！　黙れ、おれは言った。びくつき野郎が。そしてつぎの日、バロウズがシアサッカーのスーツで、またべつな男をしたがえてやってきた。

――べつな男っていうのは？

ケルアック　川に消えたやつだよ。ニューオーリンズから来たやつで、クロードが殺して川に捨てた。ボーイスカウトのナイフで十二回、心臓を突き刺してね。クロードは、十四歳の頃は、ニューオーリンズ一のブロンドの美少年だったんだ。ボーイスカウトに入ってた――そしてそのボーイスカウトの団長が、セントルイス大学だったかに行ってた巨体の赤毛のホモだったんだよ。

そいつは、パリにいたときに、クロードに似たやつにぞっこんだったんだな。だから、そいつはクロードを国中追いかけまわした。こいつのおかげでクロードは、ボールドウィンとかチュレーンとかアンドーヴァ校とかいろんな学校から逃げ出さざるをえなくなった……変《クィア》な話さ、クロードはホモ《クィア》じゃないし。

――ギンズバーグやバロウズからうけた影響についてはいかがですか。あなたがた三人がアメリカの文学に大きな足跡をのこしていくことになると当時かんじていましたか？

ケルアック　おれは、カギ括弧つきの「大作家」になるつもりだったんだ、トマス・ウルフみたいな……アレンはいつも本を読んで詩を書いてた……バロウズはすごい本読みで、あちこち歩き回ってはいろんなものを見てもいた。おれたちがどんなふうに影響しあっていたかについてはもうたっぷり書いたよ……なかなかおもしろい三人だった、おもしろい大都市ニューヨークの、キャンパスや図書館やカフェテリアあたりではさ。くわしくは『ドゥルーズの虚栄』を参照してくれ……ないしは『オン・ザ・ロード』を。そこではバロウズはブル・リーでギンズバーグはカーロ・マルクスだ。あるいは『地下生活者たち』を。そっちではそれぞれがフランク・カーモディ、アダム・ムーラッドだ。つまりさ、せっかく来てくれたんだからおれだって失礼はしたくないんだが、じぶんの小説のなかでこれまでせっせとセルフ・インタヴューをして、そのセルフ・インタヴューをせっせと書きとめてきたんだ、だからこの十年、毎年毎年、インタヴューに来るみんなに(何百人ものジャーナリストに何千人もの学生だ)、すでに本に書いたことをフーフー喘ぎながら繰り返し言う気になかなかなれないんだよ。わかってくれよ。それに、それはそうたいしたことじゃないし。大事なのは作品だから、結局は。じぶんのも、やつらのも、ほかのだれのも、おれはそんなにすごいなんて思ってない、ソーローとかそういったものもな、だって、一息つきたくなったら家がけっこう近くにあるんだから。悪評とか、文学のかたちをかりておおっぴらに告白するとか、心はけっこうくたくたになるものだから。

——アレンは、あなたにシェークスピアの読み方を教わった、と言ったことがあります。あなたのシェークスピアの朗読を聴いて初めてシェークスピアがわかった、と。

ケルアック　だって、前世ではおれがそのひとだったんだぞ。

あんなにも冬のようになるのか、あなたがいないと?
過ぎ去る年に歓びをくれる者よ……どれほど凍えるような
思いでわたしはいたことか? どんなに暗い日々を見てきたことか(26)? されど
夏は、主とともに、でっかい糞をわが果樹園においていった。
そして豚が、一頭また一頭と、食べにきて
こわれた罠をさらにこわす、しまいにはネズミ捕り
までも! かくして、ソネットもおしまい、だから忘れずに

(26)　ここまでが『ソネット』の九七。

言うんだぞ、タラタラタラ！

――それ、いま即興でつくったんですか？

ケルアック まあ、最初の部分がシェークスピアで……そのつぎが……

――ソネットは書いたこと、あるんですか？

ケルアック 即興でソネットをつくってやろうか。なんか決まりがあったな？

――十四行です。

ケルアック 十二行に、つけたしの二行ってことね。そこに重火器級のをもってくる。

ほら、スコットランドの魚がおまえの目を見
おれの網がいっせいにギーギー鳴った……

韻を踏まなくちゃいけないのか？

――いいえ。

ケルアック ……

おれのあかぎれだらけの両手がねじれ、法皇を見る、悪魔の目を。蓬髪の狂人がおれの部屋をうろつきまわり、おれの墓に耳を澄ますが、墓は韻を踏まない。

七行になったか？

――八行ですね。

ケルアック ……

大地のオルゴン[27]もまたいっせいに、犬のように、ペルーとスコットランドの墓地を這いまわる。

これで十行だ。

されど、心配は無用、おれのやさしき天使のなかにはそなたから受け継ぎしものが埋めこまれている。

――すばらしい、ジャック。どうしてそんなことができるんですか？

ケルアック 強弱弱とか韻律の勉強をしなかったからだよ……ギンズバーグみたいに……ギンズバーグに会ったときね……メキシコ・シティからずっとヒッチハイクでバークレーまでもどってきたときだ、あれは長かったな、じつに長かった。メキシコ・シティからドゥランゴを通って……チワワをぬけて……そしてテキサス。それからギンズバーグのところにもどってやつがいるコテージに行った。音楽やろうぜっておれが言うとな、明日は用事があるって言う。マーク・ショラー[28]に新しい韻律論をとどけるんだって！オウディウスの強弱弱の配置法についてのものなんだって！［大笑い］だからね、おれは言ったの、やめろよ。木陰に腰をおろして、そんなことは忘れて、一緒にワインを飲

(27) オーストリアの精神分析学者ウィルヘルム・ライヒが発見した大気中にただよう活力の素となる原子。
(28) ショラーはカリフォルニア大学バークレー校の教授で詩人。ギンズバーグの詩集『吠える』が一九五六年に猥褻で裁判になったときは、ギンズバーグ擁護の側の証人になった。

もうってな……フィル・ウェーレンやゲイリー・スナイダーや、サンフランシスコ中のぶらぶらしてるやつらを呼んで楽しくやろうぜって。バークレーのえらい教授になろうなんて思うな。ただの木陰の詩人でいろ……レスリングして遊ぼうぜって。あいつはおれのいうことをきいた。そのことはあいつも覚えてたっけ。そして、おまえはいったいなにを、と言いかけて……唇がパサパサだぞ！　だからおれは答えた、当然だろ、チワワから帰ってきたばかりなんだから、あっちはめっちゃ暑いんだ、すげえよ！　行ってみろ、豚どもが足に体をすりつけてくるから。すげえよ！

スナイダーはワインの瓶をぶらさげてやってきた……ウェーレンも来た、それからだれだっけ、そう、レックスロスも来た、みんな来て、かくしてサンフランシスコの詩のルネサンスのはじまりだ。

——ギンズバーグがコロンビア大学から追い出されたことについてどうでしょう？　その件でなにか関係はありました？

ケルアック　ないよ……よくあいつの部屋で寝させてもらってた。でも、あいつが追い出されたのはそのせいじゃない。初めて寝させてもらったとき、おなじ部屋でいっしょに寝てたのはランカスターという、イングランドの薔薇戦争の白薔薇だか赤薔薇の子孫だったよ。ところが、余計なやつが入ってきた……そのフロアを仕切ってるやつで、おれがアレンとやろうとしてると思ってたんだ。アレンのやつ、おれは泊らせません、わたしをやろうとするので、とか報告書を出してたんだよ、じっさいはあいつがおれとやりたがってたんだがね。でもまあ、おれたちはただ寝てただけなんだけど。ともかくそれからあいつは下宿に移った……いろいろ盗品を持ちこんだ……泥棒もいっしょだったし、ヴィッキーとかハンクとか。そいつら、窃盗で捕まったが、車を引っくり返したりとかアレンの眼鏡が割れたりとか、いろいろあった。ぜんぶ、ジョン・ホームズの『ゴー』に書いてある。

アレン・ギンズバーグは、十九のとき、名前をアレン・レナードに変えたほうがいいかなって、おれに訊いてきたことがあったよ。おれは答えた、アレン・レナードなんて名前に変えたらキンタマ蹴飛ばすぞ！　ギンズバーグでいろ……そしたら言う通りにした。アレンのそういうところ、好きよ。アレン・レナードだぞ、おい！

——一九五〇年代にあなたがたみんなを結びつけていたのはなんですか？　ビート・ジェネレーションをまとめていたのはなんなんですか？

ケルアック　ビート・ジェネレーションって、一九五一年に『オン・ザ・ロード』の草稿を書いてたとき、おれがひょいとつかった言葉さ、それだけだ。モリアーティみたいな、半端仕事と女の子と楽しいことを求めて車で国中をまわってるやつらをそれで言い表した。それをやがて西海岸の左翼の連中がとりあげて、「ビートの反乱」とか「ビートの反逆」とかいろいろくだらん意味に変えたんだよ。あの連中は、自分たちの政治的社会的な目的のために、若者の動きをつかまえたいだけさ。おれはそういうのとはまったく関係ない。おれはフットボールの選手だよ。奨学金で大学に行った学生さ。商船の船乗りだ。貨物列車の制動手《ブレーキマン》だよ。脚本書きさ。秘書さ……そしてモリアーティ＝キャサディはコロラドのニューレイマーのデイヴ・アールの牧場で働いてたほんもののカウボーイだ……そんなの、どこがビートニクだ？

——ビートの仲間《クラウド》たちにはコミュニティ意識みたいのはありましたか？

ケルアック　コミュニティ的な感情は、だいたい、前に言ったようなやつらが、つまり、ファーリンゲッティとかギンズバーグが盛り上げてた——あいつらはけっこう社会主義志向で、変ちくりんなキブツとか連帯とかそんなようなもののなかでみんなと暮らそうなんてところがあったからな。おれは一匹狼だ。みんなひとりだと思ってる。スナイダーはウェーレンとちがうし、ウェーレンはマックルーアとちがうし、マックルーアはファーリンゲッティとちがうし、ファーリンゲッティはギンズバーグとはちがう。でも、ワインをかこむと、みんな、楽しかったな。詩人とか画家とかジャズ・ミュージシャンとか何千人もいて、みんな知り合いだった。でも、おまえが言うような「ビートの仲間」ってもんじゃない……どうだい、スコット・フィッツジェラルドと「ロストの仲間」なんて言うか？　そんなかんじだろ？　あるいは、ゲーテと「ヴィルヘルム・マイスターの仲間」とか？　質問がつまらん。そのグラス、こっちにくれ。

――えーと、みなさんはなんで一九六〇年代のはじめに分裂しちゃったんですか？

ケルアック　ギンズバーグは左翼政治に興味をもちだした……だからおれはジョイスみたいに、一九二〇年代にジョイスがエズラ・パウンドに言ったみたいに、言ったんだ、おれを政治に巻き込むな、おれはスタイルにしか興味がないってな。それに、新しいアヴァンギャルドとか狂乱的な扇情主義にもおれは飽き飽きしてる。最近はブレーズ・パスカルを読んで宗教についてメモをとってるよ。いまは、おまえたちなら「知性のない」とでも言いそうな連中とつきあうのが楽しい、こっちの心が変に変えられるようなこともないしな、永遠に。最近はハプニングとかでニワトリを十字架にかけたりしはじめてるが、そうなると、つぎはなんだ？　人間を十字架にかけるんじゃないか……ビートの連中は、おまえが言う通り、六〇年代の初めにばらばらになったが、みんな、それぞれの道を行ったんだよ、おれはおれの道を進んだ、家庭生活のほうへね、そもそもがそうだったたし。地元のバーでときたまちょっと浮かれ騒ぐというような生活よ。

――現在のほかのみんなをどう思われます？　アレンが政治に過激に関わっていることについて？　バロウズのカットアップ・メソッドについて？

ケルアック　おれはアメリカ支持だから、過激に政治に関わると変な方向に行くような気がする……この国はカナダ人のおれたち家族をホッとさせてくれたんだよ、とにもかくにも。だから、おとしめる気にはなれない。バロウズのカットアップ・メソッドについては、おれとしては、もどってもらいたいね、昔書いてたようなむちゃくちゃ愉快な話や、『裸のランチ』のすばらしく乾いた作品のほうにさ。カットアップをたなんてぜんぜん新しいもんじゃない、じっさい、トラバサミのようなおれの脳は自然にカットアップをくさんやってる……だれの脳も、話したり考えたり書いたりしてるとき、それをやってる……まあ、ただのダダ的な芸さ、文学的なコラージュってところだな。それをあいつがちょっとおおげさに見せただけのこと。おれは、あいつのエレガントなところが、ロジカルなところが好きだから、なおのこと、心はこわれてるなんて言いたげなカットアップは好きじゃない。たしかに、心はこわれてるさ、ハイの幻覚で一目瞭然のように。しかし、こわれてることを説明してどうすんの、平々凡々な日々のなかでもときどき気がつくようなことを。

――ヒッピーやLSDについてはどう考えてます？

ケルアック　日々変化してるからね、あれこれ断定はできないよ。それに、みんなおなじ心でいるわけじゃないし。ディガーズの連中(29)なんてまったくちがうだろうが……ともかくいまはヒッピーの知り合いはいない……みんな、おれのことはトラックのドライバーだと思ってんじゃないか。まあ、そうだし。LSDについては、家族に心臓病の者がいるやつにはよくないよ［足のせ台のマイクを蹴飛ばしてしまい……拾う］。そんな死ぬのが確実なものに利点を見出す理由があるのか？

――すみません、もう一回お願いします。

ケルアック　おまえ、腹にかわいい白いヒゲが生えてきたって言ったろ？　死ぬのが確実な人間の腹になんでかわいい白いヒゲが生えてくる？

――ちょっと考えさせてください。あれって、かわいい白いピルですよ。

ケルアック　かわいい白いピル？

――効きますよ。

(29)　貧者の救済などもおこなったヒッピーのグループ。

ケルアック　くれよ。

――すこし落ち着いてからにしましょう。

ケルアック　よし。かわいい白いピルは死ぬのが確実なおまえのかわいい白いヒゲで、おまえに助言をし、宣伝している、すなわち、ペルーの墓のなかで指の爪はぐんぐん伸びつづけると。

サローヤン　中年になってきたという気分になります？

ケルアック　いいや。おい、テープ、そろそろ終わりだぞ。なんか言っとかないとな。ケルアックの意味を訊いてくれ。

――ジャック、あらためてケルアック(Kerouac)の意味を言ってください。

ケルアック　まずは、kairnだ。K(あるいはC)A-I-R-N。ケルンとはなんであるか？ 石を積み上げたものだ。そして、Cornwall、これはcairn-wall、それでつくった壁だ。それともちろん、kernないしはK-E-R-Nはcairnとおなじ意味だ。Kern、Cairn。ouacは「の言語」って意味。だから、KernouacとはCornwallの言語ってことになる。また、Kerrっていうのがある、デボラ・カー(Deborah Kerr)みたいな。ouackは水の言語って意味だ。なぜかっていうと、KerrとかCarrとかは水って意味なんだ。cairnは石を積み上げたものだがな。石を積み上げたものに言語はない。Kerouac。Ker-(水)とouac(の言語)。それは、古いアイルランドのKerwickという腐敗という意味の名前とも関係がある。それはCornwall地方の名前でもある、Cornwallがそれ自体、ケルンだし。そしてシャーロック・ホームズによると、それらはぜんぶペルシャ語だ。もちろん、かれはペルシャ人じゃない。覚えてるか、シャーロック・ホームズのなかの、ドクター・ワトソンと古きCornwallに出かけていって事件を解決するってやつ(30)だが、事件を解決すると、かれはこう言うんだ、ワトソン、注射だ！ ワトソン、注射だ……この事件もCornwallで解決した。さて、ゆっくり好きな本を読ませてもらう、知りたいことがあるんだ……どうしてCornwallの連中が、Kernuak とか Kerouac とか呼ばれたりもするここの連中の祖先がペルシャなのか、その理由だ。これは難事業だぞ、とかれは言う、一発射ったあとだからな、とびきり危険がいっぱいだ、軟弱なレディには向いてないぞ。覚えてるか？

マクノートン　覚えてます。

ケルアック　マクノートンは覚えてるな。マクノートンか。スコットランド人の名前をおれが忘れると思ってるな？

第四三号　一九六八年

(30)　『バスカヴィル家の犬』。

ジョン・チーヴァー

John Cheever

「フィクションは実験なんだよ、そうであることをやめたら、フィクションはやめたということさ」

ジョン・チーヴァーのもとに最初に出かけたのは一九六九年の春で、『ブリット・パーク』が刊行された直後だった。ふつうチーヴァーは、新作が出ると、国を離れるが、今回はそうしなかったので、結果、東海岸にいる多くの取材者たちがニューヨーク州オッシングへ出むくことになったが、このストーリーテラーの達人はみんなに田舎暮らしの楽しさを吹きこみこそすれ――しかし、本や、書くという芸術についてはほとんど語らなかった。

チーヴァーはインタヴューの相手としてはむずかしいという評判がある。書評には注意を払わないし、自分の本や小説も、いったん刊行してしまったら読み返さないし、作品の細部についてもしばしば記憶があいまいだ。作品について(とりわけ「なかの部品のあれこれ」について)語るのが嫌いなのは、自分がいたところよりも、これから行くところをながめるのが好きだからである。

インタヴューに、チーヴァーは色あせたブルーのシャツとカーキのズボンでやってきた。ぜんたいにカジュアルで気安い雰囲気があって、まるで旧知の友人に会うかのようだった。チーヴァー家が住んでいるのは一七九九年に建てられた家なので、いきおい、建物と敷地をまずはぐるりと見て回ることになった。そしてしかるのち、陽当たりのいい二階の書斎に落ち着くと、窓にカーテンをつけるのは嫌いであること、オッシングの近くで進んでいるハイウェイ工事をやめさせようとしていること、イタリアへの旅のこと、ヌード劇場で車のキーをなくしてしまった男の短編をいま書いていること、ハリウッドや、庭師や、料理人や、カクテルパーティや、一九三〇年代のグリニッジ・ヴィレッジや、テレビや、たくさんのジョンという名前のほかの作家たちについて(友だちのジョン・アップダイクのことはとくに)話し合った。

チーヴァーは自分のことについては闊達に語ったが、作品の話になりそうになると、話題を変えた。「話、退屈なんじゃないの？ なにか飲む？ ランチの用意ができているかもしれないから、ちょっと階下に行って見てくるよ。森でも散歩しようか、その後一泳ぎするのはどう？ それとも車で町まで行ってわたしのオフィスを見る？ バックギャモンはする？ テレビはたくさん観るの？」

何度か訪ねていったが、その都度、たいてい食べたり飲んだり散歩したり泳いだりバックギャモンをしたりテレビを観たりばかりしていた。チェーンソーで木を切ってみないかと誘われることこそなかったが、その作業にはかなりはまっているという噂である。最後に録音をした日は、午後はワールドシリーズでニューヨーク・メッツがボルティモア・オリオールズに勝利するのを観たが、試合後シェイ・スタジアムのファンたちはお土産に芝をはがしていた。「すごいねえ」とチーヴァーは繰り返していた。メッツとそのファンたちのことを言っているのだった。

そのあと、森を散歩し、ひとまわりして家に戻ってくると、チーヴァーは言った、「さあ、荷物をまとめて。わたしも一分したらもどって、車で駅まで送っていくから」……そしてそう言うと、服をするりと脱ぐや大きな音をたてて池に飛びこんだ。素っ裸で泳ぐことで、またひとつ繰り返されたインタヴューをさっぱりと洗い流したかったにちがいない。

——アネット・グラント　一九七六年

The main entrance to Falconer--the only entrance for convicts,their visitors and the staff--was crowned by an esuctheon representing Liberty,Justice and,between the two, the power of legislation. Liberty wore a mob-cap and carried a pike. Legislation was the federal eagle,armed with hunting arrows. Justice was conventional;blinded,vaguely erotic in her clinging robes and armed with a headsman's sword. The bas-relief was bronze but black these days--as black as unpolished anthracite or onyex. How many hundreds had passed under this--this last souvenir they would see of man's struggle for cohreence. Hundreds, one guessed,thousands,millions was close. Above the escutchen was a declension of the place-names:Falconer Jail 1871,Falconer Reformatory,Falconer Federal Penitionary,Falconer State Prison, Falconer Correctional Facility and the last,which had never caught on:Daybreak House. Now cons were inmates,the assholes were officers and the warden was a superindendent. Fame is chancey,God knows but Falconer--with it's limited accomodations for two thousand miscreants was as famous as Old Bailey. Gone was the water-torture,the striped suits,the lack-step,the balls and chains and there was a soft-ball field where the gallows had stood but at the time of which I'm writing leg-irons were still used in Auburn. You could tell the men from Auburn by the noise they made.

『ファルコナー』の原稿

――ある作家が小説の書き方について話しているのを読んでましたら、こう言ってました。「現実を真実に描こうとするなら、まずはそれについて嘘をつくことである」どう思います？

ジョン・チーヴァー　くだらない。まず、「真実」とか「現実」といった言葉は、なにを指しているのかがわかりよく示されたかたちで使われるのでなければ、ぜんぜん意味をもたない。揺るぎない真実なんかないんだから。嘘についていうと、嘘はフィクションではきわめて重要な要素だろうと思う。お話を聞くのがスリリングなのは、ごまかされているのかもしれない、ひっかけられているのかもしれないということがあるからだ。ナボコフがそれの巨匠さ。嘘をつくというのは巧妙な手品みたいなもので、そうやって人生にたいする奥深い気持ちを披露する。

――人生について多くを語っているとんでもない嘘を、ひとつあげていただけませんか？

チーヴァー　そうねえ。結婚の誓いだろう。

――真実味があるということと現実については？

チーヴァー　真実味というのは、わたしに言わせれば、ひとつのテクニックで、読者にたいして、いま聞かされている話は真実のことだよと保証してあげるためにつかうものだ。絨毯のうえにちゃんと立ってるんだよと上手に思いこませることができたら、こっちは絨毯をサッと引っこ抜くことができるというわけ。真実味なんて、もちろん、これまた嘘のひとつなのよ。わたしがいつも真実味なるものに求めているのは「ひょっとするとありうるかも」という可能性だね、それがわたしの生き方みたいなものになってるんで。このテーブルはいかにも現実にあるように見える、この果物かごはわたしの祖母のものだった、しかし、いますぐにもドアから狂女が入ってくるってこともありうるということだよ。

――本を書き上げてその本とはもうお別れというとき、どんな気持ちになりますか？

チーヴァー　本を書き終えたときはたいてい単純に疲労感をおぼえる。最初の長編の『ワップショット・クロニクル』がかたづいたときは、(1)すごくうれしかった。ヨーロッパにしばらく出かけた。だから書評は見なかったから、マックスウェル・ガイズマーが文句をつけていたということも十年後になってようやく知ったような具合さ。つぎの『ワップショット・スキャンダル』の場合はまるでちがっていてね、ぜんぜん気に入らなかった、終わっても気分は悪かった。本は燃やしてしまいたかった。夜中に目を覚ますとヘミングウェイの声が聞こえたりもした――ヘミングウェイの声なんか聞いたことはないんだが、かれの声だってすぐわかった――こう言ってた、「こんなのは小さな苦悶だ。もっとでかい苦悶が後で来る」と。(2)起き上がって、バスタブの縁にすわって、朝の三時か四時までタバコをすいつづけた。窓の外の悪魔たちに、アーヴィング・ウォーレス(3)と張りあおうなんてもう二度と考えたりしません、と誓ったりしてね。『ブリット・パーク』(4)の後は、そうひどくはなかった、やりたいようにできたんで。三人の登場人物のキャスティングとか、シンプルで明快な文章とか、愛する息子が火事で死にかねないところを男が救い出すシーンとか。けっこうどこでも評判はよかったんだが、ベンジャミン・ディモットが「ニューヨーク・タイムズ」でけなしたら、みんながいっせいにすたこら逃げだした。わたしはスキーで左脚を折ったりもしたんで、しまいにはすっかり落ちこんでさ、下の息子のために学校のレポートを書いてやったりしていたよ。ジャーナリズムでの運が悪かった、自分の力を過大評価していた、要するにそういうことなんだけどね。ともかく、本を一冊終えると、評判はどうであれ、想像力はいったん居場所を失うのよ。錯乱する

(1) 一九五七年刊行。
(2) 『ワップショット・スキャンダル』は一九六四年刊行で、ヘミングウェイは一九六一年に自殺している。
(3) 大衆的人気の大ベストセラー作家。
(4) 一九六九年刊行。

というわけではないけど、小説を書き終えると、それまで夢中ですごく真剣に取り組んできたわけだから、かならず心理的なショックのようななにかが起きる。

――その心理的なショックが和らぐのにはどのくらいかかりますか？　治療法ってなにかありますか？

チーヴァー　あなたの言う治療法の意味がよくわからないけど、ショックを減らすにはいろいろある、博打をする、酔っぱらう、エジプトに行く、草刈りをする、セックスをする。冷たいプールに飛び込む。

――登場人物たちが勝手に自己を主張しはじめることはありますか？　手に負えなくなって作品から放り出さざるをえなくなるというようなことは？

チーヴァー　登場人物が作家から逃げだすという伝説には――ドラッグを始めるとか、性転換をするとか、大統領になるとか――作家は自分の技能についてわかってもいなければ把握もしていない愚か者だという意味合いがあるんだ。でも、そんなのはバカげた話だよ。想像力にはすごいはたらきがあってね、つかっていくうちに複雑で豊穣な記憶の数々に頼りはじめる、そしてあらゆる生き物がぐんぐん広がっていくのを――びっくりするような展開をみせたり、光や闇に反応したりするのを――心底から楽しみはじめる。だから、作家が自分の身勝手な創造物を前にして右往左往しているという考えかたは、もうくだらないことこのうえない。

――小説家は批評家でもなければいけないんでしょうか？

チーヴァー　わたしは批評のヴォキャブラリーは持ってないし、批評眼もほとんどない。だから、いつもインタヴューからは逃げてまわってるんだと思うな。文学にたいするわたしの批評はだいたい実際的なレベルのものだ。好きなものは利用する。なんだっていいのよ。カヴァルカンティでもダンテでもフロスト[5]でも、だれでもいい。わたしのライブラリーはひどく雑然としていて整理されていない。必要なものをビリッと破いてくるだけだ。作家には、文学を、ずっと続いてきた一連の流れとして見なければいけない責任があるなんて、わたしは思ってない。不滅の文学なんてごくわずかだと考えている。これまで何冊もすばらしく役に立つ本には出会ってきたよ、でも、じきに役に立たなくなる、短いね、その期間は、たいてい。

――そういう本を「利用する」というのはどういうことですか……どうなると「役に立たなくなる」?

チーヴァー　本を「利用している」というかんじがするのは、本ときわめて親密に烈しくコミュニケーションをしている自分に気づいて興奮しているときだ。そういう熱狂はたいてい束の間のものだけど。

――批評のヴォキャブラリーは持っていないということですが、正式な教育を長期にわたってうけたことがないのに、どうして博識なんですか?

チーヴァー　わたしは博識じゃないよ。専門分野がないことを残念とは思わないが、同業者のなかに博識なのがいるとうらやましいとは思う。もちろん、無学ではない。文化的なニューイングランドの端っこで育ったおかげだね。あそこではどの家でもみんな絵を描いたり文章を書いたり歌を歌ったり、それになにより本を読んでいたから。読書はニューイングランドではすごく一般的で、コミュニケーションの手段になっていた。わたしの母親は『ミドルマーチ』(6)を十三回読んだと言っていた。ぜったい読んでないと思うけど。一生かかるから。

――『ワップショット・クロニクル』でだれか読んでませんでしたっけ?

チーヴァー　そうだ。オノーラ……だったかな……十三回読んだと言っている。わたしの母親は『ミドルマーチ』をよく庭におきっぱなしにしていたよ、雨ざらしにして。そういうことは小説に出てくるけど、ぜんぶほんとうのことだ。

(5)　カヴァルカンティとダンテは十四世紀のイタリアの詩人で友人同士。フロストは二十世紀のアメリカの詩人。
(6)　ジョージ・エリオットの一八七二年の大部の小説。

——あの本を読んでいるとあなたの家族が話しているのを盗み聞きしているような気持ちになります。

チーヴァー　『クロニクル』は母親が死ぬまで出さなかった——思いやりだよ。伯母は、本には登場しないけど、こう言った、二度とあの子とは話さない、分裂症であろうがなかろうが、とね。

——自分があなたの本に登場すると考えているひとが、お友だちや家族の方々には多いんですか？

チーヴァー　考えていることは——みんなそうだと思うけど——名誉を傷つけられるということだけさ。たとえば補聴器をつけただれかを登場させると、あッ、自分のことが書かれていると思うわけ……登場人物がよその国から来た人間であろうが、はたまた、ぜんぜんちがう地位にいるとしてもね。どこか欠陥のある、どこか不器用な、なんだか不完全な人物を登場させると、かれらは、あッ、自分だ、とすぐ思うわけよ。ところが、素晴らしく美しい人物を登場させると、自分だ、なんてぜったい思わない。賞賛するよりも非難する態勢になっているってこと、とりわけフィクションを読むひとは。どこでどうつながるのかなんて予想不可能。一度、大きなパーティの場で、ある女性が近づいてきて、こう言った、どうしてわたしのことをあんな短編にしたんですか？　どの短編のことかな、とこっちは考えたよ。そしたら、十作ほど前の短編で、たしかに、赤い目をした人物に言及していた。彼女は気がついたわけね、そういえば、わたし、あの日は目を血走らせていたんだってね、それで、ネタにされたと考えた。

——怒ってるんですね、ひとの人生に踏み込む権利はあなたにはない、と。

チーヴァー　書くということは創作でもあるんだってことをちょっとでも考えてくれるとありがたいんだけどね。会いたくないよ、だれにもそんな意図がないのに勝手に中傷されたとかんじるような連中にはさ。もちろん、若い作家のなかには、敢えて他人を中傷しようとする者もいる。老練のなかにもいる。中傷は、もちろん、巨大なエネルギー源だから。だけど、そういうのはフィクションの純粋なエネルギーではない。子どもがやるようなただの中傷だ。そんなのは大学一年生あたりがレポートでやるようなものだ。中傷はわたしのエネルギーではない。

――ナルシシズムはフィクションには必要なものだと思います？

チーヴァー　それはまたおもしろい質問だね。ナルシシズムといえば、まずは、臨床的には自己愛のことだ、恨みを抱く少女、復讐の怒り、ひょろりと伸びた植物みたいな永遠の休息。だれがそんなもの要る？　われわれはときどき自分のことが好きになる、たいがいのやつがそうだと思うけど。

――誇大妄想はどうですか？

チーヴァー　作家はひどく自己中心的になりがちだとは思う。優秀な作家はけっこういろんなことに長けているが、それは、書くということがエゴにかなりの自由をあたえてくれるからだ。親しくしている友人のエフトゥシェンコ(7)は、保証してもいいが、二十フィート離れたところからでも水晶を割ってしまうくらいのエゴの塊だよ、まあ、あくどい投資銀行家のほうがずっと上手《うわて》かもしれないけどね。

――あなたの内部にある想像力のスクリーンに登場人物たちは映し出されるわけですが、映画からの影響はなにかありませんか？

チーヴァー　わたしの世代の作家たちとか、映画で育ってきた連中は、ふたつのメディアがまったくちがうものだってことをよく承知しているよ、カメラにとってのベスト、作家にとってのベストもわかっている。群衆のシーンとか、危険な気配をただよわすドアとか、美女のからすの足跡をズームアップするというような陳腐な嫌がらせとか、そういうのはやめたほうがいいとわかっている。両者の技巧のちがいははっきり理解されていると思うよ、だから、いい小説を脚色してもいい映画は生まれない。わたしならオリジナルの脚本を書きたい。気持ちの通じ合う監督がいたらの話だけど。何年か前、ルネ・クレールがわたしの

（7）　ロシアの詩人。ソ連の時代に反権力で人気を得た。

短編のいくつかから映画をつくろうとしたことがあったんだが、それを聞きつけた映画会社の経理はさっさと金をしまった。

――ハリウッドで仕事をすることについてはどう思います？

チーヴァー 南カリフォルニアにはいつも夏の夜の香りがただよっているが――そういうところに行くということは、わたしにとっては、船旅は終わった、ゲームは終わったってことになる。いや、それだけじゃないな。わたしにはあそこはたんに合わないんだ。わたしは樹木がとても気になる質《たち》なんだよ……樹木の誕生の経緯が。だから、すべての樹木が移植されたものでぜんぜん歴史がないようなところに行くと落ち着かない。(8)

ハリウッドに行ったのは金のためだった。そりゃもう単純なものさ。ひとはフレンドリーだし、食べ物はおいしい。でも、そこでハッピーな気分になれたことはない、きっと行ったのがひたすら金のためだったからだろう。あそこを根城にして仕事をしている監督たち、映画のための資金繰りでてんてこまいだろうに素晴らしくオリジナルな映画をつくる監督たちには、心底から敬意を払う。でも、ハリウッドでまず思うことといえば、自殺だな。ベッドから起きてシャワーを浴びることができたら、上出来だった。こっちは金を払う必要はなかったから、電話に手を伸ばして思いっきり豪勢な朝食を頼んで、それからどうにかこうにかシャワーにたどりつき、そして首を吊る、そういうことだよ。ハリウッドの悪口が言いたいんじゃない、あそこではわたしには自殺コンプレックスがあったみたいだということ、それだけさ。フリーウェイが好きじゃない、まず。それから、プールも熱すぎる……八十度(27℃)だよ、いちばん最近にあそこにいたのは去年の一月だけど、店ではユダヤ人がかぶるヤムルカ帽の犬向けのを売っていたっけ――勘弁してくれよ！ 食事に出かけたら、フロアの向こうでひとりの女性がバランスを崩して倒れた。そしたら亭主が怒鳴りつけた、「松葉杖を持ってこいって言ったのに、おまえはひとの言うことを聞かない」。

あれは名台詞だった！

——もうひとつのコミュニティ——アカデミックな学問の世界はどう思われます？　あそこもたいへんな批評の産地で……必要以上にカテゴリー分けやレッテル付けをしてきますが。

チーヴァー　広大なアカデミックな世界もよそのどこともおなじだよ、つくれるものをつくって収入を確保している。だから、小説についてのレポートがいろいろあらわれてくるわけだけど、ほとんどが工業製品みたいなものだ。フィクションを書いている人間にも、フィクションを読むのが好きな人間にもまったく役に立っていない。ぜんぶがぜんぶ、どうでもいい作業をやっている、使えそうな化学物質を煙から抽出するみたいな。雑誌の「ランパーツ」に載った『ブリット・パーク』の評の話はしたっけ？　セント・ボルトフスから出てしまったことでわたしは大きなものを失ったとか言っていた。ずっとそこにいさえすれば、フォークナーがずっとミシシッピのオックスフォードにいたみたいに、わたしもフォークナーみたいにきっと偉大になれただろう、だと。そこを去ったのは失敗だった、だと。あそこは、あの場所は存在してないんだよ、もちろん。おかしいよね、完全に虚構の場所にもどれとか言われるなんて。

——クィンシーのことを言ってるんではないですか。(9)

チーヴァー　だろうね、でも、そういうことではない。あれを読んだときはとても悲しくなった。なにを言おうとしているのかはわかったよ。だけど、十四年間暮らした木のなかにもどれ、と言われたみたいで。

——どんなようなひとたちがあなたの本を読んでいると思います、あるいは、どんなひとたちに読んでほしいと思います？

(8)　ハリウッドのあるロサンジェルスはもとは砂漠地帯。

(9)　『ワップショット・クロニクル』と『ワップショット・スキャンダル』の舞台が架空の町セント・ボルトフスを舞台にしていて、それはチーヴァーの生まれ育ったクィンシーがモデルだとされている。

チーヴァー　あらゆる種類の気持ちのいい聡明なひとたちが読んでくれて、含蓄のある手紙をくれるよ。どういうひとたちなのかはわからないけど、素敵なひとたちで、広告やジャーナリズムや意地の悪いアカデミックな世界の偏見には振り回されずに生きているかんじだな。なににも振り回されずにしっかり立っている本ってあるだろ？『いまこそ有名人をほめたたえよう』[10]とか『火山の下』[11]とか『雨の王ヘンダーソン』[12]とか。『フンボルトの贈り物』[13]みたいな最高の本も、ずいぶんいろいろうるさく騒がれはしたけど、何十万ってひとがしっかりハードカバーを買ったからね。わたしの仕事部屋の窓からは森が見えるんだが、あそこにはきっとそういう熱心で愛すべき謎めいた読者たちがいるんだ、と思うことにしている。

――現代の文学はどんどん細分化してきていると、どんどん自伝的なものになってきていると思いますか？

チーヴァー　かもね。自伝とか手紙はフィクションよりおもしろいかもしれないし。でも、それでも、わたしは小説をやめないな。小説はコミュニケーションの手段としては鋭いものがあって、あらゆる種類のひとが手紙や日記からはまず得られない手応えをかんじとっているから。

――ものを書き始めたのは子どものときからですか？

チーヴァー　作り話をよくしていた。セイヤーランドという自由放任の学校に行っていてね。作り話をするのが大好きだった、みんなが算数をちゃんとやったら――すごく小さな学校で、たぶん生徒は十八人か十九人もいなかったんじゃないかな――ジョンがお話をしてくれますよ、と先生が言っていたものさ。わたしがするのは続き物の話。なかなか賢かったわけ、だって、一コマの授業の終わりまでにお話が終わらなければ、一コマって一時間なんだけどね、つぎのコマの授業でみんな話の結末を聞きたがるわけだから。

――おいくつだったんですか？

チーヴァー　うーん、わたしには年齢を詐称する癖があるんだが、八歳か九歳のときだったんじゃないかな。

——そんな年齢のときに一時間分のお話を考えることができたんですか?

チーヴァー　うん、そうだよ、できた。いまでもできるけど。

——まずなにが浮かぶんです、プロットですか?

チーヴァー　プロットはたてない。直感、ひらめき、夢、ぼんやりとしたプランですすめる。登場人物や事件はいっしょに浮かんでくるんだ。プロットは語り口を決めてしまったりとか、ろくなことがない。あれは読者の興味を計算ずくでしばっておこうとするものさ、モラルもなにもそっちのけで。もちろん、ひとは退屈したくはない……サスペンスの要素は必要だ。しかし、いい語りというのは原基的な、つまり先行きは確定されていない構造のものさ、腎臓みたいな。

——ずっと物書きとしてやってきたんですか、ほかの仕事をなさったこともあるんですか?

チーヴァー　新聞配達のトラックを運転していたこともあった。かなり気に入っていたよ、とくにワールドシリーズのときなんか。クィンシーの新聞はボックススコアとか細かなデータをぜんぶ載せていたからね。だれもラジオを持っていなかった、テレビも——町中がロウソクで暮らしていたというわけじゃなくて、みんなが新聞のニュースを待っていた、だから、いい気分だった、自分がいいニュースを運ぶ人間のように思えてね。それと、軍隊にも四年いた。十七歳のときだったよ、最初の短編「追放されて」が「ニュー・リパブリック」に売れたのは。「ニューヨーカー」がわたしのものを取りあげるようになったのは二十二歳のとき。「ニューヨーカー」には何年も何年も生活を支えてもらった。とても喜ばしい関係で来て

(10)　ジェームズ・エイジー著、ウォーカー・エヴァンズ写真。
(11)　マルカム・ラウリー著。
(12)　ソール・ベロー著。
(13)　ソール・ベロー著。

いる。一年に十二編から十四編送っていた。その昔は、ハドソン・ストリート沿いの窓も壊れたむさくるしいスラムの部屋に暮らしていたんだけどね。映画のＭＧＭで仕事をしていて、ポール・グッドマン[14]もいっしょで、粗筋書きをやっていた、ジム・ファレル[15]もいたっけ。新刊書をつぎつぎと要約する、三ページにとか五ページにとか十二ページにとか、それで五ドルかそこいらもらう。タイプは自分でする。それと、カーボンも自分持ち。

――当時「ニューヨーカー」に小説を書くというのはどんなかんじだったんですか？

チーヴァー　ウォルコット・ギブズが、ほんの短い期間だったが、フィクションの編集を担当していて、そのあとガス・ロンブラーノになった。かれとはすっかり親しくなって、釣り仲間でもあったよ。それと、もちろん、ハロルド・ロス[16]ね、むずかしい男だったが、わたしは好きだった。原稿にかんして変ちくりんな質問をしてくるところがあって――このことはみんなが言ってるけど――短編ひとつに三十六個かそこいら質問事項をくっつけてきたこともある。書き手はみんな、とんでもない話だ、テイストへの侵犯だ、と考えていたけど、ロスはぜんぜん気にしない。開けっぴろげでいるのが、作家を鼓舞するのが好きだったんだ。ときには冴えたところもあった。「巨大なラジオ」では、二ヶ所直してきた。パーティのあとダイヤモンドがバスルームで見つかるというシーンだが、男が「売ってしまえ。数ドル(dollars)つかえるぞ」と言う。その「dollars」をロスは「bucks」[17]に変えた。うまいよ、パーフェクトだ、冴えていた。それともうひとつ、「ラジオがソフトに(softly)聞こえてきた」とわたしは書いていたんだが、ロスは「softly」をもうひとつ書き加えてきた。それも完璧に正しかった。でも、そのほかに二十九個、つぎのようなのもあるよ、「この小説は二十四時間にわたる話だが、だれもなにも食べていない。食事への言及がない」とかね。このての指摘で代表的な例はシャーリー・ジャクソンの「くじ」、石を投げる儀式についてのものだ。ロスはあの小説が大嫌いで、すっかり意地悪になった。ヴァーモント州にはあんなような石のある町はない、と言ったりして、そりゃもうしつこいこと、しつこいこと、うるさく責めたてていた。べつにびっくりするようなことじゃなかったんだけどね。わたしもずいぶん驚かされたから。ランチに行くだろ、ロスが来るなんてこっちは思ってもいないわけ、すると、いきなりゆで卵をエッグカップにいれてヌッと現れたりする。思わず椅子に背中が張りついてしまったよ。ほんとに怖かったな、あれは。まったくの田舎者でいつも鼻をほじくっているようなやつで、下着のパンツを腹の上までひっぱりあげているんで、ズボンとシャツの間にそれがいつものぞいていた。よく飛びかかってきた、椅子からひょいと乗り出して飛びついてくるんだ。創造的でもあれば破壊的でもあった関係だったな、学んだことは多い、もういないのが淋しい。

——その頃、たくさんの作家たちに会ってますよね?

チーヴァー それはわたしにはすごく大事なことだった、なにしろ小さな町の育ちだったから。作家としてすこしでもやっていけるのかどうか自信がなかったときに、ふたりの人物に会った。とても大事なふたりだ。ひとりはガストン・ラシェーズ、(18) もうひとりはE・E・カミングズ。(19) カミングズは大好きだし、思い出は大事にしている。ティフリスからミンスクへ走っていく木炭機関車の物真似がすばらしく上手だった。ピンが柔らかい土のうえに落ちる音も三マイル離れたところから聞きとれるようなひとでね。カミングズが死んだときの話は知っている? 九月だった、暑い日で、カミングズはニューハンプシャーの家の

(14) 作家、批評家、『不条理に育つ』など。
(15) 作家、『スタッズ・ロニガン』など。
(16) 「ニューヨーカー」の創刊者で発行人。
(17) 「ドル」の俗語表現。
(18) 彫刻家。
(19) 詩人、小説家。『巨大な部屋』など。

裏で薪を割っていた。六十六歳か六十七歳か、そんな歳だった。奥さんのマリオンが窓から顔をだして、訊いたんだ、カミングズ、薪割りにはむちゃくちゃ暑すぎない？　カミングズは答えた、もうすぐやめる、しかし、斧を研いでからだ、やめるのは。それがかれの最期の言葉なんだよ。葬儀ではマリアン・ムーア[20]が弔辞を読んだ。マリオン・カミングズ[21]は大きな目の女だった。それだけでもちょっとした本が書けるくらいだ。タバコをすごく重たそうに吸うんだ、着ていた黒っぽいドレスにはタバコで焼けた穴があいていて。

――ラシェーズは？

チーヴァー　かれについてはどう言ったらいいのか、わからない。すごいアーティストだと思ったし、幸せなひとだという印象があった。メトロポリタン美術館によく出かけていっては――そこにかれの作品はまだなかった頃だが――お気に入りの彫刻を抱きしめていた。

――カミングズは作家としてのあなたになにかアドバイスをくれましたか？

チーヴァー　カミングズには父親みたいなところはぜんぜんなかった。でも、首の傾げかたとか、暖炉の煙突に風が吹きこんだような声、マヌケへのやさしさ、マリオンへの愛の巨大さ、そういうものからはいろいろ学んだ。

――詩は書いたことはあるんですか？

チーヴァー　ない。まったく原理がちがうものだと思うな……言語も別で、フィクションのとは別な大陸のものだ。ときには、短編小説のほうがそこいらの詩よりも高度に磨き上げられたものである場合もあるけど、しかし、磨き上げかたがそもそもまったくちがうんだよ、十二ゲージのショットガンを撃つみたいな、水泳をするみたいなところがある。

――雑誌からジャーナリズムの記事の執筆を頼まれたことはありますか？

チーヴァー 「サタデイ・イヴニング・ポスト」から女優のソフィア・ローレンへのインタヴューを頼まれたことがある。やったよ。キスもした。ほかにもオファーはあったけど、ろくでもないものばかりだ。

――小説家がジャーナリズムに文章を書く傾向がでてきていると思いますか、ノーマン・メイラーがやっているみたいな？

チーヴァー その質問は気に入らないね。フィクションは一級の報道文と張りあわなくちゃいけないんだから。デモ隊であふれる街の戦いを事実にもとづいて報告する文章に匹敵するような小説が書けないんなら、小説は書けないってことさ。(22) さっさとあきらめたほうがいい。このところ、フィクションはかなり負け気味だけどね。最近のフィクションの分野は、養鶏場で成長していく子どもとか、色気ぬきで商売をする娼婦の心情を書いたお話なんかにすっかり汚染されてしまったし。「ニューヨーク・タイムズ」の新刊の広告がこんなにゴミだらけなのは初めてだよ。なのに、フィクションにかんして「死」とか「虚弱」とかいった言葉がつかわれなくなってきている。

――フィクションの実験には惹かれますか、突飛なことをしてみたいというようなことはあります？

チーヴァー フィクションは実験なんだよ、そうであることをやめたら、フィクションはやめたということさ。文章ひとつを書くときも、いまだかつてこのようなかたちで文章は書かれたことはなかったという気持ちで書いていないときはない。この文章のこのような重みもいまだかつて味わったことがないという気持ちすらもっていることもある。文章のひとつひとつがイノベーションさ。

――アメリカ文学のある特定の伝統に属しているというような思いはありますか？

(20) 詩人。
(21) 元の名はマリオン・モアハウスで、元はファッション・モデル。
(22) メイラーの『夜の軍隊』は一九六七年のワシントンでの反戦デモ行進についての報告。

チーヴァー　ない。じっさいの話、ある伝統のなかに分類できるようなアメリカの作家なんか思いつかないよ。アップダイクにしてもメイラーにしてもエリソンにしてもスタイロンにしても、なにかの伝統のなかに収めることはできない。作家の個性ということで言うと、アメリカほど強烈なのはないね。

——自分をリアリズムの作家と考えますか？

チーヴァー　言葉をどういう意味でつかうのかまず決めてからだろう、そういった定義について話すのは。ドキュメンタリー小説、たとえばドライサーやゾラやドス・パソスのは——わたしの好みではないけど——リアリズムに分類できると思う。ジム・ファレルもドキュメンタリー小説家だ、スコット・フィッツジェラルドも、ある意味、そうだった。もっとも、かれのをそういうふうに考えてしまうと、かれが得意としていたことを見落とすことにもなりかねないけど……ある特殊な世界がどんなふうなのか、そのかんじを伝えようという。

——フィッツジェラルドはドキュメントを書くんだと意識していたと思います？

チーヴァー　フィッツジェラルドについてはちょっと書いたこともあって、伝記や批評はぜんぶ読んだ、読むたびに臆面もなく泣いたよ——赤ん坊みたいにギャーギャーと——すごく悲しい話だから。かれにかんする評論はどれも、一九二九年の株の大暴落についてのかれの感想とか大変な好景気や服装や音楽をとりあげる、だからその結果、かれの作品は日付のある文章ということになるわけだ……一種の歴史物。そうされると、フィッツジェラルドのほんとうの良さはかなり損なわれてしまう。みんな、フィッツジェラルドを読むときは、いつの時代の話で、自分がどこにいるのか、どんな国にいるのか、わかっちゃってるからね。作品の時代設定にあんなにも熱心だった作家はいなかった。だけど、わたしは思うね、あれは擬似歴史じゃなくて、自分の存在をああやって表明していたんだよ。立派な人間はみな、自分の時代に実直なまでに正直に生きる。

――あなたの作品も同様に日付のあるものということになると思います?

チーヴァー　いや、自分の作品が将来も読まれるなんて思ってない。だから、そんな心配事はない。明日にも忘れられるかもしれないけど、べつに気にしちゃいないよ、ぜんぜん。

――でも、あなたの作品の多くは日付をだしていません、いつのことでもどこのことでもおかしくないようになっています。

チーヴァー　もちろん、それはわたしの意図でもあった。時代が特定できるようなものには最悪のものになりかねないところがあるから。核シェルターの小説(「准将とゴルフウィドー」)は精神分析で言うところの基底不安の話で、核シェルターは、小説の時代を特定させてしまうけれども、ただのメタファーだ……そんなふうにわたしは考えていた。[23]

――悲しい小説です。

チーヴァー　わたしの小説についてはみんなそう言うんだよ。まあ、悲しい話ではあるけど。わたしのエージェントのキャンディダ・ドナディオも、新作を読むたびに電話をかけてきていつも言っている、なんて美しい話、とても悲しくて、とね。いいんだよ、わたしは悲しい男なんだから。「准将とゴルフウィドー」の悲しいところは小説の最後、女が立って核シェルターを見ていて、やがてメイドによって追い払われるシーンだ。知ってるかい、「ニューヨーカー」はそこのところを削ろうとしたんだ。その最後の部分はないほうが話はもっと効果がでる、と考えて。最終の校正刷りを見たときは、一ページまるまるの脱落じゃないかと思った。小説の最後はどこに行った?　と訊いたよ。すると、だれか女の子が答えた、ミスタ

(23)　冷戦が深刻だった一九五〇年代半ば、アメリカではソビエトからの核攻撃に備えて家庭用の核シェルターが売り出された。「准将とゴルフウィドー」にはそれが登場する。

ー・ショーン[24]はそのほうがいい、と考えています。じわっと心底からカッときた、電車で家に帰り、ジンをがぶ飲みし、編集者のひとりに電話をかけた。わたしはもうすっかりでかい声になっていて、攻撃的で下品になっていたよ。相手はエリザベス・ボウエンとユードラ・ウェルティの接待をしている最中でね。あとでかけ直してもらえませんか、としきりに繰り返していたっけ。ともかく翌朝ニューヨークに引き返した。雑誌はぜんぶ組み直されていて――詩もニュース記事も漫画も――最後のシーンは復活していた。

――それって、「ニューヨーカー」にかんしてよく言われる有名な話ですよね、最後のパラグラフを削るといかにも「ニューヨーカー」的なエンディングになるという。あなたの考えるいい編集者とはどういうものですか？

チーヴァー　わたしの考えるいい編集者はチャーミングなやつだな、でかい小切手が切れて、わたしの作品を、わたしの肉体美を、わたしのセックス能力をほめたたえ、出版社や銀行の首をしめあげる技をもっているやつ。

――小説の書き出しはどうしているんですか？　いつもいきなり始まります。すごく印象的です。

チーヴァー　そうね、ストーリーテラーとして読者となんとか結びつきたいと思っているのなら、頭が痛いとか、消化不良なんだとか、海水浴で焼きすぎたとか、そんな話で始めるわけにはいかないのよ。なにしろ、雑誌に広告があるのは、二十年前三十年前と比べると、ものすごくふつうになったからね。雑誌に書くということは、ガードルの広告や旅行の広告、裸や漫画、いや詩とも競争するということよ。そんな競争があるわけだから、やけっぱちにもなる。いつも頭のなかにある常備の書き出しをひとつ言おうか。フルブライトの奨学金でイタリアに一年いた人物が帰ってくる。トランクが税関で開けられる、すると、衣類や土産物のかわりに、イタリア人の船乗りの切り刻まれた体があらわれる、しかし頭部だけがない。また、よく考えるべつな書き出しはこういうのだ、「初めてティファニーに強盗に入った日は雨だった」。もちろん、そんなふうに短編を始めることもできるよ、しかし、そういうのはフィクションではなかなかうまく行くもんじゃない。みんな、やりたいという誘惑はある、なにしろ、昨今は静かな時間というのが深刻なまでになくなってきているからね、読者のなかだけでなくわれわれみんなの生活からも。忍耐力、というか、集中力がなくなっている。テレビが登場した当初は、一時期、みんなが一斉に、コマーシャルの間に読めるような文章ばかり書いていたものだ。しかし、フィクションは持ちがいいから生き延びるよ。わたしの好みじゃない短編というと、「わたしは自分を撃ち殺そうとしていた」とか「わたしはあなたを撃ち殺そうとしていた」みたいな文章ではじまるやつだな。あるいは、「わたしがあなたを撃ち殺そうとしているのか、あなたがわたしを撃ち殺そうとしているのか、ふたりしてだれかを撃ち殺そうとしているのか、おたがいを撃ち殺そうとしているのか」みたいなピランデルロ的なものも。[25] あるいは、エロティックなものも。たとえば、「かれはズボンを脱ぎ始めたが、ジッパーがひっかかり……万能潤滑油の缶をもってくると……」と延々とつづくような。

――あなたの小説はペースが速いです、ぐんぐん進んでいく。

チーヴァー 小説の美学の第一原則は興味かサスペンスだよ。退屈な語り手では、だれともコミュニケートは望めない。

――ウィリアム・ゴールディングは、二種類の小説家がいる、と書いています、キャラクターや状況が動いていくなかで意味が生じてくるのに任せる小説家と、ある思想を持っていてそれを体現する神話を探す小説家と。ゴールディングは、自分は後者でディケンズは前者だと言っています。あなたはどちらのカテゴ

(24) 「ニューヨーカー」の編集長。一九五二年から一九八七年まで務める。
(25) イタリアの劇作家。『作者を探す六人の登場人物』など。

リーに入ると思います？

チーヴァー　ゴールディングの言っていることについては知らない。コクトーは、意味づけされていない記憶がおこなうのが書くということである、と言ったよ。そのとおりだと思う。レイモンド・チャンドラーは、それは意識下にあるものと直接につながっている、と表現している。ほんとうに気に入っている本というのは、開いた瞬間から、そこにいたことがあるかのような気持ちにさせてくれるものさ。あらたにひとつ、記憶のなかに部屋をこしらえてくれるみたいな。行ったこともない場所や、見たことも聞いたこともないものが、じつにしっくりとしっかり収まってしまうので、なんだかそこにいたことがあるかのような気持ちになる。

――でも、神話のひびきもかなりありますよね、あなたの作品には……たとえば聖書やギリシャ神話への言及とか。

チーヴァー　南マサチューセッツで育ったからだと言えるね、あそこでは神話や伝説はぜひ把握しておかなくてはいけないテーマというふうに考えられていたから。わたしが受けてきた教育ではそれがかなりの部分を占めていた。世界の構造を分析するのにいちばん簡単なのは神話をつかうことなんだよ。そうやって書かれた論文は山のようにあるじゃないか――レアンドロスはポセイドンであるとか、だれだれはケレスであるとか、その他もろもろ。表面的な分析にしか見えないんだけど、でも、論文としてはまずまずのものになる。

――でも、あなたもそのひびきはつかう。

チーヴァー　ひびきね、そうだね。

――どうやって仕事はしていらっしゃるんですか？　アイデアが浮かんだらすぐにはじめる、それとも、しばらくはあたためて寝かせて熟成させる？

チーヴァー　両方だね。いちばん好きなのは、まったく関係のないことが同時にやってくること。たとえば、カフェで家から来た手紙を読んでいたら、そこには近所の主婦がヌード・ショーに出演していたということが書いてあった。それを読んでいると、イギリス人の女性が子どもたちを叱っているのが聞こえてきた、「ママが三つ数えるまでに言われたことをしなかったら」というのがその台詞ね。すると、木の葉が一枚、宙を舞った、それでわたしは、ああ、冬なんだ、と思い、妻はわたしから離れていまはローマにいるんだ、と思い出した。それでわたしの小説ができたよ。[26] おなじようにして、「さようなら、弟」や「田舎の夫」のおしまいのところもかなりうまく行った。このふたつはヘミングウェイとナボコフも気に入ってくれたけどね。このふたつにはぜんぶ押しこんだ、帽子をかぶった猫とか、女たちが何人か裸で海から出てくるのとか、靴をくわえた犬とか、黄金の鎧を着た王が象にのって山をいくつも越えていくのとか。

——雨のなかのピンポンも?

チーヴァー　それはどの小説だったか覚えてない。

——ときどき雨のなかでピンポンをしてますよ。

チーヴァー　かもしれない。

——そういうのって蓄えておくんですか?

チーヴァー　蓄えておくという問題じゃないよ。一種、痙攣的なエネルギーの問題だね。それと、もちろん、自分の経験を理解するという問題でもある。

——フィクションは教訓を提出すべきだと思います?

チーヴァー　思わない。フィクションは光をあてるもの、爆発させるもの、よみがえらせるものだ。フィク

(26)「四番目の警告」。

ションに一貫したずばぬけた道徳哲学があるとは思わない。鋭敏な感情と速度がすごく大事なんだといつも思っている。ひとがフィクションに教訓を探すのは、フィクションと哲学のあいだにいつも混乱があるからだよ。

――ある作品が、これでいい、とわかるのはいつですか？　最初にピンと来ているんですか、それとも、いまひとつわからないまま書いている？

チーヴァー　フィクションにはある種の重さがあると思う。たとえば、いまやっている作品はうまくいっていないんだ。エンディングをすっかり書き直さなくちゃいけない。ヴィジョンに呼応したものにするという問題なんだろうな、たぶん。かたちというのがある、バランスというのがあるんだよ、うまくいかないときは、そうなったときにすぐわかる。

――本能ですか？

チーヴァー　わたしとおなじくらいものを書いてきたひとならだれでもおそらくわかる……たぶん、きみの言う本能かもね。文章がちょっとおかしくなったら、ともかくうまくいってない。

――以前にうかがったことですが、登場人物の名前には知恵をしぼるとか。

チーヴァー　とても大事なものだと思ってる。一度、名前をたくさんもった男の話を書いたこともあるよ、ぜんぶ抽象的な名前で、引喩になっているものはほとんどなかった。ペル[27]、ウィード[28]、ハンマー[29]、ネイルズ[30]。もちろん、悪ふざけと思われもしたけど、そんな意図はまるでなくて……

――ハンマーの家は「泳ぐひと」に出てきますね。

チーヴァー　そうだね、あれはいい小説だ。書くのはおそろしくむずかしかったけど。

――どうしてですか？

チーヴァー　こっちの手の内を見せるわけにはいかなかったからさ。日も暮れ、年も暮れていくんだがね。

テクニック的に困難だったという問題ではなくて、なんともこっちにもつかみがたいところがあった。あたりが暗くなり寒くなってきていることに主人公は気がつくわけだけど、それもごく自然にそういうふうになっていくようにしなければならない。ああ、そうなってきたというふうに。あの小説を書き終えたときは、こっちがしばし暗くなり寒さをおぼえたものだ。じっさいの話、書くのに長い時間がかかった珍しい作品のひとつだよ、なにしろ、あのときは『ブリット・パーク』にとりかかりはじめてもいたし。読者には簡単そうに見える小説ほど、往々にして、書くのにいちばん手間がかかっていたりする。[31]

――そういう小説を書くのに時間はどのくらいかかるんですか？

チーヴァー　三日とか三週間とか三ヶ月とか。わたしは自分の書いたのはまず読まない。悪趣味なナルシシズムのように思えるので。自分の会話を録音したテープをプレイバックするようなものだよ、あれは。自分の走ってきたところを肩越しに振り返ってながめるみたいな。だから、わたしは泳ぐひとや走るひとや跳ぶひとのイメージをしばしばつかってきた。大事なのは終わらせること、つぎに進むことだ。それから、昔ほど強くはかんじないけど、振り返ったら死んでしまうというような気持ちもある。ときどきサッチェル・ペイジのことを考える、[32]かれの戒めの言葉、振り返ったらなにかが追いついてきているのを目にすることになるんだという。

――書き終えたときにすごく気持ちよくなった小説ってありますか？

(27) 羊皮紙。
(28) 雑草。
(29) 金槌。
(30) 釘。
(31) 「泳ぐひと」は表面的には水着姿の主人公がいくつものプールを泳いで自宅に帰る話。
(32) アメリカの野球史上最高の投手と言われる驚異的な成績を残したニグロ・リーグの選手。

チーヴァー　あるよ。十五編くらい、「やったね！」というのも。すっかり気に入って、そこいらじゅうのみんなまで大好きになった――いろいろなビルもいろいろな家も。自分がどこにいてもさ。気持ちがすごく盛り上がる。そういう小説って、ほとんどが三日以内で書いたもので、三十五ページ前後のものだ。すごく気に入るんだよ、しかし読み返すことはできない。たいていは、気に入っても一回きり。

――最近あなたはとても率直に、書けなくて苦しんだ、とライターズ・ブロックの話をしてました、こういうのは初めてだ、と。いまはどうですか？

チーヴァー　苦しみの記憶からは目をそむけたがるものさ、作家にとっては、書けないことほど苦しいものはないから。

――四年というのは、ひとつの小説にかける時間としてはどちらかというと長いですよね(33)？

チーヴァー　ふつうそのくらいかかるよ。だんだん単調になってきたりするけど、それはとても簡単に変えられる。

――どうしてですか？

チーヴァー　だって、うまく書けてないなってわかってくるんだから。可能なら、人間を大きくしてやる。リスクをあたえてやる。可能なら、神々しさを添える、刻んで小さくしてしまうのではなく。

――『ブリット・パーク』では人間たちを小さくしすぎたとかんじてらっしゃるんですか？

チーヴァー　いや、そんなふうには思ってなかった。しかし、そういうふうに読まれたみたいだな。ハンマーとネイルズは社会の犠牲者であるというふうに。そんなつもりはぜんぜんなかったんだが。意図は明確にしたつもりだったんだがね。でも、伝わらないのならしかたない。ハンマーもネイルズも精神医学的な、あるいは社会的なメタファーにするつもりなんかなかった。それぞれにリスクをもったふたりの男であるはずだった。そういう点、あの本は誤解されたんだと思う。でも、いまは書評は読んでいないから、どんなことになっているのかわからない。

――文学作品が満足のゆくかたちで終わったというのはどういうふうにしてわかるのですか？

チーヴァー　完璧に永遠に満足のゆくかたちで終わったものなんか、わたしの人生ではひとつもないよ。

――書いているときは文章に自分のかなりの部分を投入しているという気持ちになります？

チーヴァー　もちろんだよ、もちろん！　作家として語るというのは自分の声で語るということだから――指紋のようにこの世で唯一の自分の声でね。深遠に見えるよう、ないしはバカに見えるよう、一か八かでやっている。

――タイプライターの前にすわっているときは、神のような気分になるものなんですか、話ぜんぶを創造しているという？

チーヴァー　いや、神のように思ったことはない。そうじゃなくて、気持ちとしては、使えているというかんじだね。わたしたちにはみなにかをコントロールする力というものがあり、それは人生に備わっているものだ。恋をしているときもその力を働かせているし、好きな仕事をしているときも働かせている。ある意味、エクスタシーだね、とてもシンプルな。気持ちとしては、「使えている、これでずっと最後までいける」というかんじ。すごくいい気分になれる、いつも。一言で言うと、自分の人生の意味がわかるということかな。

――そういう気持ちになるのは書いているときですか、それとも後ですか？　仕事をしてないとき、あるいは仕事をしているとき？

チーヴァー　骨の折れる厄介な仕事というのはわたしはほとんどしたことないからね。ほんとうに好きな小

(33)『ブリット・パーク』は前作『ワップショット・スキャンダル』から四年後に刊行。

説を書いているときは、うん……すごく気分がいい。だからわたしにもできるんだよ。しているときは気持ちがいい。いい気分になっている。妻のメアリーと子どもたちにもよく言う、さてと、しばらくいなくなるからな、放っておいてくれ。三日でかたづくから、と。

第六七号　一九七六年

ポール・ボウルズ

Paul Bowles

「わたしの腕が、わたしの脳が、
わたしという有機体が書いたのだという気はするが、
できあがったものは必ずしも
自分のものではないという気がする」

一九三一年にボウルズを迎えたときのタンジールには「叡智とエクスタシー」(1)を期待させるものがあったが、一九七〇年代のタンジールにそのようなものはほとんどない。にぎやかな旧市街《メディナ》は、市場《スーク》といい、どこまでも連なるツーリスト向けのブティックといい、しつこい物売りや客引きといい、いまなおもちろん健在だが、しかし、そこも、五十年前にはすでにヨーロッパ風の都市と植民地主義の産物の数々によってすっかり影の薄いものになっていた。すなわち、横柄なフランス領事館やカフェ・ドゥ・パリや壮麗な造りの豪勢なホテル（ミンツァ、ベラスケス、ヴィラ・ドゥ・フランス）や、いまは寂しく見捨てられたテアトロ・セルバンテスや、等勲爵士《ナイト・コマンダー》や准男爵《バロネット》や往年の帝国の放蕩息子たちの亡骸がいっぱいの墓地のあるイギリスの教会が幅をきかせていたからである。そんな無防備で陰謀飛びかう国際都市としてのタンジールも、いまは永久に消えてしまった。今日、そこは流動的な第三世界の国のひとつの都市で、ゆっくりとだが着実に二十世紀と格闘している真っ最中である。

（1）自伝『止まることなく』の一節。

しかし、ロマンティックな傾向を持つ者にとって、タンジールには謎めいた東洋のイメージを喚起させる力がいぜんとしてある。すっかり現代のものに荒らされてしまっているとしてもだ。ポール・ボウルズと会うにはぴったりの場所というかんじが、いまなおそこにはある。タンジールにやってくるアメリカ人で、モロッコについての軽い好奇心、ないしは音楽や文学への漠然とした興味以上のものを持っている者は、ボウルズ訪問を絶対的に必須のことと考えている。なかには、巡礼のような敬虔な性質のものと思っている者もいる。しかし、ボウルズ自身は自分を特別な興味の対象とはまったく考えていない。じっさい、そういった態度は、かれには、滑稽なほどナイーブなものに見えている。どうしようもなくバカげたものだとは言わないまでも。

かれはタンジールの静かな住宅地にある三部屋のアパートに住んでいる。アメリカ領事館が見える五〇年代風の未来的な建物のなかの、快適そうな地味な部屋だが、世界中を旅していた日々の名残はあって、アジアやメキシコやアフリカの土産物がある。本棚にはバロウズやケルアックやギンズバーグやヴィダルから贈られた本が並んでいる。入り口には年代物のトランクやスーツケースが肩の高さにまで積んであって、無期限の旅がつねに待ち構えているかのようだ。

わたしたちが初めて会ったのは一九七六年の夏だった。午後の早い時間にわたしは訪ねていった。かれは起きたばかりで、薄い白い髪はくしゃくしゃで、淡いブルーの目はすこし充血していた。こんな時間にいったいだれが来たのかと明らかに驚いている様子だった。朝食を終えて最初の煙草に火をつけると、痩せた、どこか屈強な体にゆったりとした落ち着きがはっきりとあらわれた。みるみる陽気になった。

しかし、明らかにタイミングはいいとは言えなかった。テープレコーダーが回り始めると同時に、つぎつぎとお客が来てはしつこくドアの呼び鈴を鳴らした。かれの車の運転手、メイド、ニューヨーク出身の女友だち、下の階に住むアメリカ人の青年、そして最後はムハンマド・ムラーベト。ムラーベトは、ハンサムながらもいかつい不吉な表情で、今度タンジールに来るときは九連発のピストルを持ってきてほしい、抹殺し

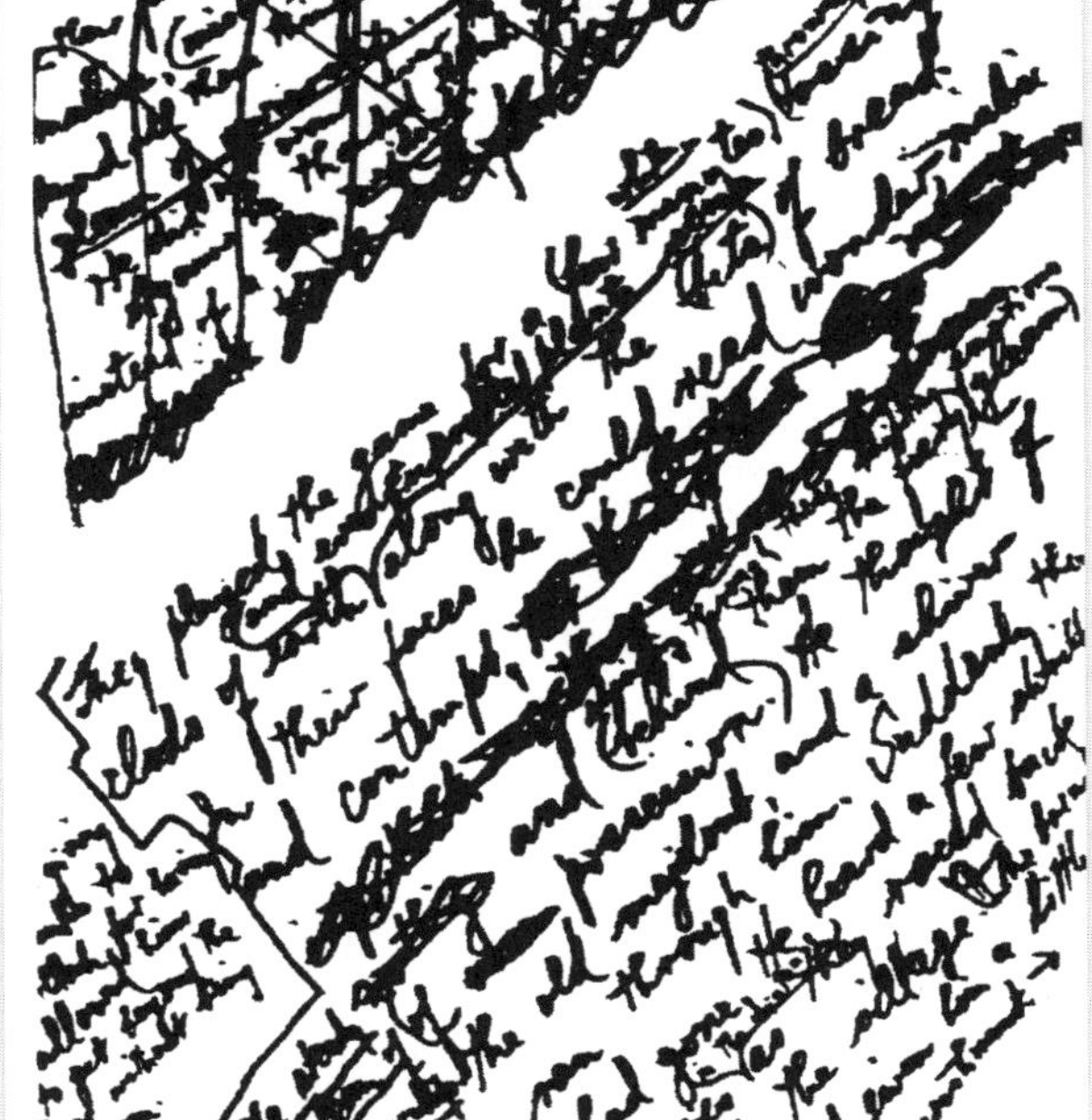

ボウルズの原稿

たいと本気で思っているのが九人いるので、と頼んできた。
結果的には、かれにも、またほかの人間が邪魔してくれたことにも感謝することになった。かれらのおかげで、その日の夜に、また翌日に、さらには一年半後にまた二回、ボウルズを訪ねていって話をすることができたのだから。

——ジェフリー・ベイリー　一九八一年

——多くのひとは、あなたの名前を聞くと、エキゾティックな遥か遠い土地で暮らすアーティストというロマンティックなイメージを抱きます。ご自分のことを、なんというか、筋金入りの国籍離脱者であると考えますか？

ポール・ボウルズ　考えないよ。自分のことを筋金入りのなにかだと考えたことなんてない。ほんとうの話、自分に自我があるなんて考えたこともない。アメリカ合衆国があまりおもしろく思えなくなり、もっとおもしろい土地が見つかったんでそこで暮らすことにした、そう言ったほうがわかりがいいと思う。

——アメリカを離れようという決心はかなり早くからあったんですか？

ボウルズ　十七歳のときだから、早い決心だったと言ってもいいだろう。ひとより早くものがわかっちゃう人間というのがいるんだよ、たぶんわたしは、ずっとアメリカにいたらどういう人生が待っているか、はっきりとわかったんだと思う、で、そんな人生が嫌になった。

——どんな人生だったんですか？

ボウルズ　退屈な人生。わたしの欲しいものがそこにはなにもなかった。一度、外に出てみたら、アメリカにわたしが求めるのは金だけだとわかったんだ。そしてそのために戻っていった。いまはもう、金が入るという確かな保証がないかぎり、アメリカには行かない。純粋に楽しみのために行くなんてことは、ぜんぜんしていない。

――外国の土地と接触するところからあなたの文章が生まれてきているのはとても明らかなことですから、ずっとアメリカにいたらおそらく作家にはなっていなかったでしょうね。

ボウルズ　まずなっていなかった。作曲家にはなっていたかもしれないが。一九四七年にここに移ってからは作曲はやらなくなったが、でも、さっきも言ったように、ブロードウェイのために曲を書きに何回か戻ったりはしたから。

――作曲をやらなくなったのは、文章と音楽が邪魔しあうからですか？

ボウルズ　いや、そんなことはぜんぜんない。それぞれ脳のまったく別なところでやっていることだと思うよ。まったく別な歓びをもらえるし。「喉が渇いたときにコップ一杯の水を飲むのと腹がへっているときにおいしい食事をするのとどっちがうれしい？」と訊くようなものさ。仕事としての作曲をやめたのは、たんにニューヨークを離れたかったからだ。アメリカから出たかった。

――アメリカでの生活が嫌で仕事もやめてしまったのだとしたら、その国に敵対するような気持ちは生まれませんでした？

ボウルズ　いや、ぜんぜん。ただ、「アメリカ」と言われると、わたしの頭に浮かぶのはニューヨークなんだ、生まれ育ったところさ。ニューヨークがアメリカじゃないのはわかっている、けど、わたしにとってのアメリカのイメージはニューヨークなんだよ。でも、敵対しているような気持ちはない。たんに、残念だなあ、と思っている、あそこで起きているいろんなことをね。修正されることはもうないだろうと思う、まあ、なんであれ修正されることはないとは思っているが。なんであれ修正なんかされないのさ。何事もどんどん進んでいって別なものになる。あの国の姿も理解できないくらいすっかり変わったよ、わたしの子どもの頃を考えると。なにもかもどんどん悪くなっていくとみんな思っているが――あらゆる点でそうではあるが――でも、そういうのって意味はない。なにもかもどんどん悪くなっていくと言ったって意味はないんだ。どんどん未来になっていっているということなんだから、要するに。どんどん進んでいるということだから。未来は現在よりも際限なく「悪く」なっていく、で、そんな未来においても、その先の未来はその未来よりも計り知れないほど「悪く」なっていく。当然のことだ。

――ペシミストですね。

ボウルズ　まあ、よく考えてごらん。べつにペシミストでなくともすぐにわかることだ。全世界規模のホロコーストが起きて何十億の人間が焼け死ぬ可能性はいつだってある。そんなの、望んじゃいないが、しかし、ありうることだと見ている。

――ガンの治療とか、核武装の実質的な禁止とか、環境意識の盛りあがりとか、人間としての深い自覚とか、やはり期待できませんか？

ボウルズ　もちろんなんだって期待はできる。いろいろ大きなことが将来おこるだろうとは思っている、でも、それらをわたしの世代の人間たちがすごい素晴らしいものと考えるかというと、そうではないと思う。おそらく一九七五年に生まれたひとたちは別なふうに考えるだろうけど。つまり、一九五〇年に生まれたひとたちはテレビをすごいと思っているわけだし。

――あなたにとってはどうしようもなく不快な未来に思えるものをアメリカのテクノロジーはすでにせっせとつくりあげてしまった、だから、自分の国の文化の外側で生きることが強い欲求のようなものとしてあらわれてきたということですね。

ボウルズ　ようなものじゃない、欲求そのものだ。小さい子どものときからわたしはいつも逃げ出したかった。覚えているよ、六歳のとき、二週間、だれかのところに送り出された――だれのところだったか、なぜ送られたのかは知らない――でも、もっといさせてよ、とお願いしていたよ。家に帰りたくなかった。また、九歳のとき、父親が肺炎になって、一、二ヶ月よそへ出されたときも、「お願いだからここにもっといさせて」とせっせと手紙を書いていた。親の顔をもう一回見ることなんかしたくなかった。そういうことの一切合切に戻りたくなかった。

──『止まることなく』のなかでご両親についての気持ちを率直に書いてらっしゃいます、母親は好きだったが、父親には馴染めなかった、と。

ボウルズ　男の子はたいてい母親は好きなものなんだと思うよ。父親が持っていた敵意、あれは本物だった。喧嘩を売ってきたのは父親のほうで、こっちは幼かったから、当然のように、それに反応した。どういうことだったのかはわからない。たぶん父親は子どもが欲しくなかったんだろう。どうしてわたしに怒ってばかりなのか、ほんとうの理由がぜんぜんわからなかった。母方の祖母は、嫉妬しているだけよ、と言ってくれてはいたけどね。わたしの母がこの第三者、すなわちわたしに気を取られているのが我慢ならないのよ、と。おそらくそれが真実だろう。

──父親とのそんなネガティブな関係が、あなたを旅する人に、アーティストにしたんでしょうかね、影響はあった？

ボウルズ　かもね、わからない。なにがなにの原因になったのかとか、心のなかを探るようなことはしたことないんだ。きっとできないんだろう。たしかに、ひきこもりの子ども時代をすごせば内向的な子どもになりそうだし、内向的な子どもは「アーティストっぽく」なりそうではあるけど。

──あなたが十八歳でヨーロッパに行くことについて両親は動揺してませんでしたか？

ボウルズ　動揺するもなにもないよ、行くことについてはなにも知らなかったから。わたしはフランスへの旅費と、ほかに二十五ドルほど持っていた。

──なにかから逃げ出そうということだったんですか？

ボウルズ　ちがうね、なにかへ向かって出ていこうとしていた、もっともそれがなんなのかはそのときはわかっていなかったが。

――それは見つかりました？

ボウルズ　うん、長年かけて見つかった。わたしが最終的に向かっていたところは自分の墓だったよ、当たり前だが。「栄光のいかなる道も先にあるのは墓ばかり」[2]ということ。

――その最初の外遊から戻ってまもなくアーロン・コープランド[3]のもとで学び始めました。コープランドのもとでの体験はどんなでしたか？

ボウルズ　あれ以上のものはない。かれは素晴らしい教師だった。

――コープランドはニューヨークでなくても作曲の仕事はできました、しかし、あなたは自分にはそれはできなかったとおっしゃいました。

ボウルズ　できなかった。というのも、わたしは作曲で生活しなくちゃいけなかったからだ。不労所得があったら、どこにいても作曲はできたろう、キーボードがありさえすればね。キーボードを必要としない作曲家もいるが、わたしはなくちゃダメなんだ。アーロンとわたしはけっこう大変だったよ、最初の夏、ここタンジールではね、一九三一年のことだ。ガートルード・スタインの話では、ピアノを手に入れるのは簡単だということだったんだが、そうじゃなかった。いまだったらありえないが、あの頃はそれでもまだあちこち当たればなんとかなった。そしてやっと一台見つけた。あまりいいものではなかったが。ただ、借りていた家のある山の上まで運ぶのが大問題で、すごいことになった。道は舗装されていないから、ロバに乗せて登った。で、いよいよ門に入ろうとしたそのときさ、ピアノが落っこちた、どっしーん!!! ああ、これでおれたちの夏は終わりだ、と思ったよ。でも、結果的にはちゃんと弾けたんだがね。アーロンは短いシンフォニーを書いていた、完成させることはできなかったが、ある程度はやっていた。もちろん、コンスタントな仕事ぶりで。

――あなたはコープランドのように勤勉ではなかった？

ボウルズ そう言わざるをえないかな。ベルリンでいっしょだったときは、わたしはいつもどこかへ出かけていたような気がする。そういうことにアーロンはどこかうんざりしていた。わたしも作曲に励まなきゃいけなかったんだが、そうしないでオーストリアとかバイエルンに出かけていた。

――ベルリンはどんな印象でした？

ボウルズ そうね、あまり長くはいなかったんだ、四ヶ月程度かな、春いっぱい。でも、クレージーだったよ。じつにクレージー。フリッツ・ラングの映画みたいだった。あそこの生活全部がラングに監督されているというかんじだった。持てる者と持たざる者のあいだの食い違いが不気味で、そこかしこからそれがひしひしとかんじられた。「持てる者」はどんちゃん騒ぎに明け暮れ、「持たざる者」は憎しみで沸き返っている。街のイーストエンド一帯には憎悪の黒い雲が立ちこめていた。ディスコント・ゲゼルシャフト銀行が破産したのがその夏だ(4)。途方もないことが起こるという予感があって、そのせいですべての出来事に不穏な色合いがあった。クリストファー・イシャウッドは、『ベルリンよ、さらば(5)』でそれについて書いたというよりは、それを肌にかんじて生きていたんだよ。

――イシャウッドがその有名な登場人物にあなたの名前をつけたときはどう思われました？

ボウルズ サリー・ボウルズかい？ すごく自然だと思ったよ、ほんとの話。その夏はずっとかれとつるん

(2) 十八世紀のイギリスの詩人トマス・グレーの「田舎の教会墓地で書かれたエレジー」の一節。
(3) アメリカの作曲家。映画音楽も手がけた。ボウルズよりも十歳年長。
(4) 一九三一年。
(5) イシャウッドはイギリスの作家。『ベルリンよ、さらば』は一九三九年刊。

でいて、毎日いっしょにランチをしてたんだから。かれは彼女の本名、つまりジーン・ロスは使いたくなかったんで、わたしのを使ったんだ。「サリー」をどこから持ってきたのかは知らない。[6]

——あなたのご記憶では、本物のジーン・ロスは彼女をモデルにした登場人物にかなり似ていましたか？

ボウルズ　似ていたと言える。うん。とても魅力的で、とても愉快なひとだった。クリストファーはいつも彼女といっしょだった。ノーレンドルフプラッツのおなじ下宿屋にふたりは住んでいた。わたしがいたのはグンツェルシュトラッセのバルコニー付きの部屋だったな、たぶん。アーロンはアルフレッド・クレインボーグというアメリカの詩人が所有するスタインプラッツに面したフラットを借りていたんで、そこに毎日わたしはレッスンに通っていた。スティーヴン・スペンダーとクリストファーとジーンとわたしたちはよくランチをした。いつもその三人組だった。カイザー・ヴィルヘルム記念教会の向かいにあったカフェ・デス・ヴェステンズでたいがい食べていたよ。

——『ベルリンよ、さらば』の誕生の現場を見ているんだとわかっていましたか？

ボウルズ　わかるわけないだろ？　かれが本を書くことになるなんてこっちは考えてもいないんだから。みんな一日一日をどう暮らしていくかしか関心はなかった。『ベルリン・ストーリーズ』[7]で連中の何人かに会ったが、かれらが「不滅の存在」になるだろうとは思ってもいなかった。

——ほかのアーティストに職業的な対抗心を燃やしたことはありますか？

ボウルズ　ない。ぜんぜんそういうことはなかった。そういうことをするのがいやなんだ。さっきも言ったが、わたしにはろくに自我というものがないしね。ほんとうさ。そういうゲームをするには自分には個性があると信じなくてはいけないが、わたしにはそれがない。信じることができない。ふりはできるが、結局はうまくいかない。

——若いときのあなたはイシャウッドやW・H・オーデンといった若い作家たちと親交があっただけでなく、

スタインやジャン・コクトーといったすでに名のある作家たちとも交流がありました。意識的にアーティストたちのコミュニティに入ろうとしていたのですか？　ほかのアーティストたちと接触することで自分を成長させたいと思っていた？

ボウルズ　なにかのコミュニティに入りたいと意識したことは一度もないよ。ないね。会いたかっただけだ。闇雲に撃ちまくっているような気分だったと思う。パン！　パン！　と。そしたらガートルード・スタインが落っこちてきた。ジャン・コクトーが落っこちてきた。アンドレ・ジッドが落っこちてきた。そういうことを努めてやっていたんだよ――たとえばマヌエル・デ・ファリャ[8]に会ったのもそうだが――ぜんぜん理由はない。グラナダに行き、かれの家のドアを見つけてノックして入り、午後を過ごした。かれはわたしが何者か知らなかった。どうしてそんなことをしたのか、いまのわたしにはわからないよ。きっとそういった出会いが重要だと思っていたんだね、そうでもなきゃわざわざあんなことはしないだろう、だって、けっこう労力は要ったし、ときには自分が大事にしているものを犠牲にもしたから。でも、正確なところなにを考えていたのかは思い出せない、だって、頭で考えて動いていたことじゃないから。「なにも考えていない」、そういうことだった。だから理由を思い出すのはむずかしい。もちろん、わたしはもともと考える人間ではないんだけど。多くのことはわたしが意識することなしに起きるような気がする。

――いつもそうなんですか、それとも、年月とともにだんだんそうなってきた？

ボウルズ　いつもそんなふうだった。十代の後半、十六歳からずっとわたしはシュルレアリストの詩を書い

（6）『ベルリンよ、さらば』は何度か芝居や映画にされ、最近では『キャバレー』という題でミュージカルになり映画にもなった。映画でライザ・ミネリが演じたのがサリー・ボウルズ。
（7）『ベルリンよ、さらば』ともう一編を合わせて一九四五年に刊行された際の書名。
（8）スペインの作曲家。一八七六年生まれ。

ていた。アンドレ・ブルトンを読んでその書き方を教わり、自分がなにをしているのか意識しないで書く術を学んだ。自分がなにをしているのかまったくわからなくても文法的に正しく書けて、なおかつある種のスタイルすら持てる方法を学んだ。心のある部分では書くということをしているんだが、ほかの部分がなにをしているのかはわからないというわけさ。意識下にあるものをブルドーザーでさらっていたんじゃないかな、泥を取り除くみたいに。どうなっていたのかはわからないし、知りたくもない。

——そういうことですと、ブルトンがあなたの初期の文章にはインスピレーションを与えていたことになりそうです。「インスピレーション」をもらった作家たちはたくさんいましたか?

ボウルズ そんなにはいない。ヨーロッパに来て最初の数年は、ロートレアモンにすっかり夢中だった。どこへ行くのにもいつも持って歩いていたものだが、そのうち熱からさめて、その後かれの代わりは登場してこなかった。だれかにすごく夢中になるのはとても若いときで、年をとると、二、三歳でも年をとると、たいがいそういうことはなくなるものさ。尊敬していた作家たちはたくさんいて、生きていると、探しだしては近づいてみようとするところがあった——スタインとかジッドとかコクトーとか、その他いっぱい。

——あなたの自伝『止まることなく』はアーティストや作家やいわゆる有名人の名前でいっぱいです、みんなと会っているんですよね。

ボウルズ あれでもかなり削ったんだ。書き終えたとき、たんに名前が出てるだけじゃないかと気づいて、五十人か六十人削った。どうしてそんなことになったのかというと、版元のパトナム社があの本を名簿みたいなものとして作りたがったからで、連中は最初からその気だった、わたしと契約を交わす前から。もしもいろんな条件なしで自由にさせてくれていたら、おそらくもっとパーソナルなものにすることができたと思う。じっさい前半はわりあいパーソナルになっていると思う、ただ後半は急いで仕上げた。時間が迫ってきていて締切に間に合わせなければならなかった。契約書ですでに余分に一年もらっていたこともあったから、とにかく急いだ。ああいう本はもうたくさんだよ、契約のもとで書くというようなのは。契約を交わしてからまるまる一年、わたしは書き出すことすらしなかった。いろんな出来事やことの次第を思いだすのにそれだけの時間がかかったんだよ。参照できるような日記も手紙もないから、全人生を振り返り、月ごとにね、道程の意味のないくねくねした道筋を書きとめていった。だから、さっきも言った通り、それに一年以上とられた。

——日記はつけていたことはない？

ボウルズ　ない。頼りになる手紙とか記録文書もまったくなかった。

——わざとそうしていたんですか？　日記はあなたのなかから自然発生的に湧いてくるものの邪魔になると？

ボウルズ　そのへんはわからないな。現実にそうだったということだよ。書こうとしたことはなかった。人生そのものが、毎日が大事だとかんじていた。日記を書く理由が見つからなかった。それと、繰り返しになるが、自伝を書くことになるだろうなんて考えたことなかったから。

——書くときはどんなふうにしています？

ボウルズ　タイプライターは使わない。重すぎるし、トラブルが多すぎる。ノートをつかっている、そしてベッドで書く。これまで書いたもののうち九十五パーセントはベッドで書いた。

——それからタイプで打ち出す？

ボウルズ　送るために原稿をタイプするというのは別なことだよ。それはただの退屈な作業であって、仕事じゃない。仕事というのは、わたしに言わせれば、なにかを発明すること、着地させること、言葉でもってページを創造することだ。

——締切のもとで書いた小説というのはありますか？

ボウルズ　ない。完成したら送り、そして出版された。プレッシャーがあるとフィクションは書けなかった。本もいいものになってなかったろう。いまあるものよりかなりよくないものになっていたろう。

——作家としての自分の才能をあまり高く評価してないようですね。

ボウルズ　してない、してない。したことない。

——どうしてですか？

ボウルズ　わからない。あまり重要には思えない。

——いままでいろんなひとたちに激励されてきたじゃありませんか、あなたはすばらしい、と。

ボウルズ　ああ、そうだ、たしかに。

——かれらの言うことは信じていなかった？

ボウルズ　かれらが信じてくれているんだということは信じていたよ。あれは気に入った、これは気に入らなかった、それはどうしてか、とかれらがいろいろ言うのは聞きたかった。でも、かれらの見方がわたしに納得できたためしがなくて、だから、気に入ったとか気に入らなかったとか言っているがほんとうに理解してくれているんだろうか、とそのあたりがわからなかった。

——二、三十年前はシリアスな若い作家も本を出すのは簡単だったと言えますか？

ボウルズ　シリアスな文章を出版するのが簡単だったとは思わない。しかし、とても文章とは言えないものが最近どっさり刊行されているのを見ていると、シリアスな作品を作ろうという意図をもって書いている若い書き手は最近はどんどん少なくなっているのだろうとは思うね。スーザン・ソンタグの言葉を借りると、「シリアスであることはいまやたいして高級なことではなくなった」。

——あなたの作品を読んでいると、いろんな出来事が単純に進んでいってある結論に達するという印象はまず受けません。いろんな出来事が自然発生的に勝手に成長してつぎつぎ積みあがっていくという場に参加しているという感じがある。

ボウルズ　そう？　うん、そんなふうに成長しているね。それがポイントかな。わたしとしては、ああいった本を自分で書いたという気がしないんだよ。わたしの腕が、わたしの脳が、わたしという有機体が書いたのだという気はするが、できあがったものは必ずしも自分のものではないという気がする。問題なんだが、なにごとも自分のものだと思ったことがわたしにはないんだ。一度、セイロンの沖の島を買ったことがある。そこに自分の二本の足で立てば「この島はおれのものだ」と言えるんじゃないかと思った。しかし、言えなかった。意味なかった。なにもかんじなかった。だから売り払った。

――どのくらいの大きさの島だったんですか？

ボウルズ　だいたい二エーカー(約8000㎡)。島には美しい熱帯林があった。もともとはフランス人の造園家の所有で、六、七十年前、かれは東南アジアや西インド諸島からいろんな樹木や蔓《つる》や花を持ちこんだ。素晴らしい植物園さながらだったよ。しかし、さっきも言った通り、自分のものだという気がぜんぜんしなかった。

――書くということは、あなたにとっては、他人と親密にコミュニケートすることで孤独を軽減する方法だったのですか？

ボウルズ　いいや。とても自然な行動だと思っている。わたしに関するかぎり、それは楽しみだ、自然におこなう。その気にならないときはやらない。

――あなたの作品では暴力に驚かされます。たとえば『優雅な獲物』では登場人物のほとんど全員が肉体的ないしは心理的な暴力の犠牲になっていました。

ボウルズ　そうだね、たぶん。暴力が治療的な役割を果たしていた。たしかに心穏やかなことではないよ、人生はいつだってパッといきなり意味のない暴力に変わってしまうこともあるんだと考えるのはね。しかし、そうなりうるし、そういうことなんだから、みんな、心の準備はしておく必要がある。他人にたいしてしていることはまず自分にたいしてしていることだ。われわれの人生を待っているのは暴力である、つまり、われわれが文明と呼んでいるもの、千年にわたって築き上げてきた構築物はいつでもいきなり崩壊してしまうんだとわたしは聞かされてきたので、書くものは当然その考えに影響されることになるだろうね。生命という営みは暴力を前提にしていて、植物界も動物界もそれはおなじだ。ただ、動物のなかで人間だけが暴力を概念化できるんだ。人間だけが破壊という思想を楽しむことができる。

――あなたの小説の登場人物たちには宿命論者的なところとナイーヴさが奇妙に合体しているようなかんじがあります。いま頭にあるのは『シェルタリング・スカイ』のキットとポート・モレスビーの夫婦ですが。かれらが突拍子もない狂ったような動き方をするのは自分と向き合うのを強迫的に恐れているがゆえでした。

ボウルズ　せっせと動きまわるのは、熟考する日を先送りするのにはいい手なんだよ。わたしは動いているときがいちばん幸せだ。それまでずっと送ってきた生活からは切り離されていて、かつ、新しい生活はまだ始めていないんだから、自由だ。それはとてもいい気分だ、といつも思ってきた。どこに向かっているのかわからなければ、なおいっそう自由だろう。

――あなたの登場人物たちはおたがいに、また自分自身からも心理的に引き離されています。そして、その孤立ぶりは、あなたがかれらをエキゾティックな土地にいる外国人として設定しているので、なおいっそう強まっているのですが、にもかかわらず、たとえ故郷にいてもまったくちがわないんだろうなという、つまり、かれらの問題は場所の問題よりも深いんだなという印象を受けます。

ボウルズ　もちろんだよ。だれだってみんなおたがいに孤立しているからね。社会という概念は孤立しているというそういった認識からわれわれを守るためのクッションみたいなものだ。

――では、エキゾティックな設定はたいして重要なものでないのですか?

ボウルズ　登場人物たちをそういう設定のところに持っていくと、それがしばしば触媒というか雷管のような働きをする。それがないと動きがはじまらない。だから、そういった設定が重要なものではないとは言えないだろうな。あなたが言う「エキゾティックな」土地との接触がなかったら、そもそも書くということも始めていなかったろう。

――『シェルタリング・スカイ』のキットはあなたの奥さんのジェーン・ボウルズとどのくらい似ていますか?

ボウルズ　構想ができたのは一九四七年のニューヨークだ、そして八十パーセント書いてから、ジェーンは一九四八年に北アフリカに足を踏みいれた。だから、経験したこととの関連はありえない。話はまったく想像の産物だよ。キットはジェーンではない。もっとも、ああいう旅にキットがどう反応するかの判断にはジェーンの性格をいくらか拝借したがね。ポートも、たしかに、わたし自身をフィクショナルに延長したもののように考えはした。でも、ポートはもちろんポール・ボウルズではないよ、キットがジェーンでないように。

――ジェーン・ボウルズと考えられるような登場人物を、ないしは彼女をはっきりとモデルにした人物を書いたことはありましたか?

ボウルズ　ない、まったくない。

――でも、おふたりともおたがいに作品に影響を与え合っていたとは言えますよね?

ボウルズ　もちろん! 書いたものはすべておたがいに見せ合っていた。彼女の意見を聞かずに原稿を編集者に送ろうなどと思ったことは一度もない。ふたりとも、出会うまで、文学にかんして打ち解けて話し合える友人はひとりもいなかったんだ。彼女の『ふたりの真面目な女性』を、ぼくは彼女と何度も何度も検討した、細部のひとつひとつがわれわれふたりにとって納得のいくものになるまで。ただし、彼女が書かなかったことをわたしが書くようなことはなかったよ。文章とレトリックをひたすら分析しただけだ。ひとつの小説ができあがっていく現場にそんなふうに立ち合ったことでわたしはすっかり奮い立ち、自分もフィクションを書きたいと思うようになった。一九四二年のことだ。

——それ以前はそんなに強い興味はなかったんですか？

ボウルズ いや、書いたことはあったよ、もちろん。でも、フィクションで取って置いたのは短編ひとつだけだ。子どもの頃はずっと書いていた、つまり四歳からずっと。四歳のときでも自分で話を作りあげて紙に活字体で書いていくのにはじつに特別な喜びがあった。書くのはいつも動物についてばかりさ、庭のニワトリとか。記憶をさかのぼっても字が読めなかった頃のことは思い出せない。覚えているのは、「clock」という言葉が発音できなくて祖父にからかわれていたこと。「クロック」と言うべきところを「トゥロット」と言っていた。でも、言葉は知っているんだと証明したくて意地で書いてみせた。間違えているんだが、「c-l-o-c-tay」と。

——かなり幼い時から字が読めたんですね。

ボウルズ 三歳だったと思う。アルファベットの文字が彫ってある積み木で学んだ。おもちゃは与えてもらえなかった。「建設的なもの」ばかりあてがわれた——画用紙とか鉛筆とかノートとか地図とか本とか。おまけに、いつもひとりぼっちで、ほかの子どもたちといっしょだったことがない。

——ぜひともジェーン・ボウルズについて話していただきたいのですが。

ボウルズ それはまたなんともざっくりとした要求じゃないか！ 彼女の書いたもののなかに現れていないことでどんなことを話せというの？

――彼女には普通ではない想像力がはっきりとありました。いつも明晰でしたが、いついかなる時でもあっちへ行ってしまえるようなひとだという印象がありました。たとえば『ふたりの真面目な女性』のほとんどどのページにも狂気のかんじがたちこめていますが、とても自然に流れてはいるんですが。

ボウルズ 自然に流れているとは思う。でも、わたしは狂気のかんじはぜんぜんうけない。思考が思いもかけない方向へ進んでいくとか、登場人物たちの行動が予見できないこととかはある、しかし「狂気」を思わせるものはない。『ふたりの真面目な女性』はわたしは大好きだ。話の運びはしばしば夢の展開に似ているし、背景も、細部がリアルで、夢見のかんじをいっそう強めている。

――そういった夢見るような特質は彼女の性格を反映したものですか？

ボウルズ ジェーンのことを「夢見がち」の人間だと思った者はいままでいなかったと思う。すこぶる活発で、てきぱきとしていたからね。ただ、いきなりいなくなってしまうようなところはあって、一千マイルも遠くへ彼女が行ってしまったような印象をみんなうけたものだよ。こっちが強く呼びかけると、おどろいたような顔で戻ってきた。どうした、と尋ねると、「わかんない。どこか別なところに行っていた」と答えるだけで。

――彼女の本を読んでいてそこにジェーン・ボウルズの姿を認めることはありますか？

ボウルズ ない。わたしが知っているジェーン・ボウルズはいない。彼女の作品には彼女の外側の人生を報告するものはなかったから。『ふたりの真面目な女性』はまるで自伝的なものではないよ。同じことは彼女の小説全部に言える。

――ぜんぜん多産な作家ではなかったですよね？

ボウルズ ぜんぜん。多産からはまったく程遠かった。すごくゆっくり書いていた。血を流すようにして書いていた。なにごともフィクションに変形させなければ受け入れることができないというところがあった。

一ページ書くのに一週間かかっていることもあったよ。こんなに極端なまでに書くのが遅いのは、わたしから見ると、すごい時間の無駄遣いに思えたが、そんなことを一言でも言ったりすると、彼女は何日も、いや何週間もぴたっと書かなくなってしまう。よく言われた、「わかってる、あんたには簡単なんでしょうけどね、あたしには地獄なの。わかるでしょ。あたしはあんたじゃないのよ。あたしがあんただったらいいなとあんたが思っているのはわかる、でも、そうじゃない。だから、口出ししないで」

——彼女の作品では女性の登場人物同士の関係が魅力的です。心理劇のように読めて、デューナ・バーンズを思いださせます。

ボウルズ　しかし、じつは彼女はデューナ・バーンズは読もうとはしなかった。『夜の森』も読んでない。アメリカの女性の作家にはすごい敵意をもっていて、本を見ることさえ嫌がっていた。(9)

——どうしてですか?

ボウルズ　『ふたりの真面目な女性』の書評が一九四三年に出たとき、いくつか好意的でない評にみられた理解力のなさにジェーンはすっかり落ちこんだ。熱狂的に賞めてくれている評にはぜんぜん目もくれないでね。ともかく、それ以来、会ったことがあるほかの女性の作家たちのことをすごく意識するようになった、どう見ても高評価を受けるに値しない作品に絶賛の評をもらっている作家たちのことをね、ジーン・スタフォードとかメアリー・マッカーシーとかカーソン・マッカラーズとかアナイス・ニンとか。ほかにもいたな、思い出せないけど。彼女たちには会おうともしなかったし、本も見ようとしなかった。

——彼女の全集に寄せた序文でトルーマン・カポーティは、『ふたりの真面目な女性』がすごく若いときに書かれたものであることをとくに強調していました。

ボウルズ　その通りだよ。書き始めたのは二十一歳のときだった。わたしたちが結婚したのは彼女の二十一歳の誕生日の前日さ。

──その日にしたのにはなにかシンボリックな意味があったんですか?

ボウルズ　ないよ、「シンボリックな」ことはなにもない。彼女の母親が再婚したがっていたんだが、娘のジェーンのほうが先に結婚するべきという考えが彼女の頭にあって、それでジェーンの誕生日の前日にすることにした。

──職業的に張り合うということはなかったですか、あなたと奥さんとで?

ボウルズ　ない、どんなかたちでも張り合うようなことはなかった。われわれにはふたりとも書くことを職業としているという意識はなかった。わたしの職業といったら、唯一、作曲家というものだけだが、それはアメリカを出たときに捨てたからね。ふたたび職業に就くというのはむずかしい。仕事というのはこれまた別なものだよ、職業というのは生き物で、やめたらそれでおしまいだ。

──ジェーン・ボウルズと共作したことはありますか?

ボウルズ　歌をいくつかね。詞と音楽で。それ以外の共作は考えられなかったろう。小説の共作というのはあまり聞かないし、せいぜいパーティでの余興みたいなものだろ、たとえば『カレッツァ』みたいな、ジョルジュ・サンドと、だれだっけ──アルフレッド・ド・ミュッセだったっけ?

──彼女は芸術家としての自分をどんなふうに思っていましたか──自分の作品についてとか?

ボウルズ　気に入っていた。おおいに楽しんでいた。よく朗読してくれたよ、恥ずかしそうに笑いながら。でも、わかりやすくなるように言葉を書き変えるようなことはぜったいしなかった。自分が表現したいように表現するということについてはものすごく頑固だった。ときどきどうにもわかりづらいところが出て

(9)　バーンズはアメリカの女性作家で、一九二〇年代、三〇年代はパリでボヘミアン的生活をおくった。T・S・エリオットの序文付きで刊行された『夜の森』はレズビアンをとりあげた作品。

きて、わたしが、もっとシンプルなものに変えたら、と勧めたことはある。だけど、彼女の返事は「だめ。そんなふうにはできない」というものさ。登場人物はこういうふうに言うだろうと決めたら最後、一インチも変えようとはしなかった。

——彼女の場合、書く目的とはなんだったでしょう？

ボウルズ　う一ん、人間の隠されたモチベーションをいつも突きとめようとしていた。興味をもっていたのは人間だ、書くことではなくて。なにかしら固有のスタイルを作ろうと意識していたとはぜんぜん思わない。興味をもっていたのは自分が書いている対象だった。神経症的な人間の頭のなかに複雑に並んだモチベーションの数々ね。それに彼女は魅了されていた。

——彼女は「神経症的」でしたか？

ボウルズ　まあ、かもね。神経症に興味をもてば、だれでもいくらかはそれに共鳴することになるんじゃないか。

——彼女には自滅的なところはありましたか？

ボウルズ　本人はそんなふうに思っていなかったと思う、まったく。ただ、自分の体力を過信していたと思う。しょっちゅう言っていた、「あたしは雄牛のように強いんだ」とか「あたしは鉄でできているんだ」とか、そんなようなことを。

——おふたりがいかに独立した生き方をしてきたかを考えると、その結婚生活は「普通」とはとても言えません。「普通」でなかったのは計画した上でのことだったのですか、それとも結果的にそうなったということですか？

ボウルズ　ふたりともそんなふうに考えたことはないね。すべてぶっつけ本番でやってきた。それぞれ好きなことをしてきた——出かけていっては帰ってきた——もっとも、わたしは彼女を早めに帰らせようとしてはいたけどね。彼女はわたしよりもはるかに出かけるのが好きだったよ、でも、わたしは止めはしなかった。行きたいパーティに行く権利が彼女には完全にあった。ときどき彼女が飲み過ぎたときなどは口論したことはあるけど、でも、膝つき合わせて普通の、ないしは普通でない結婚生活とはどういうものなのか話し合おうなんて考えたことはない。

——彼女のこんな発言があります、「初日からモロッコは現実のものというより夢のようなかんじだった。わたしの知っているものから切り離されたという気分だった。二十年ここに住んでいるが、短編小説をふたつ書いたきりで、ほかにはなにもしていない。ポールにとってはいいところだが、わたしにとってはそうじゃない」。これは彼女の気持ちを正確に言い表したものだと思いますか?

ボウルズ 人間の気持ちを一枚岩のように考えてきみはしゃべっている、歳月とともに気持ちが動いたり変化したりすることはないかのようにね。ジェーンが生涯の最後の頃にそんなようなことをよく口にしていたのは知っているよ。ベッドに寝たきりになって、友だちと疎遠になったのを悔しがっていた。友だちのほとんどはニューヨークに住んでいたからね。しかし、初めの十年はわたしに負けず劣らずモロッコをおおいに気に入っていた。

——彼女と暮らしていたのはこの部屋ですか?

ボウルズ ちがう。彼女に最初の脳卒中の発作があったのは一九五七年で、わたしはケニヤにいた。およそ二ヶ月後にモロッコに戻ったとき、カサブランカでそのことを聞いた。ここに来た時には彼女はかなり元気になっていたよ。このアパートにわれわれは別々に二部屋借りた。それからだ、彼女の具合がひどくなって、病院から病院へと忙しく移動するようになったのは、ロンドンへ行ったりニューヨークへ行ったり。一九六〇年代の初めの頃はわりあい良くなったんだが、そのうち神経衰弱で苦しむようになってきた。最後の七年間はほとんどあちこちの病院にいた。でも、十六年間は寝たきりだったから。

――長いですね、それだけの期間、寝たきりというのは。

ボウルズ うん。ひどかった。

――でも、そうなる前はおふたりの暮らしはあなたの望み通りのものだったんでしょ？

ボウルズ そうだね。楽しんでいた。いつもせっせと助け合っていた。友だちもたくさんいたし。たくさん、たくさんいたよ。

――タンジールでの暮らしはいかがですか、いまは？

ボウルズ うん、ここが家だ。すっかり居着いたよ。いま現在の状態にだいたい満足している。ひとともそこそこ会っているし。ずっとアメリカに暮らしていたら、おそらくもっとたくさん、定期的に会う親しい友だちもいたんだろうとは思う。でも、あっちにはもう何年も住んでいなかったから、知っていた人間も大半もういなくなった。いまさら戻って新しい知り合いを作ることなんてできない。

――入り口のところに積んであるトランクには、あなたが世界をあちこち回っていた日々を証拠づけるものがたくさんくっついています。旅したいとは思いませんか？

ボウルズ あんまり。驚くべきことだが、もういいってかんじだ。タンジールがわたしにはほかのどこよりもいいところなんだと思うね。もしも旅というのが船に乗るということであるなら、いまなお動き回っていたかもしれない。空を飛ぶのはわたしとっては旅ではないから。ある地点からある地点へできるだけ速く着くということにすぎない。旅に出るときは荷物をどっさり持っていくのが好きなんだ。何ヶ月、何年、出かけることになるか、最終的にどこへ行くことになるか、わからないのが旅だよ。しかし、空を飛ぶのはテレビのようなものだ。与えられたものを受けとるしかない。ほかにすることもなく。そういうのは無理だ、わたしには。

――タンジールは昔のような景気のいい国際都市ではぜんぜんないですね？

ボウルズ　ぜんぜん、まったく。いまはすこぶる退屈な都市だ。

――それでも一九六〇年代はまだいろいろあったんじゃないですか、ギンズバーグとかバロウズとか、あのてのグループが来たりして。かれらとはどのくらいの付き合いだったんですか？

ボウルズ　よく知っていた、しかし、かれらの作品に関わったことはない。たしか、ビル・バロウズは一九五二年にやって来て旧市街に住んだ。わたしが会ったのは一九五四年になってからのことだがね。アレン・ギンズバーグが来たのは一九五七年で、いまにも消滅しそうだったバロウズの『裸のランチ』の原稿の管理と修復をはじめた。あの原稿はホテル・ムリニヤのビルの部屋の床にばらばらに散らばっていたんだよ。何ヶ月も放ったらかしにされて、ホコリや足跡やネズミの糞にまみれて。修復のためのこの遠征の金を出したのはアラン・アンセンで、かれらによって本は救出された。

――グレゴリー・コーソもそのときいました？

ボウルズ　いいや。かれが来たのはギンズバーグが引きあげた一九六一年だ。

――その頃のタンジールはどんなふうでしたか？

ボウルズ　一九六〇年代に入った頃にはかなり静かになっていた、まあ、いまよりはまだはるかに活気があったがね。まず、みんなが金をたくさん持っていた。いまじゃ楽しそうにやっているのはジェット機で飛んでくるヨーロッパの金持ち連中ぐらいで、そのほかはみんな貧乏だ。概していまのモロッコ人は昔よりはすこし生活水準はあがってはいる、ヨーロッパの規準で言えば。つまり、テレビも車も持っているし、家のなかの水回りもある程度はしっかりしている。しかし、みんなが口を揃えて言うのは、三十年前のようにはちゃんと食えていないということだ。まあ、どこもみんなそうだが。

――モロッコ人の生活は東洋と西洋のふたつの文化に奇妙に引き裂かれています――旧市街と新市街、ジャラバ[10]とブルージーンズ、ロバの引く荷車とメルセデスといった風に――だから、精神分裂の状態になるんじゃないかという印象があります。モロッコ人の精神はいったいどうなっているんでしょう。

ボウルズ　モロッコ人の精神というものがあるためにはまず国民意識がなくちゃいけないが、わたしの考えでは、それはまだないと思う。みんな、自分のことを小さな地域の一員として考える傾向がだんぜんあるからね、おれはスースの人間だ、おれはリフの人間だ、おれはフィラリの人間だ、とか。さらには、ヨーロッパで勉強してきたからというので勝手にヨーロッパ人だと思っている迷える魂もいるし。でも、大多数のモロッコ人の頭にあるのはいっしょにお金を稼いで明日の飯にありつこうということだよ。

——ここにずっといらっしゃって、文化的なよそ者感、ないしは優越感をかんじたことはありませんか？

ボウルズ　そういうのってあんまり生産的じゃないんじゃないか？　もちろん離れている、というか、ここのひとたちからすこし離れたところにいるという感じはある。でも、どっちみちそういうことは想定内だから、大変ではない。大変なのはアメリカだ、あそこには離れている状態を保つ慣習がないから。「モロッコ人になる」ように頑張っても、外国人はまずうまくいかない、そうしている姿が滑稽に見えるのがせいぜいだよ。おそらく、モロッコ人のなかに入り込めないということ自体が、この国をよそ者にとって魅力あるものにしているんじゃないのか。

——でも、モロッコで生活する外国人は特別な心理状態に置かれてはいませんか？　ここにいる外国人はしばしば自動的に餌食のように見なされているように思えるのですが。

ボウルズ　うん、餌食だよ。モロッコ人はそういう言葉は使わないだろうけど。「使える対象」と言うだろう。かれらは、イスラム教徒として、自分たちは世界を支配しているグループであり、ほかの宗教のグループは自分たちが操作する対象としてのみ存在するよう神から認められている、と信じているから。それがこの平均的な人間の態度だと思う。わざわざ口に出して言う者はいないが、それは暗黙のうちに了解済みで、わたしなんかが反対できることではない。そういうふうなことになっている以上、それを信じている人間の性格についてあれこれ考えこんだってしかたない。個人的な信条としてそれに同意できるかどうかというような問題ではもはやないよ。

――そういうことだと、モロッコ人と非イスラム教徒との関係のもちかたは制限されてくるんじゃありません?

ボウルズ 関係のもちかたに決定的な影響は与えてくるだろう、もちろん。しかし、制限されるということはないと思う、必ずしも。

――西洋的なスタイルの関係がもてたとかんじたモロッコ人にはこれまで会っていませんか、深く、平等に付き合えたという意味で?

ボウルズ ない、ない。そもそもそれは変な考え方だよ。でっかい岩石が翼をひろげて飛び立つのを期待するような。

――そのような認識に至るまでけっこう苛々させられることが多かったでしょうね。

ボウルズ いや。だって、ここに着くとすぐ、自分にこう言っていたから。ああ、人間は昔はこんなふうだったんだ、おれの祖先たちは数千年前はこうだったんだ。自然人。原人。かれらの様子をよく見てみることにしよう、とね。わたしにはすべてがすっかり自然に思えた。われわれと同じようには進化してこなかったということであって、かれらの「精神」に、まあ、そう言いたければだが、すっぽり抜けているものがいろいろあるのがわかっても驚かなかった。

――モロッコは同性愛の文化であると言えるでしょうか?

ボウルズ もちろんちがう。そんな文化はここには存在しないと思う。大きな町にそれが現れてきていると

(10) フード付きで足首まで丈のある服。

したら、昨今の都市生活のフラストレーションのせいだ。わたしはそう理解したい、それが世界的な様相だから。未分化の状態にはある、と言いたければ言ってもいいが、同性を好んでいるということはない。むしろ逆だ。

――性的に「未分化な」社会に暮らすというのにはいろいろ利点があると思いますが。

ボウルズ　あるだろうね、そうでなければ、そんなような状態にはしてこなかっただろう。フランス人の大農園所有者たちはそれを享楽の豊かな源にしていた。

――でも、それって逆説的ですよね、イスラムにはいろいろきびしい制限があるわけですから。

ボウルズ　しかし、宗教というのはつねに人間の行動を制限するために全力を注ぐものさ。宗教のドグマと個人の行動の不一致はほかのどこでもよく見られることで、ここがとくに顕著というわけではない。

――モロッコの呪術についてはどんなことをご存知ですか？

ボウルズ　「呪術」とはおおげさな言葉だよ。そういう言い方をすると、不気味なかんじがする、古代的な行動へ逆戻りするような。ここではそれは日常生活の一面として受けいれられている、われわれの体のなかのバクテリアの存在がそうであるようにさ。だから、かれらのそれにたいする態度は、われわれが感染にたいしてもっている態度と同じだ。ひっかかる可能性はいつもあるから、用心しなければいけないということだ。でも、モロッコでは、いわば攻撃的な魔術だけが「呪術」と見なされている。防御的な魔術は、これはいわば同じゲームでネットの反対側から打ち返してくるものだが、聖なるもので、コーランの庇護のもとで実践されれば、効き目があるということになっている。ファキーフ[11]が魔術師の力を発揮して魔術師がかけた呪いを無化してくれればいいんだよ。といっても、ファキーフが暗に呪いの存在を信じているということでは必ずしもない。かれは、訪ねてきた人間を癒やすだけだ。告白を聞く司祭のように、精神分析医のように、父親のように、振るまうだけだ。たしかに、なかにはいかさま師もいて金をふんだくろ

う と待ち構えている。でも、みんな、いかさま師にはすぐに気がつく。

——アイシャ・カンディシャの伝説をよく耳にします。彼女は何者ですか？

ボウルズ 彼女が何者か、わたしが知っているかどうかということ？ タニト[12]の名残といったところかな。わかるだろうが、新しい信仰が権力をもつと、それ以前の信仰の対象だった神々は悪の権化ということになる。イスラムがやってきたとき、彼女はまだここで力をある程度持っていたので、なんとか対処しなければならなかったわけさ。そこで、彼女は美しいが恐ろしい霊で、流れる水のなかにしょっちゅう現れては男たちを捕まえて溺れさせているということになった。奇妙なのは、彼女とそっくりなのがメキシコにもいてね、ラ・ジョローナといい、彼女もまた川辺の植物が繁茂するところに住み、夜になるとさまよいでてきて男たちに声をかける。これまたすごい美女で、ふさふさとした長い髪の持ち主だ。ちがうところは、メキシコではむせび泣いているということ。そこのところにインディオの味が加わっている。モロッコでは男の名を呼ぶ、たいていは男の母親の声でね。で、振り向いて彼女の顔を見たらアウトで、男はそれっきりでおしまいだ。そうならないようにするにはどうするか。そうならないようにする手はたくさんあって、ぜんぶ、コーランから手法が用意されている。鋼の刃のついたナイフとか、あるいは磁石も、機敏につかえたら、命を救ってくれる。モロッコ人がみんなアイシャ・カンディシャを純粋に破壊的な霊と思っているわけではない。いまでも生け贄を彼女に捧げていたりもしている、いろんな聖者に捧げているようにね。ハマッチャという宗派は彼女の聖なる洞窟にニワトリを置いているよ。しかし、一般には恐怖の対象だ。

(11) イスラムの戒律を熟知している法学者。
(12) カルタゴの多産の神、地母神。

——モロッコ人にはたいへんに暴力的な歴史がありました。いまでもかれらの性格のなかには好戦的なところが、底流に暴力がつねにあるように思えます。それはほんとうだと思いますか？

ボウルズ　わたしの見るかぎり、世界中どこの人間も暴力的な傾向を限りなく持っているよ。モロッコ人はすごく感情的なひとたちだ。だから、かれらが団結して行動を起こすと、凄まじいことになる。ここではずっと部族間の暴力が絶えなかった、都市住民の昔ながらの素朴な怒りも。一九五六年まで国は公式にふたつの区域に分けられていたんだよ、ブラド・エルマクセンとブラド・エスシバと。言い換えると、政府の管轄下にある地域とそのような管轄が根付かない地域とね。後者は、つまり、アナーキー状態になっていた。そういうことになっていれば、当然、暴力は日常的なものだ。フランス人はブラド・エスシバを「非安全地帯《ラ・ゾン・ダンセキュリテ》」と呼んでいた。アメリカ人はそこに行ってもモロッコのほかのどこにいるのとおなじように安全だったが、フランス人の頭にあったのはアメリカ人の安全ではなかったから。

——また、ここでは時間の概念がまったくちがうように思えますが、どうでしょう？

ボウルズ　うん、そうだね。でも、それは生活のしかたがとてもちがうということでもある。アメリカやヨーロッパでは一日は一時間毎に区切られていて、アポをとって動いている。ここでは一日は数量化されていない。ただ流れていくだけだ。ひとに会うのも、基本的には偶然にだ。時間は「だいたい」であり、すべてが「たぶん」だ。だから、まっとうに受けとめると、混乱することになる。でも、そうしないのなら、くつろげるよ。だって急ぐ必要がないんだから。なんにでも時間はたっぷりある。

——ムハンマド・ムラーベトとのつながりはどんなふうにして始まったのですか？

ボウルズ　マグレブ・アラビア語からの翻訳をわたしは二十五年前に始めた、アフマド・ヤアクービーがしてくれた話を記録したときにね。それからまもなくテープレコーダーがモロッコに入ってきて、さらに翻訳をつづけた、ただし今度はテープから。ラルビー・ライヤーシーの小説『穴だらけの人生』や、アブドウッサラーム・ブライシュ[13]のいくつかをやった。ムラーベトに会ったとき、そこには素材がどっさりあるのがわかった、そして、幸運にもかれはそれをこっちが使うのを嫌がらなかった。それどころか、それから十三年、いまに至るまでずっとマイクロフォンに向かっていろんな話をしてくれている、すべてアラビア語で。ただ、ムラーベトで問題なのはテープにすべてを入れるということで、おかげで素晴らしい話をいくつか録りそこねた、話をしてくれたとき手元にテープレコーダーがたまたまなかったりして。

――ムラーベトはここに定着している口承の伝統を引き継いでいるんですね？

ボウルズ それはひどく意識している。かれは小さい子どもの頃から年寄りといっしょにいるのが好きだった、いろんな話をしてくれるのでね。かれにはかれの土地の口承の伝統が染みついている。かれがする話では、無意識のうちに記憶していることと純然たる創作の境目を見つけるのがむずかしい。

――かれはどうしてもっとモロッコでポピュラーじゃないんでしょう？

ボウルズ ポピュラーであるとかポピュラーじゃないとかという問題じゃないよ。かれはモロッコでは事実上まるで無名さ。かれの本はぜんぶ英語だから。フランス語やイタリア語やポルトガル語のもすこしはあるけど。わずかに関心を集めてはいるが、それは批判的なものだ。新聞にいくつかかれについて不快な記事が載ったこともある、でも、あれはたぶん翻訳したのがわたしだったからだろう。しかし、いまのところかれと出版社との橋渡しができるのはわたしだけだから、続けていくよ、地元の批評家の評価がパッとしないものであってもね。かれらは、外国人はモロッコ人を芸をするオットセイのようにしかあつかっていない、と考えているんだ。ダリジャ[14]から直接翻訳した本に、新植民地主義を嗅ぎとる。当初は、ムラー

（13） ムラーベト、ヤアクービー、ライヤーシー、ブライシュ等の話をボウルズが翻訳したものが『モロッコ幻想物語』。
（14） モロッコ訛りのアラビア語。

ベトなる人物は存在しない、わたしの創作だ、と書かれたよ。文学的な腹話術をやっている、と非難された。ある漁師を見つけて、かれの写真を撮り、かれの名前をつかって発表したんでね、そのほうが話に信憑性が出るだろうと思って。しかし、かれらをなにより怒らせたのは、テクストがテープに録音されたものだったということじゃない、文学ではだれも使わないというのが共通認識になっているはずの言語で録音されていたことだ。文学には古典アラビア語かフランス語を使わなくてはいけないことになっているんでね。ダリジャ、つまりマグレブ語は会話でしか使わない。それから主題にも異議を唱えてきた。かれらにとっては、現代の文学は程度の差こそあれ政治的でなければならないんだ。文学をそんなふうにしか、経済や政府についての考えを披露するための手段としてしか考えていない。ほとんどのモロッコの知識人は筋金入りのマルクス主義者さ。ほかの第三世界の国々のとおなじパターンだ。ムラーベトのような奇才がいるということをなぜかれらが毛嫌いするのかはよくわかる。かれの本みたいのは、たとえ独立国家になっていなくても、植民地体制下でも簡単に書くことができたろうから、そんな本を出すこと自体、地元の批評家たちにとっては知的な背信行為にも匹敵するわけだ。

――いまなおカフェでうまい話し手がいると録音しているんですか?

ボウルズ　いまはもうぜんぜんいない。すべてすっかり変わってしまった。一九六〇年代と一九七〇年代の間には大きなちがいがある。たとえば、六〇年代には、みんながカフェにすわってセブシ[15]［パイプ］を吸いながらいろんな話をし、ときどきウードやギンブリをつまびいたりしていた。いまはほとんどどこのカフェにもテレビがある。席の並びもすっかりちがって、だれも話なんかしない。テレビがついているんで話ができないんだ。だれも話を考えだそうともしない。チカチカ光るイメージに目が奪われてしまったら、脳にはもう余裕がないいんだよ。たいへんな文化的な損失だ。お話の口承の伝統とカフェにあったさまざまな音楽がダメになった。

――ここの音楽には聴く者に催眠術をかけるような効果があると言われていますが、ほんとうですか？

ボウルズ　そういう作用もあるが、それだけじゃない。なにかの宗教団体に入ってまもない人間には、音楽は催眠的な状態を引き起こせる。未開の文化においては、音楽はいつもそのために使われているよ。しかし、似たようなものは世界中のあちこちにあって、われわれに身近なところにもある。ストロボの光とかアシッドロックとか、いろいろ。どれもぜんぶ意識を変えるのを狙っているんだと思う。

――モロッコの音楽と関わってらっしゃるのは音楽の世界との結びつきをなくしたくないからですか？

ボウルズ　そんなことはないだろう。初めてここに来た時からずっと自然に関心があっただけだ。

――将来のプランはどんなふうですか、書くことに関してですが？

ボウルズ　将来のことはあまり考えない。将来の本なんてぜんぜんプランはないよ。いま書いている本に気持ちはぜんぶとられている。モロッコについてのいろんな話を集めたものだがね。もしもなにかアイデアが湧いて、それが小説のかたちを求めるようなものだったら、小説を書くだろう。そういうことになれば、そういうことになる。わたしは野心がないからね。野心があったら、ニューヨークにずっといただろう。

第八一号　一九八一年

(15)　ともに弦楽器。

レイモンド・カーヴァー

Raymond Carver

「ひとつの小説につき二十から三十もの原稿をつくります。十や十二を下回ることはありません」

レイモンド・カーヴァーが住んでいるのは大きな二階建てのこけら葺きの屋根の家で、ニューヨーク州シラキューズの静かな通りに面している。家の前の芝生がスロープになって歩道へとつながっている。メルセデスの新車が一台、車寄せにとまっている。もう一台の家族用の車は古いフォルクスワーゲンで、通りに置いてある。

家への入り口は網戸にかこまれた大きく張り出した玄関である。なかにはいると、家具などはほとんど特徴がない。すべてが規格品のようだ——クリーム色のカウチ、ガラスのコーヒーテーブル。レイモンド・カーヴァーがいっしょに暮らしている作家のテス・ギャラガーがクジャクの羽のコレクションをしていて、家のあちこちに置いた壺にさしている——それがいちばん目立つ装飾的配慮といったところである。わたしたちの読みは図に当たった。カーヴァーが話してくれたのだが、家具はぜんぶ一日で購入して配達してもらったということだ。

ギャラガーが絵の具で描いた引っかけ式の木製の「面会謝絶」の看板があり、黄色とオレンジのまつげが文字を囲んでいる。それが網戸にかかっていた。電話はときどきプラグが抜かれ、この看板は何日もぶっつづけでかけっぱなしになる。

カーヴァーは二階の大きな部屋で仕事をする。長っ細いカシ材の机のうえはさっぱりしている。タイプライターが脇に、L字型の袖になったところに置いてある。細々とした置物やお守りのたぐい、おもちゃのようなものはカーヴァーの机のうえにはない。かれはコレクターでもなければ、思い出の品やノスタルジーに傾きがちな人間ではないのだ。ときおりマニラ・フォルダーがカシ材の机にあらわれるが、それには手を入れている途中の短編がはさまっている。ファイルはきちんと整頓されている。ひとつの短編の最終稿とそこに至るまでのいくつものヴァージョンが瞬時に引っ張りだせる。書斎の壁は、家ぜんたいがそうであるように、白塗りで、家ぜんたいがそうであるように、ほとんど裸だ。カーヴァーの机の上方には高く伸びた長方形の窓があるが、光が部屋に斜めに射しこんでくるさまは、高く伸びた教会の窓からの光のようである。

カーヴァーは長身で、身なりはシンプル——フランネルのシャツにチノパンかジーンズだ。その生活ぶりと身なりは、小説の登場人物たちの生活ぶりと身なりのようである。大柄なわりには、とんでもなく小さな不明瞭な声で話す。わたしたちはしょっちゅう体を乗りだしてかれの話を聞く羽目になり、カーヴァーにはうるさかったろうが、「なんですって？　なんですって？」と訊くことにもなった。

インタヴューの一部は手紙でやりとりした、一九八一年から一九八二年にかけて。わたしたちがカーヴァーに会ったときは「面会謝絶」の看板は出ていなくて、インタヴューをしていると、シラキューズ大学の学生が何人かふらりと訪ねてきた。そのなかにはカーヴァーの息子もいて、かれは四年生なのだった。ランチには、わたしたちのためにカーヴァーがワシントン州の沖合で釣った鮭でサンドウィッチをつくってくれた。かれもギャラガーもワシントン州の出身で、インタヴューをしていた頃はちょうどポートエンジェルズに家を建てているところで、毎年そこでときどき暮らそうという計画なのだった。そっちの家のほうがホームというかんじなのですか、とわたしたちは訊いた。かれは答えた、「いいえ、自分のいるところならどこもい

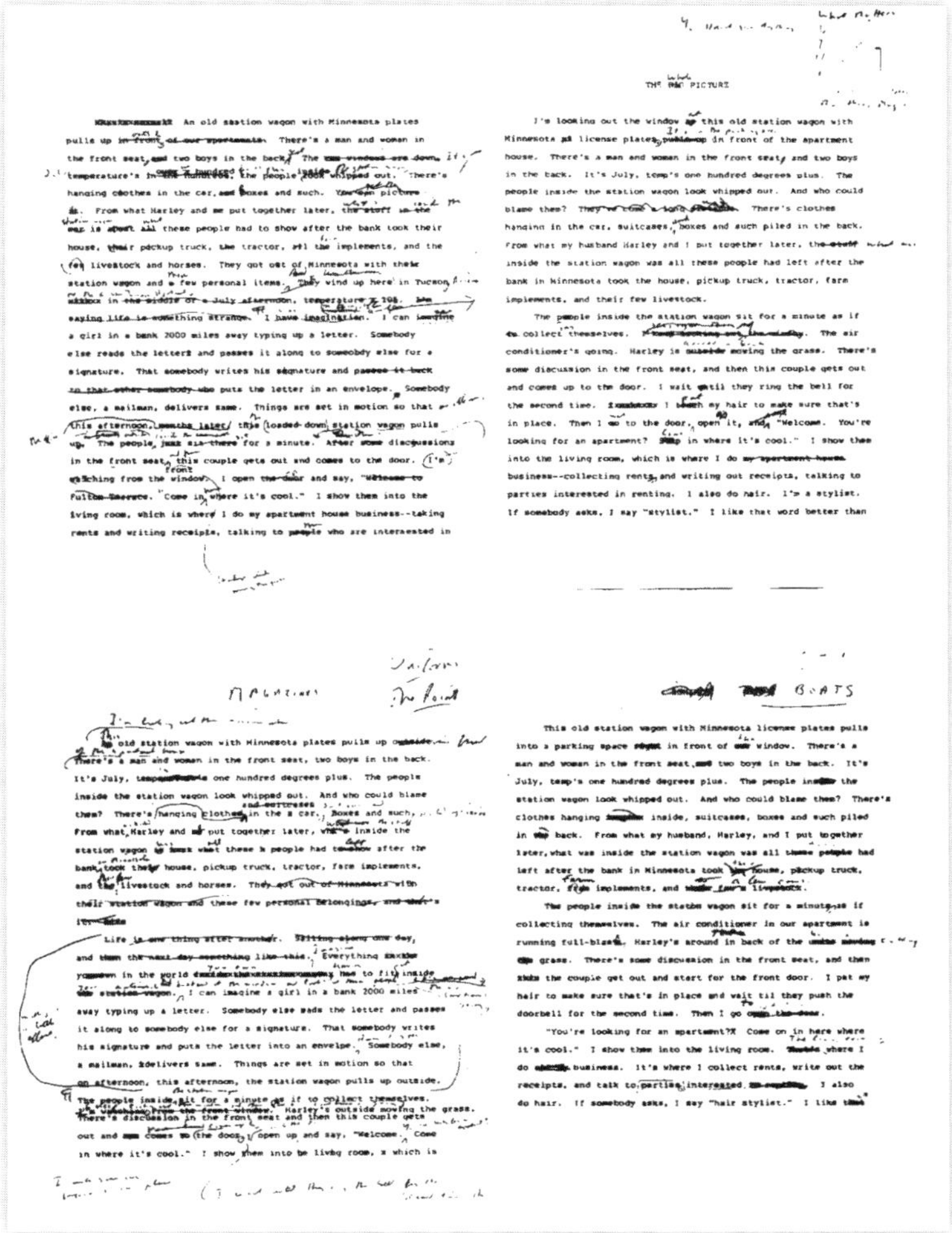

An old station wagon with Minnesota plates pulls up in front of our apartments. There's a man and woman in the front seat, and two boys in the back. The windows are down. temperature's in the hundreds. The people look whipped out. There's hanging clothes in the car, and boxes and such. You can picture it. From what Harley and me put together later, the stuff in the car is about all these people had to show after the bank took their house, their pickup truck, the tractor, all the implements, and the few livestock and horses. They got out of Minnesota with their station wagon and a few personal items. They wind up here in Tucson in the middle of a July afternoon, temperature 105. saying life is something strange. I have imagination. I can imagine a girl in a bank 2000 miles away typing up a letter. Somebody else reads the letter and passes it along to somebody else for a signature. That somebody writes his signature and passes it back to that other somebody who puts the letter in an envelope. Somebody else, a mailman, delivers same. Things are set in motion so that this afternoon, months later, this loaded-down station wagon pulls up. The people just sit there for a minute. After some discussions in the front seat, this couple gets out and comes to the door. I'm watching from the window. I open the door and say, "Welcome to Fulton Terrace. Come in where it's cool." I show them into the living room, which is where I do my apartment house business--taking rents and writing receipts, talking to people who are interested in

THE BIG PICTURE

I'm looking out the window at this old station wagon with Minnesota license plates pulling up in front of the apartment house. There's a man and woman in the front seat, and two boys in the back. It's July, temp's one hundred degrees plus. The people inside the station wagon look whipped out. And who could blame them? They've come a long distance. There's clothes hanging in the car, suitcases, boxes and such piled in the back. From what my husband Harley and I put together later, the stuff inside the station wagon was all these people had left after the bank in Minnesota took the house, pickup truck, tractor, farm implements, and their few livestock.

The people inside the station wagon sit for a minute as if to collect themselves. I keep looking out the window. The air conditioner's going. Harley is outside mowing the grass. There's some discussion in the front seat, and then this couple gets out and comes up to the door. I wait until they ring the bell for the second time. I touch my hair to make sure that's in place. Then I go to the door, open it, and "Welcome. You're looking for an apartment? Step in where it's cool." I show them into the living room, which is where I do my apartment house business--collecting rents and writing out receipts, talking to parties interested in renting. I also do hair. I'm a stylist. If somebody asks, I say "stylist." I like that word better than

An old station wagon with Minnesota plates pulls up outside. There's a man and woman in the front seat, two boys in the back. It's July, temperature one hundred degrees plus. The people inside the station wagon look whipped out. And who could blame them? There's hanging clothes in the a car, and suitcases Boxes and such. From what Harley and me put together later, what's inside the station wagon is about what these people had to show after the bank took their house, pickup truck, tractor, farm implements, and the livestock and horses. They got out of Minnesota with their station wagon and these few personal belongings, and that's it.

Life is one thing after another. Sailing along one day, and then the next day something like this. Everything you own in the world has to fit inside the station wagon. I can imagine a girl in a bank 2000 miles away typing up a letter. Somebody else reads the letter and passes it along to somebody else for a signature. That somebody writes his signature and puts the letter into an envelope. Somebody else, a mailman, delivers same. Things are set in motion so that on afternoon, this afternoon, the station wagon pulls up outside. The people inside sit for a minute as if to collect themselves. I'm watching from the front window. Harley's outside mowing the grass. There's discussion in the front seat and then this couple gets out and comes to the door. I open up and say, "Welcome. Come in where it's cool." I show them into the living room, which is

BOATS

This old station wagon with Minnesota license plates pulls into a parking space in front of our window. There's a man and woman in the front seat, and two boys in the back. It's July, temp's one hundred degrees plus. The people inside the station wagon look whipped out. And who could blame them? There's clothes hanging inside, suitcases, boxes and such piled in the back. From what my husband, Harley, and I put together later, what was inside the station wagon was all these people had left after the bank in Minnesota took the house, pickup truck, tractor, farm implements, and their few livestock.

The people inside the station wagon sit for a minute as if collecting themselves. The air conditioner in our apartment is running full-blast. Harley's around in back of the units mowing the grass. There's some discussion in the front seat, and then the couple get out and start for the front door. I pat my hair to make sure that's in place and wait til they push the doorbell for the second time. Then I go open the door.

"You're looking for an apartment? Come on in here where it's cool." I show them into the living room. That's where I do business. It's where I collect rents, write out the receipts, and talk to parties interested in renting. I also do hair. If somebody asks, I say "hair stylist." I like that

「轡《くつわ》」の冒頭の原稿

いです。ここもいいです」

――モナ・シンプソン、ルイス・バズビー　一九八三年

――小さい頃はどんなでした、なにがきっかけで書きたいと思うようになったんでしょう?

レイモンド・カーヴァー　育ったのはワシントン州東部の小さな町で、ヤキマというところです。父親はそこの製材所で働いてました。のこぎりの目立ての仕事をしていて、丸太を切るのにつかうのこぎりを管理する手伝いをしてました。母親は小売店の店員やウェイトレスをしたり、さもなきゃ家にいたり、どの仕事も長続きはしませんでした。母の「神経」がよく話題になってたのを覚えてます。母はキッチンの流しの下の戸棚に特製の「神経の薬」の瓶を置いていて、毎朝これをスプーン二杯飲んでました。父の神経の薬はウィスキーでした。ボトルをたいていはおなじ流しの下に、あるいは外の薪小屋《たきぎごや》に置いてました。一度こっそり味見したのを覚えてますが、まずくて、だれがこんなのを飲むんだと不思議に思ったものです。寝室がふたつだけの小さな家でした。子どもの頃はよく引っ越しましたが、どこへ行ってもいつも寝室がふたつの小さな家でした。覚えている一番初めの家はヤキマの博覧会などをするグラウンドのちかくで、トイレは屋外だった。一九四〇年代の後半です。わたしは八歳か十歳。父が仕事から帰ってくるのをバス停でよく待ってました。たいていは時計みたいに正確に帰ってくるんですが、二週間かそこいらに一回くらいはバスに乗ってないことがありました。そうなるとわたしはつぎのバスを待つんですが、乗ってないのはわかってるんです。そういうときは製材所の友だちと飲みに出かけたということですから。いまでも覚えてます、母とわたしと小さい弟と三人きりで夕食ということになると、テーブルには暗い絶望感のようなものがただよったものです。

――どういうきっかけで書きたいと思うようになったんですか?

カーヴァー　唯一説明になるものといえば、わたしが子どもの頃、父が自分のことや自分の父親のことや自分の祖父のことをたくさん話してくれたということでしょうか。父の祖父は南北戦争で戦ってました。それも両軍のために！　裏切り者だったんですよ。南部の負けがみえてくると、北部のほうに渡っていって、北軍のために戦った。父は大笑いしながらこの話をしてました。そのことを悪いともなんとも思ってなかった、だからわたしもたぶんなんとも思ってなかった。ともかく、父はよく話をしてくれました、逸話みたいなものばかりで、教訓もなにもない。森を放浪した話とか、列車にただ乗りして鉄道警察官に見つからないように警戒していたこととか。わたしは父と一緒にいるのが好きでしたから、父がそんな話をするのを喜んで聞いてました。たまには自分が読んでいる本の一節を読んでくれることもありました。ゼーン・グレイの西部物ですがね。それらがわたしが初めて見たハードカバーの本です、小学校の教科書や聖書以外ではね。そうしょっちゅうではありませんでしたが、ときどき父が夜にベッドでゼーン・グレイを読んでくれると、その姿をわたしはまじまじとながめたものです。家庭的な和やかさというものとは縁のない家にあってそれはとても家庭的なプライベートな行為に見えました。父にもこういうプライベートな面があるんだ、と思ってました、わたしにはよくわからないなにか、そういったときどきの読み聞かせを通してあらわれてくるなにかを大事にしているところがあるんだ、と。父のそういった面には惹かれたし、その行為そのものにも惹かれました。だから、いま読んでいる本をぼくにも読んで、とよくねだったものです、すると、ちょうど読んでいた箇所を喜んで読んでくれる。そしてしばらくすると、「ぼうず、もうなにかほかのことでもしに行け」と言う。ええ、やることはいっぱいあったんですよ、あの頃は。家からそう遠くない渓流によく釣りに行ったし、しばらく後になると、アヒルやガチョウやキジやウズラを狩りにも行ったし。当時夢中になっていたのはそういうものでした、狩りと釣り。わたしの感情にもっとも訴えてきていたのもそういうもので、書きたいと思ったのもそういうものについてでした。あの頃に読んでいたものも、ときどき読む歴史小説やミッキー・スピレーンのミステリーを除くと、「スポーツ・アフィールド」や「アウトドア・ライフ」や「フィールド&ストリーム」でしたから。[1]逃した魚や捕まえた魚についてあれやこれや長めのものを書いては、母に、タイプして、と頼んでましたね。母はタイプは打てなかったんですが、ありがたいですね、タイプライターをひとから借りてきて、ふたりして無手勝流でタイプを打ち、投稿しました。覚えてますが、アウトドア雑誌の発行人欄には住所がふたつ書いてあったんで、家に近いほうのコロラド州ボルダーに送ったんです、じつは販売部だったんですがね。原稿は結局もどってきましたけど、でもそれでもよかったんです。世界に出ていったわけですから、原稿が——お出かけしてきたわけですから。母以外のだれかが読んだんですから。というか、そういうふうに思おうとしてましたね。そのうち「ライターズ・ダイジェスト」である広告を見つけたんです。男のひとの写真があって、きっと成功している作家だったんでしょう、パーマー・インスティテュート・オブ・オーサーシップとかいう作家養成所を薦めていた。これだと思いましたね。月賦プランも書いてあって、頭金は二十ドル、月十ドルか十五ドルで、三年払いだったか三十年払いだったか。毎週課題が出て、きちんと添削されたものが返ってきました。数ヶ月はやりましたよ。そのうち、きっと飽きてきたんですね、さっぱりやらなくなった。親もお金を払うのをやめました。するとまもなくパーマー・インスティテュートから手紙が来て、全額払うならまだ修了証書を受けとることができる、と言ってきた。これは願ってもないことだと思えましてね、親をなんとか説得して残金を払ってもらいました、そしたらじきに証明書が届いたんで寝室の壁に飾りましたよ。でも、高校に行ってるときからずっと、卒業したら製材所で働くことになってたんです。長いこと、父がやってるような仕事をやりたいと思ってましたし。父が製材所の職長に、わたしが卒業したら雇ってほしい、と頼むことになってました。それで、製材所でおよそ六ヶ月働きました。でも、仕事は気に入らなくて、初日から、こんなことをして一生過ごしたくはない、と思いました。車のための金が貯まるまで働き、服も買うと、辞めて結婚しました。

――そして、理由がなんであれ、ともかく大学へお入りになった。奥さんがあなたに大学へ行ってもらいたがったんですか？　行きなさいと勧められたんですか？　奥さんも大学に行きたがってました？　それであなたも行きたいと思ったんですか？　その時点であなたはおいくつでした？　奥さんもすごく若かったですよね。(2)

カーヴァー　わたしは十八歳でした。彼女は十六歳で妊娠していて、ワシントン州ワラワラにある私立の聖公会の女学校を卒業したばかりでした。学校ではティーカップの正しい持ち方なども教わったようです。宗教の授業とか体育とかいろいろ、物理や文学や外国語も教わってました。ものすごくびっくりしたのはラテン語を知ってたことです。ラテン語ですよ！　彼女は結婚の最初の数年間はなんとか大学へ行こうとしてましたが、むずかしくてできなかった。大学へ行き、子育てをし、そしていつも一文無しでいるというわけにはいきませんから。一文無しなんです。彼女の家族はぜんぜんお金がなかったから。学校へ行くとしても奨学金で行くしかなかった。彼女の母親はわたしを憎んだし、いまでも憎んでますよ。妻は女学校を卒業したらワシントン大学に進んで奨学金をもらって法律の勉強をするつもりだったんですから。それなのに、わたしが妊娠させてしまい、結婚し、一緒に暮らすことになったんですから。十七歳で最初の子が生まれ、十八歳でつぎの子が生まれた。いまの段階でわたしになにが言えますかね？　青春なんか、わたしたちにはありませんでした。どう演じたらいいのかわからない役だけが振りあてられたというかんじでした。でも、わたしたちはベストは尽くしました。もっといい言い方もあると思うから、それは考え

（1）　いずれも狩りや釣りの雑誌。
（2）　話題になっている「妻」は最初の妻のことで、テス・ギャラガーではない。ギャラガーとの出会いはアル中でなくなってから。

たいけど。彼女は結局大学は出ました。結婚から十二年後か十四年後、サンノゼ州立大学から文学士号をとりました。

——そんな大変な時期も書いてらっしゃったんですか？

カーヴァー　わたしは夜は働き、昼は学校へ行ってました。わたしたちはいつも働いてました。彼女は働きながら子育てと家計のやりくりをしようとしてました。彼女は電話会社で働いてました。子どもらは昼間はベビーシッターといっしょでした。そしてやっとわたしがハンボルト州立大学から文学士号をとって卒業すると、車のなか、それから車の屋根に置ける大型のバッグになにもかも詰めこんで、アイオワシティへ行ったんです。ハンボルト州立大学のディック・デイという先生からアイオワ大学のアイオワ・ライターズ・ワークショップについて話を聞いてたんですよ。デイがわたしの小説一編と詩三、四編をそこのドナルド・ジャスティスに送ると、ジャスティスがアイオワでわたしが五百ドルの奨学金がもらえるようにとりはからってくれたんです。

——五百ドルですか？

カーヴァー　それしか出せない、と言われました。当時は大金だと思いましたが。でも、アイオワは卒業しなかったんです。二年目もいられるようにさらにお金もくれたんですが、結局やっていけなかった。わたしは時給一ドルか二ドルで図書館で働き、妻はウェイトレスの仕事をしてました。もう一年やれば学位はとれそうだったんですが、がんばれませんでした。それでカリフォルニアに戻りました。今度はサクラメントです。わたしはマーシー病院に夜勤の雑役夫の仕事を見つけました。三年やりましたよ。とてもいい仕事だった。夜に二、三時間仕事をするだけでよく、そのくせ八時間分払ってもらえたんですから。かたづけなきゃいけない仕事はあるんですが、それさえかたづければ、それでおしまい——家に帰ってもいいし、なにをしてもいい。はじめの一、二年は毎晩家に帰り、遅すぎない時間に寝て、朝起きて書くようにしてました。子どもらはベビーシッターに任せてあるし、妻は仕事に出かけてしまうから――訪問販売の仕事をしてました――わたしはまる一日つかえたんです。しばらくはそうやってうまく行ってました。でも、そのうち、夜に仕事をかたづけると家に帰らず飲みに行くようになったんです。そうなったのは一九六七年か一九六八年でしたね。

――原稿が初めて活字になったのはいつですか?

カーヴァー　カリフォルニア州アルカタにあったハンボルト州立大学の学部生のときです。おなじ日に、ひとつの雑誌に短編が、またべつな雑誌に詩が採用されたんです。最高の日でしたよ! きっと人生で一番いい日に入りますね。妻とふたりで車で町をまわり、友だち全員に採用通知の手紙を見せてまわりました。認めてもらうという、わたしたちが一番必要としていたことが得られたんですから。

――その初めての短編はなんですか? 初めての詩は?

カーヴァー　短編は「パストラル」というもので、載ったのは「ウェスタン・ヒューマニティズ・レヴュー」です。素晴らしい文芸誌で、いまもユタ大学から出てますよ。原稿料はありませんでしたが、それはどうでもよかった。詩は「真鍮のリング」というもので、載ったのはアリゾナで出ていた、いまはないですが、「ターゲッツ」という雑誌です。チャールズ・ブコウスキーがおなじ号に詩を書いていたんで、おなじ雑誌でいっしょになったのはうれしかったですね。当時のわたしにはヒーローみたいなひとでしたから。

――あなたのお友だちから聞いた話ですが、初めて活字になったときはそれを祝って雑誌をベッドにまで持っていったというのは本当ですか?

カーヴァー　いくらかは本当です。じっさいは本ですけど。『ベスト・アメリカン・ショート・ストーリーズ』ですね。短編の「頼むから静かにしてくれ」がそれに載ったんです。一九六〇年代後半のことです、マーサ・フォリーが毎年編纂していたときで、それは「フォリー・コレクション」とも呼ばれていた。シカゴで出ていた「ディセンバー」という名もないリトルマガジンにもともとは載ったものでした。フォリーのアンソロジーが郵便で届いた日は、ベッドに持っていって読んだり眺めたり抱きしめたりしてね、まあ、眺めたり抱きしめたりで、ろくに読まなかった。そのうち寝てしまい、翌朝目を覚ましたらベッドのわたしの横にはその本と妻がいたというわけです。

——「ニューヨーク・タイムズ・ブック・レヴュー」にお書きになった記事で、「単調で退屈すぎるのでここでは省略する」とある話をはしょってました——長編ではなく短編を書く理由についての話でしたよね。いまここで話してもらえませんか？

カーヴァー　「単調で退屈すぎるのでここでは省略する」とした話には、話すにはあまり愉快でないことがけっこう混じってるんです。そのいくつかについては結局「ファイアズ」というエッセイに書きました、「アンタイオス」という雑誌にです。作家は書いたもので判断されるのであり、そうであるべきだ、とそこには書きました。書くことを取り囲むさまざまな環境はべつなもの、文学外のものである、と。作家になるようにとわたしはだれかに言われたわけじゃありません。でも、きつかったですよ、なんとか生きて、いろんな請求書に支払いをし、食べるものをとにかくテーブルにのせて、そうしながら同時に、自分は作家なのだと考えて、書く修練を積んでいくというのは。クソみたいな仕事をし、子どもを育て、書くことをつづける。そういうことを何年間もした末に気がついたんです、書き終えることができる、早くかたづくものを書く必要がある、とね。長編に、二年も三年もかかるひとつのプロジェクトにとりかかっている余裕はないんだ、と。すぐにとにかくお金がもらえるものを書く必要があったんです、来年とか三年後とかいうんじゃなくて。かくして、詩や短編になったということです。そして、自分の人生は——なんていうか、自分が願っていたものとはちがうものなのだ、と考えるようになった。いつもフラストレーションの塊でしたよ——書きたい、しかしそのための時間と場所が見つけられないというような。よく家から出ては車のなかにすわって膝にノートをひろげて書こうとしてました。子どもらも思春期に入ろうかという時期でしたし。二十代の終わりから三十代の始めにかけてのことです。いぜんとして赤貧で、いつ破産してもおかしくない状況で、何年も懸命に働いたその成果はといえば、ポンコツの車一台と借家だけで、そして新しい借金取りも追いかけてくる。気が滅入りました、精神的にはすっかりボロボロという気分でした。アルコールが問題になりました。なんというか、あきらめて、降参して、フルタイムで飲むようになったんです、日々の務めのように真剣に。「単調で退屈すぎるのでここでは省略する」とした話とはだいたいこういう話です。

——酒についてもう少し話していただけますか？　とてもたくさんの作家が、アルコール依存症ではないまでも、すごくたくさん酒を飲んでますから。

カーヴァー　ほかのどの職業よりもだんぜん多いというわけではないでしょうけど。現実はすごいですからびっくりしますよ。酒飲みにはいろいろ神話がついてまわりますが、わたしはそういうものとは無縁でした。ただひたすら飲んだだけです。ひどく飲むようになったのは、たぶん、自分が人生に一番求めていたもの、自分のために、自分が書くもののために、自分の妻や子どものために求めていたものがまず得られそうにない、とわかってからです。不思議なものですよね。だれだって、破産しようと思って、アル中になろうと思って、ペテン師や泥棒になろうと思って人生に乗りだすわけはないんだから。嘘つきになろうと思ってとか。

——あなたはそのぜんぶになってしまった？

カーヴァー　そうです。いまはもうちがいますが。いや、いまもときどき嘘はつきますけどね、みんなとおなじで。

——飲むのをやめてどのくらいですか？

カーヴァー　一九七七年六月二日からですよ。正直な話、酒をやめたことはわたしが人生でいちばん誇りにしてることです、ほかのどんなことより。わたしは回復したアル中なんです。アル中であることに変わりはありませんが、もはや現役のアル中ではない。

――飲むとどんなふうにひどいことになっていたんですか？

カーヴァー　当時どうだったか、それはちょっと考えるだけでもかなりつらいね。わたしの手が触れるとすべてが荒れ地に変わってたから。でも、付け加えておくと、最後の頃にはもうろくに力もなにも残ってなかったな。なにか特別なこと？　敢えて言うなら、ときどきは警察の世話になった、緊急救命室や法廷にも。

――どうやってやめたんですか？　なにがやめさせたんですか？

カーヴァー　飲んでいた最後の年の一九七七年は、治療センターに二度、病院にも一回入りました。カリフォルニアのサンノゼの近くのデウィットというところにも数日いました。デウィットは昔は、なるほどというかんじだけど、犯罪的なまでに狂った連中をいれる病院だったんです。飲んでいた最後の頃は、わたしはもうまるで手も付けられないものすごく深刻な状態になってましたから。記憶喪失です、なにもかも――自分の言ったこと、したことが思い出せないところにまで行ってました。車を運転する、作品の朗読をする、授業をする、折れた脚をなおす、だれかと寝る。ところが、後にその記憶がぜんぜん残ってないんです。自動操縦されてるようなものです。覚えている自分の姿はというと、手にウィスキーのグラスをもって自分の家のリビングにいて、そしてアルコール中毒の発作で転倒したために頭には包帯を巻いている、そういうものです。もう狂ってますよ！　二週間後には治療センターに戻ってました、今度はカリフォルニアのカリストゴにあるダフィーズというところ、ワイン・カントリーの北です。ダフィーズには二度ほど入りました、それからサンノゼのデウィットというところと、サンフランシスコの病院と――

ぜんぶ十二ヶ月の間に。とてもひどかったんでしょう。死ぬかと思ってました、素直に単純に、おおげさにじゃなく。

——飲むのを完全にやめることができるところにまで来たのにはなにかありましたか？

カーヴァー　一九七七年の五月末のことです。北カリフォルニアの小さな町の家にひとりで暮らしてました、およそ三週間飲んでませんでした。サンフランシスコに車で出かけたんです、出版社の大会をやってましたんでね。当時マグローヒル社の編集長だったフレッド・ヒルズにランチに誘われてたんです、長編を書くためにお金を出そうと言ってくれてました。ところが、そのランチの二日前の夜、わたしの友人のひとりがパーティを開いてね、そのときに、わたしはワインの入ったグラスを手にとり、飲んでしまった、覚えているのはそこまでです。あとは記憶がありません。翌朝、店が開く時間になると酒を買うために飛びだしていた。その晩の夕食は悲惨でした、最悪でした、みんなが喧嘩してテーブルから立ち去っていった。そして翌朝、仕方なく起きて、フレッド・ヒルズとのランチに出かけていきました。起きたときからひどい二日酔いで、頭もあげていられないくらいでした。でも、ウォッカを半パイント飲んでからヒルズを拾ったんで、なんとかなったんです、しばらくの間は。するとヒルズはサウサリートでランチをしようと言うんです！　渋滞だから最低一時間はかかる、わたしは酔ってるし二日酔いですよ、わかるでしょ？　でも、どういうわけかかれは予定通りに長編を書く金はくれました。

——その長編は書いたんですか？

カーヴァー　まだです！　ともかくわたしはやっとの思いでサンフランシスコを抜けだして戻ってきた。そしてさらに二日間酔っ払ってた。そしてつぎの朝に目を覚ますと、気分が悪い、なにも飲めない。アルコールは、という意味ですがね。体が気持ち悪くて——もちろん精神も——なにも飲まなかった。三日間飲まなかった、そして三日過ぎたら、すこし気分が良くなってきた。そこで飲まないのをつづけたんです。

だんだん自分と酒との間にすこし距離をおくようにした。一週間、二週間。あっという間に一ヶ月がたっていた。一ヶ月飲まずにいたんです。ゆっくりと調子が良くなりはじめた。

――AA(禁酒会)には助けられました?

カーヴァー　かなり助けられた。最初の一ヶ月は、一日に最低一回、ときには二回、集まりに出かけてました。

――アルコールがなにかインスピレーションになると感じたことはありますか? いま頭にあるのはあなたの「ウォッカ」という詩ですが、「エスクァイア」に発表された。

カーヴァー　いやあ、ないよ! そのへんははっきりさせておきたかったですね。チーヴァーが以前、作家が書いたもので「アルコール漬けの文章」はすぐに識別できる、と言ってました。かれがどういう意味でそう言ってたのかはよくわからないけど、いまのわたしにはわかるような気がする。一九七三年の秋学期、わたしとチーヴァーはアイオワ・ライターズ・ワークショップで教えてたんですが、ふたりとも飲むこと以外なにもしてませんでした。授業はそれぞれに持ってはいたんですよ、名義上は。でも、あそこにいるあいだずっと――キャンパスに大学が持ってるアイオワ・ハウスというホテルにふたりともいたんですが――どっちも一度もタイプライターのカバーはとらなかったと思いますね。週に二回はわたしの車で酒屋に出かけてました。

――買いだめしてた?

カーヴァー　はい、買いだめ。でも、店は午前十時にならないと開かないんです。一度、朝駆けを計画して、十時に飛びこむことにして、ホテルのロビーで待ち合わせることにしたことがあります。煙草を買おうと思って早めに降りていくと、ジョンはすでにロビーをそわそわ歩き回ってました。ローファーを履いてるけど、靴下は履いてない。ともかく、ちょっと早めに出発しました。酒屋に着くと、店員がちょうど正面のドアの鍵を開けるところでした。その日の朝は、ジョンは、わたしがちゃんと駐車もしないうちから車から出て行きましたね。そしてわたしが店のなかに入っていったときにはもう、半ガロンのスコッチを抱えてレジに立ってました。かれはホテルの四階にいて、わたしは二階でした、ふたつの部屋はそっくりで、壁にかかっている絵の複製までいっしょでした。だけど、飲むときはいつもかれの部屋で飲んでました。飲みに二階まで降りていくのが恐い、とかれは言うんです。廊下でいつ襲われるかわからないから、とね。でも、まあ、よかったですよ、チーヴァーはアイオワシティを去ってからまもなく治療センターに行き、しらふになり、ずっとしらふのままで死んだんですから。

――禁酒会の集まりでおこなわれているみんなの前での告白はあなたの作品に影響をあたえたと思いますか?

カーヴァー　集まりにもいろいろあるんですよ――ひとりのスピーカーが立って五十分かそこいら、かつてどんなだったか、そしていまはどうなっているか話すというもの。それから、部屋にいるみんなになにか話す機会が与えられているもの。でも、意識的にであれなんであれ、そういった集まりで耳にしたものをもとにして小説を書いたことは、正直言って、ないです。

――それでは、あなたの小説はどこから生まれてくるんですか？　とくにお伺いしたいのはお酒に関係がある小説についてですが。

カーヴァー　わたしがいちばん興味をもっているフィクションというのは、現実の世界とつながりをもっているものです。もちろん、わたしの小説はどれもじっさいに起きたことではない。ですが、いつも、なにか、あるものが、ひとから言われたことや目にしたことがだいたい出発点にはあります。ひとつ例をあげると、「きっとあなたがわたしたちを踏みにじる最後のクリスマスになるわ！」という台詞。これを耳にしたときはわたしは酔っ払ってた、でも、覚えてたんです。で、後に、かなりたってから、しらふのとき、その台詞を、自分で考えた、こういうことになっていてもおかしくないだろうという周到に想定したほかの事柄といっしょにつかって話をつくりました――「深刻な話」という作品です。(3) わたしがいちばん興味をもっているフィクションは、トルストイのフィクションであれ、チェーホフやバリー・ハナやリチャード・フォードやヘミングウェイやイサーク・バーベリやアン・ビーティのであれ、どこか自伝的なものにわたしには映ります。少なくとも、現実のなにかとつながってるところがある。小説は、長いものであれ短いものであれ、どこからともなく現れてくるということはないんですよ。ジョン・チーヴァーたちとおしゃべりしていたときのことを思い出しました。アイオワシティで何人かとテーブルを囲んでいたとき、かれが、家で大喧嘩があった晩のことを話したんです。翌朝に目をさましてバスルームに行くと、そこの鏡に娘さんが口紅でこう書いていたというんです、「だいすきなパパ、わたしたちをおいてかないで」と。そしたら、その話を聞いていたひとりが声をはりあげて、それ、あんたの小説のなにかで読んだよ、と言ったんです。チーヴァーは、かもね、と言いましたよ。自分が書くのはどれも自伝的だから、と。もちろん、そっくりそのままではない。でも、われわれが書くものはどれもみな、ある程度は、自伝的なんです。わたしは「自伝的なフィクション」をいやだなんてぜんぜん思いませんね。むしろ逆だ。『オン・ザ・ロード』。セリーヌ。フィリップ・ロス。『アレクサンドリア四重奏』のロレンス・ダレル。ニック・アダムズもののヘミングウェイ。アップダイクももちろんそう。ジェームズ・マッコンキー。クラーク・ブレーズは徹底して自伝的なフィクションを書く最近の作家だ。もちろん、自分の人生の話をフィクションにするときには自分がなにをしてるのかは承知してなくてはいけません。ものすごい勇気をもって、きわめて巧みに、想像力豊かに、快く、自分についてすべて語るようでなきゃいけない。若いときによく繰り返し言われたのは、自分が知ってることについて書けということでしたが、自分の秘密以上によく知ってることって、なにかあります？ もっとも、そうはいっても、よほど特殊な書き手でなければ、とても才能豊かでなければ、自分の人生の話ばかりつぎつぎ書いていこうとするのは危険なことではありますけどね。多くの作家にとってのすごい危険は、というか、すごい誘惑は、自分のフィクションにアプローチするのに過度に自伝的になることだから。すこしの自伝とたくさんの作りごと《イマジネーション》、それがベストですね。

――あなたの登場人物たちはなにか大事なことをしようとしてるのですか？

カーヴァー　しようとしてると思います。でも、しようとすることとうまく行くことはべつなことですから。いつもうまく行ってるひとたちはいますよ、そうなったらすごいなと思いますけどね。でも、そのいっぽうで、しようとすることが、いちばんやりたいことが、大小にかかわらず人生の支えとなるものがうまくつかめないひとたちがいる。そういう人生こそが、もちろん、書くにふさわしいんです、うまく行かないひとたちの人生。わたし自身が経験してきたことも、直接的にないしは間接的に、後者の状況になってしまうものばかりでしたから。わたしの登場人物たちのほとんどは自分の行動が大事なものになってほしいと願ってると思います。しかし、同時に、そうはならないと承知してるところにまで来てるんです――じつに多くのひとたちがそうであるように。もうぜんぜん意味がない、と思ってる。かつては大事なことだと思い、必死に求める価値のあるものだと考えてたものが、一銭の価値もなくなった、と。自分の人生が不快なものになり、人生がこわれていくのが目に見えている。なんとか立て直したいが、しかし、できない。そしてたいていの場合、かれらはそういうことがわかっていて、そのうえで、やれる範囲でベストなことをしてるんだ、と思います。

――最近の短編集『愛について語るときに我々の語ること』のなかに好きな作品があるんですが、それについて話してもらえますか？「ダンスしないか？」のアイデアはどこから来たんです？

（3）『愛について語るときに我々が語ること』所収。

カーヴァー　一九七〇年代の半ば、作家の友人たちをミスーラに訪ねていったときです。みんなで酒を飲んでいたら、だれかがリンダという名前のバーテンダーの話を始めたんです。ある晩、ボーイフレンドと飲んでいた彼女が、いきなり、自分の寝室にある家具ぜんぶを裏庭に出す、と言いだした、と。そしてふたりは、じっさいにそうした、と。カーペットも寝室のランプもベッドもナイトテーブルもぜんぶ。そのとき部屋には作家が四人か五人いましたが、リンダについての話が終わると、だれかが言いました、「さて、だれがこれをネタにして書くかな?」ほかのだれかもひょっとすると書いたかもしれませんが、わたしは書いてしまいました。すぐにじゃなくて、後になってからですが。およそ四年か五年後だったかな。もちろん、いろいろ変えたし、付け加えもしましたけど。じつは、酒をとうとうやめてから最初に書いた小説がそれでした。

――日頃だいたいどんなかんじで書いてらっしゃるんですか?　いつもなにか作品を書いてらっしゃる?

カーヴァー　書いてるときは毎日書きます。そういうときは最高です。日と日の区切りが消えてしまう。ときには、今日が何曜日なのか、それすらわからなくなります。そういう状態を詩人のジョン・アシュベリーは「日々の外輪がまわる」と言いましたがね。書いてないとき、たとえばいまのようなとき、あるいは、かつてしばしの期間そうだったのですが教師の仕事に縛られてるときは、なんだか一字も書いたことがないような、書こうという欲望すら皆無であるかのようなかんじになります。悪癖も始まって、やたら夜更かしするし、いつまでもぐずぐず寝てる。でも、それでいいんです。辛抱すること、機が熟すまで待つことを学んできましたから。ずいぶん昔にがんばって学んだんです、辛抱することを。星座で言ったら、わたしの星座は亀の星座でしょうか。書くのは発作的です。でも、書いてるときは、長時間机の前にいますね、十時間、十二時間、十五時間ぶっ通しで、来る日も来る日も。ごきげんですよ、そういうときは。この仕事の時間の大半は、わかってもらえるかな、もっぱら書き直しにつぐ書き直しです。しばらく手元に置いておいた作品をもってきていじくりまわすこと以上に楽しいことはありません。詩についてもおなじです。書いたらすぐにあわてて送るなんてことはしない、ときには何ヶ月も手元に置いて、あれこれいじってます。これを入れたり、あれを出したりして。小説の第一稿を書くのにはそんなに時間はかかりません、たいていは一気に書いてしまいます、でも、それからしばらく時間をかけてその小説のいろんなヴァージョンをつくる。ひとつの小説につき二十から三十もの原稿をつくります。十や十二を下回ることはありません。大作家たちの第一稿や第二稿を見ると、勉強になるし励まされますね。いま頭にあるのはトルストイのゲラの写真ですけど、あの作家も書き直すのがとても好きだった。いや、好きだったのかどうかはわかりませんが、でも、すごく直してる。ずっと直していて、最後の校正刷りの段階になってもまだ直してた。『戦争と平和』は八回も見直して書き直し、ゲラになったところでもまだ何回も直してる。そういうのって、第一稿がどうしようもないものである作家には、わたしみたいな者には、励みになります。

――じっさいに小説を書くときの様子をお話しください。

カーヴァー さっきも言った通り、第一稿はさっと書いてしまいます。たいていは手書きです。できるかぎりスピードをあげて紙を埋めていく。ときとして、自分にしかわからない速記みたいなものに、あとで見直すときに手を入れるためのメモのようなものになってます。いくつかのシーンはおおざっぱに、ときには書かないでおきます。後でていねいに手を入れる必要のあるシーンなどですね。まあ、ぜんぶ、後でていねいに手を入れる必要があるんですが――ただ、いくつかのシーンを第二稿や第三稿までとっておくのは、第一稿でちゃんと書こうとするとものすごい時間がかかってしまうからです。第一稿ではアウトラインをつけること、話の櫓《やぐら》を建てることがまず課題です。で、そのあとの書き直しで、残りのことにとりかかる。手書きの原稿ができあがると、それをタイプで打って新たに原稿をつくり、そこからまた始めます。いつも、タイプに打つと、ちがって見えます、けっこうよく見えます。第一稿をタイプしながら、すでに書き直しもしてますしね。すこし書き加えたり、削除したり。でも、ほんとうの作業が始まるのはもっと後になってから、第三稿や第四稿をつくってからです。詩についてもおなじですが、ただ、詩は四十回から五十回は書き直す。ドナルド・ホールから聞きましたが、かれはときどき第百稿かそこいらまで行くそうです。想像できます？

——仕事のしかたは最近変わってきましたか？

カーヴァー　『愛について語るときに』のなかの作品はすこしちがってきてます。たとえば、あらゆる動きに意図がある、計算されているという意味ではかなり自意識過剰の本になってます。押したり引いたりと話をいじくりまわしたので、しまいにはそれまではやったことがないようなかたちの話が集まった本になりました。原稿がまとめられて出版社の手にわたってしまってからは、六ヶ月、まったくなにも書きませんでした。そのあと初めて書いた小説が「大聖堂」ですが、それは構想も出来も、以前のものとはまるでちがうものだと考えてます。書き方における、そしてわたしの人生におけるある変化がそこには反映されてます。「大聖堂」を書きながら、わたしはすごくこみあげてくるものを感じてました、こういうことなんだ、こういう理由でわれわれはやっているんだ、と実感してました。それまでの小説とはちがうものになりました。切開でしたよ、あの小説を書くのは。できうるかぎり好きなだけ遠くへ、べつな方向へ、すべてを切開して、骨だけじゃなくて骨の髄まで行こうとしてるんだ、と承知してました。そっちへどんどん行けば、やがては行き詰まる、ともね——これを書き上げても出版されても、自分ではきっと読む気にならないだろう、とも。ほんとです。『愛について語るときに』の書評では、だれかがわたしのことを「ミニマリスト」の作家だと言った。それはほめ言葉でした。でも、わたしは気に入らなかった。「ミニマリスト」という言葉にはヴィジョンと出来の小ささを暗示するところがあって気に入らなかった。でも、今度の新しい本、『大聖堂』のなかの小説はぜんぶ、十八ヶ月のあいだに書いたもので、そのどれもいま

までのとはちがうという実感があります。(4)

──読者を意識しますか？　アップダイクは、自分の理想の読者は中西部の小さな町の図書館の棚に自分の本を見つけてくれるような少年である、と語ってますが。

カーヴァー　アップダイクの理想の読者像は、考えるとなかなかすてきですね。でも、初期の短編以外、中西部の小さな町の少年はアップダイクを読まないと思うな。『ケンタウロス』とか『カップルズ』とか『帰ってきたウサギ』とか『クーデタ』とか、少年が読んでなにがわかります？　アップダイクは、ジョン・チーヴァーが自分の読者だと言ってたようなひとたちのために、つまり、どこに住んでるかは問わず「知的なおとなの男女」のために書いてると思いますね。まともな作家はだれしも精一杯ていねいに真剣に書き、できうるかぎり広範囲にわたる鋭敏な読者を求めるものでしょう。だからわたしも精一杯ていねいに書き、よい読者を求めてますよ。だけど、ほかの作家に向かって書いてるというところもある程度はあると思う──その作品が大好きないまは亡き作家たちとか、また、自分が愛読者でもある同時代の作家たちとか。かれらが、つまりほかの作家たちが気に入ってくれたら、ほかの「知的なおとなの男女」も気に入ってくれる可能性もありそうですから。でも、あなたがいまおっしゃったような少年は、わたしの場合、念頭にない、というか、それを言うなら、ひたすら書いてるときはだれも頭にない。

──書いたもののうち、最終的にはどのくらい捨てますか？

カーヴァー　どっさりです。第一稿が四十ページだとすると、仕上げのところではふつう半分になってます。

(4)　カーヴァーの本には編集者ゴードン・リッシュが徹底的に手を入れていて、『大聖堂』から干渉するのをやめたことが、後、明らかになるが、このインタヴューの時点ではその事実はまだ知られていなかった。『愛について語るときに』ではリッシュはいっそう大胆に手を入れた。カーヴァーのオリジナルの原稿は、カーヴァーが死んでから二十一年後の二〇〇九年、『ビギナーズ』として刊行され、初めて日の目を見た。

削るとか減らすとかいう問題ではない。どっさり削りますが、でも、書き加えてもいて、つまり、たくさん書き加えてたくさん削ってるんです。好きなんですよ、そういうのが。言葉を加えたり言葉を削ったりするのが。

——お書きになる小説が前よりも長くなって気前もよくなったように思いますが、書き直しのしかたが変わったのですか？

カーヴァー 気前がいい、か。うまい言い方ですね。はい、変わったかもしれません。理由を言いましょうか。学校にタイピストがいて、宇宙時代のタイプライター、つまりワードプロセッサーを持ってるんです。で、彼女に小説をタイプしてくれるよう頼めるんです。それで、タイプしてもらったら、清書されたそれを受け取り、心ゆくまで手を入れて、それを彼女にもどす。そして翌日にまた、あらたに清書されたものを受け取る。そしてまた好きなだけ手を入れて、翌日にふたたびあらたに清書されたものを受け取る。このやり方、気に入ってます。一見、小さなことですけど、わたしの人生は変わりましたよ、彼女と彼女のワードプロセッサーのおかげで。

——生活のために働かなくてもいい自由な時間をもったことはありますか？

カーヴァー 一度、一年だけあります。わたしにとってはとても重要な年にもなりました。『頼むから静かにしてくれ』の作品の大半はその年に書きましたから。一九七〇年か一九七一年でした。カリフォルニアのパロアルトの教科書の出版社で働いてたんです。初めてのホワイトカラーの仕事でした、その直前まではサクラメントの病院で雑役夫をしてましたから。編集者としてそれはもう静かに仕事をしてたんです、そしたら会社が、SRAというところですけど、大規模なリストラを決めた。そこでわたしは辞めることにして、退職願を書き始めたんですが、ところがとつぜん——クビです。結果的にはそれがよかったんですけどね。友だちを呼んで、その週末はパーティをしましたよ、クビを記念して！　そしてそれから一年間は働かずに済んだんです。失業手当をもらってましたし、退職金もありましたから。この時期に妻は大学の学位をとりました。ターニングポイントでしたね、このときが。いい一年でした。

――宗教は信じてますか?

カーヴァー　いいえ。でも、奇跡や復活はどうしても信じちゃうな。当然でしょ。毎朝目をさますたび、目をさましたことを喜んでますよ。だから早起きが好きだとも言える。酒浸りのときはお昼近くまで寝てましたし、たいていはぶるぶる震えながら目をさましてたから。

――ひどい時代だった頃のいろんな出来事を、いま後悔してます?

カーヴァー　いまさら変えられないし。後悔してもどうにもならない。人生はただただ過ぎ去っていくものですから、過ぎ去るものを後悔しようがないですよ。現在に生きなければならない。昔の生活はきれいに過ぎ去っていったわけで――いまのわたしには遠い事柄です、十九世紀の小説で読んだだれかに起きた出来事みたいなものです。一ヶ月に五分以上も過去を振り返ることはないですね。過去は、じっさいの話、外国です。そこではみなちがうように生きている。いろいろありますよ。自分にはふたつの人生があったという気分です、ほんとうに。

――文学的な影響についてすこし話していただけますか、その作品にとくにあこがれている作家など、何人かあげていただけます?

カーヴァー　アーネスト・ヘミングウェイですね、まず。初期の「二つの心臓の大きな川」、「雨のなかの猫」、「三日吹く風」、「兵士の故郷」、その他どっさり。それからチェーホフ。たぶん、わたしがその作品にもっともあこがれている作家でしょう。でも、チェーホフが好きでないひとっているんですかね? わたしが言ってるのは小説のほうですけど、戯曲ではなく。かれの戯曲はわたしには動きがスローすぎます。それからトルストイ。短編はどれもいい、そして中編、そして『アンナ・カレーニナ』。『戦争と平和』は入りません。スローすぎて。だけど『イワン・イリッチの死』、『主人と下男』、「ひとにはどれほどの土地がいるか」、これらのトルストイは最高です。それからイサーク・バーベリ、フラナリー・オコナー、フランク・オコナー。ジェイムズ・ジョイスの『ダブリンの市民』。ジョン・チーヴァー。『ボヴァリー夫人』。去年、この本を読み返したんですよ、それを書いていたときのフローベールの書簡の新訳といっしょにね。完璧です。それからコンラッド。アップダイクの『メイプル夫妻の物語』。それから去年一昨年に出会った素晴らしい作家たちも何人かいます、たとえばトバイアス・ウルフ。かれの短編集『北アメリカの殉教者の庭で』はじつに素晴らしい。それからマックス・ショット。ボビー・アン・メイソン、彼女は言いましたっけ？　まあ、いいか、とてもいいんだから二度言う価値はあるし。それからハロルド・ピンター。V・S・プリチェット。それと、何年も前に読んだチェーホフのある手紙の一節も印象に残ってます。だれかへのアドバイスで、つぎのようなかんじのものでした。友よ、注目すべき特別なことをなした特別なひとびとについて書く必要などないのだよ、という。（わかりますか、当時わたしは大学にいて、王子や君主や王国の転覆についての戯曲を読んでたんです。それから中世騎士物語とか、ヒーローたちをふさわしい地位に就かせるための壮大なお話も。非凡なヒーローが出てくる小説とかも。）その手紙の言葉や、ほかの手紙でチェーホフが言っていたことを読んで、またかれの小説を読んで、それまでとはちがうふうに物事が見られるようになりましたね。それからまもなくマクシム・ゴーリキーの戯曲をひとつひとつと短編をかなり読みました、チェーホフが言わずにいられなかったことをかれはいっそう推し進めてました。それからリチャード・フォードもまた素敵な作家です。基本的には長編の作家ですが、短編もエッセイも書いてます。かれは友人です。わたしには友だちがたくさんいて、みんないい友だちです、その何人かはいい作家です。それほどでもないやつもいますけど。

——そういうときどうします？　つまり、どういうふうに振る舞いますか——友人の出版したものが気に入らないものだった場合?

カーヴァー　なにも言いませんよ、当の友人から意見を求められないかぎり。できれば、求められたくないけど。でも、求められたら、友情がこわれないようなかたちでなにか言わざるをえませんね。友人たちにはうまくやってほしいし、できうるかぎり最高のものを書いてほしい。だけど、ときには作品にがっかりさせられることはある。みんなが万事うまくやってくれるのが望ましいですが、そうはならないかもという不安はだれにでもあるわけで、それればかりはどうしようもありません。

——道徳小説についてはどう思われます? とうぜんジョン・ガードナーとかれからあなたが受けた影響の話になっていくとは思いますが。何年も前、ハンボルト州立大学であなたはかれに教わっていたんですよね。

カーヴァー　その通りです。わたしたちの関係については雑誌の「アンタイオス」に書きましたし、かれの死後に刊行された『小説家になることについて』の序文でもさらに詳しく述べました(5)。『道徳小説論』は素晴らしくスマートな本だと思ってます。書いてあること全部に賛成というわけではけっしてないですが、おおむねかれの言ってることは正しいですよ。生きている作家の評価についてはともかく、あの本の目的というか目標には賛成ですね。あれは人生をゴミのようにあつかわずに、肯定しようとしている本です。ガードナーの道徳の定義は人生の肯定ですから。そういう意味で、かれはいい小説は道徳小説だと信じてる。文句をつけたいひとならいろいろ文句をつけることができる本ではあります。でも、明快な本ですよ。『道徳小説論』ほ『小説家になることについて』でのほうが議論はうまく展開されてるとは思いますけど。

(5)　ガードナーはこのインタヴューの前年の一九八二年、ハーレーダビッドソンに乗っていてカーブを曲がりきれずに転倒して死んだ。享年四十九歳。

どにはほかの作家についてあれこれ言ってませんし。『道徳小説論』をかれが出したとき、わたしたちはもう何年も連絡はとってませんでした、でも、かれの影響は、わたしが学生だったときにかれがわたしに示してくれたものは、それはもうすごく強力でしたから、その本は長いこと読もうとは思いませんでした。自分が何年間にもわたって書いてきたものが不道徳なものだとわかったら恐いんで！　わかるかな、二十年近くも会わなかったんですよ、ふたたび友情を深めたのはわたしがシラキューズに越してきてからで、かれは七十マイル先のビンガムトンにいたんです。あの本が出ると、ガードナーとその本への怒りがものすごかったですよね。かれはみんなが触れられたくないものに触れてしまったんです。注目されるべき作品だとわたしはいまは思うようになってます。

――でも、その本を読んだあと、自分の作品についてはどう思われました？「道徳的」な小説でしたか、それとも「不道徳」でした？

カーヴァー　いまなおわからないな！　だけど、ひとからも聞いたし、本人から直接聞きもしましたが、わたしの作品は気に入ってくれてたようです。とくに新しい本は[6]。とてもうれしいですよ。『小説家になることについて』を読んでください。

――詩はまだ書いてらっしゃいますか？

カーヴァー　すこし、でもあまり書いてない。もっと書きたいですね。長期にわたって、たとえば六ヶ月とか、ぜんぜん詩を書かないでいると、ナーバスになってくるんです。自分は詩人であることをやめたのか、詩が書けるということをやめたのか、思い悩んでいるときがあります。たいてい机の前にすわって詩を書こうとしてるときにですけど。春に出るわたしの本『ファイアズ』――それには残しておきたい詩をぜんぶ入れました。

――相互にどういうふうに影響しあってるんでしょう？　小説を書くことと詩を書くこととは？

カーヴァー　いまはもうたがいに影響はないです。かつては長いこと、詩を書くことと小説を書くことの両方に同等に興味があったんですけど。雑誌を読むときもまず詩をながめてから小説を読んでましたから。そのうち選ばざるをえなくなって、小説をとったんです。正しい選択でした。わたしは「生まれながらの」詩人じゃないですから。まあ、「生まれながらの」なんなのかはわからないですけど。白人のアメリカ人の男だということ以外は。「機会詩人《オケイジョナル・ポエット》」(7)というものにはなるかもしれません。でも、そのあたりで十分です。まったくぜんぜん詩人じゃないってことよりはましだから。

——有名になって変わりましたか？

カーヴァー　その言葉にはどうも馴染めません。だって、まったく見込みのないところからそもそも始めたんですから——短編小説を書いていて人生でどうにかなるなんて、考えます？　それに、酒のことがあったから自尊心なんてものもろくになかったし。だから、驚きの連続です、こんなふうに注目されるなんて。でも、ひとつ言えるのは、『愛について語るときに』が受けいれられたことでいままでは持ったことのない自信がわいてきたということです。いろいろいいことがあって、それらが合わさって、もっとたくさん、もっといい仕事がしたいという気持ちになってるんですよ。いいかんじで拍車がかかってます。そういうことがいっせいにいま、人生でいままでにない力を初めて感じているときに、やってきた。言ってること、わかります？　どういう方向に進むべきか、いままでになく力強く、確信をもてるようになってきたんです。だから、「有名になったこと」——というか、ここにきて新たに注目されて関心をもたれるようになったこと——はいいことでした。わたしの自信に力をくれましたから、力をもらうのが必要だ

（6）『大聖堂』。
（7）機会があるときにおもに朗読で詩を発表する詩人。

ったときに。

――あなたが書いたものを最初に読むのはだれですか?

カーヴァー　テス・ギャラガーです。ご承知の通り、彼女は詩人で短編も書いています。書いたものはぜんぶ、彼女に見せてます、手紙以外は。いや、手紙もすこし見せたりしてますよ。でも、彼女は素晴らしい目をもっていて、わたしの書いたものを感じとる術をもっている。見せるのは、何度も手を入れてこれ以上はもういいかなというところにたどりついた後です。たいてい第四稿か第五稿で、そのあとは手を入れるたびにすべて見せます。これまで三冊の著書を彼女に献じてきましたが、それは愛の印というだけではなくて、彼女への高い敬意と、手を貸してくれたこと、インスピレーションを与えてくれたことへの感謝をあらわしたものでもありますよ。

――ゴードン・リッシュはどの段階で入ってくるんですか? かれがクノッフ社のあなたの担当編集者ですよね。

カーヴァー　でもありますが、一九七〇年代の早くに「エスクァイア」にわたしの短編を載せはじめた編集者でした。でも、友人としての関係はもっと前にまでさかのぼり、一九六七年か一九六八年、カリフォルニアのパロアルト以来の付き合いです。かれが働いていた教科書の出版社がわたしが働いていた会社の真向かいにあったんです。わたしをクビにした会社です。かれは普通の勤めかたはしてなかった。会社の仕事のほとんどを自宅でかたづけてました。週に最低一回は、昼飯を食べにこないかと誘ってきました。かれ、自分は食べないんです、わたしのためになにかを料理すると、テーブルのまわりをぐるぐるまわりながらわたしが食べるのを観察してるんです。こっちは落ち着かないですよ、想像はつくと思うけど。それで結局はいつも皿に残してしまうんですが、するとそれをかれが食べるんです。おれはこういうふうに育てられてきたんだとか言いながらね。そういうことは当時だけのことじゃない。いまでもやってますよ、それを。わたしをランチに誘っていくときも、自分はドリンク以外なにも頼まず、わたしが皿に残したものをたいらげてる！　ロシアン・ティー・ルーム(8)でも一度それをやりました。ディナーに四人で出かけたんですが、料理が運ばれてくると、ほかの三人が食べるのを観察してるんです。そして、われわれが残しそうだとわかると、それをすべてたいらげました。そういうクレージーなところはありますが、まあ、とびきり愉快でもありますけどね、おそろしくスマートで、原稿への対応のしかたについては鋭いところがある。優秀な編集者です。偉大な編集者ですよ、きっと。わたしが確かに知ってることは、わたしの編集者でありわたしの友人だということだけですが、どちらの点についても満足してます。

——映画の脚本をもっと書きたいと思いますか？

カーヴァー　ちょうど終わったのがマイケル・チミノといっしょにやってたドストエフスキーの生涯についてのものですが、テーマがこんなようなおもしろいものだったら、もちろん、やりたい。そうでなければ、ノー。でも、ドストエフスキーだからね！　そういうんだったらやるよ。(9)

——大金もからみますし。

カーヴァー　その通り。

——メルセデスも買えるし。

カーヴァー　そうだよ。

——「ニューヨーカー」についてはどうですか？　書きはじめた頃、「ニューヨーカー」に作品を送ったことはありますか？

(8)　ニューヨークの老舗の高級レストラン。
(9)　映画は結局作られなかった。

カーヴァー　ないね。「ニューヨーカー」は読んでなかったから。短編や詩はいろんなリトルマガジンに送り、ときどき採用され、採用されると喜んでた。わたしにもいちおう読者みたいのはいたんだよ、一度もだれとも顔を合わせたことこそないけど。

——作品を読んだひとから手紙など来ますか？

カーヴァー　手紙とかテープとか、ときどき写真とか。最近カセットを送ってきたひとがいます——短編のいくつかからこしらえた歌が何曲か入ってた。

——西海岸のことは、西海岸のワシントン州にいるほうが書きやすいですか、それともここ東部にいるほうがいい？　土地にたいする感覚はあなたの作品ではどのくらい大事なものになっているかということですけど。

カーヴァー　一時は、自分のことをある特定の土地の出の作家であると考えるのが大事なことになってました。つまり、西海岸の作家であるということがわたしには大事だった。でも、いまはもうそうとは言えませんね、いいか悪いかはともかく。移動しすぎたと思うんです、とてもたくさんの土地で暮らした、だから、土地とのつながりがなくなって放浪しているという気持ちがあって、「土地」にたいするしっかりと根をはった感覚は持てなくなってる。ある特定の土地と時代のなかに小説を意識的に設定したことがこれまであったとすれば、まあ、あったと思うんですよ、とくに最初の本ではね、その土地とは太平洋岸の北西部だったでしょう。ジム・ウェルチとかウォーレス・ステグナーとかジョン・キーブルとかウィリアム・イーストレイクとかウィリアム・キトリッジとか、かれらのなかにある土地にたいする感覚は素晴らしいですよ。いい作家がたくさんいます、あなたがおっしゃるような土地への感覚をもった作家には。でも、わたしの小説の大半は特定の場所には設定されていない。つまり、どこの街でもどこの都市でもありうるものだ。ここシラキューズでもいいし、ツーソンでもサクラメントでもサンノゼでもサンフランシスコでも、ワシントン州のシアトルでもポートエンジェルスでもいい。いずれにせよ、わたしの小説の多くは室内での出来事だし！

――家ではどこか決まった場所で仕事をしていらっしゃるんですか？

カーヴァー　はい。二階の書斎です。自分自身の場所を持つのはわたしには大事なことです。何日間も電話のプラグは抜きっぱなし、「面会謝絶」の看板も出しっぱなしというときもあります。何年もわたしはキッチンのテーブルとか図書館の閲覧机とか自分の車のなかで書いてましたから。こういうふうに自分の部屋があるというのは贅沢なことです、でももはや必須だ。

――いまでも狩りや釣りはします？

カーヴァー　もうそんなにはしません。もっとも釣りはすこしします、夏に鮭を釣ったり、ワシントン州にいるときはですが。でも、狩りはしません、残念ですが。どこへ行ったらいいか、わからないし！　連れていってくれる人間は見つけられると思いますが、このところはずっと行ってません。でも、友人のリチャード・フォードはハンターですよ。ここに一九八一年の春に朗読会のために来たときは、そのギャラでわたしにショットガンを買ってくれました。すごいでしょ！　銘も彫らせてた、「レイモンドに　リチャードより　一九八一年四月」とか。リチャードはまったくのハンターです、わたしを元気づけたかったんでしょ。

――自分の小説はどんなふうに読まれたいですか？　あなたの書いたものがひとを変えると思いますか？

カーヴァー　わかりませんねえ。そういうことはないでしょう。深い意味で変えるというようなことはないですよ。たぶん、ぜんぜん変えないだろうな。しょせん芸術はエンターテインメントのひとつだから、でしょ？　作り手にとっても消費者にとっても。ある意味、ビリヤードかカードかボウリングをするようなものです――ただ、ひと味ちがう、あえて言えば、すこし高級な娯楽かな。精神的に栄養になるものがないと言ってるわけじゃないですよ。もちろん、栄養にはなる。ベートーベンのコンチェルトを聴いたりゴッホの絵の前で時をすごしたりウィリアム・ブレイクの詩を読んだりすることは、ブリッジをしたりボウリングで二百二十点をとったりすることでは得られないスケールで深い経験にはなりうる。芸術は、広く思われている通り、たいしたものではあります。でも、芸術はまた上質な娯楽でもあるんですよ。そんなふうに考えるわたしは間違ってますか？　よくわかりません。だけど、覚えてますが、二十代のとき、ストリンドベリの戯曲やマックス・フリッシュの小説やリルケの詩を読んだり、バルトークの音楽を一晩中聴いたり、システィナ礼拝堂とミケランジェロについてのテレビの特別番組を観たりすると、こういう経験をした以上は自分の人生は変わらなければならない、こういう経験の影響をうけたら変わらないわけがないと感じたものです。ちがう人間にならないはずがないとね。でも、まもなく、自分の人生は結局は変わらないと気がつきました。自分にわかるような、認識できるようなかたちでは変わらない、と。そして、芸術とは、時間があって、余裕があって初めて、自分にも追究していけるものなのだ、とわかった。そういうことです。芸術は贅沢品であり、わたしを、わたしの人生を変えるようなものではなかった。ぜったいない、と。詩人はこの世界の「無認可の立法者」であるなどという馬鹿げたシェリー的なナンセンスはまったく信じてません。くだらない考えですよ、まったく！　イサク・ディネセンは、毎日すこし書く、希望も絶望ももたずに、と言ってます。わたしはそういうのが好きです。小説や戯曲や詩集が人間が住んでいる世界や人間についての考え方を変えるというようなそんな日々は遠い昔の話です、もしもそういう時代があったとしたらのことですけど。特定の生活をしている特定のひとびとについて書かれたフィクションが人生のある部分について前よりもいいかたちで理解させるということはあるかもしれません。でも、それだけのことです、少なくともわたしにかんするかぎり。まあ、詩はちがうかもしれない。テスは彼女の詩を読んだというひとたちから手紙をもらってますから。あなたの詩のおかげで崖から飛びおりるところを救われたとか入水自殺しないですんだとか、いろいろ言ってきてます。だけど、それはまたべつな話ですね。いいフィクションというのは、ある意味、ひとつの世界からもうひとつの世界へニュースを伝えるものなんです。それでいいんだと思いますね、まったく。フィクションを通してなにかを変える、ひとの政治への姿勢や政治システムを変えるとか、鯨やアカスギの木を救うとか、そういうものではない。あなたのおっしゃる「変える」というのがそういう意味だとしたら、そういうものではないですよ。また、そういうことをしなくちゃいけないとも思わない。なにもしなくていいんです。そこにあればいいんです、読んでいくわたしたちの素晴らしい歓びとして。ひと味ちがう特別な歓びになりますよ、持続性のある、長続きのする、かつ、それ自体として美しくもあるものを読むと。そういう火花を放つものを読むと――それはいつまでも着実に輝きつづけますから、たとえかすかであれ。

第八八号　一九八三年

ジェームズ・ボールドウィン

James Baldwin

「自分のかたちをつくった直接的な現実を見ないふりをしてると、じき、ものが見えなくなると思う」

このインタヴューは、ジェームズ・ボールドウィンの作家としてのたたかいにおいてきわめて大事なふたつの場所で、おこなわれた。はじめに会ったのはパリだが、そこで過ごした最初の九年間に、かれは最初の二冊の小説『山にのぼりて告げよ』と『ジョヴァンニの部屋』、それと、すこぶる有名なエッセイ集となった『アメリカの息子のノート』を書いた。かれに言わせると、パリではじめて、自分とアメリカとのいまにも爆発しそうな関係と落ち着いて向き合うことができたのだという。二度目のインタヴューはサン・ポール・ドゥ・ヴァンスにあるボールドウィンの太い梁《はり》と石でできたヴィラでおこなわれたが、そこをかれは、この十年来、自分のホームにしている。われわれは、八月の週末、季節柄訪ねてきていたお客たちとかれの秘書もまじえて、ランチをした。土曜日、耐えがたいほどの暑さと湿気をともなって嵐がひどくなり、かれの関節炎気味の執筆用の手(左)と手首に痛みがでた。嵐のせいで電気も不安定になり、点いたり消えたり、こっちのテープレコーダーにも支障がでた。電気が消えると、われわれはとりとめなくいろんなことについておしゃべりをし、飲み物をすすりながらじっと明るくなるのを待った。

日曜日、ボールドウィンの招きで、ふたたび訪ねていった。太陽がきらきらかがやいているので、外のピクニック・テーブルでのランチとなったが、そこはあずまやなので日陰になっていて、果実をつけた木が点々と植わった地所と地中海岸の素晴らしい景色が一望に見渡せた。ボールドウィンの気分は前日よりもはるかに明るかった。われわれは、かれが「拷問室」と呼ぶオフィス兼書斎に入った。ボールドウィンは手書きで(「短い声明文が書きやすい」)、黄色の罫線入りの標準的なリーガルパッドをつかっている。デスクの端っこには大きな古いアドラーの電動タイプが置いてある――横長のオークの板が一枚、両端に置いた籐の椅子にのっかっているデスクだ。そこに積みあがっていたのは執筆用具、それと、進行中の作品の原稿――小説、戯曲、シナリオ、アトランタの児童殺害についてのエッセイである。最後のものは『見えない事実を確認する』としていずれまとまることになる。最近作には、『悪魔が仕事を見つけた』という映画業界における人種的なバイアスと恐怖を批判したもの、それと小説『頭のすぐ上を』がある、一九六〇年代の公民権運動の活動家としての経験を書いたものだ。

――ジョーダン・エルグラブリー　一九八四年

――どういうわけでアメリカを出るようなことになったのか、話していただけます?

ジェームズ・ボールドウィン　あのときは文無しでね。パリに着いたときは四十ドルしかポケットになかったけど、でも、ニューヨークからはどうしても抜け出す必要があったんだ。ぼくの神経がもう、ほかのひとたちがいろいろひどい目に遭ってることで、ずたずたになってた。本を読んでけっこう長時間気を紛らわしてはいたけど、でも、それでも、通りで出会ういろんなことや、それから官憲とも、また寒さともなんとか対決しなけりゃいけなかった。白人であることがどういうことで、黒んぼ《ニガー》であることがどういうことか、ぼくは知ってたから、自分がいずれどんなふうな目に遭うかもわかってた。運も尽きかけてた。監獄に入

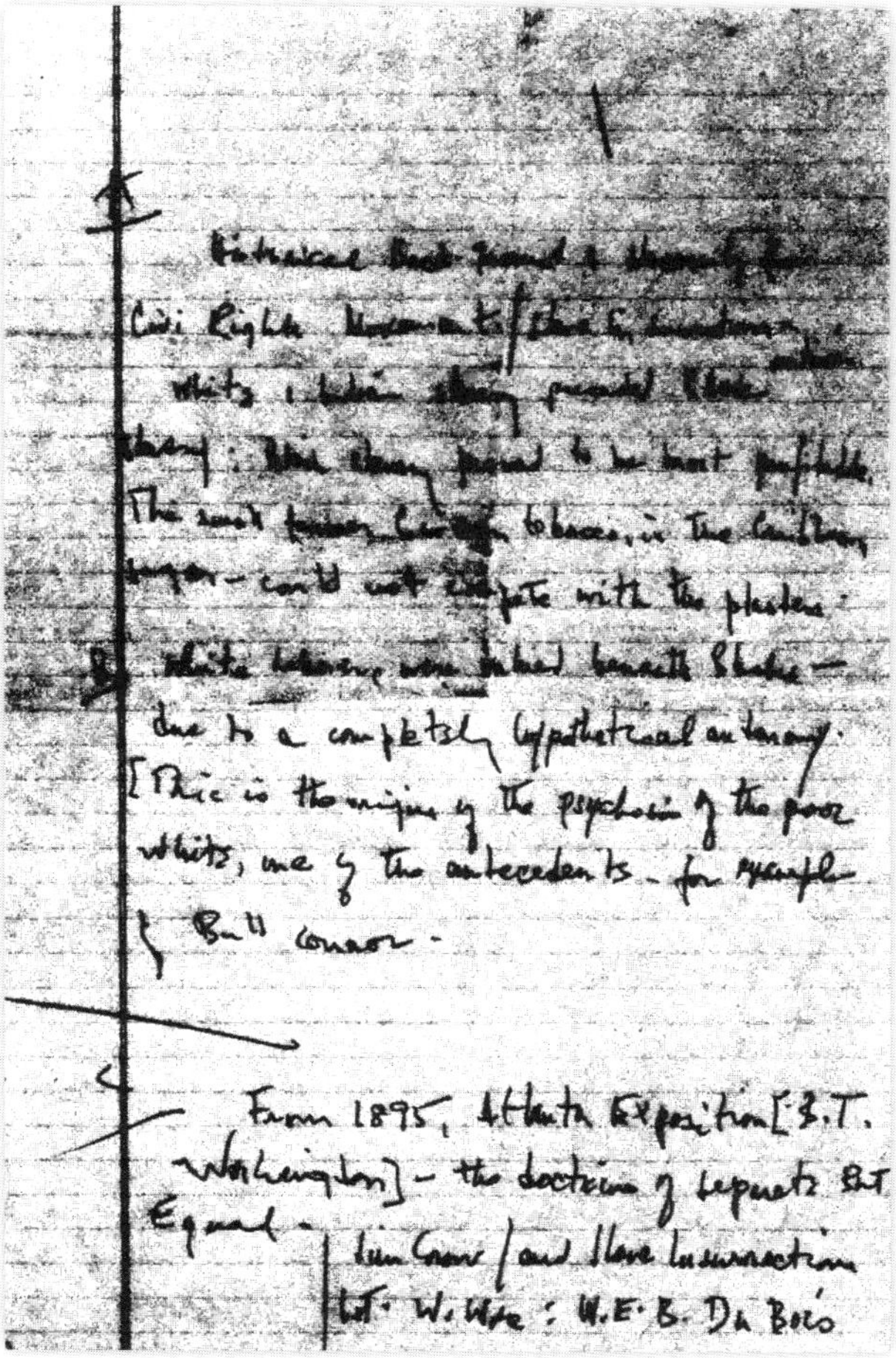

due to a completely hypothetical autonomy.
[This is the origin of the psychosis of the poor
whites, one of the antecedents – for example
of Bull Connor –

From 1895, Atlanta Exposition [B.T.
Washington] – the doctrine of separate but
Equal –
Jim Crow / and Slave Insurrection
W.E.B. Du Bois

1984年におこなった講演
「わたしがつくったのではない世界」のメモ

れられるのも時間の問題だった。だれかを殺すか、だれかに殺されるか、それが目前だったのよ。親友が二年前に自殺してたしね、ジョージ・ワシントン・ブリッジから飛び降りて。

パリに着いたのは一九四八年だったけど、フランス語はまったく知らなかった。知り合いもいなかったし、つくりたいとも思わなかった。そのうちほかのアメリカ人と出会ったりもしたけど、ぼくのほうから遠ざかったよ、そいつらのほうが金をもってるんで、自分がタカリみたいな気持ちになるのがイヤだったのね。覚えてるよ、持ってきた四十ドルは二、三日でなくなった。金を、借りられるときは借りて――ほんとにギリギリのところでだけど――ホテルを転々とした、これから自分がどうなるのか、まったくわからなかった。そのうち病気になった。しかし、びっくりしたのは、ホテルから叩きだされなかったことさ。コルシカ人の家族だけど、どういう理由だったのかは永遠に不明だね、ぼくの面倒を見てくれた。すごい年寄りのレディが、偉大な女家長さ、ぼくが元気になるまで看病してくれたのよ、三ヶ月も、昔から伝わる民間療法で。毎朝、ぼくが生きてるかどうかを確認しに五階まで階段を上ってきた。この時期が、ぼくがすごくひとりぼっちだったときかな、自分で望んだことでもあったけど。どこのコミュニティの一員でもなかった、ずいぶん後になってからだよ、ニューヨークのアングリー・ヤング・マンになったのは。

――なぜフランスだったんですか？

ボールドウィン　フランスにするかどうかはそう重要じゃなかったの――アメリカを出ていくことが重要だった。フランスでなにが待ってるか、ぜんぜんわからなかったけど、ニューヨークにいたらどうなるかはわかってた。このままいたらつぶれるってね。ジョージ・ワシントン・ブリッジに立った友だちみたいに。

――街がかれを叩き殺したのだ、とあなたは言ってます。隠喩ですか、そうおっしゃったのは？

ボールドウィン　隠喩でもないんじゃないの。生きる場所をさがす。仕事をさがす。そうしてるとね、自分の判断のひとつひとつが怪しくなってくるのよ。なにもかもが怪しくなって、だんだんすべてが不確かになってくる。そうなるともう、つぶれはじめたってこと。叩きのめされてる、周到に念入りに。社会ぜんたいがさ、おまえは無だ、と決めつけたってこと。そして、自分たちがやってることを、やつらは意識すらしていない。

――書くことは自分を救うひとつの方法だった？

ボールドウィン　どうかねえ！　抜け出せたなんて思えない。まだそれはくっついてきてる、いろんなかたちで。いろいろあるだろうが、毎日。まあ、ぼくの場合は、前とおんなじようにではなくなったけどね。だって、いまのぼくはジェームズ・ボールドウィンだから。地下鉄にも乗らないし、生きる場所をさがしてもいないから。でも、それでも、いろいろあるよ。だから、救うなんて言葉は、そんな状況のなかではなかなかつかえない。ある意味、やむをえず、自分をとりかこむ環境を文章に書くことでそれと生きる術を学ぼうとしてたってことはあったけど。でも、受けいれるってこととそれはおなじじゃない。

――いずれものを書く人間になろう、と思った瞬間ってありました？　ほかのなにものでもなく、作家になろう、と。

ボールドウィン　あった。父親が死んだとき。父親が死ぬまでは、なにかべつなことができると思ってたよ。ミュージシャンになりたかったし、画家になることも、俳優になることも考えてたから。ぜんぶ、十九歳までの話ね。この国のいろんな条件を考えると、黒人の作家になるなんてありえなかったし。若い頃は、おまえは不快というよりビョーキだ、とみんなに思われてたんだ、みんながぼくには愛想をつかしてた。作家になれるなんて父親は考えてなかった――殺される、虐殺されると考えてたよ。父親は、おまえは白人たちが決めてる事柄に楯ついてる、と言った。まったくその通りだったんだけど。でも、こっちは、父親がどういうものを白人たちが決めたものと考えてるのか、知ってもいたしね。父親は信心深い、とても宗教的な、ある意味、とても美しい男で、ある意味、こわい男だった。死んだのは、最後の子どもが生まれたときだけど、そのときさ、跳ばなくちゃ、と思ったのは――思いっきり跳ばなくちゃ、と。それまでは三年間牧師をやってた、十四歳から十七歳まで。この三年間に、たぶん、書くことに目覚めたのよ。

――教会の説教壇からのあなたの説法は周到に準備されたものでしたか、それとも、まったく頭に浮かぶままを語った？

ボールドウィン　テクストから離れてよく即興してたね、ジャズ・ミュージシャンがテーマを離れて即興するみたいに。説法を書いておいたことはない――テクストは勉強したけど。話すことを書いておいたことはない。話すことを読みあげるなんてできないもの。だって、それは一種のギブアンドテイクだから。話しかけている相手のこころを感じとり、かれらが耳を傾けているものに答えなきゃいけない。

――書くときは、読者のことを考えてますか？

ボールドウィン　考えてない。無理だ。

――では、説法をするのとはまったくちがうんですね。

ボールドウィン　ぜんぜんちがう。ふたつの役回りはまったく関係がない。説教壇に立ってるときは、自分の話してることをすべて承知してるかのように話さなくちゃいけない。でも、書いてるときは、自分の知らないことを探そうとしてる。書くってことは、ぼくの場合、自分の知りたくないこと、発見したくないことを探すことだ。知りたくもないし発見したくもないんだが、なにかがそうしろって強制してくるのね。

――それがあなたが作家になろうと決心した理由のひとつですか――自分についての発見をすることが？

ボールドウィン　決心したと言えるのかな。かもしれないし、ぜんぜんそうじゃないかもしれない。なにしろ、気分的には、ぼくは一家の父親だったから。みんなはそう見てなかったけど、ぼくは長男だったから、いろいろ真剣に考えてた、みんなの見本にならなくちゃ、と。自然の流れに任せるなんてわけにはいかなかった、だって、そしたらみんなはどうなる？　ジャンキーになることだってありえた。あちこち旅してたし、街じゅうを走り回ってたから、ぼくみたいなぼうやになにが起きても不思議じゃなかった――ニューヨークだしね。屋上や地下鉄で寝るようなことになってたかもしれない。いまでも、公衆トイレは怖い。ともかく……父親が死ぬと、じっくり考えたんだ、なにをするべきかって。

――いつが書く時間だったんですか？

ボールドウィン　その頃はすごく若かったよ。書くかたわら、いくつか仕事もできたんだから。ウェイターもちょっとやってた……ジョージ・オーウェルの『パリ・ロンドン放浪記』みたいなものね。いまじゃできない。ロアー・イースト・サイドでも、いまはソーホーって名前になってるところでも働いてたよ。

――だれか、影響をうけたひとはいますか？

ボールドウィン　覚えてるのは、黒人の画家のビュフォード・デラニーと街角に立ってたときのことね、ヴィレッジで、信号の変わるのを待ってた、そしたらかれが下を指差して、見ろって言う。見たよ、水があるだけだった。するとかれは、もう一回見ろって言う。見たよ、そしたら、水に油が浮かんでる、水たまりに街が反射してる。あれはすごい啓示だったなあ。うまく説明できないけど。ものをどう見るか、自分の見たものをどう信じるか、をかれは教えてくれた。画家はしばしば作家にものの見方を教えてくれる。あいう経験を一度すると、ものはもうちがって見える。

――駆けだしの作家には、画家のほうがほかの作家たちよりいろいろ力を貸してくれるということですか？

本はたくさん読みました？

ボールドウィン　なんでも読んだ。十三歳までにハーレムのふたつの図書館を読み尽くした。そういうふうにすると書くことについてたくさん学ぶよね。まず、自分がいかにものを知らないかを学ぶし。学べば学ぶほどどんどんわからなくなるというのはほんとうだよ。ぼくはいまだって文章の書き方を学んでるもの。テクニックがなにかなんてわかんないし。ぼくにわかってるのは、読者の目に見えるようにしなくてはいけないということだけ。これはドストエフスキーとバルザックから教わった。はっきり言えるのは、もしバルザックと出会ってなかったら、ぼくのパリでの生活はかなりちがうものになってたろうってことだね。まるでなにも経験してないのに、コンシェルジュ(1)とか、フランスのいろんな慣例や国民性についてすこしわかってたもの。あの国とあそこの社会がどう動いているのかというのも。どうすればそのなかを進んでいけるか、迷わずにすむか、はじきだされているような気持ちにならずにすむかということも。フランスは、ぼくがアメリカでは得られないものをくれた、それは、できるのならやってもかまわない、という意識さ。変なふうに一般化したくはないけど、アメリカで生きてたときは、そんなこと、はなから無理だったのよ。ぼくはすでに何者であるか決められていたから。

——書きたいことは、初めの頃から、すぐ浮かぶほうでしたか？

ボールドウィン　ひどい引っ込み思案から解放される必要があった——なんでも隠せるものだという幻想を持ってたから。

——教会の集会で何度も何度も話ができる、しかも、メモもなくできるひとが引っ込み思案だとはとても思えないのですが。

ボールドウィン　あの頃もビクビクしてたし、いまだってビクビクしてる。コミュニケーションは双方向だから。たがいに相手の話に耳を傾けるということだから。公民権運動の頃(2)のことだが、タラハッシ(3)の教会で後ろのほうの席に座ってたら、牧師が気がついて、ぼくの名前を呼び、なにか一言いってくれって言うんだよ。そのときぼくは三十四歳で、説教壇を離れて十七年たってた。立ち上がって通路をとおって説教壇に立ったあの瞬間は、それまでの人生でいちばん奇妙な時間だったなあ。なんとか終えて説教壇をおりて通路をもどってくると、会衆のなかにいた小柄な黒人のばあさんが友だちに言ってたっけ、チビだけど声はでかいね！

――どんなプロセスを経て書けるようになったんですか？

ボールドウィン　まず、ひとりっきりになる時間が必要だった、自分が誰であり何者であるかということを、それまでいろいろ言われてきたことにいっさい左右されず、しっかり受けいれるためにね。ちょうど一九五〇年の頃だ、なにかを通りぬけたとかんじたのをよく覚えてる、脱皮して、というか、古い皮を脱いで、また裸になったみたいな。まあ、たぶん、じっさいはそうじゃなかったんだろうけど、気持ちはかなり落ち着いたというかんじだった。それで、書けるようになった。一九四八年から一九四九年のあいだは、ただただ紙を破く日々だったから。

――困難な時期だったわけですね、でも、一九四五年から一九五六年のあいだに四つも文学関連の助成金《グラント》をもらってます。それらはどのくらい励みになりましたか？

ボールドウィン　そうね、最初のが、士気を高めてくれたという意味では、いちばん大きかった――一九四五年のサクストン基金。二十一歳だった。いわゆる出版界に首を突っこみはじめたときだね。それと、小説にも取りかかりだしてた、『山にのぼりて告げよ』としてできあがるのは七年後だけど。

――サクストン基金はその小説を完成させるためのものだったんですか？

ボールドウィン　あれのおかげで小説は完成した、あれで食いつないでたから。なかなか小説はうまくいかなくて、雑誌の「ニューリーダー」で書評を書き始めてたよ、一本につき十ドルとか二十ドル。なんでもかんでも読まされて始終書いてた、すごくいい勉強にはなったけどね。いっしょに仕事してた連中は中道左派トロツキスト、社会主義者トロツキストさ。ぼくは若い社会主義者だったのよ。ぼくにはそこはとても

（1）　フランスのアパートの管理人。
（2）　一九五〇年代後半から六〇年代前半。
（3）　フロリダ州の州都。

いい雰囲気だった、ある意味、絶望から救ってくれたし。でも、書評しなくちゃいけない本というのが、ほぼ全部、黒んぼにやさしくしようとかユダヤ人にやさしくなろうといったものばかりで、アメリカはまさにリベラルの発作をおこしはじめてたときだったのね。みんながいきなりユダヤ人問題の存在に気がついたりしてたわけ、『紳士協定《ジェントルマンズ・アグリーメント》』(4)とか『地と空《アース・アンド・ハイ・ヘブン》』(5)といった本で。また、黒人というのがいるんだって気がついたりしてたわけ、これまた『キングズブラッド・ロイヤル』(6)とか『クオリティ』(7)といった本で。

その類いの小冊子が何千とあの頃は出て、ぼくはなんだかぜんぶ読まされたような気がするなあ。この皮膚の色だからエキスパートってわけさ。だから、パリに着くと、それらをぜんぶ放り出す必要があって、そんな理由から「万人の抗議小説」というエッセイを書いた。あのときも——そしていまもなおだが——確信してる、あのての本はひとつのイメージを増強させただけのものだ、とね。でも、それでもって作家としてのぼくの方向はかなり決まったというところはある、だって、犠牲者という役割を選ぶってことは要するに現状維持を推進することになるんだって思えてきたから。つまり、ぼくが犠牲者であるかぎり、やつらはぼくを哀れんで生活保護の給付金を数ペニー増やすだろうけど、それではなんにも変わらない、と思ったわけ。あのエッセイで、ぼくは新しいボキャブラリーと、別なものの見方を発見したのよ。

——ぜんぶが白人の世界だとかんじてたのだとしたら、書くことにどんな意味があると思ったんですか？書くことはなぜ白人の世界のものなんでしょう？

ボールドウィン　やつらがそのビジネスを握ってるからさ。まあ、振り返ってみると、つまるところ、ぼくは、白人だろうが黒人だろうが、他人から、おまえはこういうやつだ、と定義されるのがイヤだったのね。自分に起きたことをひとのせいにするのも、みっともなくてイヤだった。ぼくに起きたことはぼくの責任。哀れみなんか要らない。放っといてくれ、自分でなんとかするからってわけ。すごく傷ついてて、すごく危険な状態になってたのね、なにしろ、自分が憎んでるものになりつつあったんだから。父親もおなじ目に遭ってたんだよ、だからなお、ぼくは父親みたいにはなりたくなかった。父親の憎しみは、ずっと押さえ込まれたあげく、父親自身にふりかかってきた。父親は憎しみを放出できず――家のなかで怒りをぶちまけるしかなかった。そういうことがね、自分にも起こりそうなのがわかったの。だから、親友が橋から飛び降りると、つぎは自分だなと思って、それで――パリに行った。四十ドルと片道のチケットだけもって。

――パリでは、かなりの時間、カフェ・ド・フロールの二階(8)で過ごされたんですよね。そこで『山にのぼりて告げよ』も『ジョヴァンニの部屋』も書いたんですか?

ボールドウィン　『山にのぼりて告げよ』のほとんどはそこで書いた、そことホテル・ヴェルヌーユ(9)とで。パリにいるあいだけっこう滞在してたホテルね。そしてそれを十年あちこちもって歩いて、最後はスイスで三ヶ月で仕上げた。山のなかでずっとベッシー・スミス(10)をかけてたのを覚えてる、起きてるあいだずっと。あの本は書くのがたいへんだったね、なにしろ書き始めたときが若かったから、十七歳だよ。結局はぼくと父親についての話なんだけど、まず、技術的にどうしたらいいかわからないところがいっぱいあった。

(4) ローラ・ホブソンの小説。一九四七年のベストセラー。同年、映画化。
(5) カナダの作家グウェサリン・グレハムの小説。一九四四年刊。アメリカでベストセラー。
(6) シンクレア・ルイスの小説。一九四七年刊。
(7) シド・リケッツ・サムナーの小説。一九四六年刊。後、映画化。
(8) サンジェルマン・デ・プレにあるカフェで、多くの文学者が集ったところとして知られる。二階は哲学者のサルトルもよく利用していた。
(9) サンジェルマン・デ・プレにある。
(10) ブルース歌手。

最たるのが、「ぼく」をどうあつかうかということ、これに困った。ヘンリー・ジェームズを読んで助けられたよ。中心に置くべき意識、話はひとりの人間にさせるべきであるといったこと。かれのおかげで、小説はジョンの誕生日に展開させるというアイデアが生まれた。

――イタリアの作家アルベルト・モラヴィアが、[11]小説は一人称で書くべきである、なぜなら三人称はブルジョワの視点だから、と言ってます。賛成ですか？

ボールドウィン それについてはよく知らない。ただ、一人称はいちばん恐ろしい視点だ。どちらかというとぼくはヘンリー・ジェームズの意見に与するな、かれは一人称が大嫌いで、読者はそいつを信じてはいけない、と言ってる――どうして「I」なんて必要なんだ、と。ページのうえでがなりたてるこんな棒一本の力でどうしてこの人称がリアルなものになるのか、とね。

――『ジョヴァンニの部屋』に黒人の登場人物をださないというのはいつ思いついたんですか？

ボールドウィン 『ジョヴァンニの部屋』はやむにやまれぬところから生まれたというのが、それへの正直な答えになるかな。いつ生まれたのかは自分でもよくわからないんだが、ただ、のちに『もうひとつの国』になるもののなかから飛び出してきたものではあった。ジョヴァンニはパーティにいて、ギロチンにかけられようとしていた。本のなかですべての光を浴びていた。ところが、そこで本はストップしてしまい、本のなかのだれもぼくに話しかけてこなくなった。ジョヴァンニは短編小説に封じ込んだほうがいいかな、と思ったんだが、結局『ジョヴァンニの部屋』になったのよ。もちろん、もうひとつのどしりと重い「黒人問題」というのがとても――あの頃はとても――ぼくの手には負えなかったということもある。性モラルの光を当てるだけでもたいへんだった。[12]おなじ本のなかでふたつの問題をあつかうなんてできなかった。そんな余裕はなかった。いまだったらちがうかもしれないけど、あのときはね、あそこで、パリで、あの本に黒人を出すことなんてぼくの能力ではまったく無理だった。

――『ジョヴァンニの部屋』ではまず登場してくるのはデイヴィッド[13]でしたよね？

ボールドウィン　そう、だけど、あの小説にはおもしろい歴史があってね。あれを出すまでに四つ、ぼくは小説を書いてるの、まだアメリカを出て行く前のことだけど。あれはいったいどうなっちゃったのかな、わかんない。パリに出かけていったときはダッフルバッグに入れてったんだけど、なくしちゃって、それっきり。でも、『ジョヴァンニの部屋』の芽はアメリカにあるのよ。デイヴィッドはぼくが考えた人物だけど、もとになったのはルシアン・カーという青年が関係した特異な事件で、かれがある人間を殺したの[14]。かれは、ぼくの知り合いたちのあいだでは有名だったのよ――ぼくは個人的には知らなかったけどね。でも、その裁判にぼくはすっかり夢中になってね、上流社会の金持ちのプレーボーイとその妻も関わったりしたんでさ。これに夢中になったところから『ジョヴァンニの部屋』の最初のヴァージョンは生まれたのよ、『無知な軍隊』というタイトルで、結局書き上がらなかったけど。『ジョヴァンニの部屋』と『もうひとつの国』の骨はそのなかにあった。

――最初のふたつの小説は多くの点でパーソナルな面があったわけですが、その後からですよね、エッセイに顕著にあらわれている政治的、社会学的観点をかなり『もうひとつの国』に入れてきたのは？

ボールドウィン　ぼくから見ると、そんなふうに単純には行ってない、たんにパーソナルであろうとしたとか、いっそう大きな観点で見るようにしたとか。どういうふうにして本を書くかなんて、だれにもわからない

(11)　主人公がジョン。
(12)　『ジョバンニの部屋』は同性愛をあつかっている。
(13)　主人公で白人のアメリカ人。
(14)　執拗に求愛してくる男を殺した。ケルアックの友人で、ケルアックのインタヴューでも話題になっている。一三七ページ参照。

よ。『山にのぼりて告げよ』は父親や教会との——おなじことだけどね、じっさいは——ぼくの関係について書いたものだった。あれでなにかを追っ払って身を清めようというところがあった、なにが父親に起きたのか、なにがぼくら全員に起きたのか、なにがぼくに——ジョンに——起きたのか、どうして居場所が変わってしまったのか、を知ろうとしていた。もちろん、パーソナルなところはあるように見えるが、あの本はジョンについてのものではないし、ぼくについてのものでもない。

——「ひとはひとつのことからのみ書く——自分自身の経験から」とあなたはおっしゃったことがあります。

ボールドウィン うん、でも、ひとりの人間の経験が、二十四時間ずっと、その人間の現実ってわけではないから。いろんなことが起きるよ、ホイットマンが「ヒーローたち」という詩で言ってるのはそういうことじゃないの?「ぼくは人間だ、ぼくは苦しんでいる、ぼくはそこにいた」。経験って言葉をどういう意味でつかうかによるね。

——ですが、社会の不正義にたいするあなたのたたかいはエッセイの材料としてとってあって、いっぽう、フィクションではおもに自分の過去をとりあつかっている、とそんなふうにも見えますが。

ボールドウィン 作家としてやっていきたいなら、いずれは『もうひとつの国』みたいな本も書かなくちゃならないのよ。それから、『もうひとつの国』よりも前に出た「ソニーのブルース」とか「宿命《プリーヴィアス・コンディション》」といった短編ね、それらはかなりパーソナルなものではあったけど、でも、ヴィレッジで悶々としている若い作家のとか、ないしは、「ソニーのブルース」のソニーのジレンマをそのまま書いただけのものじゃない。それ以上のものになってると思うけど。

——ラルフ・エリソン(15)は「パリ・レヴュー」のインタヴューで、書いてるときは「おおむね、不正義については考えてない、芸術《アート》について考えてる」と言ってますが、多くのひとはあなたについては、黒人たちのスポークスマンみたいな存在と見ています。

ボールドウィン　ぼくは自分をスポークスマンだなんて考えてない――そんなの、思い上がりもはなはだしい、とつねづね思ってる。

――でも、おわかりでしょう、たくさんのひとがあなたのエッセイを読んで心を動かされていることは、スピーチや講演もですが……

ボールドウィン　ちょっと話をもどそう。そのてのエッセイはぼくが二十代前半のときのもので、その頃の「ニューリーダー」や「ネーション」といった雑誌に書いたものだ。さっきちょっと話した混乱から自分を引きずり出そうとするものだった。パリにはけっこういて、そのあいだに最初の小説を仕上げた、それはぼくにとっては大事なものであって、それがなけりゃいまここにもいなかったさ。そのあとまたパリにもどったのは――一九五五年から五七年だが――私生活でちょっとした破綻があったためだったけど、いずれアメリカに帰らなくちゃいけないだろうとはわかってた。それで帰った。公民権運動のなかにはいったとたん、マーティン・ルーサー・キング・ジュニアやマルコムXやメドガー・エヴァーズ等々[16]と会ったりしていたこともあったから、ぼくが演ずるべき役割は決まってた。自分を演説家だとかスポークスマンだとは考えなかったな、でも、編集者たちのいるところとはまるでべつなところで話のネタを拾えるとは思った。なにかができるんじゃないかと思うとね、それをしないで生きるのはとてもむずかしくなるのよ。

――もっと若い頃、芸術と抗議《プロテスト》のあいだにどんな区別をつけてました？

(15)　黒人の作家。『見えない人間』等。
(16)　いずれも公民権運動の指導者で、いずれも暗殺された。

ボールドウィン　両方とも文学だと思ってたし、いまでも思ってる。両者は対立していると言うひとたちもいるけど、もとからそうだったのだとは思わない。もっとも、たとえばラルフ［・エリソン］なんかがそう言うことでなにを言いたいのかはなんとなくわかるけどね。ただ、ぼくは、自分にできることはつぎのように考えることじゃないかと思ったの、つまり、いったんこの道にはいった以上、もし自分に才能があるんなら、そしてその自分の才能が大事なら、人生が運んでくるあらゆるものをその才能で乗り切っていかなくちゃいけないんじゃないか、とね。どこかにじっとすわって、自分の才能の刃を磨き上げていることなんかできなかった、南部のあちこちに行って、若いやつからおとなまで、男も女も、黒人も白人も、変化を探しているのをこの目で見てきてもいたし。ちょっと出かけていって挨拶して、はい、さようならってわけにはいかなかった。

――マーティン・ルーサー・キング・ジュニアの死であなたはものすごい絶望に陥った。そのとき、書きつづけるのはもうむずかしいと思いましたか、それとも、苦悩があったほうがより仕事はできますか？

ボールドウィン　苦悩を抱えていたほうが仕事ができるなんてやつ、いるものか。あまりにも文学的な発想だよ、そんなの。もう書けない、と思ったね。書いても意味がない、と思った。すっかり傷ついて……ぜんぜんうまく言えない。どうやってつづけていったらいいのか、わからなくなって、道がぼんやりして見えなくなった。

――その苦痛から抜け出す道を最終的にどうやって見つけたんですか？

ボールドウィン　弟のデイヴィッドのおかげだと思う。『巷《ちまた》に名もなく』を書いてたんだが、暗殺があった後はぜんぜん手もつけられずにいた。かれが電話をよこしたんで、本を書きあげることができないんだ、と言った。どうしたらいいのかわからないんだ、と。すると、かれが海を渡ってきた。ぼくはここサン・ポール・ドゥ・ヴァンスの、道路の向こうのルアモにいた。具合が悪くて、病院を四つか五つ、転々としてた。ラッキーだったよ、だって、狂っててもおかしくなかったんだから。あのね、葬儀がすむと、ぼくはアメリカを離れてイスタンブールに行ったんだ。そこで、仕事をした――というか、しようとしたの。でも、具合が悪くなってロンドンに行った、するとロンドンでも具合が悪くなって、もう死にたくなった。そしてぶっ倒れて、ここに運ばれてきたってわけ、パリのアメリカン病院から。ここには一九四九年にいたことがあったが、まさかサン・ポール・ドゥ・ヴァンスにもどってくるなんて夢にも思ってなかったよ。でも、ここに来たら、すっかり腰が落ち着いちゃった。ほかに行けるところもじっさいなかったから。まあね、アメリカにもどることもできたろうし、じっさいもどりはした、マーガレット・ミード(17)と話をするためにね、『怒りと良心』という本になったが、あの対話にはかなり助けられたな。でも、なによりもデイヴィッドが来てくれたことだよ、かれは『巷に名もなく』を読み、それをニューヨークに送った。

――あなたは以前、「エスクァイア」に書いたエッセイに、「逆境というものを学んだおかげで、妥協の術を知った」と書いてます。この言葉には自分の作品を出版にもっていくまでの事情が反映されてるんじゃないんですか?

ボールドウィン　そんなことはない、もっとも、つねに荒れ模様の仕事ではあるよ。生活していくのはたいへんだ。時がたつにつれて書くのがどんどんむずかしくなってきた。ぼくが言ってるのは書くという作業のことだけど、ある程度のエネルギーと、こういう言葉をつかうのは嫌いだが、勇気が要求される。それと、ある程度の無謀さと。よくわからない。書くことについて話のできるやつがいるなんて、信じられない――少なくともぼくは無理だ。きっとその話をするのが怖いんだろうね。

――それは、受胎、懐妊、分娩みたいなものだと思いますか?

(17)　人類学者。

ボールドウィン　そんなふうにはぜんぜん考えない。受胎なんて――そのことがわかってから話をするものだろ、もし話をするとしても。でも、じっさいにはよくはわからないよ。受胎したとわかったら作品の話をするかもしれないが、でも、そこで言ったことが、信じられる言葉として通用するかどうかとなると、疑問だ。

――ある批評家が言ってます、ジェームズ・ボールドウィンの最高傑作はこれからあらわれる、それは自伝的な小説で、『頭のすぐ上を』がその一部である、と。

ボールドウィン　その意見にはもちろん賛成だね。当然だが、最高傑作が待っている、と思いたいもの。自伝的ってどういう意味でつかってるのかによるね。たしかに、まだ自分の話はしてないのはわかってる、断片的には語ってきたけど。

――登場人物たちは身近な存在ですか？　身近な存在にかんじます？

ボールドウィン　身近にかんじるかどうかというと、わかんない。でも、しばらくたつと、登場人物たちのことがまったくわからなくなってなんとも判断しようがなくなることはある。小説を書き終えるっていうのは、汽車はこの先には行きません、降りてくださいってことなのよ。欲しい本は手に入らず、手に入った本でがまんするしかないってこと。本を書き終えるといつもかんじるのは、自分にはまだ見えていないなにかがあるってこと。でも、そのことに気づいたときはもう遅いのね、終わっていてもう手が出せないんだから。

――本が出版されたときにそう思われるんですか？

ボールドウィン　ちがう、ちがう、書き終えたこの机の前でそう思うの。出版されるというのはまた別な話で、そのときはもうまったくこっちの手を離れている。この机の前で、どこかを書き直そうとすればほかのところがぜんぶめちゃくちゃになるって気がつくってことさ。それでも、まあ、その本がいままでいたところとはちがうところへこっちを連れてってくれてれば、それまで見たことのないものが見えるわけで、別なところへ到着したってことにはなって、そうするとホッとはする。ひとつ先へ進んだってわかって。

——いま、あなたのたくさんの登場人物たちはここいらを歩いてますか？

ボールドウィン　いいや。連中が歩きだすのは、こっちがそいつらを紙の上に書こうとするときよ。紙の上に書いてしまったらもう、そいつらの姿は見えない。いまなおふらふらさまよってるかもしれないけどね。見える？

——ということは、いったん作品のなかにつかまえてしまうと、登場人物はもう幽霊のようなものではなくなっているということなのですね？

ボールドウィン　つまり、どうなっているかっていうと、登場人物はいつまでもこっちについてまわってはいるけど、小説が書き終わると、チャオ、いろいろありがとうって言って消えちゃうのね。それでおしまい。『もうひとつの国』ができあがるまでは、アイダは何年もぼくにいろいろ話しかけてきたけど。いまは関係は良好よ。

——『もうひとつの国』のルーファス[18]ですが、かれを思いついてどのぐらいたってから、この男は自殺するってわかりました？　それとも、あなたの青春期の友人がモデルだったんですか、ニューヨークのジョージ・ワシントン・ブリッジから飛び降りた？

ボールドウィン　うん、かれはその友人がモデルだ、でも、変なんだが、ルーファスの小説への登場が決まったのはいちばん最後なんだよ。あの小説は、何度書こうとしても、なかなかうまく行かなくてねえ。アイダが重要なんだが、でも、どうも彼女とうまく交流ができない。ぼくがまず相手にしてたのはアイダとヴ

(18)　黒人のジャズ・ドラマー。両性愛者。

ィヴァルドなんだけど、どうすればアイダのことがわかるようになるのかがわからない。そこにルーファスを引っぱってきたら、すべてがうまく動きだした。

――それから、リチャードがいますね、理想主義者の作家の？

ボールドウィン　だんだん記憶のはるか彼方の話になってきたね。そうねえ、ヴィヴァルドも、しばらく名前がなかったよ。最初はダニエルって名前で、黒人だったときもある。いっぽう、アイダはずっとアイダだった。リチャードとキャスは飾りみたいなものだった。[19]ぼくから見れば、リチャードはぜんぜん理想主義者なんかじゃないよ。昔も今もいるリベラルなアメリカ人の出世主義者たちがモデルだ。ともかく、読者にアイダという人物をわかってもらうためには彼女に兄をあたえる必要があるということになり、それがルーファスということになった。作品のスタイルという観点から見ても、また、ひとの苦しみはどのくらいで落ち着くものかという点から言っても、とてもよかったよ、長いことかかったわけさ――一九四六年から一九六〇年だからね――友人は死んだのだということを受け入れられるようになるまで。で、ルーファスがいなくなった瞬間、[20]気がついたんだ、もしアイダになにがあったのかがわかれば、ルーファスのことも同様にわかるだろうし、アイダがどうしてずっとヴィヴァルドやみんなとうまくいかなかったのか――なにより自分自身とうまくいかなかったのかがわかるだろうって。彼女は苦しみとともに生きることができなかったんだよ。あの本の主題は、ぼくに言わせれば、アイダとヴィヴァルドが一種の共通認識をもとめて旅するところにある。

――フィクションを書くときとノンフィクションを書くときとではギアの大きな切りかえがあるんですか？

ボールドウィン　ギアの切りかえ？　どの形式もむずかしいんだよ、こっちよりあっちが簡単なんてことはない。どれもたいへんだ。簡単にいくものなんてない。

――一日に何ページくらい書くんですか？

ボールドウィン　書くのは夜。一日が終わった後、夕食がすんだ後に書きはじめ、だいたい朝の三時か四時まで仕事をする。

――それってめずらしくありません？　たいがいのひとは、頭がフレッシュな、朝に書いてますから。

ボールドウィン　ぼくは、みんなが寝たときに、仕事を開始するの。若いときからずっと、そうするしかなかったのよ――チビどもが寝るまで待ってなくちゃならなかったから。それに、昼間は、いろんな仕事をしてたから、いつも夜に書くしかなかった。でも、いまは落ち着いたから、そうするのは夜だとひとりになれるからだね。

――望み通りのものになってきたとわかるのはいつですか？

ボールドウィン　ぼくはたくさん書き直す。それはとても苦しい。そして完成というのは、もうこれ以上は直せないとなったときだけど、でも、望み通りのものにきちんとなってることなんてまずない。じっさい、いままで書いたなかでいちばんむずかしかったのは、『もうひとつの国』のあの自殺のシーンだった。ルーファスがかなり早めに自殺することになるのはぼくもずっと承知してた、だって、それがあの本のキーなんだから。でも、ぼくはそれを延々と伸ばし続けてた。ひとつには、それは、橋から飛び降りたぼくの友人の自殺を再現することだったからね。また、技術的な点から言っても、危険なことでもあったからさ、だって、中心人物が百ページも行かないうちに死んじゃうんだよ、残り二百ページもあるというのに。自殺に行くまでのところは長いプロローグみたいなものさ、アイダのこころを照らす唯一の光だよ。彼女のこころのなかにはだれもぜったい入れない、でも、この女になにが起きてるのかは、読者にわからせなく

(19)　ヴィヴァルドは完成稿では白人。アイダは黒人。リチャードとキャスはともに白人。
(20)　前半で自殺する。

ちゃいけなかったわけで、そのために、彼女が兄の死からうけた衝撃を読者にかんじさせることにした──なにしろ、その死があらゆる人間との彼女の関係のもちかたのキーになってるんだから。彼女はみんなにその償いをさせようとしてる。しかし、そんなことはできない、人生はそんなものじゃない、自分をこわす結果になるだけさ。

──でも、ともかく、あなたの場合はそんなふうにして本ははじまるわけですね? そんなかんじに?

ボールドウィン たぶんみんなもそんなかんじさ──なにかにイライラさせられて先へ進めない。それはけっこう苦しいことだよ。本をかたづけるか、死ぬか。そこを通過しなきゃいけない。

──それをすると、なんというか、さっぱりした気分になる?

ボールドウィン そのへんはなんとも言えないな。それは、ぼくには、旅をすることみたいなものになってる。唯一はっきり言えるのは、本がかたづいたときにつぎへ進める気持ちになってたら、自分をごまかさなかったということだ。

──ごまかすっていうのは?

ボールドウィン 逃げた。ウソをついた。

──ということは、ぶちまけたいという衝動はあるわけなんですね?

ボールドウィン そりゃそうさ。ぶちまける、決着をつける。でも、それはあくまで衝動だからね。エッセイについてもおなじだ。

──でも、エッセイはもうすこし単純なんじゃありません? だって、あなたが怒っている事柄については、それがなんなのかはっきりわかってるわけですから……

ボールドウィン エッセイはそんなに単純じゃないよ、一見、そう見えるけど。エッセイは、基本的には、議論だ。エッセイでの書き手の視点はつねにきわめてはっきりしてる。書き手は、読者に、なにかをわからせようとしてる、なにかを信じさせせようとしてる。小説や芝居では、書き手は読者になにかを見せようとしてる。でも、どっちにしてもまあ、リスクはおなじなんだよ。

――第一稿ってどんなかんじのものなんですか？

ボールドウィン　くどくど書いてある。だから、書き直しの作業の大半はクリーニングだ、洗いおとすことだ。説明はするな、見せてやれ。若い作家志望者たちにはそう教えるようにしてる――削れ！　紫色の日没を説明するな、紫色であることをわからせろ。

――長いこと書いてきて経験はたっぷり積まれてきたわけですが、いろいろわかってきたことでなにが増えたと思われますか？

ボールドウィン　じぶんがいかにいろいろわかってないかがわかるようになるね。どんどんむずかしくなるよ、だって、この世でいちばんたいへんなのはシンプルになることだから。それはいちばん怖いことでもある。どんどんむずかしくなるよね、だって、いろんな扮装をつぎつぎ脱ぎ捨てなくちゃいけないんだから、そのなかには自分でも扮装だと思ってなかったのもあるし。骨のようにクリーンな文章を書きたい。それがゴールだ。

――自分が書いたものについてのひとの意見は気になります？

ボールドウィン　最終的には気にならない。若いときは気になったけど。気になるひとについては、かれらがなんと言ってるかは気になるかな。書評が気になるのは、それでもってひとが本を読むからだよね。だから、そういうものは重要なものではあるけど、最終的には重要なものじゃない。

――アメリカでいろいろ不愉快なことをかんじていたのであなたはフランスに行かれたわけですが――そういうものはまだアメリカにありますか、まったくおなじですか？

ボールドウィン　いずれ帰らなくちゃいけなくなるだろうとはいつも承知してた。いま二十四歳だったら、どうかな、行くかなあ。フランスに行くかどうかはわかんないね。フランスに行くかもしれない。アフリカに行くかもしれない。思いだしてほしいんだが、ぼくが二十四のときは、こっちが行けそうなアフリカなんてなかった、リベリアくらいしか。[21] イスラエルに行くことも考えたが[22]、結局行かなかった、正解だったね。いまは、だけど、いまの子はさ……うん、つまり、すっかり変わったんだよ、だれもまだしっかり気づいてないけど、これはとても重要なことでね——ヨーロッパはもう準拠枠じゃないよ、基準をもってるところじゃない、文学とか文明の不朽のモデルではない。もう物差しではない。いまは世界にほかの基準がいろいろある。素晴らしいよ、いま生きてる時代は。いまは、世界中が、ぼくが若かったときとはまるでちがうものになってる。ぼくが子どもの頃は、世界は、なんだかんだ言っても、白かった。でもいまは、なんとか白くありつづけようとしてる——これはすごいちがいだよ。

——脇役を書く名人である、とあなたはよく言われます。それについてご意見は?

ボールドウィン　そうだねえ、脇役っていうのはサブテクストだ。作家が描こうとしているものがなんであれ、それに照明をあてるものだ。ぼくはいつもドストエフスキーやディケンズの脇役たちに心動かされてきたんだよ。脇役たちには主役たちにはないある種の自由があってさ、いろいろコメントも言えるし、動くこともできる、そのくせ、主役たちのような重みも強度もあたえられていない。

——かれらの行動は勝手気ままだということですか?

ボールドウィン　そうじゃないよ、脇役をいいかげんにあつかったら、主役もいいかげんなものになってしまう。脇役は、いわば、舞台装置の一部——古代ギリシャ劇の合唱隊みたいなものだ。主役たちよりもももっとはっきりとしたかたちで、劇のテンションを高める。

——こんなことを訊くのは失礼かもしれませんが、書いてるとき、後ろにお母さんが立ってるんじゃありませんか? あなたの多くの登場人物の後ろにはお母さんがいるのでは?

ボールドウィン　そうは思わないけどねえ、でも、正直なところ、わかんないね。ぼくには五人、妹がいるし。それから、おもしろいことに、ぼくの人生には女性がたくさんあらわれたし。だから、母親ではないと思うんだけど。

——精神分析医にかかったことはありますか？

ボールドウィン　ない。「適応」しようとしたことはない。

——あなたとウィリアム・スタイロン[23]はそろって、犠牲者たちや、だれかを犠牲にすることについて書いてます。スタイロンは、自分が犠牲者であるような気持ちになったことは一度もない、と言ってます。あなたはいかがですか？

ボールドウィン　そうねえ、断固そうならないようにしてるね。おそらく、ひとの人生のターニングポイントは、犠牲者のようにあつかわれることはかならずしも犠牲者になることではない、と認識したときだよ。

——作家のコミュニティというものを信じますか？　そういうものに興味はあります？

ボールドウィン　いいや。ともかく見たことない……そんなのを持ってる作家はいないと思うけど。

——でも、たとえば、ウィリアム・スタイロンとリチャード・ライト[24]はあなたがものの見方を形成するのにおいて重要だったんじゃありませんか？

ボールドウィン　リチャードはぼくにはとても重要だったよ。はるかに年上だったが、とてもやさしくしてく

(21) アメリカの元奴隷たちがアフリカに帰ってつくった国。
(22) ボールドウィンがパリに行った一九四八年に、世界を流浪していたユダヤ人たちがつくった国。
(23) 白人の作家。『ソフィーの選択』はナチスのユダヤ人迫害をのがれた女性をめぐる小説。
(24) 黒人の作家で、抗議文学の旗手として知られ、後の黒人作家たちに大きな影響をあたえた。代表作『アメリカの息子』は一九四〇年刊。

れた。じっさい、最初の小説ではずいぶん力を貸してもらった。一九四四年から四五年にかけてのことだ。ぼくはブルックリンのかれの家を訪ねていったんだ！　自己紹介したが、もちろんかれはこっちが何者か知りゃしない。まだエッセイも書いてないし、小説も書いてなかったからね——一九四四年だったな。大好きだったよ、ほんとに好きだった。作家としてはまるでちがうし、人間としてもたぶんまるでちがうんだけど。こっちが年とっていくにつれて、そのへんのちがいはますます顕著になっていったし。そんなことがあってからさ、パリに行ったのは。

——スタイロンは？

ボールドウィン　さっき言わなかったかな、ビルは友人だよ、たまたま作家だっただけ。

——かれの『ナット・ターナーの告白』(25)についてはなにか言いたいことはありましたか？

ボールドウィン　あったよ。でも、ほかの作家に向かって、こういうのを書け、と言うつもりはない。それがぼくの立場。気に入らないものを書かれたら、自分で書きゃいいんだ。かれは立派だよ、あれに立ち向かい、そして仕上げたんだから。歴史対フィクション、フィクション対歴史、どっちでもいいけど、その巨大な問題をひっぱりこんだ……かれが書くのはぼくとおなじような理由からさ——自分を苦しめ脅かすものについて書いている。ぼくが『もうひとつの国』を書いてるとき、ビルは『ナット・ターナー』を書いてたんだ。ぼくはね、かれの家に五ヶ月、間借りしてたのよ。仕事の時間は、かれとぼくとではぜんぜんちがい、ぼくが寝ようとする夜明けに、ビルは起きてきて書斎に仕事しに行く。かれが開店してるとき、こっちは閉店してるというわけ。顔を合わすのは夕食のときだった。

——どんな話をしてたんですか？

ボールドウィン　仕事の話はぜんぜんしなかった、というか、まずしなかった。わが人生の最高の時間だったね、まったく文学的ではなかったけど。いっしょに歌をうたい、少々飲みすぎなくらい飲み、われわれに会いにふらりと立ち寄った連中とたまにおしゃべりしたりして。音楽にかんしては、ぼくらには共通の遺産もあったし。[26]

——じっさいに書いているとき、どんな音楽が聞こえてきますか？　体が動きだしたり、こころが動きだしたりした経験はありますか？

ボールドウィン　いいや。ぼくはじつに冷めたもんさ——冷めた、は言葉としてちょっとちがうな、自分を抑えている、かな。書くことは、ぼくにとっては、自分を抑えた行動でなくちゃならないものでさ、かたちをつくっていくのは情熱と希望だ。それが唯一の理由だよ、なんとか最後までたどりつける。さもなきゃ、とんでもない方向に行っちゃう。書くこと自体は、ほんと、冷めたものさ。

——いままでいろんな小説家たちと話をしてきたのですが、大半のかたが、同時代の小説はほとんど読まない、そのかわり、芝居や歴史書や回想録や伝記や詩を読む、と言ってます。あなたの場合もそうなんだろう、と思いますけど。

ボールドウィン　ぼくの場合、つねにある種リサーチをしてるようなところがあるからね、そのせいもある。そうだね、芝居もたくさん、詩もいっぱい、劇作家見習いか詩人見習いのようなかんじで読むね。夢中になる。なんというか、視覚に——ものの見えかたに魅了される。たとえば、エミリー・ディキンソン[27]を読む、それから、もっともらしい日々の悩み事や義務からすっかり切り離されたひとたちのを読む。かれ

(25)　十八世紀に奴隷反乱を指揮した黒人ナット・ターナーの自伝のかたちをとった小説。スタイロンが白人だったこともあって、黒人たちのあいだからその描きかたについて異論が多く出て論争が起きた。
(26)　南部生まれのスタイロンは黒人の音楽が好きだった。
(27)　十九世紀のアメリカの詩人。孤独のうちに死ぬが、二十世紀になって発見され、そのイメージの豊かな短詩は現代詩におおきな影響をあたえる。

時代の小説は、ぼくらがある役割とある責任をもってる世界の一部だしね。それに、その世界には、もちろん、どうしても好奇心ももっちゃってるし。

――同時代の小説は責任感から読むということですか？

ボールドウィン　ある意味では。ともかく、興味をそそられる作家はあまりいない――かれらの価値観がどうだこうだと言うんじゃない。ほとんどの作家がぼくからは程遠いの。たとえば、ジョン・アップダイクの世界なんか、ぼくの世界になんら影響をあたえない。もっとも、ジョン・チーヴァーの世界はぼくを揺さぶったけど。(28) はっきりしてるのは、ぼくにはアップダイクについて意味ある判断はできないってこと。いま言ってることも、きわめて主観的なものだし。でも、概して、多くの白人のアメリカ人――そういう言葉をつかわせてもらうけど――の抱えている問題は退屈なものでさ、すごくすごく自己中心的だ。悪い意味で。自分が勝手に思い描いている自己像にすっかり左右されすぎてる。

――社会の不正義にたいして、なんというか、かれらはろくに関心を払っていないということですか？

ボールドウィン　ちがう、ちがう。そんなような二分法はお断りだ。ピケに立てとか立場を表明しろとか、ぼくはだれにも要求するつもりはないよ。それはまったく個人的な問題だから。ぼくが言ってるのは自己のとらえかたさ、かれらの自己への惑溺ぶりが、ぼくには、ひどく窒息的なものに見える、ほとんど広がりがないので、不毛なものに最終的にはなってしまっている。

――でも、あなたも文章のなかにけっこう自分の体験をとりあげていますよ。

ボールドウィン　うん、しかし――自分という言葉はやっぱりやっかいだね――自分自身をどうとらえるかによるから。それは、ぜったい、多様ないろんなつながりのまわりをまわってるから。たしかに、自分の生活だけをとりあげ、自分の視点から書くということはできる。ほかの視点なしで、まったくなしで。でも、ぼくの場合、どの登場人物についても、完全にフィクションだとは言いきれないところがあってね。いつだ、どこでだ、とこっちの注意をしつこくうながされているかんじがあるんだ。非常にかすかではあっても、ぼくは気づいてるんだよ、ある登場人物がぼくにどう影響をあたえたかってね。現実にさ。いわゆる現実世界で、日々の世界で。そして、そこにもちろん想像力がかかわってくる。でも、それは、なにかが引き金になってなくちゃいけないんであって、それ自体が引き金になるというのはありえない。

――エミリー・ディキンソンのどんなところに心動かされるんですか？

ボールドウィン もちろん、言葉のつかいかた。それと、彼女の孤独、その孤独のスタイル。とても心動かされるところがある、それと、最高にいい意味でひょうきんなところがある。彼女はまるで荘重なんてもんじゃないんだよ。孤独のなんたるかを知りたかったら、有名になってみることだ。それはきりきりとネジで締め上げられる拷問のようなものでね。その孤独はほとんど克服できない。数年前までぼくは、有名になるってことは十日間ほど不思議の世界にいるみたいなもので、そのあとはいつも通りの生活に帰れる、と思ってた。ところが、こっちの知らないうちに、みんなのあつかいがちがってる。それは、親しい友人たちのおどろきや心配のなかにも見られる。そういうものの裏側には、大きな責任をこっちにもとめているというところがある。

――有名な作家になると、過去は散乱してしまう？

ボールドウィン ぼくの過去の証人ならたくさんいるよ、姿を消してしまったひとたちとか、死んでしまったひとたちとか、ぼくが愛したひとたちとか。でも、幽霊となってただよってるとか、後悔があるとか、そ

(28) チーヴァーもアップダイクも、中流上層階級の白人たちの郊外生活者たちの生態を主に描いたので、その世界は似ていると考えている者も少なくなかった。

んな気持ちになることはない。そのての憂鬱はぼくはかんじないのね。ノスタルジアもない。すべて、いつもそこいらにあり、前方に待ち構えている。うまくいかなかった小説たちとか、愛とか、たたかいとか。しかし、そういうものがみんな、ものすごい力をもったなにかをくれるのね。

――それって、あなたの最大の関心事である、現実とは歴史である、現在というものはひとりの人間の過去におきたあらゆることの影をうけている、ということにつながりますね。ジェームズ・ボールドウィンはつねに過去と未来にしばられてきた。四十歳のとき、自分はもっと年寄りのような気がするとおっしゃってました。

ボールドウィン　ひとはね、四十歳になると、そういうことを言うの、四十歳に特有のものだ。すごいショックだったねえ、四十になって。もっと年寄りになったような気がした。歴史に反応するのかね、四十歳になると、ひとには自分の死が見えてくる。近づいてきたなってわかる。三十のときには死は目に入らないし、二十五のときなんかなおさらそうだ。自分はいずれ死ぬ、さらに四十年生きるということはまずありえない、と衝撃をうけるのね。そして、時間がこっちを変え、敵か友か、のいずれかになる。

――いまひどくお悩みのようですが――死のせいではない？

ボールドウィン　うん、たしかに悩んでるよ、でも、死のせいではぜんぜんないね。仕事をかたづけなくてはということと、これまでいったい自分はなにを学んできたんだろうってことが、悩ましい。死でくよくよ悩んだってしかたない、だって、そうしたら、生きることができなくなるだけだから。

――「本質的に、アメリカはそんなに変わってない」と、「ニューヨーク・タイムズ」であなたはおっしゃってました、『頭のすぐ上で』が刊行されようとしてたとき。あなたは変わりましたか？

ボールドウィン　いろいろな意味で変わった、だってアメリカが変わってないんだから。いろいろな意味で変わることも強制されたし。何年か前まではぼくは自分の国にある種、期待があった、でも、いまはない、それは自分でもわかる。

――そうですね、一九六八年以前は「アメリカが大好きだ」とおっしゃってました。それをずっと見てくるうちに、その気持ちに変化がでてきたのね。

ボールドウィン　それよりももっと前だよ。いまでも大好きさ、ただ、自分の国が好きじゃないふりをするのは、精神には大災害だよ。自分の国をダメだと言うことはできるだろう、そこから出て行かざるをえなくなることもありうる、自分の全人生をたたかいとして生きることも可能だ、でも、そこから逃げられるとは、ぼくは思わない。ほかに行けるところはないのよ――自分の根っこを引きぬいて、どこか別なところに植えるわけにはいかない。少なくとも一回かぎりの人生では無理だね、万が一できたとしても、いつまでもそのことをはっきり認識しつづけて、本当の根っこは別なところにあるんだ、と自覚してる。自分のかたちをつくった直接的な現実を見ないふりをしてると、じき、ものが見えなくなると思う。

――作家として、これはおれが勝った、と思えるたたかいはなにかありましたか？

ボールドウィン　作家になること自体がたたかいだよ！　大きくなったら大作家になる、と、子どもの頃、ぼくは母親にしょっちゅう言ってた。いまもおなじ。大きくなったら大作家になる。

――若い作家志望者がやってきて、おなじみの必死な質問を投げてきたら、なんと答えます？　どうしたら作家になれますか、と訊かれたら？

ボールドウィン　書け、だね。生きつづけて書いていられる道を探せ、だね。ほかに言うことはないよ。もしきみが作家になるなら、こっちがなにを言ってもその邪魔をすることはできないし、もしきみが作家にならないとしたら、こっちがなにを言ったってしかたないし。とりあえず、最初に必要なのは、きみの努力は本物だよ、と言ってくれるだれかだ。

――ひとの才能は見分けられますか？

ボールドウィン　才能なんてたいしたものではない。才能の廃墟をぼくはたくさん見てきた。才能の向こうにあるありふれた言葉がすべてさ、鍛錬《ディシプリン》、愛、運、でもなによりも、耐久力。

――マイノリティ出身の若い作家志望者にたいして、おのれのマイノリティに身をささげよ、と助言しますか？　それとも、まずなすべきことは作家としての自己実現である、と言いますか？

ボールドウィン　自分自身と自分の同胞たちは、じっさいのところ、区別しがたいものだよ、こころのなかにいろいろ葛藤はあってもね。それに、自分の同胞というのはみんなのことだし。

――『ジョヴァンニの部屋』では、ある程度、そのあたりの区別を取り払おうというところがありませんでしたか、主人公のデイヴィッドは白人でも黒人でも黄色人種でもおなじだった、と言ってましたが？

ボールドウィン　もちろん。かれに起きたことにかんして言うと、そういうことはどうでもいいことだった。

――でも、その後、とくに『もうひとつの国』のルーファスの場合に顕著ですが、人種が小説の中心に躍りでてきます。

ボールドウィン　あの小説では重要だった、たしかに。でも、あれが『もうひとつの国』という題になったのも、その国の現実を伝えようというところがあったからでね。もしも舞台がフランスとか、あるいはイギリスでもかまわないが、そうしたら、話はちがったものになってた。

――ラルフ・エリソンやアミリ・バラカ[29]やエルドリッジ・クリーヴァー[30]といったひとたちとはいまはどんな関係ですか？

ボールドウィン　クリーヴァーとはいまだなんの関係もない。クリーヴァーのおかげで、ぼくはずいぶん困った目にあったのよ。そのことについては当時もなにも言いたくなかったし、いまもあれこれ言いたくないね。クリーヴァーとのことでいちばん困ったのは、悲しい話だけど、かれの信奉者たちが訪ねてきたときだ、その頃かれはぼくのことをオカマとかなんとか呼んでたのよ。ぼくはある町に話をしに行くことになってた、まあ、クリーヴランドということにしておこうか、そしてぼくの二日前にはおなじところでかれが話すことになってた。かれはきっとぼくにダメージを加えるだろうから、それをなんとかして修正しなくてはと思ってた。かれの『氷の上の魂』のせいでぼくは手足をもがれたような状態になってたのね、エルドリッジについてなにか言えば、それはかれのぼくにたいする攻撃への返答と受けとめられかねなかったわけ。だから、返答はぜったいしなかったし、いまもする気はない。クリーヴァーは、まるで、ぼくが説教壇に立ってたときにいっしょに働いてたバプティストの年寄りの牧師みたいだ。ぼくはかれを信用してないよ、いちども。バラカについては、嵐のような時期もあったけど、いまはとてもいい友だちさ。

——おたがいに作品を読み合う関係？

ボールドウィン　うん——少なくともぼくはかれのを読んでる。それからラルフだが、ずいぶん長いこと会ってないなあ。

——手紙のやりとりはないんですか？

ボールドウィン　ない。思うに、ラルフは、ぼくが公民権運動でやってたいろんなことを勝手に解釈していて、いろいろ気に入ってないんじゃないか。だからだろう、会ってない。

——明日にでもいっしょにランチをしようってことになったら、なんの話をしますか？

ボールドウィン　ぜひ明日にでもいっしょにランチをしたいもんだねえ、バーボンをいっしょに飲んで、会わずにいた二十年間のことをきっと話すだろうな。かれにたいしては、ぼくはいっさい反対するものももってないし。かれの偉大な本[31]は大好きだし。たぶん、戦術についてぼくらは考え方がちがったんだ。でも、

(29)　黒人の詩人、劇作家。もとの名はリロイ・ジョーンズ。『ブルース・ピープル』等。
(30)　黒人の公民権運動の活動家で、過激なブラック・パンサー党に加わった。自伝に『氷の上の魂』。
(31)　『見えない人間』。

ぼくには公民権運動を通り抜ける必要があったんでね、そのことはぜんぜん後悔してないの。あのひとたちもぼくを信頼してくれたし。あの時代には、なんだかとても美しいものがあったのよ、元気をくれるなにかがあったから、ぼくはそのなかにいたかったし、行進に加わりたかったし、シットインに参加したかったし、そういうものを自分の目で見たかった。

――黒人と白人はそろそろもうおたがいについて書けるようになってきたと思いますか、正直に、おたがいに納得がいくようなかたちで？

ボールドウィン　うん、でも、これだという圧倒的な証拠はもってない。だけど、いま思いつくのは、トニ・モリスンやその他の若い作家たちのようなスポークスパーソンたちの打撃力だ。黒人のアメリカ人がこれからやらなくちゃいけないことは、白人の歴史に、というか、白人が書いてきた歴史にきっちりと意見することだね――シェークスピアもふくめて。

――「みんながぼくについて書いていることは筋違いなことばかりだ」と、雑誌の「エッセンス」にあなたは以前書きました。きちんと評価されていないという意味ですか、批評というものとはうまがあいませんか？

ボールドウィン　ひとがなんと言おうと知ったことかというふうにはなかなか行かないんだよ、でも、それをなんとか頭の外に叩きださなくてはいけない。じっさい、かなりたいへんだったのね、町のこっちではおとなしい黒人《アンクル・トム》をやりつつ、町のあっちではアングリー・ヤング・マンをやってたりしてたから。頭もくるくる回った、いろんなラベルがどっさりぼくに貼り付けられるんだから。とうぜん苦しかったし、おどろきの連続だったし、まったくわけがわからなかった。みんながぼくのことをなんて言ってるか、そりゃもう気にしてばかりいた。

――でも、文芸批評家についてはちがうでしょ？

ボールドウィン　文芸批評家は気にする対象にはなりっこないさ。理想論だけど、批評家にできることは、せいぜい、表現のここが過剰だとかあそこが不鮮明だとか指摘することだから。しかし、世論が相手だと、それがどんなものであれ、どうにも反応しようがないんだよ。傷つくようなことも言われるかもしれない、気に入らないこともあるだろう、でも、どうしたらいいんだい？　白書なり、あるいは黒書でも書いて、自分を擁護する？　できないよ、そんなの。

――しばしばサン・ポール・ドゥ・ヴァンスを離れてアメリカにもどり、講演で各地をまわってらっしゃいますね。人前で話をするのは苦になりませんか？

ボールドウィン　人前で話をするのが苦にならなかったことなんてないよ。いまだ一度も。

――タイプライターの前にいるほうが気が楽ですか？

ボールドウィン　そりゃもちろん。ただ、昔牧師だったから、それが講演では役立っている。

――リチャード・ライトとの関係についてもうちょっと話していただけますか、かれの後援で文学関連の最初の助成金がもらえたんですよね？

ボールドウィン　前にも言ったけれど、ニューヨークにかれを訪ねていったんだよ。十九歳だった。とてもやさしくしてくれた。ただ、唯一困ったのは、その頃のぼくは酒を飲まなかったことね。かれはバーボンを飲んでたんだ。まあ、訊かれる前に、作家とアルコールについてこっちから話しておこうか。ぼくが知ってる作家で、飲まないやつはいないよ。親しい面々はみんな飲む。でも、飲みながら仕事はしない。おかしいのはさ、反射行動みたいなもので、煙草に火をつけるようなものなんだね。だから、酒の用意だけをして、それはそのままにして別なところへ行きゃいい。しばらくして酒のところにもどってくると、それはもうほとんど水になってるよ。煙草は燃え尽きちゃってるってわけさ。リチャードと、それから当初なにかと反目しあっていた頃のことだけど、ぼくは滑稽なほどおおげさに考えすぎてたのね。リチャードを論じてるつもりでいたけど、じつは、ハリエット・ビーチャー・ストウの『アンクル・トムの小屋』のことを考えていたんだ。リチャードの『アメリカの息子』は、唯一、アメリカの黒人を同時代のものとして描き出したものだった。ぼくはあの本についていろいろ書いたが、その理由のひとつは技術的なことについての異論で、それについてはいまなお考えは変わらない。本の最後の弁護士の行動が、どうにもぼくにはうなずけなかった。そのことを率直に書いた。単純におかしいと思うんだよ、アメリカの社会が作りだしたこの怪物についてあれこれ話したあと、アメリカの社会がその怪物を救済することを望む、と言うなんて！(32) まったくもって単細胞もいいところだと思ったんだ。アメリカの社会は怪物を作りだすだけで、それの存在を認めるようなことはしないんだよ。怪物を作って、それを破壊する。それがアメリカ《アメリカン・ウェイ・》の流儀《オブ・ライフ》だろ、敢えて言うなら。でも、まあ、リチャードにはこのうえなく敬意を抱いてる、とくに死後に出版された作品、『ひでえぜ今日は！《ロード・トゥデイ》』は最高の小説だ。読んでごらん。(33)

——いまも出版社には黒人の作家にたいする抵抗はありますか？

ボールドウィン　抵抗は巨大だ、でも、リチャード・ライトの頃とはだいぶちがう。ぼくが若かった頃は、こんなジョークがあったよ、「あんたのとこのプランテーション(34)には何人黒んぼ《ニガー》がいる？」あるいは、もうすこし遠回しに、「あんたのとこの出版社には何人黒んぼがいる？」あるところはひとり、ほとんどはゼロ。いまはそうではなくなった。

——ジェームズ・ボールドウィンは預言者的な作家である、というふうにあちらこちらでなってますが、どう思われますか？

ボールドウィン　預言者になろうとなんかしてないよ、文学を書こうと思って書いたりしてないようにさ。単純なことだよ、作家は、自分が見たことを、あらゆるリスクを引きうけてでも記録しなくちゃいけないということさ。そのことについてはだれも口出しできない。かれが見た現実はだれにもコントロールできない。パブロ・ピカソがガートルード・スタインの肖像画を描いてたときに彼女に言ったと言われている言葉を、いま、思いだしたよ。ガートルードは「それ、気に入らない」と言ったんだ。すると、ピカソはこう言った、「いずれ、気に入るよ」そしてその通りになった。

第九一号　一九八四年

(32) 白人女性と黒人女性をなかば偶然的に殺した主人公の黒人の青年を裁判で弁護することになる、共産党員でユダヤ人の弁護士。裁判での弁論にライトの思いがこめられているとされる。
(33) 死後の出版だが、最初に書いた小説である。
(34) 奴隷制があった頃のアメリカ南部の農場の呼び名。

トニ・モリスン

Toni Morrison

「わたしたちは慣れすぎてるんだと思う、反論しない、弱者の武器をつかう女たちに」

トニ・モリスンは「詩的な作家」と呼ばれるのをひどく嫌う。作品の叙情性ばかりに注意が向けられてしまうと、自分の才能が小さく見られ、作品のパワーと響きがないがしろにされると考えているらしい。広く読まれ、かつ、批評家からも高い評価を得ている数少ない作家のひとりとして、彼女には、どんな賛辞が望ましいか、注文をつける贅沢ができるのである。とはいえ、分類されることは拒まず、じっさい、「黒人の女性の作家」という肩書きは喜んで受け入れる。個人を気迫ある存在に、特異なものを必然的な存在に変えてしまうことのできる彼女の能力から、「黒人の心をもったD・H・ローレンス」と呼んだ批評家もいた。また、社会派小説の巨匠でもあって、人種と性の関係や、文明と自然のたたかいの検証をすすめつつ、同時に、神話や空想的なものを深い政治的な意識と結びつけてみせる。

わたしたちはモリスンと、夏の日曜日の午後、プリンストン大学の緑濃いキャンパスで話した。インタヴューがおこなわれたのは彼女の研究室で、ヘレン・フランケンサーラーの大きな複製画や、建築家が描いた彼女の小説に登場するあらゆる家のペン画のドローイングや、額に入れた本のカヴァーや、ヘミングウェイからの詫び状――ジョークの贋造品――が飾られていた。机のうえにはシャーリー・テンプルの似顔絵のついたブルーのガラスのティーカップがあり、No.2の鉛筆[1]がぎっしりと突っこんであったが、最初の原稿はそれで書くのである。クラッスラの鉢が窓辺にあり、ほかにもいくつか鉢植えが吊ってある。コーヒーメイカーとカップはいつでもつかえる状態になっている。高い天井、大きな机、高い背もたれの黒の揺り椅子といったものに囲まれているにもかかわらず、部屋にはキッチンのような暖かい雰囲気がただよっていたのはきっと、書くことについてモリスンと話しているとキッチンで気さくな会話をかわしているような気分になったからだろう。あるいは、わたしたちの勢いが弱まりそうになるとみるや、魔法のように彼女がクランベリー・ジュースを出してみせたせいかもしれない。サンクチュアリへの入場を許してくれたのだ、と思ういっぽう、状況は完全にコントロールされてしまっているな、とかすかに感じていた。

外では、オークの木の葉が高い天蓋のようになって日の光を濾し、彼女の白い研究室に黄色の光の斑模様をつくりあげていた。モリスンの机は、「散らかっていてごめんなさい」ということだったが、とても整然としているように見えた。本の山と紙の束が壁の脇のペンキを塗ったベンチの上にのっていた。想像していたよりも小柄で、灰色と銀色の髪が編まれて細い鋼色の束になって肩まで垂れている。インタヴューの途中ときどき、朗々とした深い声が轟くような笑い声に変わった。手の平で机をぴしゃりと叩いて言葉を強調した。アメリカの暴力について怒っていたかと思うと、直後には、くだらないテレビのトークショーの司会者たちを楽しそうに軒並みこきおろした。仕事がかたづいた夕方あたりにはチャンネル・サーフィンをするときもあるという。

――エリッサ・シャペル、クローディア・ブロッキー・ラクール　一九九三年

(1)　HBに相当。

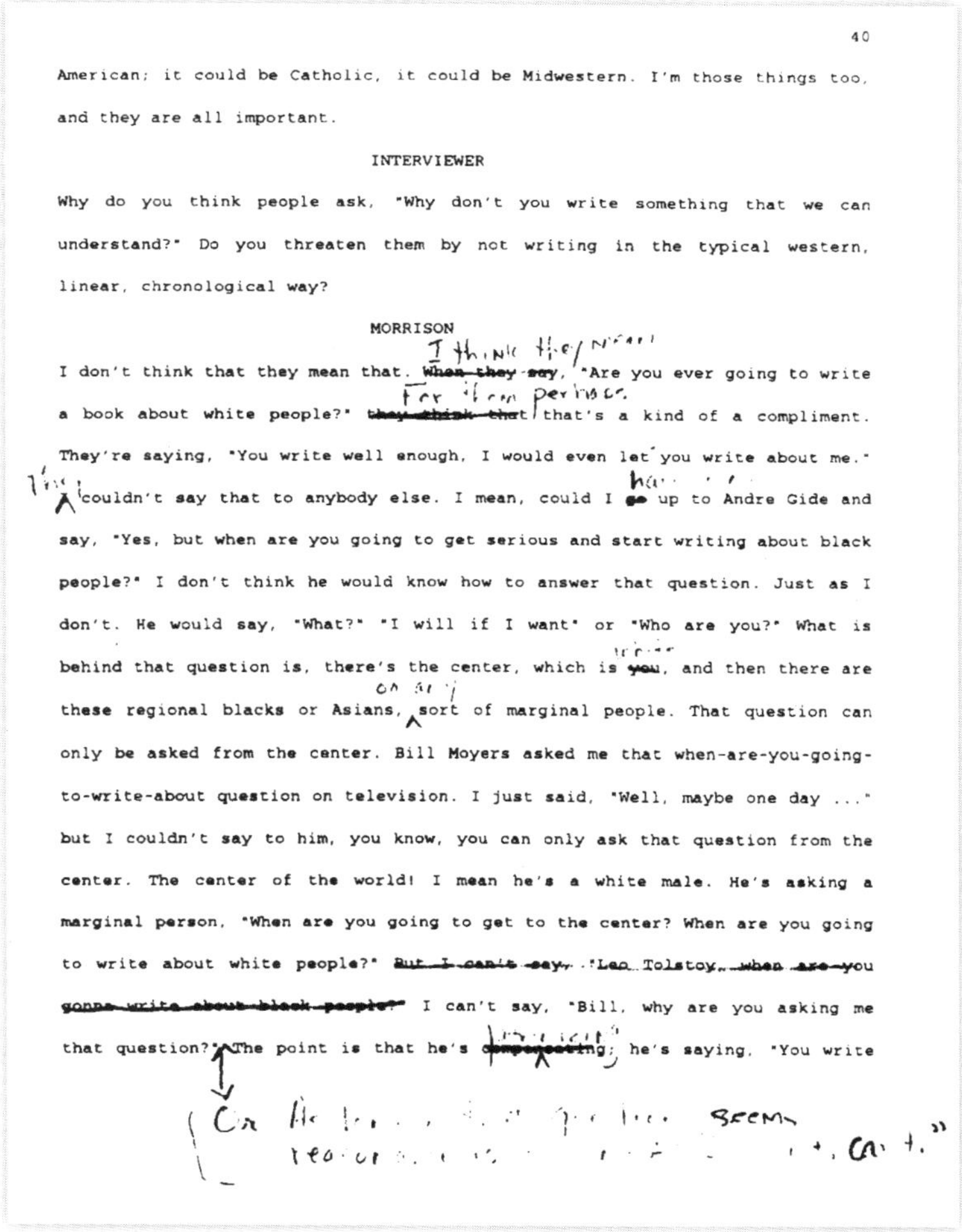

40

American; it could be Catholic, it could be Midwestern. I'm those things too, and they are all important.

INTERVIEWER

Why do you think people ask, "Why don't you write something that we can understand?" Do you threaten them by not writing in the typical western, linear, chronological way?

MORRISON

I don't think that they mean that. ~~When they say~~ I think they mean, "Are you ever going to write a book about white people?" ~~they think that~~ For them perhaps that's a kind of a compliment. They're saying, "You write well enough, I would even let you write about me." They couldn't say that to anybody else. I mean, could I ~~go~~ have gone up to Andre Gide and say, "Yes, but when are you going to get serious and start writing about black people?" I don't think he would know how to answer that question. Just as I don't. He would say, "What?" "I will if I want" or "Who are you?" What is behind that question is, there's the center, which is ~~you~~, and then there are these regional blacks or Asians, or any sort of marginal people. That question can only be asked from the center. Bill Moyers asked me that when-are-you-going-to-write-about question on television. I just said, "Well, maybe one day ..." but I couldn't say to him, you know, you can only ask that question from the center. The center of the world! I mean he's a white male. He's asking a marginal person, "When are you going to get to the center? When are you going to write about white people?" ~~But I can't say, "Leo Tolstoy, when are you gonna write about black people?"~~ I can't say, "Bill, why are you asking me that question?" The point is that he's ~~compensating~~; he's saying, "You write

モリスンが手を入れた「パリ・レヴュー」の
インタヴューの原稿

――夜明け前から書き始めるとおっしゃってました。なにか実際的な理由があってのことですか、それとも、早朝はとくに実りが多いとか？

トニ・モリスン　夜明け前から書くようになったのはそうする必要があったからですよ――子どもたちがまだ小さい頃からものを書き出したので、ママ、と声をかけられない時間をつかうしかなかった――それがいつも朝の五時前後になったということ。それからずいぶんたって、ランダムハウス社を辞めて、二年ほど家にいました。自分のことでいろいろ発見がありました、それまで考えたこともないようなことばかりね。初めは、いつになったらものが食べたくなるのかもわからなかった。だってそれまでは、ランチの時間になったから、ディナーの時間だから、朝食の時間だからということで食べてたんだから。仕事と子どもがわたしの習慣をすっかり仕切ってたということです……ウィークデイには自分の家にどんな音がただよっているのかも知らなかった。そういうことに気づいたときはちょっと目まいがしましたよ。

その頃は必死で『ビラヴド』を書いてたんです――一九八三年ね――そしてそのうち気がついたのよ、頭がくっきりしてて、自信ももてて、わりあい賢くなれるのは朝なんだって。早起きの習慣は子どもたちが小さかったときに身につけたものだけど、それを今度は自分で選択したというわけ。陽が沈むともうダメ、あまり頭もさえないし、あまりウィットも働かないし、あまり想像力もうごかない。

このあいだ、ある作家と話してたら、彼女、書き始めるときにはかならず儀式をやってるんだと言いだしたの。具体的なところは覚えてないけど――机になにかを置いてるらしいのね、それに触ってからコンピュータのキーボードを打ち始めるんだっていうの――そこから書く前におこなう小さな儀式の話になった。最初はわたしには儀式なんかないと思ってたわ、ところが、思い出してみると、いつも起きるとコーヒーをいれているのよ、まだ暗いうちに――暗くなくちゃいけないの――そしてコーヒーを飲みながら、だんだん光がさしてくるのをながめてる。そしたら彼女が言うわけ、あら、それが儀式よって。それでわかった、この儀式が、この世のものならぬとしか言いようのない空間にわたしが入っていくための準備になってるんだなって……コンタクトができる、自分が導管になれる、このミステリアスな作業にかかわれるそういう場所に近づいていくために、作家たちはみんないろいろ工夫してるということね。わたしの場合、光がそんな転位のシグナルなわけ。光のなかにいるということじゃなくて、光があらわれる前にそこにいるということ。そうすると動きだせる、ある意味。

学生たちに言ってるのは、どういうとき自分はベストな状態にあるかを知っておくのがなにより大事だということ。しっかり自問しておく必要がありますよってね、自分にとっての理想の部屋とはどんなものか？　音楽は欲しいか？　沈黙が欲しいか？　自分の外側は混沌としていたほうがいいか、平穏であったほうがいいか？　自分の想像力を解き放つにはどういうものが必要か？

――執筆の日課についてはどうですか？

モリスン　理想の日課はあるけど、いまだ実現できてないね。たとえば、だれにも邪魔されない九日間を確保するとか。その間は外出しなくてもいいし、電話に出なくてもいいというような。それからスペースの確保かな――大きなテーブルをいくつか置けるスペース。結局のところ、落ち着くのはいつも、どんな場所にいても、この程度の［机の上に小さな四角を描く］スペースなんだけどね。そこからなかなか出られない。よく考えるのはエミリー・ディキンソンが使ってた小さな机よ。あらら、彼女もそういうところで書いてたんだ、と思うと、つい笑っちゃう。だけど、みんな、そんなもんじゃないのかな。このくらい小さなスペースでやってるのよ。ファイリング・システムがどうなっていようが、どんなにしょっちゅうきれいに整理していようが――生活が、書類が、手紙が、依頼状が、招待状が、請求書がどんどんつぎつぎ届くんだから。わたしは規則正しく書けない質《たち》。できたためしがない――それは多分に九時から五時までの仕事をいつも持ってたからね。その時間の合間に急いで書くか、それとも、週末と夜明け前の時間を使ってたから。

——仕事の後、書けましたか？

モリスン　むずかしかった。やろうとはしたのよ、整然としたスペースは確保できないんだから、そのかわり、きびしい自制心をもって臨もうって。だから、なにかがひょいといきなり浮かんだら、いきなり見えてきたりひらめいたりしたら、強力なメタファーを思いついたら、ぜんぶ脇に押しやって、まとまった時間、集中的に書いた。いま言ってるのは第一稿についてだけど。

——いっきに行かなくてはダメ？

モリスン　わたしはね。べつにそれが決まりだとは思わないけど。

——電車に乗ってるときに靴の底にでも書けますか、詩人のロバート・フロストみたいに？　飛行機のなかでも書けます？

モリスン　ときどき、ずっとひっかかってたなにかがすとんと腑に落ちたとき、たとえば言葉の並べかたとか、そういうときは紙きれに書いてた、ホテルならホテルのメモ用紙にとか、車のなかでも。来るときはわかるのよ。来た、とわかったら、書きとめなくちゃ。

——書くときの道具は？

モリスン　鉛筆で書く。

——ワープロはつかわない？

モリスン　ああ、それもつかうけど、ずっと後になってから、ぜんぶがまとまってからね。コンピュータに打ちこんで、それから手直しをする。でも、最初に書くときは、いつも鉛筆か、鉛筆がないときはボールペン。あまりこだわらないほうだけど、好きなのは黄色のリーガルパッドとNo.2の鉛筆。

――ディクソン・タイコンデロガのNo.2のソフトなやつですか？

モリスン それね。一度、テープレコーダーをつかおうとしたことがあるけど、うまくいかなかった。

――ストーリーをテープレコーダーにそっくり吹きこんだんですか？

モリスン ぜんぶじゃない、ちょっとだけ。たとえば、文章が二つ三つすとんと決まりそうに思えたとき、車にテープレコーダーを持ってこうと思った、とくにランダムハウス社で仕事をしてて毎日しょっちゅう会社を出たり入ったりしてたときなんか。そうだ、録音できるんだって思ってね。だけど、ダメだった。自分の言葉でも、書いたものじゃないと信用しないところがあるの。そのくせ、書き直しの段階では書き言葉的なかんじを一所懸命消すんだけど。リリカルなかんじ、標準的なかんじ、話し言葉的なかんじのミックスをつくりだそうとして。そういうものがいっしょになった、もっと生き生きとした、もっと象徴的に思えるものにしようとして。でも、頭にひょいと浮かんで口に出したものを即座に紙に転写したのは当てにしない。

――書いている途中の作品を声に出して読むことってあります？

モリスン 本になるまではそういうことはしない。朗読会のようなパフォーマンスには気をつけてる。ぜんぜんいい出来じゃないのにいい出来なんじゃないかと思わせるような反応をもらいかねないから。書いていてむずかしいところは――むずかしいところはいっぱいあるけど――なにも聞こえていない読者にむかってページの上から静かに働きかけることのできる言葉を書くこと。そのためには、言葉と言葉のあいだにあるものにとりわけ注意深く取り組まなくちゃいけない。言葉として出されていないものに。節回しとかリズムとか、そういったもの。書いてるものにしばしばパワーをくれるものは、言葉としては書かれてないものなのよ。

――何回書き直すと、ひとつのパラグラフはあるレベルのものに到達するんでしょう？

モリスン　うーん、書き直す必要のあるものは、できるかぎり何度も直すわね。六回、七回、十三回とか。でも、直すことと、悩んでること、つまり死ぬほどいじくってるのとは別なことよ。悩んでるときは、悩んでるんだってわかることが大事。悩んでるときは、作業は進行してないわけだから、廃棄しなくちゃ。

――出版されたものを振り返って、もっと悩むべきだったと思うことはありますか?

モリスン　いっぱいある。ぜんぶがそう。

――すでに出版されたものを朗読会で読むとき、読む前に文章を直すことはありますか?

モリスン　聴き手のために直すことはないけど、でも、ここはべつなふうであるべきだったのにこうなっちゃってるなあ、といったようなことはわかる。二十数年もたってると気がつくのよ、当時よりもいまのほうがよくわかってくるから。こうしておいたらちがうものになってたろうとか、もっとよくなってたろうとか、そういうことじゃなくて、自分が狙っていた効果、というか、読者にもたらしたかった反応についても、何年もたったおかげで絵がくっきり見えてくる。

――二十年間編集者だったことは作家であることにどんな影響を与えていると思いますか?

モリスン　どうでしょうねえ。出版界を変に怖がらないようにはなった。作家と出版社のあいだにはときに敵対的な関係が生まれることもわかったし、編集者というのがいかに重要で欠かせない存在であるかも学んだ、もっとも、昔そのことを自分がしっかり承知してたとは思えないけど。

――すごく力になってくれる編集者たちはいますか?

モリスン　もちろん。いい編集者がいるとぜんぜんちがってくる。まるで牧師か精神分析医がそばにいるようなものよ。もっとも、ハズレのひとにあたったときは、ひとりでがんばるほうがだんぜんいいけど。でも、とんでもなく素晴らしくて優秀な編集者はいるんだから、探す価値はある。出会うと、かならずわかるし。

――これまでで一番助けになった編集者ってだれですか？

モリスン　わたしにはとびきりいい編集者がいたの、もったいないくらいのが――ボブ・ゴットリーブ。(2) かれのよかったところはいっぱいある――どういうところに触れちゃいけないかもわかってくれていたし、そのくせ、こっちに時間があったらきっと自問してたにちがいないことをぜんぶ訊いてきた。いい編集者というのは、じっさい、第三の目だね。クールで、醒めてる。こっちのことを、あるいはこっちの作品を気に入ってるわけではないのよ。そのことはわたしには大事なことなの――お世辞なんか要らないんだから。ときには不気味なくらい、こっちが弱いと思っていてしかしうまく書けずにいる箇所を、それこそぴたりと正確に指摘してくる。あるいは、ここはこれでうまく行くかどうか、いまひとつ自信がないところを、すぐれた編集者はかならず見つけだして、ときどき助言をくれる。役に立たない助言もありますよ、だって、こっちがやりたいと思ってることをのこらず編集者に説明することなんてなかなかできないんだから。わたしはうまく説明できなかった口ね、わたしのやってることっていろんなレベルで動いていてややこしいから。でも、そういう関係のなかでも、信頼があれば、聞く耳があれば、すごいことが起きることがある。いろいろ本を読んでると、校閲にかんしてじゃなく、作品ぜんたいを見抜いているだれかから恩恵をもらってるなとわかるのがけっこうあるわよ。立派な編集者についてもらうのが大事な時期ってある、だって、初めにそういうひとに会ってないと、後から会うのってむずかしいから。編集者なしでうまく仕事ができて、それから五年か十年本の評判も悪くなかったとする、ところが、さらにもう一冊書いたら、成功はしたけど出来はよくなかった。そのときになって編集者の言うことに耳傾けられる？

――学生たちに、手直しの作業がものを書くことのなかで一番充実した時間なのだと思いなさい、とおっし

(2)　ロバート・ゴットリーブ。サイモン＆シュスター社やクノップフ社の編集長、雑誌「ニューヨーカー」の編集長を歴任。

ゃったことがありますね。あなたは第一稿を書いてるときが楽しいですか、それとも、手直しをしてるときのほうが楽しい？

モリスン　それぞれ楽しさはちがう。いちばん胸がときめくのはアイデアが浮かんだときかな……まだなにも書き始めてないとき。

――パッと瞬間的にひらめくんですか？

モリスン　いや、けっこう長いこといじくりまわしてる。最初はいつもアイデアがあって、つまらないアイデアだったりもするけど、それがだんだん質問に変わっていくのよ、こっちに答えの用意のない質問に。とくに『ビラヴド』三部作(3)を書き始めてからは、いまは最後のパートをやってるけど、どうして最近の二十歳の女たちは――わたしより三十歳若いわけだけど――わたしの年やもっと年上の女たちと比べて幸せではないんだろうと考えてばかりいるね。どうしてなんだろうって。いろんなことがいっぱいできて、選択肢もどっさりあるというのに。有り余るほどの財産があるけど、それがなにってわけでしょ。どうしてみんなあんなにみじめなのかな？

――そういった質問について自分がどうかんじているかを明確にするために書くんですか？

モリスン　いいえ、自分のかんじ方はわかってる。みんなとおなじで、いろんな偏見や信念の産物だから。そうじゃなくて、わたしが興味があるのは、どんな考え方にも複雑な面がある、脆い面があるというところ。「わたしはこのように信じてる」じゃないのよ、だって、そういうのは本じゃないもの、ただの小論文だもの。本というのは、「わたしはこんなふうに信じてるのかもしれないけれど、でも、もしそれが間違いなら、いったいどういうものになる？」という、そういうものよ。あるいは、「それがなんなのかはわからない、でも、それが自分にとって、また、ほかのひとにとってどんな意味をもっているのか、ぜひ知りたい」という、そういうもの。

――子どものときから作家になりたいんだってわかってました？

モリスン　いいえ。わたしは読むひとになりたかった。書かれるべきことはすでに書かれている、さもなきゃいずれ書かれるはずだ、と思ってたので。最初の本を書いたのは、そういうものは存在してないと思ったからで、書いたら自分が読みたかった。わたしはなかなかいい読み手なのよ。読むのが大好きなの。ほんと、そうなの。だから、自分が読めたら、それが最高の賛辞ということになるのよ、わたしにとっては。ひとはよく言うわよね、自分のために書いてるって。そういうの、なんだか、みっともなくてナルシスティックなかんじだけど、でも、ある意味、自分の作品の読み方を心得ているなら――必要な批評的な距離をもって読めるのなら――そのほうが自分をいい書き手にも編集者にもしてくれるのよ。大学で創作を教えるときはいつも、自分の作品の読み方を学びなさいってかならず話してる。自分で書いたんだから、さあ、たっぷり楽しみなさいということじゃない。作品から離れて、初めて目にしたかのようにして読みなさいということ。そうやって作品を論評する。なんて素敵な文章なんだとかなんとか、ぜったい思わないようにする……

――書いているときに読者のことを考えますか？

モリスン　自分のことだけ。自信のないところにさしかかったら、登場人物たちに出てきてもらって確認してもらう。その頃にはかれらともけっこう親しくなってるんで、かれらの人生の描き方が確かなものになってるかどうか、教えてくれるのよ。でも、わたしにしかわからないこともたくさんあるのね。なにしろ、わたしの作品なんだから。うまく行こうがまちがっていようが、責任はぜんぶわたしがかぶらなくちゃいけない。まちがうのは悪いことじゃないけど、でも、まちがっているのにうまく行ったと思うのは悪いこ

（3）『ビラヴド』『ジャズ』『パラダイス』。

と。覚えてるけど、一夏まるまるすごくご機嫌であるものを書いていて、それからしばらく中断して、冬にまた書き始めたことがあった。書いておいた五十ページは一級品だとまったく自信満々だったんだけど、読み直してみたら、五十ページはどこもひどいのよ。目も当てられない。書き直せるのはわかったけど、まいったのは、あんなものを一時でもすごくいいと思っていた自分がいたこと。ゾッとする、自分のことがぜんぜんわかってないってことだから。

——どこがそんなにひどかったんですか?

モリスン　おおげさなの。おおげさで、退屈。

——小説を書き始めたのは、離婚の後、寂しさを撃退するためだったとおっしゃってたのを読んだことがあります。それはほんとうですか、いまは別な理由が?

モリスン　まあね。前よりはずっと単純かな。自分でもよくわからない、ああいう理由とかこういう理由とかがあって書いてるのかどうか——自分にわかってない理由があるのかどうかも。わかってることは、ここがいやになっちゃうってこと、なにか書いてなかったら。

——ここって?

モリスン　この世界。気にしないでいるということがわたしにはできないのよ、とんでもない暴力とか、故意におこなわれている無視とか、他人が苦しんでくれればいいという姿勢とか。いつも気になってて、そうでもないのは特別なときだけ——親しい友だちとディナーをしてるときとか本を読んでるときとか。教えてるとだいぶ気分もよくなるけど、たいして効果はないね。教えてると自己満足の無自覚な人間になるだけだから、それでは解決にはならない。この世界の一員だという気持ちになるには、わたしの場合、教師でもダメ、母親でもダメ、恋をしてもダメで、なにかを書くのが一番なのよ。そうすると、ここの一員になれて、対立しあって折り合いのつかないこともぜんぶ役に立つものになってくる。昔からよく言われている、作家たちがよくやっているということ、つまり、混沌から秩序を作りだすことができるようになってくる。混沌を再生産してるだけかもしれないけど、その時点では支配者だから。作品を相手に苦闘するのって、ほんと、大事なこと——出版されることより大事なこと。

——そうしてないと、混沌が——

モリスン　わたしが混沌につつみこまれる。

——それへの対応としては、混沌について語るか、あるいは、政治の世界に入るかですね？

モリスン　その才があればね。わたしにできるのは本を読むこと、本を書くこと、本を編集すること、本を論評することだけだから。いつも政治家としての姿を見せつづけるなんて、できるとは思わない。興味がなくなっちゃうでしょうね。そんな余裕が、才能がないから。他人を組織できるひとたちっているけど、わたしにはできない。うんざりしちゃって。

——自分の資質は作家であることだというのがはっきりしたのはいつでしたか？

モリスン　とても遅かった。きっと向いてるんだろうとはいつも思ってたけど。だって、みんながそう言ってたから。でも、それはみんなの判断であって、わたしのじゃないしね。ひとの言うことなんかどうでもよかった。なんの意味もなかった。三作目の『ソロモンの歌』を書いてた頃よ、こういうのがわたしの人生の中心にあるんだと思い始めたのは。ほかの女たちははっきり言ってこなかったと言うつもりはないけど、女が、わたしは作家だ、と言うのってたいへんなことなのよ。

——どうしてですか？

モリスン　まあ、いまはもうそんなにむずかしいことじゃなくなったけど、でも、わたしには、わたしの世代の、わたしの階級の、わたしの人種の女たちにはぜったいそうだった。いろいろぜんぶをいっしょくたにできるかどうかはわからないけど、でも、ジェンダー・ロールの外へ踏みだそうとしてるんだからね。

わたしは母親だ、わたしは妻だ、と言おうとしてるわけじゃないんだから。労働市場では、わたしは教師よ、わたしは編集者よ。だけど、作家ということになると、それって何？　仕事？　生計をたてる法？　それって馴染みのない土地へ、前人未踏の土地へ、侵入していくことだった。当時のわたしには成功している女の作家は身近にいなかったんだから。それは男の領域のように見えてたんだから。したがって、望めるのはせいぜい、すごくマイナーな人間として端っこにいるということだけ。書くには許可をもらわなくてはいけないみたいなかんじがあった。いろんな女たちの伝記や自伝を読むと、書き始めるきっかけになったのはなんだったかといった話だけでもいいんだけど、ほとんど全員に共通した小さな逸話があってね、あるときにだれかが書く許可をくれているのよ。母親だったり夫だったり先生だったり——だれかが——言ってる、オーケー、いいよ、やってごらんって。男たちにはその必要がなかったとは言わないわ。かれらも、若い頃、師と仰ぐ人物から、いいじゃないか、と言われ、巣立っていく。でも、それは保証なの、そういう保証を男たちは当たり前のものと思うことができた。だけど、わたしはそうじゃなかった。それがすごく奇妙なかんじだった。だから、書くことがわたしの人生の中心にある、そこにわたしのこころはある、そこでこそ自分はいちばん喜びを得、いちばん試されるんだ、とわかっていても、そう言えなかった。もしもだれかに、あなたはなにをしてるの？　と訊かれても、作家よ、とはとても言えなかった。編集者よ、教師よ、と言ってた。だって、考えてもごらんなさいよ、だれかと会ってランチにでかけたとする、そしたら相手が、あなたはいまなにしてるの？　と訊いてくる、それにたいして、作家よ、と答えたら、相手はしばし考えてからこう訊くでしょう、どんなのを書いてるの？　そしたらその後は、それが気に入るか気に入らないかになる。気に入るか気に入らないか言わなくてはならないような気持ちになる。わたしの作品を嫌いになってくれてもぜんぜんオーケーなんだけどね。まったくオーケーなんだけどね。わたしにだって、大嫌いな作品を書いてる親しい友だちがいるんだから。

――プライベートに書いていなくてはという気持ちだったんですか？

モリスン　そうなの、プライベートなことにしたかった。自分だけのものにしておきたかった。だって、ひとに言っちゃったら、他人を巻き込むことになるわけだから。じっさいの話、ランダムハウス社にいるあいだ、自分は小説を書いてる、とは一度も言わなかった。

――どうしてですか？

モリスン　言ってたらもうひどいことになってたよ。まず、雇われなかった、小説を書かせるためになんか。雇わないよ、作家にするためになんか。あるいは、クビになってたね。

――ほんとですか？

モリスン　ほんとよ。社員の編集者で小説を書いてる者はいなかった。エド・ドクトロウ(4)は辞めたし。ほかにいなかった――現役の編集者で自分の小説も出しているというひとは。

――女性であるということと関係はありましたか？

モリスン　そういうふうに考えたことはあまりない。すごく忙しかったし。ただわかってたのは、自分の人生を、自分の未来を、男の気まぐれに預けるのはやめにしようってこと、会社の中でも外でもね。自分になにができると思ってるか、それは男たちの決めることではないということよ。そうした解放感を得たのが、離婚したこと、子どもをもったことの最高の成果ね。失敗なんか気にしたことはないけど、男のなかには物事がよくわかっているひとがいると思いこんでるところはあった。昔は、わたしの知ってる男たちはみな物事がよくわかってたしね、ほんとうに。父も先生たちも、物事をよく知ってるスマートな人たちだった。そしたら、スマートで、わたしにはとても大事なひとだったんだけど、物事のわかってないひと

（4）　エドガー・ドクトロウ。『ラグタイム』等の小説がある。

に出会っちゃったのよ。

——夫になったひとですか[5]？

モリスン　そう。かれは自分の人生についてはよくわかってたけど、わたしのについてはまったくわかってなかった。立ち止まって自分に言い聞かせた、もう一回やり直して、どういうのが大人になるということなのか考えてみようってね。家を出ることにした、子どもは連れて。出版界に入って自分になにができるか見てみようって。仕事をしないでいるということも可能だったけど、わたしとしては、おとなになるとはどういうことなのか知りたかった。

——ランダムハウス社の反応をうかがえますか？　自分たちのなかに作家がいるんだといきなり知ることになったときの様子を？

モリスン　出した本は『青い目がほしい』。わたしからはなにも言わなかった。かれらが知ったのは「ニューヨーク・タイムズ」に書評が載ったとき。版元はホールト社。そこの若い編集者にだれかが、わたしがなにかを書いてる、と話したのよ、そしたら、そのかれがいとも気軽に、出来上がったら送ってよ、と言ってきたの。それで送った。一九六八年、一九六九年は黒人がたくさんものを書いてたから、かれはわたしの原稿を買ってくれた、黒人が書くものに関心が高まってるんだからわたしのこの本も売れるだろうと思ってね。でも、ハズレ。売れてたのは、おれたち黒人はこんなにもパワフルなんだ、おまえたち白人はこんなにも最低なんだ、とそんなようなことを言ってるものだったから。どういう理由だったのかはわからないけど、かれは賭けにでるようなことはしなかった。わたしに払った額もたいしたものではなかったから、本が売れる売れないは心配しなくてよかった。「ニューヨーク・タイムズ」の日曜版には最悪の書評が出たけど、平日版ではとてもいい書評が出た。

——書く許可をもらうという話をさっきなさいました。それをあなたにくれたのはだれですか？

モリスン　だれも。わたしが欲しかったのは小説で成功する許可だったから。契約も、本が完成するまで、しなかった、本を書くのを宿題みたいにしたくなかったからね。契約をするというのは、だれかが待っているということ、やらなくちゃいけないということ、相手は催促ができるということよ。こっちの目の前に立って、どう、と言えるということ、それがいやだった。契約書にサインをしないで、わたしは書くことにしてる。そして、見てもらいたくなったら、見せる。自分を大事にしてるというところがあるのかな。ここ数年、たしかに、変な幻想をもった作家たちが出てきているわ、作品は自分だけのもので自分にしかできないという幻想をもちたがっているひとたちね。わたしはユードラ・ウェルティについて書いたとき、このような短編が書けるのは彼女しかいないとは言ったけど、それはどういう意味かというと、たいていの本はどっちみちだれかの手によって書かれうるのだという思いがわたしにはあるからなのよ。しかしなかには、その作家たちがいなければ書かれなかっただろう作品を残した作家たちも何人かいる。テーマとか語りかたではなく、かれらの流儀そのものが、かれらの観点がすごくユニークだという。

――どういうひとたちですか？

モリスン　ヘミングウェイはそのカテゴリーね、フラナリー・オコナーとかも。フォークナー、フィッツジェラルド……

――その作家たちの黒人の描き方を前に批判してませんでした？

モリスン　とんでもない！　わたしが批判？　わたしが示したのは、白人の作家たちはどんなふうな黒人像

(5)　ハワード大学の英語講師をしていた一九五八年、二十七歳のときにジャマイカ出身の建築家ハワード・モリスンと結婚。一九六一年に第一子が、数年後に第二子が生まれる。一九六四年に離婚。夫はジャマイカに帰る。その後しばらく実家で暮らすが、やがて大学を辞め、ランダムハウス社に勤めて教科書の編集をはじめ、シングルマザーとして子育てもする。この時期ずっと『青い目がほしい』を書いていた。刊行は一九七〇年。

をもっているかということで、なかには素晴らしいのもあるってこと。フォークナーなんか素晴らしかったしね。ヘミングウェイは貧弱なときもあったけど、素晴らしいときもあった。

――というと?

モリスン　いろんな黒人の特質をとりあげるのではなくて、黒人にまつわる美学をアナーキーなものとして、性的な放埒として、逸脱性としてつかうところがあった。最後の本の『エデンの園』ではヘミングウェイのヒロインはだんだん黒く黒くなっていく。徐々に狂っていくその女は夫にこう言う、あなたのかわいいアフリカの女王になりたい、とね。あの本はそういう仕込みなの、彼女の髪の毛はどんどん白くなり、彼女の肌はどんどん黒くなるという……なんだかマン・レイの写真みたいな。マーク・トウェインの人種問題についての語り方が、いままで読んだなかではいちばんパワフルで雄弁で、得るものが多かったわ。エドガー・アラン・ポーはダメ。かれは白人優位で、農場主階級が大好きで、本人も紳士になりたがってて、そういったものぜんぶを是認してたし。そういうことに異議を差しはさむことも意見を述べることもなかったし。アメリカ文学でだんぜん好奇心をそそられるところは、作家たちが自分たちの作品の下で、はるか下のところで、あるいは周辺でどんなことを語ろうとしているかという点ね。トウェインの『まぬけのウィルソン』なんか人種のなんたるかをみごとにひっくり返してる、じつは人種はだれにも判定がつかないのだという、そういう発見があるでしょ[6]? フォークナーは『アブサロム、アブサロム!』では一冊まるまるつかって人種のことを追ってるけど、それが読んでるほうにはわからない。だれにもそれが見えない、黒人の登場人物でさえ、それが見えない。わたしの講演は学生を相手にしたものだったけど[7]、わたしの永遠の課題になった。阻止される、中途半端になる、ニセ情報が流されるところを徹底的に追いかけるということ。人種にかんする事実や鍵は、あらわれそうになるけれど、しかし、きちんとはあらわれない、そこのところを追いかけるということ。わたしはそれをチャートにしたかった。だから、それがどういうふうにあらわれて、どういうふうに偽装されて、どういうふうに消えていくかをリストアップした、そういうことがどのページでもおこなわれてるんだから——いや、わたしに言わせりゃ、どの文章でも！　もうそこいらじゅうで。そのことを教室で話した。学生は全員寝てたわ！　でも、わたしはすっかり魅了されたのよ、その技術に。わかる？　そのような情報をはっきりとは明かさずにつねにヒントだけをちらつかせながら提出していくのってむずかしいんだから。しかも、それを明かすときもそれがポイントだとは言わない。それはもう技術的にはすごいことよ。読者は、黒人の血が一滴でも混じっているんではないかと一所懸命読む、それ次第ですべてが決まるんだとばかりに。人種差別主義の狂気ね。それで構成が問題になってくるの。あっちではこう言ってる、こっちではこう言ってるではなくて……本の構成そのものがね。一所懸命探すことになるのよ、黒いものを、見つからないけど、しかし、すべてを覆してしまう黒いものを。後にも先にもそういうことをやったひとはいない。だから、わたしが批評するときも、わたしが言ってるのは、フォークナーが人種差別主義者かどうかじゃない。それはわたしとしてはどうでもいいの、ただただ、こんなふうに書けるんだということの意味に圧倒されている。

——黒人の作家たちはどうですか……白人の文化との関係に支配され左右されてる世界で黒人がものを書いていくにはどういうふうに？

モリスン　言語を改めようとすることよ、ともかく言語を解放する、抑圧したり押さえ込んだりせず、開いてあげる。いじくりまわすのよ。人種差別主義の拘束服は吹き飛ばす。わたしは「レシタティフ」という短編を書いたけど、それは孤児院にいるふたりの女の子の話で、ひとりは白人でもうひとりは黒人。でも、

(6)　金持ちの白人の息子と奴隷の息子が入れ替わる話である。

(7)　このインタヴューの前年にハーヴァード大学でおこなった講演。『白さと想像力』としてまとめられた。

読者にはどっちが白人でどっちが黒人かはわからない。わたしは階級コードはつかうけど、人種コードはつかわない。

——読者を混乱させるのが目的？

モリスン　まあ、そうね。でも、刺激して、わかってもらいたかったというところもある。遊びでやったのよ。ちょっとドキドキしたのは、作家としては、怠けずに明快なコードに従わなくてはいけないんじゃないかという気持ちにさせられたこと。いずれは、黒人の女だ、と言うみたいな……そうしちゃえば反応もだいたい想定できるから安心していられるんだけど、でも、そういうことをやらないことにすると、登場人物の女について語るのが否応なく複雑なものになってくるのよね——一個の人間として語るんだから。

——どうして言いたくないんですか、黒人の女が店から出てきた、みたいなことが？

モリスン　いや、言えるのよ、でも、彼女が黒人だということが重要なものになってなくちゃいけないから。

——『ナット・ターナーの告白』についてはどうですか？(8)

モリスン　うーん、あそこにいるのはすごく自意識の強い登場人物よね、おれは自分の黒い手を見た、みたいなことを言うような。あるいは、目をさますと自分が黒人であるのをかんじた、みたいに思うような。スタイロンの心に重くのしかかってるのよ。かれは、ナット・ターナーの皮膚のなかにいるということですごく緊張してる……その場所で違和感をかんじてる。だから、読むわれわれも違和感をかんじる、それだけのことよ。

——当時すごい騒ぎがもちあがりました、スタイロンにはナット・ターナーについて書く権利はないと考えるひとたちから。

モリスン　どんなことでも書きたいものを書く権利はかれにはあるわ。そうじゃないなんて言うのはとんでもない話。批判すべきことは、そういう批判をしたひともなかにはいたけど、ナット・ターナーは黒人を嫌っていたというふうにスタイロンが言おうとしてたことについてでしょ。本ではターナーはそんな嫌悪を繰り返し表明してるんだから……黒人からすごく距離をおいていて、黒人をすごく見下してるからね。だから根本におくべき疑問は、どうしてそんなかれにみんながついていくのかということ。この人物はいったいどういう指導者なのかということ。だって、本を読んでる黒人にはとてもほんとうとは思えないくらい、根本から黒人を人種差別的に蔑視してるんだからね。ナット・ターナーは白人のように話している、と批判したひとたちが言ってたことはそういうことよ。そんな人種的な距離感があの本には強くはっきりとある。

――『ビラヴド』を書くにあたっては奴隷たちの体験記《ナラティヴ》をたくさんお読みになったんでしょうね。

モリスン　情報を得るために読むことはなかったわね、だって、そのての話は白人の読者に受け入れられるものになってなくちゃいけないんだってことはわかってたから。かれらは言いたいことがぜんぶ言えたわけではないのよ、だって、読者であるお客さんを白けさせるわけにはいかなかったんだから。ある種のことについては静かにしているしかなかった。時と場合によってはけっこううまく行き、かなり暴露的な話もしてはいるけど、それでも、悲惨だ、とはぜったい言わない。ただこう言う程度よ――まあ、そうねえ、ほんとうにひどかった、奴隷制度は廃止しましょう、ちゃんと生きていけるように、とか。かれらの語り口《ナラティヴ》はとても控えめなものにならざるをえなかった。だから、そういう記録文書を読み、奴隷制が身近なものになって、それに圧倒されるようなかんじになってくると、だんだんそれをほんとうに我が身にかんじられるものにしたいという気持ちにわたしはなってきたの。歴史上の話を自分の話に翻訳したくなっ

（8）十九世紀前半に反乱を起こした黒人奴隷のナット・ターナーを主人公にした小説で、著者のウィリアム・スタイロンは白人。

てきた。奴隷制って、いやなかんじがしたり、自分のことのように思えたり、縁遠いものに思えたり、近いものにかんじたり、はたまたみんなのことのように思えたりするけど、いったいぜんたいどういうものだったんだろうって、長いこと考えた。

記録文書をいろいろ読んでるうち、あるものがよく話題になるのに気がついた、だけどけっしてきちんとは説明されない――the bit というものなんだけどね。奴隷の口のなかに押し込まれてるの、罰するために。口はきけないけど、しかし、仕事はつづけられる。どういうものなんだろうって長いこと考えた。こんなふうに出てくるのよ、わたしはジェニーに the bit をいれた、あるいは、エクイアーノの文書だと、[9]「わたしがキッチンに入っていくと」コンロのところに女が立っていて「口に」brake をしていた。(b-r-a-k-e と強調して書いてる)なに、これ? と言ったら、教えてくれたひとがいたんだけど、わたしは、こんなひどいの、いままで見たことない、と言ってしまった。どういうものかイメージできなかった――馬の bit(ハミ)みたいなものかなって?

そのうちやっとこの国で出ていたある本でスケッチを見つけたの、ある男が書いた妻の拷問の記録でね。南アメリカやブラジルとか、そんなようなところでは、過去の記念物として残されてもいた。でも、そんなふうに調べていくうちひょいと頭に浮かんだのよ、この bit は、この道具は、この個人用の拷問具はもともとは異端審問につかわれていたものなんだろう、と。売り物ではないんだ、と。奴隷用に通販で注文するというようなものではなかったんだ、と。シアーズではあつかっちゃいないんだ、と。だから自分で作らなくちゃいけない。裏庭に出て材料を集めて組み立て、それをだれかに装着する。つまり、行程がすべてきわめて個人的な色合いのものになってたのよ、作った者にも、また、装着する者にとっても。それの作りを説明されてもしかたないんだ、と気がついた。読者は見るのではなくて、どんなふうだったか感じるしかないんだ、とね。重要なのは、the bit を現に作動する道具として想像することであって、骨董品とか史実として見ることではない、と気づいたのよ。そういうわけで、わたしも読者に、奴隷制がどんなかんじだったのかを味あわせたかった、見せるというのではなくて。

『ビラヴド』ではポールDはセテにこう言ってる、「それのことはだれにも話したことはない、ときどき歌にして歌ったことはあったがね」。そしてセテに、the bit をつけるとどんなかんじなのか説明しようとする、だけど、その話はそのうち、それをつけたら雄鶏がおれを見て笑った、というふうに変わっていってしまうの――自分がみじめに安っぽくなった気がした、天気のいい日に桶にすわっている雄鶏のほうがよっぽどえらそうだった、というふうに。ほかにも、唾をひっかけたいという欲望についてとか、鉄をしゃぶることとか、いろんなことをわたしはとりあげたけど、でも、どういうふうであったかを見せてしまうと、読者は気が散ってしまう、と思ったの。体験してほしい、どんなかんじか味わってほしいというわたしの思いは達成されないんだ、とね。どんなかんじかという情報は歴史の行間に見つけるものなのよ。ページからは、なんていうか、こぼれている、ないしは、ちらっと見えるだけだったり、わずかに言及されるだけ。制度や慣習が個人のものになったところに、歴史上のあれこれが名前のある人間のものになったところにあらわれる。

――登場人物はいつもまったくあなたの想像のなかから生まれてくるのですか？

モリスン　知っているだれかをつかうことはない。『青い目がほしい』では母親の仕草とか言葉をいくつかの箇所でつかったようには思うけど。それと、地理的な面をすこしね。だけど、それ以降はいっさいそういうことはしてない。その件についてはけっこうきびしくやってる。モデルはけっしていない。そういうことをする作家もたくさんいるけど、わたしはやらない。

（9）　エクイアーノは西インド諸島に売られた元奴隷で、自由を得た後はイギリスに渡る。一七八九年に体験記を書いた。

――どうしてですか?

モリスン　アーティストには――とりわけ写真家、それと作家には――サキュバスのように振る舞おうとする気持ちがあるのよ……なにかから生きているものを奪って、それを自分の目的につかうというような。樹木や蝶、あるいは人間を相手にそういうことができると思ってる。他人の命をがさごそ漁って自分の命の糧にするというのは大問題よ、モラル的にも倫理的にも問題点がある。[10]

わたしの場合、小説を書いてていちばん頭が働くのは、いちばん自由でいられるのは、いちばんわくわくするのは、登場人物たちが完全に想像上の人間であるとき。わくわくできるのにはそのことが必要。だれかほかのひとをモデルにすると、おかしな言い方だけど、著作権の侵害にもなるし。もとのひとは自分の命を所有してるわけだから、自分の命のパテントをもってるわけだから。小説ではつかうべきではない。

――登場人物があなたから離れていく、あなたのコントロールから逃れていくのをかんじたことはありませんか?

モリスン　コントロールはしてる。かなり注意を払って想像した産物だから。かれらのことはすべて承知してると思う、いろいろ書かないこともふくめてね――たとえば、髪をどういうふうに分けているかとかも。かれらは幽霊《ゴースト》みたいなものよ。考えてるのは自分のことだけで、自分以外のことには関心がない。だから、かれらにこっちの本を書かせるわけにはいかないの。そういうことをさせちゃってる本を何冊か読んだことはあるけどね――小説家が登場人物に完全にひっぱられている。わたしは言うようにしてるの、ダメよ、よしなさいって。いい、と言われたら、かれらは書くでしょうけど、書かせない。書くのはこっちだから。だから、言わなくちゃ、お黙り、うるさい、これはこっちの仕事よ、と。

――お黙り、と言わざるをえなくなった登場人物はいままでいましたか?

モリスン　『ソロモンの歌』のパイロットにはそう言った。だから、あまりしゃべってないわよ。二人の男の子との長い会話のときも、ときどきなにか余計なことを言おうとするけど、ほかのひとがするような対話ではなくなっている。そういうふうにせざるをえなかったの。さもないと、彼女がみんなを圧倒しそうな勢いだったから。彼女はどんどんすごくおもしろくなっていくから。登場人物もちょっとぐらいならそうなってもかまわないんだけど、これについてはわたしも引きずりおろす必要があった。これはわたしの本よ、「パイロット」って題の本じゃないのよって。

——パイロットはとても強い登場人物ですよね。わたしの感想では、あなたの本では女たちのほうがほとんどいつも男たちより強いし勇敢に思えます。どうしてですか？

モリスン　それは真実じゃないよ、よくそう言われるけど。女性へのわたしたちの期待度がとても低いんだと思う。女性が三十年間シャキっとしていたら、それだけでみんなが、おお！　なんて勇敢な！　とか言うんだから。だれかが『ビラヴド』のセテについて書いてたわね、すごくパワフルで堂々とした女で、まるで人間ではない、とかなんとか。だけど本の最後では、彼女は自分の首も回せないくらいになってる。すっかりくたくたになって自分でものを食べることすらできなくなってる。それがタフって言える？

——でも、きっとみんなそういうふうに読みましたよ、だってセテはビラヴドの首を切るなんていう大変な選択をしたんですから。それは強いからだ、とみんな思いますよ。最悪だ、というひともなかにはいるでしょうけど。

モリスン　だけど、ビラヴドはそんなことをタフだとはぜったい思ってなかったわよ。狂気だと思ってた。あるいは、もっと大事なことだけど、どうして死んでるほうがわたしにとっていいことだなんてわかるのか、とね。あなたは死んだことないじゃないの。なのに、どうしてわかるのか、と。ポールDやサンやス

(10)　サキュバスは男の夢のなかにあらわれて、男の精を奪おうとする女の夢魔。

タンプ・ペイドや、ギターさえ、[11] おなじようにむずかしい選択をしてる、みんな、しっかりした考えをもって。わたしたちは慣れすぎてるんだと思う、反論しない、弱者の武器をつかう女たちに。

――弱者の武器っていうのは?

モリスン 小言。毒。ゴシップ。こそこそ動き回り、正面から対決しない。

――女性がほかの女性と強い友情関係をもつことについての本はいままであまりありませんでした。どうしてだと思いますか?

モリスン それは長いこと評価の低い人間関係だったのよ。『スーラ』[12]を書いてたときにつよく感じたのは、多くの女たちにとって女友だちというのはたいして重要でない補助的な人間関係になってたんだなということ。男と女の関係がいちばん大事なものになってたんだなということ。女たちというのは、女友だちというのは、いつも、男がいないときの補助的な人間関係だったの。だから、いまでも、いろいろなところで幹部になっている女たちは女が好きじゃなくて、男のほうが好きなのよ。わたしたち女性は、おたがいを好きにならなくてはいけないと教えられなければならなかった。「ミズ」という雑誌が創刊にあたってまず前提にした考え方は、おたがいの悪口を言いあうのはやめにしなければいけない、憎みあったり喧嘩したりするのも、男たちに与して女を罵倒するのもやめなければいけないということだった――こういうのって支配されている側がやっている典型的なことだからね。だけど、これって、すごくたいへんな教育なのよ。だって、文学作品のほとんどはそういうものばかりだから――女たちがいっしょにいる場面を読むと(レズビアンは別、あるいは、隠れレズビアンのようなかたちで長い関係をつづけている、たとえばヴァージニア・ウルフの作品みたいなのは別)、いっしょにいる女たちは明らかに男性の視点から書かれているから。たいていが男性に支配されている――ヘンリー・ジェームズの描く人物たちの何人かのように――あるいは、女たちは男たちの話をしている、ジェーン・オースティンに出てくる女友だちたちのように……だれが結婚しただとか、どんなふうに結婚しただとか、かれとの関係はうまく行ってるのだとか、彼女はあの男を狙ってるのよだとか等々。友だちで、なおかつ、おたがいにおたがいのことしか話さない相手がヘテロの女だということは、とてもラディカルなものに見えたのよ、『スーラ』を出版した一九七一年にはね……いまではもうラディカルではなくなったけど。(13)

――受けいれられるようになった。

モリスン そうね。そしてだんだんつまらなくなってきた。そのうち行き過ぎちゃって、よくあることだけど、殺気立ってくるかも。

――作家たちはどうしてセックスについて書くのに苦労するんでしょうか？

モリスン セックスについて書くのがむずかしいのは、セックスってセクシーなだけじゃないからよ。セックスについて書くには、なにより、書きすぎないこと。テクストを読む読者が性的関心を発揮させるのに任せる。いつもほとほと感心させられるのは、セックスを最高に不快なかんじで書いてる作家。すごい情報過剰でね。「その曲線は……」なんて書き始めたのが、そのうち婦人科みたいな調子になっていく。そのあたりをうまくやったのはジョイスくらいよ。禁じられている言葉も軒並みつかったし。「cunt（おまんこ）」もつかった、ショッキングだったね。禁じられている言葉というのは挑発的だから。だけど、そういうのって、しばらくすると、ぜんぜん刺激的ではなくなって単調なものになってくるの。少ないほうがいいのよ、いつだって。作家のなかには、汚い言葉をつかうと、「やった」と思うひともいるけど、そんな言葉が効力を発揮するのはわずかな間だけだし、すごく若い想像力に働きかけるだけで、しばらくする

(11) いずれも『ビラヴド』の登場人物。
(12) 少女同士の友情が描かれる。
(13) 「ミズ」が創刊されたのは一九七二年。

と力はなくなってる。『ビラヴド』では、セテとポールDは、初めて会ってからおよそわずか半ページもたたないうちにセックスをする、とても手早いセックスで、ぜんぜんいいものではない——アッという間に終わって、ふたりともそのことに当惑している——そしてそのあとは横になったまま、いっしょにベッドになどいないかのような、会ったこともないかのような、そんなふりをしようとする。そうしているうち、ふたりはそれぞれ別なことを考えはじめ、それがしだいに混じり合い、読んでるほうにはどっちがどっちの考えなのかがわからなくなる。そういった混じり合いのほうが、わたしには、戦術的にみて、官能的に思えるわね、体の部分を細かく描いていくことより。

——プロットについてはどうですか？　話がどういうふうに進むか、いつもわかってらっしゃいます？　終わりを先に書くこともできます？

モリスン　どういう展開になるのかがほんとうにわかってるのなら、終わりのシーンは書けるわ。『ビラヴド』の終わりは四分の一ほど行ったところで書いた。『ジャズ』の終わりはずいぶん早くに書いたし、『ソロモンの歌』の終わりもかなり早くに書いた。プロットでわたしにとって大事なのは、どんなふうにコトは起きたのかということ。ある意味、探偵小説みたいなものよ。だれが死んだのかはわかる、それで、だれがやったのかが知りたくなるというような。だから、まずは顕著な事柄を提出し、どんなふうにしてそうなったのか、読者が知りたくなるように引っぱっていく。だれがやったのか、どんなふうにやったのか。そういった疑問を読者がもちつづけるように仕向けるには、ある種の言語がどうしても必要になってくる。『ジャズ』では、前に『青い目がほしい』でもやったことだけど、最初の一ページにプロットをぜんぶ書いた。じっさいの話、ハードカバーの初版ではプロットはカバーにも書いてあるのよ、だから、本屋に来たお客はそのカバーを読めば、どういう本なのかがすぐにわかり、まあ、お客次第だけど、買わずに別な本を買ってもいいわけ。『ジャズ』にはそれがふさわしい手かな、とも思った。というのも、あの小説ではプロットは、主要な三人組のことは、[14]作品のメロディだと考えていたから。メロディを追いかけていくのも悪くないかなというような——語り手[15]がプロットにもどってくると、ああ、またあのメロディがはじまったな、とわかるのもいいなというような。それがあの作品では要だった——そのメロディに繰り返し繰り返しぶつかり、そのたびにそれをちがう視点からながめ、そのたびに新鮮な目で見て、行きつ戻りつ演奏していくというような。

キース・ジャレット[16]が弾く「オール・マン・リバー」、あの気持ちよさ、あの心地よさはメロディそのものにあるというより、メロディが浮上したり隠れたりすること、あるいは完全にどっかへ行ってしまって代わりになにかが入ってくること、そういうことに気がつくところにあるのよ。もとのメロディにというより、ジャレットがメロディのまわりで弾きだしてくるこだまや影やねじりや回転に惹かれている。『ジャズ』のプロットでわたしはそれと似たようなことをやろうとしたの。ストーリーは一ページ目から最後のページまで読者を運んでいく車にはしたかったけど、ストーリーから離れたり、またもどってきたり、その周辺をながめたり、それを覗いてみたりという、いわば、たえず変化しているプリズムみたいなかんじになっているところに、ある気持ちよさを感じとってもらいたかった。

『ジャズ』のこういった遊び的な面は、メロディをもとめる読者、なにがあったのか、だれがやったのか、なぜやったのかを知りたい読者には、すごく不満をもたらすことになったかもしれない。でも、そういうジャズ的な構成は、わたしにとっては二次的なものじゃなかったの——それが本の存在理由《レゾンデートル》だった。試行錯誤を繰り返して語り手がプロットを語っていくということが重要なことだったし、なによりおもし

(14) 殺された者、殺した者、その連れ合いの三人が中心人物。
(15) だれなのかはなかなかわからない。
(16) ジャズ・ピアニスト。

ろかった。

——『ビラヴド』でもかなり早めにプロットを明かしてしまってますね。

モリスン 『ビラヴド』では事件——嬰児殺しの事実——はさっさと告知し、子細は見せずに読者の想像に任せるのがいいんじゃないかと思った。事件にかんするすべての情報、その後の影響については読者に提供したいとは思ったけど、自分も読者も、殺人という暴力そのものには深入りさせないようにしたの。セテが子どもの首を掻っ切る場面の文章を書いたときのことはよく覚えてる、ほんとにずいぶん後になってから書いたんだけどね。テーブルから離れて、かなり長いこと外を歩き回ったわ——庭をぐるぐる歩いて、もどってきてはすこし直し、また出たり入ったりしながら、何度も何度も書き直した……直すたび、もうだいじょうぶというかんじになるんだけど、そうは思うんだけど、やはり机の前にすわることはできず、また外に出て、またもどってくる。事件そのものは隠されなければならない、しかし、それとなくわかるようになってもいなければならない、と思ってた。なにしろ、言語が暴力そのものと張り合うようなことになると、文章はワイセツというかポルノになりかねないから。

——文体《スタイル》はあなたにとってはまちがいなくとても重要なものです。そのへん、『ジャズ』にかんして話していただけますか?

モリスン 『ジャズ』については、ミュージシャンたちがやってるようなかんじを出したかった——言いたいことはいっぱいあるけど、それをぜんぶは出さないというような。抑制の作業、抑えるということよ——出すものがないからではなくて、また、出し切ったからでもなくて、どっさりあるから、あとでもっと出せるからそうするというような抑制。どこで止めるかという感覚は学んでいくもので、わたしにはそれがかならずしもあったとは言えない。たぶん『ソロモンの歌』を書いてからだと思う、イメージや言語とかを抑制するということがどういうことなのか実感するだけの心の余裕ができたのは。『ジャズ』を書いてるときは、こしらえものの人工的なものと即興的なものをブレンドさせようとすごく意識的にやってた。自分のことをジャズ・ミュージシャンのように考えてた――あのひとたちは練習に練習を重ねて自分の芸術をいかにも苦もなくできあがった優雅なものに見せられるようにしているひとたちだから。いつも、書くということのなかの人工的な部分を意識してた。絶え間ない練習、それと、どういう形につくっていくかということを意識しつづけた末に、芸術は自然でエレガントなものに見えるようになるんだ、とね。抑制の練習を重ねていって初めて、無駄というものがもつぜいたくさは獲得できるのよ――無駄ができるくらい十分ある、だから抑えられるという感覚が得られるわけ――じつはなにも無駄になってないわけよ。食べ過ぎはダメ、飽食はダメ。いつもかんじてることだけど、芸術作品をひとつ味わうと飢えの感覚が生まれる――もっと、という渇望ね――とてもとてもパワフルな。でも、同時に、ある種、満足感はある。だって、そのうちきっともっと得られるだろうってわかってるから。芸術家の創造力は際限がないとわかってるから。

――そのほかのことで重要なもの、大事な要素になったものはありましたか？

モリスン　そうね、ひとの移動がこの国の文化の歴史においては大きな出来事だったと思う。いま一所懸命考えてるところだけど――だから小説を書くんだと思うけど――モダンで新しいことが起きたのは南北戦争の後だと思う。もちろん、たくさんのものが変化したけど、あの時代ならではのことといったらまず、元奴隷たちがなにもかも奪われたこと。元奴隷たちはもともと住んでいた土地の労働市場に組み込まれていったからね。でも、いろんな厄介な問題から逃れて都市に移動した者も少なくなかった。都市がそういうひとたちにとってどんな意味をもっていたんだろうと考えるのがおもしろかったわ。第二世代、第三世代の元奴隷たちには、田舎で暮らしているその仲間たちには、それはいったいどんなだったんだろうって。都市はきっとすごくエキサイティングで素晴らしいところに見えてたんだろうなって。ある程度そうだったわけだし。

都市がどう機能していたのかに興味があったわね。いろんな階級、いろんなグループ、いろんな国籍の者たちは仲間といっしょに自分たちの領域をつくってどんな安心感を得ていたのか、また、他の連中も自分たちの領域をつくっているということにどんなスリルをかんじていたのか、また、そういった膨大なひとの群れのなかにいることにどんなふうに魅了され興奮していたのかって。音楽がこの国でどう変わっていったのかにも興味があったわよ。霊歌やゴスペルやブルーズは奴隷制へのひとつの返答だったのだし——文字通り地下鉄道(17)をつかって逃げ出したいという思いに声をあたえたんだから、暗号をつかうようなかたちで。

個々人の暮らしについてもずいぶん考えた。みんなはいったいどんなふうに愛し合っていたんだろうなって。どういうことを自由と考えていたんだろうなって。その頃、元奴隷たちが都市へ移動していった頃、かれらは自分たちを締めあげてくるもの、殺そうとしてくるもの、自分たちからなにもかも繰り返し繰り返し奪い取ろうとしてくるものから逃げようとしていた、しかし、なににつけすべてに限定をかけてくる環境のなかにいた。ところが、かれらの音楽を聴くと——ジャズの起源だけど——なにか別なことについて語っているのに気がつくのよ。愛すること、失うことについて語ってはいる。でも、それらの詞は堂々としてる、満ち足りたかんじがある……けっして幸せではないんだけど——つねにだれかに逃げられるんでね——めそめそしてはいない。まるでだれかを選んで、愛に賭け、情熱に賭け、肉欲に賭け、そしてそれを失うという悲劇のすべてがなんでもないことのようになっている、自分が選んだことなんだからというわけでね。だれかを愛するという選択をおこなうことがすごくすごく大事なことだったということよ。そして音楽が、愛こそが、ひとが自由というものと交渉できる空間なのだ、と強調していった。

まちがいなくジャズは——新しい音楽はすべてそうだけど——悪魔の音楽と考えられていた、あまりに官能的だし挑発的だし、その他もろもろの理由で。でも、黒人たちには、ジャズは自分の肉体を取り戻すということを意味してた。それまではずっと自分の肉体はひとのものだったんだから、奴隷として子ども扱いされてたんだから、自分の親もずっと奴隷だったんだから。そんな人間たちにとってジャズがどんな意味をもったのか、想像はつくわよね。ブルーズやジャズが表明したこととは、自分の感情は自分のものだということよ。だからもちろん過剰なところも行き過ぎなところもある、たとえば、悲劇性が歓迎されるというようなところね、まるでハッピーエンディングではその魅力も良さも消えてしまうみたいな。もっとも、いまではテレビの広告なんかではジャズは、本物です、モダンです、といったことを伝えるために使われちゃってるけど。「保証します」「洒落てますよ」みたいな。

都市にはいまなおジャズ・エイジの頃[18]のような刺激は残ってはいる――ただ、刺激をいまは別種の危険とつなげて考えてる。ホームレスになるのを警戒して、歌ったり叫んだり演技したりしてる。街を返せ、と言ったりもするけど、それは自分がホームレスになるかもしれないという意識をもってるからで、そうなるまいという戦略をもつことが都会に生きるという感覚だというわけなのよ。まるで自分たちには武器か盾か勇気か力かタフさか知恵があって、それがあるから想定外のものやエイリアンや未知のものと遭遇しても戦って生き延びられるんだというような。暴力が都市で生きることにはつきものだということになっている。みんな、ホームレスについて「不満」を言うけど、ほとんど自慢になってるのよ。ニューヨークにはサンフランシスコよりたくさんホームレスがいる、と言うでしょ、すると、そんなことはない、サンフランシスコのほうが多いとか、いやいや、デトロイトに行ったことないんだろうとか言って。ほとん

(17) 南北戦争以前に奴隷たちの逃亡を助けた組織。

(18) 好景気だった一九二〇年代。

ど我慢比べをしてるようなもの、だから、わたしたちはいとも簡単にホームレスになることを受けいれてしまうんじゃないかと思う。

――かくして都市は元奴隷たちを歴史から自由にした？

モリスン ある意味ではそう。都会は誘惑的だった、忘却を約束してくれるから。自由の可能性をくれたから――あなたの言い方だと、歴史からの自由を。しかし、歴史は、圧倒的な力で縛り上げてくるような拘束服になってはいけないけど、でも、忘却されてしまってもいけない。批評を加え、よく吟味し、立ち向かい、理解することではじめて、認可された自由以上の自由は実現できるのだから。ほんとうに大人の機能をもったものができるのだから。都会の誘惑をつきぬければ、自分たちの歴史と立ち向かえるようになる――忘却していいものは忘却し、有効なものはつかえるようになる――そしてほんとうの機能をもったものの実現が可能になる。

――ヴィジュアルなイメージは作品にどんな影響をあたえていますか？

モリスン 『ソロモンの歌』のある場面を書くのにはずいぶん苦労したわ……ある男がいろんな拘束から、それと自分から逃げようとするところよ。エドヴァルド・ムンクの絵をそのままつかったわね。歩いているんだけど、道路のかれが歩いている側にはだれもいない。みんな、反対側にいるというやつ。

――『ソロモンの歌』は彩色された本というかんじです、ほかのと比べると。たとえば『ビラヴド』なんかはセピア色ですから。

モリスン それは、そういうヴィジュアルなイメージがわたしにあったからだと思う、歴史的にながめると、女たちや黒人は一般にすごく明るい色の服にとても引かれていたんだということがわかってたから。多くのひとは色彩にはビビるけど。

――どうしてですか？

モリスン　とにかくビビるでしょ。いまの文化では、静かな色がエレガントだということになってるから。文明化された西洋人は血の色のシーツや食器はぜったい買わないわよ。まあ、わたしがいま言ってる以上の理由がなにかあるのかもしれないけどね。でも、奴隷たちは色そのものにアクセスできなかった、だって、奴隷の服を着てたんだから。おさがりの作業着で、麻袋なんかからつくったやつ。色のついた服は贅沢品だったでしょう、布地の良し悪しには関係なく……赤や黄色の服が欲しかったと思う。わたしは『ビラヴド』からは色彩を取り去ってしまったからね、ほんのわずかな場面でだけど、セテはリボンを買うときに大騒ぎしてる、子どもたちが色のあるものにはしゃぐみたいに。色がポイントよ、奴隷制があんなにも長く続いたのは。囚人たちなら服で取り繕ってそう見えないようにすることもできたけど、そうじゃなかった。だって、奴隷たちはなにより皮膚の色でマークされていた人々だったんだから、その他にもいろいろ特徴はあったけど。だから色が意味をもったマークだった。ベビー・サッグズ[19]は色にあこがれて「すこしラベンダー色のを持ってきて」と言うけど、それって贅沢なことなのよ。いまは色彩やヴィジュアルがあふれかえってるけどね。わたしはそれをひっくりかえして、色彩への渇望、色彩の喜びを感じてもらおうと思っただけ。できなかったでしょうね、もしも『ビラヴド』を『ソロモンの歌』のような色彩的な本にしていたら。

――作品をコントロールするようなイメージを見つける必要があるとよくおっしゃるのはそういうことですか？

モリスン　そういうことでもある。『ソロモンの歌』は三色か四色よ。色彩的なものにしたいと決めていたので、始まりは赤と白と青にしたかった。また、かれはなんらかのかたちで「飛ぶ」とも決めていた。『ソ

(19)　セテの義母。

ロモンの歌』が初めてだったのよ、中心に男を持ってきて語りを引っぱっていく役にしたのは。かれの内側に入っていって落ち着いていられるかどうか、ちょっと自信がなかった。絶えず見つめて外側から書くことはできたけど、それではただの観察になってしまうしね。見つめるだけではなくて、どんなかんじなのかをかんじなければならなかった。それで、そのことを考えようとしていたとき、汽車のイメージが浮かんだの。それまでのわたしの本では女たちが中心だったから、彼女たちのいるところはたいてい家の近所とか庭だった。しかし、今度のは外へ動きだそうとしている。それで、汽車だ、とそんなかんじがしたのね……エンジンがかかり、外に動きだし、しまいには猛スピードになるみたいな。ぐんぐんスピードがあがるけどブレーキはかからず、猛スピードになり、なんか宙に浮いたような状態になるみたいな。そんなイメージが作品の構成をコントロールした、べつにはっきりとそう言いもしなかったし、言及すらしなかったけど。わたしにたいしてそういうふうに作用したということが大事なの。ほかの本だと渦巻き状かな、『スーラ』なんか。

——『ジャズ』ではコントロールしているイメージはどういうふうなものになりますか?

モリスン　『ジャズ』はすごく複雑、なにしろ表現したかったのは矛盾するふたつのものだったから——こしらえものと即興的なもの——プランを練って考え抜かれたものであると同時に、ジャズのようにつくられたもの。考えていたイメージは本なのよ。モノとしての本であると同時に、書くということそのものとしての本。想像するということそのものとしての本。話すということそのものとしての本。本というのはいったいどういうことをおこなっているのかということを意識している本。自分が考えて想像しているところを観察している本ね。こういうのは、こしらえものと即興的なものの混合になるな、と思った。練習に練習を重ねながらつくろうとしていくのが即興。また、失敗や間違いも即興は恐れない。だってジャズはパフォーマンスなんだから、人前でやる。パフォーマンスだからミスもする、そして作家のように修正するなんて贅沢は許されない。ミスからなにかをつくらなくちゃいけない。そしてそれがうまくできたら、とんでもない新しい場所へと入っていける、間違いをしていなかったら行けなかったような場所にね。だから、パフォーマンスでは、間違ってもかまわないと覚悟してやらなくちゃいけない。ダンサーはいつだってそうしてるんだから、ジャズ・ミュージシャンも。『ジャズ』はストーリーを予言する。でも、ときどきそれは間違った予想ではずれる。登場人物たちのことがしっかり想像できていなかったからで、そうなると、『ジャズ』は間違いをみとめ、こんどは登場人物たちが話を始める、ジャズ・ミュージシャンたちがやってるように。『ジャズ』は自分がつくりだした登場人物たちの話に耳を傾け、かれらからなにかを学ばなくてはいけなくなる。こんなに入り組んだことはわたしも初めてやったの。だけど、書きたかったのは、ジャズ・エイジに自分が生きていることも知らない、そんな言葉もけっしてつかわない人たちについてのとてもシンプルなストーリーなのよ。

――いまおっしゃったようなことを構造的につくりあげようとするから、どの本でもいくつもの声が語るというかっこうになるんですね。どうしてそういうやりかたをとるんですか？

モリスン　すべてをひとつに括ったような見方はとらないのが大事だからよ。アメリカ文学ではわたしたちはずっと一括りにされてきた――まるでひとつのヴァージョンしかないみたいに。でも、わたしたちはいつもおなじように行動する、ちがいのない人間の集団ではないんだから。

――「一括り」とおっしゃるのはそういうことですか？

モリスン　そう。ほかのだれかが、ないしは、わたしたちの代理を標榜するだれかが権威的に独裁的におしつけてくる見方。独自性とか多様性はいっさい無視する見方。わたしはあらゆる種類の声に信をおきたいのよ、どれもひどく異なる声なんだけど。だって、アフリカ系アメリカの文化でわたしがなにより感動するのはそのヴァラエティだから。最近の音楽の大半はみんなおなじような音に聞こえる。でも、黒人の音楽は、考えはじめると、デューク・エリントン、シドニー・ベシェ、サッチモ、マイルス・デイヴィス、みんなちがう。ぜんぜん似ていない。なのに、かれらが黒人のパフォーマーだってことは承知していて、どういうところからそう思うのかにはいろいろあるけど、そうだよね、これがアフリカ系アメリカの音楽の伝統のひとつなんだ、と理解する。黒人の女性のポピュラーシンガー、ジャズシンガー、ブルーズシンガーも、おなじように歌うひとはいない。ビリー・ホリデイはアレサ・フランクリンとはちがうし、ニーナ・シモンのようでもないし、サラ・ヴォーンのようでもないし、ほかのだれともちがう。みんな、じつにパワフルなほどちがう。彼女たちはきっと言うわよ、ほかのだれかのようにしか歌えなかったらシンガーにはとてもなれなかったろうって。もしもだれかがあらわれてエラ・フィッツジェラルドのように歌ったら、みんなはこう言う、あら、ああいうのならいるなあ……わたしが興味深くてしかたないのは、こういった女性たちがあんなにも異なった、間違いようのないイメージをどうやって持っているんだろうかってこと。わたしはそんなふうにものを書きたいの。間違いようもなくわたしのものだけれど、しかし、そうではあるけれども、第一にアフリカ系アメリカの伝統のなかに収まり、第二には文学と呼ばれているものに収まるような小説、それを書きたい。

――第一にアフリカ系アメリカ？

モリスン　そう。

――……文学というものにじゃなくて？

モリスン　そうよ。

――どうしてですか？

モリスン　そっちのほうが豊かだから。はるかに複雑な資源をもってるから。鋭さみたいなものを引きだしてきて、はるかにモダンだから。人間の未来があるから。

——文学の偉大な担い手というふうには見られたくはないんですか、アフリカ系アメリカ人の作家というより？

モリスン　わたしにとっては、自分の作品はアフリカ系アメリカのものであることがとても大事なのよ。それとは別の、もっと大きなジャンルのなかに含まれるとしたら、それはそれでありがたい。だけど、そういうふうになってほしいと求められるのはイヤね。ジョイスもそんなことは求められてない。トルストイも求められていない。つまり、かれらはみな、ロシア人でありフランス人でありアイルランド人でありカトリックで、自分の出自からものを書いている、わたしもそう。たまたま、わたしにとっての空間はアフリカ系アメリカだったってことよ、カトリックということも、中西部ということもありえた。わたしはそういうものぜんぶでもある、ぜんぶ大事なのよ。

——どうしてひとは訊くんだと思いますか、みんなにわかるようなものをどうして書かないんだ、と？　いかにも西洋的な直線的で年代を追って進むような書き方で書かないのは挑発したいからでしょうか？

モリスン　かれらはそういうことを言ってるんではないと思う。かれらが言ってるのは、そのうち白人について書くんだろう、ということよ。それがきっとかれらにはご挨拶みたいになってるの。なかなかうまく書くじゃないか、そろそろオレについて書いてもらいたいね、みたいな。だれかれかまわずそういうことをかれらは言えるわけではないのよ。つまり、たとえばの話、わたしがアンドレ・ジッドのところに行って、あなたはいつになったら本気になって黒人について書きますかって訊ける？　ジッドだってそんな質問にはどう答えたらいいかわからないと思う。わたしもおなじよ。ジッドはこう言うんじゃないの、「なんだって？　書きたくなったら書くよ」、あるいは、「きみは誰？」。そういった質問の背後にあるのは、中心があるということなのよ、つまり白人ね。そして、各地に黒人やアジア人が、あらゆる種類の周縁人《マージナル・ピープル》がいるということよ。そういった質問は中心からしか発せられないの。ビル・モイヤーズはかれのテレビ番組でそのような「いつになったら書くの」的な質問をしたわ。わたしは、そうね、もしかするといつか、とだけ答えた……言えなかったわね、「ねえ、そういう質問は中心からしか発せられないのよ」とは。世界の中心なのよ！　かれは白人の男だから。かれは、周縁にいる人間にむかって「いつになったらきみは中心に来るんだい？」「いつになったら白人について書くんだい？」と訊いてるわけよ。言えなかったわ、「ビル、どうしてそんな質問をするの？」とも、「そういう質問が当たり前だと思われているかぎりは、書く気もないし、書けない」とも。つまり、かれは上位に立つ者の目で見てる。「なかなかうまく書けてる。よければ、中心に来れば。そんな周縁にいることはないよ」とね。で、わたしはこう答える、「どうも。わたしは周縁にずっといるつもり。そして中心にわたしを探させる」と。

見当外れな主張かもしれないけど、まるっきり見当外れだということはないと思う。巨人だとわたしたちが考えてるひとたちにとっては、ぜったい、真実だったわよ。ジョイスがいい例。あちこち動き回っていたけど、どこにいてもアイルランドのことを書き、自分がどこにいるかなど気にしなかった。ぜったいみんながかれに訊いたと思う、「どうして……？」って。たぶんフランス人は訊いたはずよ、「いつになったらパリについて書くつもり？」って。

――ジョイスのどんなところを一番高く評価してます？

モリスン　ある種のアイロニーやユーモアが飛び交うところがすてき。ときどきジョイスはむちゃくちゃおかしいから。『フィネガンズ・ウェイク』は大学院を出てから読んだんだけど、なんの助けもなしで読んでほんとよかった。正しく読めたのかどうかはわからないけど、ともかくおかしいの！　しょっちゅう大笑い！　なにがどうなってるのかまるまるわからないところもあったけど、そんなこと、どうでもよかった、成績をつけられることもないから。思うに、みんながいまなおシェークスピアを楽しめるのは、かれには文芸批評家がいなかったからね。かれはただ上演するだけで、評はといえば、舞台に投げこまれるいろんなものだけだったんだから。おもいっきりかれはできた。

――批評されていたら、あんなにもたくさん書かなかったと思います？

モリスン そうね、それを気にしてたら自意識過剰になったでしょ。つづけるのはつらかったかも、気にしてないふりをしたり、評を読んでないふりをしたりするのは。

――自分の本の書評は読みます？

モリスン ぜんぶ読む。

――ほんとに？ 本気でおっしゃってるみたいですけど。

モリスン 自分についてのものは、目についたらぜんぶ読むわよ。

――どうしてですか？

モリスン どういうことになっているのか、知らなくちゃいけないから！

――自分がどういうふうに受けとめられているか、知りたい？

モリスン ちがう、ちがう。わたしのことやわたしの作品じゃないの。どういうことになっているかよ。知っておかなくちゃいけないからね、女性たちの仕事やアフリカ系アメリカ人の仕事や最近の仕事の動向についてはとくに。文学の授業をもってるので、教える助けになりそうな情報はなんでも読む。

――学生たちがマジック・リアリスト、たとえばガブリエル・ガルシア゠マルケスなんかとあなたの作品を比較したりするとびっくりしますか？

モリスン そうね、前はびっくりした。いまはなんとも思わない。学校が大事なのは文学を教えてるときだけだから。ここにこうしてすわって何も書いてない黄色いリーガルパッドを前にしてるときは、なんとも思わない……なんだって？ わたしがマジック・リアリスト？ とそれだけのこと。主題によって形式は変わってくるんだから。

――どうして学部生を担当してるんですか？

モリスン　ここプリンストン大学は学部生を重視してるの、それってとてもいいことよ、だって、多くの大学は大学院とか専門研究科しか重視してないから。わたしはプリンストンの考え方が好き。自分の子どもたちにもこういうのがほしかった。学部の一年生や二年生を、大学院生が教え方を勉強するための足場というか遊び場というかリングのようにあつかうのは好きじゃないね。学部生には最高の指導が必要よ。わたしはずっと、公立の学校でも最高の文学を学習する必要があると考えてきた。補習クラスとか発達学級とか呼ばれていたところでも、わたしは『オイディプス王』をいつも教えてきたの。子どもたちがああいうクラスにいるのは死ぬほど退屈してるからだから、そういう子たちに退屈なものを与えるわけにはいかないのよ。手に入る最高のものを与えて喜ばせなくちゃ。

――息子さんたちのひとりがミュージシャンです。あなたもかつて音楽をやってらしたことはあるんですか？　ピアノかなにか？

モリスン　いいえ、だけど、かなり高度なミュージシャンの家系だったの。「かなり高度」という意味は、ほとんど全員が、楽譜は読めないけど、耳にしたものはなんでも演奏できたから……即座にね。わたしたち、姉とわたしは音楽のレッスンを受けさせられた。親は、自分たちには自然にできることをわたしにもやらせようとして習わせたのよ。わたしは、自分のことを、魯鈍なんだと、知恵遅れだと思ってた。親もちゃんと説明してくれればよかったのに。楽譜の読みかたを学ぶのはきっと大事なことなんだから、とね……いいことなのよ、と、悪いことじゃないんだ、とね。わたしはなんだか自分は足が不自由なので歩き方を習いに行かされてるような気分だった、だって、ほら、ほかのひとたちはふつうに立って自然にやってるわけでしょ。

――作家になるための教育って、あると思います？　読書ですか？

モリスン　その効果は限られてる。

——世界を旅するとか？　社会学や歴史の授業をとるとか？

モリスン　あるいは、家にいるとか……どこかへ行かなくてはいけないとは思わないよ。

——ときどきいませんか、ああ、本を書けるようになるには人生体験が必要だ、いろいろ経験しなくちゃ、とか言うひとが。

モリスン　そういうことはあるかも——まあ、かもしれない。だけど、どこにも出かけないで、ただ頭で考えたというひともいるから。トーマス・マンね。かれはほんとにちょっとした小旅行しかしてなかったと思う……ああいう想像力はもともと持っているか、さもなきゃ獲得するかのどっちかだと思う。刺激は、ときには、必要よ。でも、わたしは刺激を求めてどこかへ行くということはしない。どこにも行きたくないし。一ヶ所にじっとすわっていられるなら、それで幸せなの。なにかをしに出かけなければものは書けないと言うひとは信用してない。だってさ、わたしが書いてるのは自伝じゃないから。そもそも、現実の人間をフィクションの素材にすることには興味がないのね——自分もふくめて。歴史上の人物、たとえばマーガレット・ガーナーのようなひとについて書くにしても、彼女についてはなにも知らなかった。彼女のふたつのインタヴューを読んだだけで、それしか知らなかった。そういうのって異常じゃない？　と言われたわ。奴隷制の恐怖からシンシナティに逃げてきた女がいた、彼女は狂ってはいなかった。自分の子どもを殺したけれども、彼女はカッとなったわけではなかった。とても穏やかに、何度でもそうするわ、と言った。もうこれだけあれば十分すぎるくらい、わたしの想像力に火がついた。[20]

(20)　ガーナーは、南北戦争直前、奴隷制から逃げだそうとしたが、追手に発見され、奴隷に戻されるくらいなら、と娘の首を切った。『ビラヴド』はガーナーからヒントを得て書かれた。

――彼女をめぐっての裁判は当時論争を巻き起こしたんでしたよね？

モリスン　そうよ。彼女の実人生は小説に書いてあるようなことよりはるかに凄まじいものだったけど、でも、彼女について知ることのできるすべてをもしもわたしが知ってたら、本は書かなかったわね。もうそれでおしまいってことになってた。わたしの入りこむ余地なんかなかったでしょうから。すでに料理の済んだレシピみたいなものよ。あら、もう、いたんだ、あなたがあのひとね、みたいな。もう盗みようがない。そんなの、わたしにはおもしろくもなんともない。わたしがほんとうに好きなのは、つくるというプロセスだから。人物たちを縮れ毛から動かしていってしっかりとしたかたちのある人間にまでもっていくこと、それがおもしろい。

――怒りとかいろんな感情に動かされて書くことはありますか？

モリスン　ない。怒りは強いけれどもちっぽけな感情よ。長続きはしない。なにも生まない。クリエイティブじゃない……少なくともわたしにはね。だって、本を書くのには最低三年かかるのよ！

――かなり長いこと怒ってなくちゃいけない。

モリスン　そう。そういうものはともかく当てにしない。そういう小さくて急速な感情は好みじゃないの、たとえば、あああ、神様、わたしはひとりぼっちです、みたいな……そういう感情は燃料としては好まない。つまり、わたしもそういう感情をもつことはあるけど、でも――

――いいミューズにはならない？

モリスン　ならないし、それに、脳が冷静に冷静に思考してあらゆる気分を装えるようにならなければまるでダメだから。冷静な冷静な思考でなくちゃ。冷静、少なくともクールでなきゃ、脳は。それがすべて。

アリス・マンロー

Alice Munro

「大事なのはアイデアだけじゃないし、テクニックやスキルだけでもない。ある種の興奮と信仰がないと、仕事はできません」

ニューヨーク・シティからカナダのオンタリオ州のクリントンへは直行便はない。人口三千人の町で、アリス・マンローは一年の大半そこに住んでいる。わたしたちは六月の朝早くにラガーディア空港を飛びたち、トロントでレンタカーを借り、三時間運転した。走るほどに道路はどんどん狭くなり、まわりはぐんぐん田舎になった。夕暮れ近くになってようやく、マンローが二番目の夫のジェリー・フレムリンと暮らす家に着いた。奥の深い裏庭があり、一風変わった花壇があり、彼女の話では、そこはフレムリンが生まれた家だった。キッチンでは、マンローが香りのいい土地のハーブをつかってあっさりした食事の用意をしていた。ダイニングは床から天井まで本で埋まっている。片側にある小さなテーブルには手動のタイプライターがある。そこでマンローは仕事をするのである。

しかる後、マンローはわたしたちをゴドリッチに連れ出した。すこし大きな町の郡庁所在地で、彼女が案内してくれたベッドフォード・ホテルと広場をはさんだ反対側には郡庁があった。ホテルは十九世紀の建物で部屋は心地よく(ツインで、空調はない)、マンローの小説のどれかで図書館員か、辺境に派遣されてきた教師が泊まったところのようでもある。つぎの日から三日間、わたしたちは彼女の家でおしゃべりした。テープレコーダーはいっさい回さなかった。インタヴューをしたのはホテルのわたしたちの小さな部屋でだったが、それはマンローが「ビジネスは家の外で」と望んだからである。マンローも彼女の夫も、いま住んでいるところから二十マイルも離れていないところで育った。ふたりとも、わたしたちがその前を通りすぎたり、その景観を賛美したり、そのなかで食事をした建物のほとんどすべてについて、その歴史を知りつくしていた。このあたりの文学的環境はどんなようなものか、とわたしたちは訊いた。ゴドリッチに図書館がひとつあるが、最寄りのいい書店はストラットフォードにある、と言われた。三十マイル以上も離れた町である。ほかにだれか地元でものを書いているひとはいないか、と尋ねると、いまにも壊れそうな一軒の家の前へと車を走らせた。上半身裸の男がその家の裏の階段にすわって、タイプライターの上に体をかがめていた。何匹もの猫が囲んでいる。「毎日あそこであぁしてます」とマンローは言った、「雨の日も晴れの日も。お付き合いはないけど、いったいなにをしているのか、すごく興味はある」

カナダでの最後の朝、もらった案内図を片手に、アリス・マンローの育った家を探した。彼女の父親が家を建て、そこでミンクを養殖していたのである。いくつも行き止まりの道に迷いこんだ末にようやく見つけたのはかわいいレンガ造りの家で、田舎道のどんづまりにあった。目の前が空き地で、そこに、一時的に着陸したかのように、飛行機がとまっていた。わたしたちがいたところからもいかにも容易に空の魅力は想像できた。パイロットが田舎の人妻を連れ去る話は「白いお菓子の山」で、スタントマンがこんなような原っぱに着陸するのは「どのようにして夫と会ったか」である。

その家のように、またオンタリオの風景——アメリカの中西部に似ている——のように、マンローはあまり目立たない。態度は丁重で、ユーモアは控えめだ。近刊の『オープン・シークレッツ』もふくめて短編集は七冊、長編は『少女たちと女たちの人生』の一冊である。総督文学賞(カナダでもっとも権威ある文学賞)を受けていて、『ベスト・アメリカン・ショート・ストーリーズ』にはたびたび作品が収録される(リチ

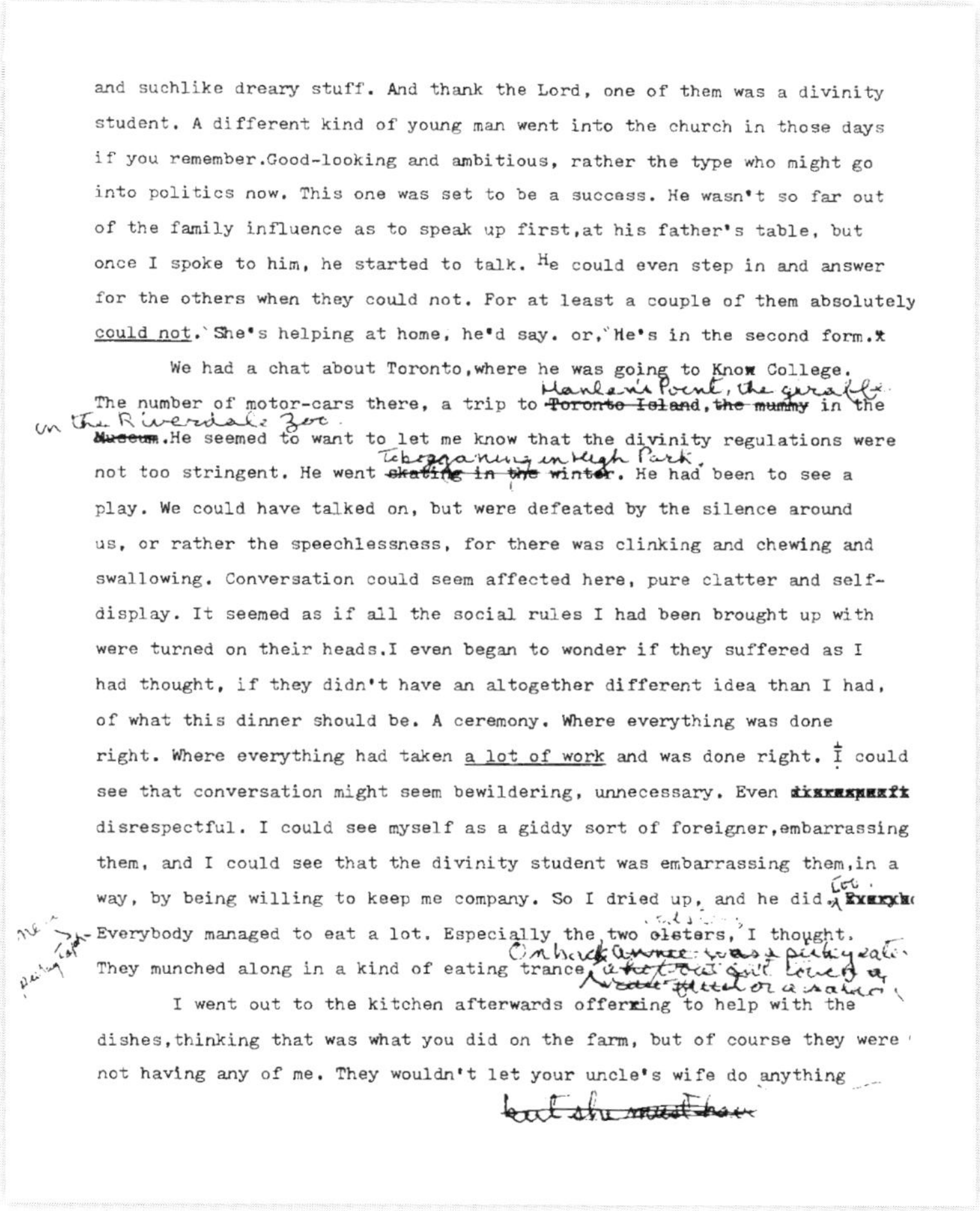

and suchlike dreary stuff. And thank the Lord, one of them was a divinity student. A different kind of young man went into the church in those days if you remember.Good-looking and ambitious, rather the type who might go into politics now. This one was set to be a success. He wasn't so far out of the family influence as to speak up first,at his father's table, but once I spoke to him, he started to talk. He could even step in and answer for the others when they could not. For at least a couple of them absolutely could not. She's helping at home, he'd say. or, He's in the second form.

We had a chat about Toronto,where he was going to Knox College. The number of motor-cars there, a trip to ~~Toronto Island, the mummy~~ Hanlan's Point, the giraffe in the ~~Museum~~ in the Riverdale Zoo.He seemed to want to let me know that the divinity regulations were not too stringent. He went ~~skating in the winter~~ Tobogganing in High Park. He had been to see a play. We could have talked on, but were defeated by the silence around us, or rather the speechlessness, for there was clinking and chewing and swallowing. Conversation could seem affected here, pure clatter and self-display. It seemed as if all the social rules I had been brought up with were turned on their heads.I even began to wonder if they suffered as I had thought, if they didn't have an altogether different idea than I had, of what this dinner should be. A ceremony. Where everything was done right. Where everything had taken a lot of work and was done right. I could see that conversation might seem bewildering, unnecessary. Even disrespectful. I could see myself as a giddy sort of foreigner,embarrassing them, and I could see that the divinity student was embarrassing them,in a way, by being willing to keep me company. So I dried up, and he did too. Everybody managed to eat a lot. Especially the two ~~sisters~~, I thought. They munched along in a kind of eating trance.

I went out to the kitchen afterwards offering to help with the dishes,thinking that was what you did on the farm, but of course they were not having any of me. They wouldn't let your uncle's wife do anything

~~but she must have~~

「荒野の駅」の原稿

ャード・フォードが編んだ最近の巻ではアリス・マンローの短編が二編も収められた)。『O・ヘンリー賞受賞作品集』にもよく選ばれる。「ニューヨーカー」にはレギュラーで原稿を寄せている。これほどまでにみごとな達成ぶりなのに、書くことについて語る口調には新人の発言とも思えるような恭しさと自信のなさが混じる。名をなした作家の偉そうな気配はまったくないので、彼女がそうであることを忘れてしまいそうにもなる。自分の作品について語るときも、自分のやっていることを、簡単ではないがやればできるもののように話す。まるで、それなりに一所懸命にやりさえすれば、だれにでもできるかのようにだ。別れるときには、わたしたちもその口調にすっかりやられ、自分にもできるのかも、という思いになっていた。いかにもシンプルに見える――しかし、彼女の文章がもつ完璧なシンプルさは、何年もかけて、そしてたくさんの草稿を経て獲得できるものである。シンシア・オジックが言っているように、「彼女はわたしたちのチェーホフであり、彼女の同時代の作家たちのほとんどだれよりも長く読み継がれるだろう」。

――ジーン・マカラック、モナ・シンプソン　一九九四年

――今朝、あなたが育った家にもう一回行ってきました。子ども時代はずっとあそこで暮らしてたんですか?

アリス・マンロー　そうです。父は、亡くなったときも、あの家に住んでました、キツネとミンクの養殖場でした。いまはすっかり変わってしまい、トータル・インダルジャンスという美容室になってます。奥のほうの棟を美容室にしたんだと思います、キッチンをぜんぶ取り払って。

――なかに入ってみたことはあります?

マンロー　いいえ、ないです、でも、リビングは見たいなあと思ったことはあります。父の手作りの暖炉があったんで見たいんです。いまでもときどき思います、なかに入って爪の手入れでもしていただこうかな

って。

——道をはさんだ反対側の空き地に飛行機があったんで、あなたの短編の「白いお菓子の山」と「どのようにして夫と会ったか」を思い出しました。

マンロー　はい、一時期あそこは飛行場だったんです。養殖場の所有者が飛行機に乗るのが趣味で、自分用の小型機も持ってました。養殖はぜんぜん好きじゃなかったんで、まもなく手を引くと、飛行インストラクターになりましたよ。まだお元気です。すこぶる健康で、わたしが知ってるなかでは最高にハンサムな方のひとりです。飛行インストラクターの仕事をお辞めになったのは七十五歳のときでした。辞めて三ヶ月もたたないうちでしたか、旅先で、奇妙な病気にかかりましたよ、洞窟にいたコウモリから伝染ったらしいんですが。

——最初の短編集『しあわせな亡霊の踊り』に入っている作品にはあの土地の、あなたの子ども時代の世界の雰囲気が濃厚にただよっています。いつ頃に書かれたものですか？

マンロー　十五年以上の長きにわたります。「蝶の日」が一番古くて、たぶん、二一歳の頃に書きました。「乗せてくれてありがとう」を書いた時のことはよく覚えてますが、というのも、書いてる横で最初の子がベビーベッドで寝てましたんでね。だからあれは二十二歳の時です。ずっと後になってからのものは三十代になってからです。「しあわせな亡霊の踊り」とか「ユトレヒト講和条約」とか。「イメージ」が一番後です。「ウォーカー・ブラザーズ・カウボーイ」も三十を過ぎてから書きました。けっこう幅があるんです。

——いま読んでみてどうですか？　作品は読み直します？

マンロー　あのなかにはかなり前に書いた「かがやく家」というのが入ってるんですが、二、三年前、トロントのハーバーフロントで朗読する羽目になったんです、「タマラック・レヴュー」の何周年かを記念したイベントでしたけど。その雑誌の初めの頃の号にもともとは掲載されたということもあって、壇上に立って読むことになった、とても辛かったですよ。あれを書いたのは二十二の頃だと思います。直しながら朗読しました、書いた当時はうまくできたなと感じたものの、すっかり時代遅れになったように思えたところをせっせと拾いながら。がんばって急いで直し、かつ、朗読しながら先のパラグラフに目をやる。なにしろ、前もって読んできちゃいなかったんですから。わたしは以前のを読むということはしません。昔のを読むと、いまの自分だったらやらないようなことが目につきますので。それと、一九五〇年代だからやっていたようなこととかも。

――一度活字にした作品を直すということはしますか？　プルーストは、亡くなる前に、『失われた時をもとめて』の第一巻を書き直しましたが。

マンロー　そうね、ヘンリー・ジェームズもシンプルでわかりやすい文章を書き直して、曖昧で難解なものにしてましたよね。わたしも最近やりました。『ベスト・アメリカン・ショートストーリーズ』の一九九一年版に収録された「運ばれて」という短編です。読み直してみたのは、どんなふうなかんじのものになっているかを見たかったからですが、そしたら、あるパラグラフがすごくべっちゃりしたものになっているのに気がついた。とても大事な小さなパラグラフだったんです、センテンスはふたつだけだったかな。ペンをとってきて、あのアンソロジーの余白に書き直しましたよ、本にまとめるときに参照できるように。そんなふうにまちがいがわかった時点で、しばしば直してはきましたが、というのも、その時をのがすともう、わたしがその作品のリズムから離れてしまっているからです。こっちの望み通りのはたらきをしてくれていない文章は目につきます、だから、結局、なんというか、ちゃんとはたらくように仕向ける。ところが、直したのをあらためて読むと、なんか出しゃばった感じになってるんですね。だから、いまはあまり自信はないです。こういうことはやめたほうがいい、というのが答えになるかもしれません。言うべきときは自分にも言わなくちゃいけません、子どもを相手にするときのように。これはもうあなたのものではないんですよ、と。

——書いてる途中のものは友だちにも見せない、とおっしゃってたことがありますね。

マンロー　はい、書いてる途中のものはだれにも見せません。

——編集者たちのことはどのくらい頼りにしてます？

マンロー　「ニューヨーカー」が初めてでした、本気で編集されるという体験をしたのは。それ以前にやってたのは、いくつかの助言にもとづいて原稿をちょっと整理するというようなことでしたから——たいして直さない。編集者とのあいだには、想定できる事柄については、きちんとした申し合わせができている必要はありますね。たとえば、ウィリアム・マックスウェルの短編ではなにも起きていない、と考えるような編集者はわたしには用がありませんから。また、わたしが自分を欺しているかもしれないということを見抜けるような鋭い目も持っていてくれなくちゃいけません。チップ・マックグラスが「ニューヨーカー」のわたしの最初の編集者でしたが、とてもよかった。こっちがやりたいと思ってることをこんなに深く見据えることのできるひとがいるんだ、と驚きました。しょっちゅうではありませんが、たまにたくさん指示をくれました。「ターキー・シーズン」というのをわたしが、もうすでに渡した後なのに、書き直した時のことです。すんなり新しいほうを受けとってもらえると思ってたんですが、かれはそうしなかった。こう言ったんです、「こっちのほうがいいなあと気に入ったところが新しいほうにもありますが、こっちのほうがいいなあと気に入ったところは前のほうにもあります。どうでしょう？」こうしましょうなんてことはけっして言わないんですよ。それで、ふたつを合わせるようなかっこうになり、両方よりもいいものができた、と思ってます。

——どういう手順で進めていったんですか？　電話ですか、手紙ですか？「ニューヨーカー」の編集部に出かけていってじっくり検討しあったことってあります？

マンロー　手紙です。電話でもうまく話し合えてます、じっさいに顔をあわせたのは数回だけです。

――「ニューヨーカー」に初めて掲載されたのはいつですか？

マンロー　「とびきりの折檻」が最初の小説で、一九七七年に載りました。でも、昔からずっと、書いたのはぜんぶ「ニューヨーカー」に送ってたんです、一九五〇年代から。そしてそれから送らなくなる期間が長くあって、カナダの雑誌にだけ送ってました。でも、「ニューヨーカー」はきちんとコメントはつけて返してくれてました――鉛筆書きの、形式ばらないメッセージです。署名がついてたことはありません。変に激励するようなものでもありませんでした。いまでも覚えているのがひとつあります。「文章はとてもいいが、テーマがちょっとあまりにありふれている」。その通りだったんです。老いつつある人物ふたりのあいだのロマンスで、老年になりかかったオールドミスが老年になりかかった農夫からプロポーズされて、いよいよ来たか、と考えるというものでした。年寄りのオールドミスが出てくる小説をたくさん書いてたんですよ。あれは「アスター家が花盛りだった頃」というものでした。まったくひどいものでした。書いたのは十七歳の時じゃありません、二十五歳の時です。どうして年寄りのオールドミスたちについて書いてたのか、不思議でなりません。なにもわかっちゃいないのに。

――あなたは若くして結婚なさいました。年寄りのオールドミスになるような人生は想定してなかったように思えますが。

マンロー　自分のことを心情的には年寄りのオールドミスだと考えてたんだと思います。

――ずっとものを書いてらしたんですか？

マンロー　七学年か八学年からずっと。(1)

――大学に入る頃にはかなり熱心な書き手になっていたんでしょうね？

マンロー　はい。お金がなかったんで、ほかのものになるチャンスがなかったんです。大学にいられるのも、当時の奨学金は二年間しかもらえなかったので、二年だけと覚悟してました。わたしの人生ではそれはささやかな休暇で、素晴らしい時間でした。それまではずっと、十代のあいだ、家事の一切をやらされてましたから、大学は、人生でほとんど唯一の、家事をしなくていい時間だったんです。

――その二年間のあとすぐに結婚なさった？

マンロー　二年目の後すぐに結婚しました。二十歳でした。そしてバンクーバーに行きました。結婚したことで一番大きかったのはそれです――この大冒険、大移動。できるかぎり遠くへ行って暮らそうとしたんです。[2]わたしたちは二十歳と二十二歳でした。すぐにそこそこ中産階級の生活を始めました。家を手に入れて赤ん坊をつくろうと考え、即座にそのふたつを実現しました。最初の子は二十一歳の時です。

――その間もずっと書いてたんですか？

マンロー　妊娠中はずっと必死で書いてました、子どもが生まれたらもう書けなくなるだろうと思ってましたから。その後も、妊娠するたび、赤ん坊が生まれるまでに大きな仕事は片づけておくんだという気持ちでした。じっさいにはなにひとつ大きな仕事はできなかったんですけど。

――「乗せてくれてありがとう」は、視点となる人物がいくぶん無情なシティボーイで、貧しい町の女の子を引っかけて一晩いっしょにすごす、そして彼女の生活の貧しさには同情したり嫌悪を感じたりする。印象的なのは、あなたの生活がかなり安定して落ち着いたものになった時にこのような作品が登場してきたことですが。

（1）　日本の中学校に相当する。
（2）　生まれた時から大学まではカナダ中東部のオンタリオ州で暮らしていた。バンクーバーはカナダ極西部の太平洋岸にある。

マンロー　最初の娘がお腹のなかにいる時の夏、夫の友人が訪ねてきたんです。一ヶ月かそこいらいました。国立映画制作庁の仕事をしていて、映画を撮ってました。いろんな話を聞きました——おたがいの生活のあれこれについていろいろ話したんですが、かれがしてくれた話のなかに、ジョージア湾(3)に面した小さな町に出かけた時に地元の女の子とデートしたというのがあったんです。都会育ちの中産階級の男の子にとっては馴染みのないものとの出会いだったらしいですが、わたしには馴染みのあるものでした。わたしは即座にその女の子に自分を重ね合わせてました、彼女の家族とか環境も身近に感じました。ただちに小説を書いたように思います、赤ん坊がベビーベッドからわたしを見あげてました。

——最初の本が出たのは何歳の時ですか?

マンロー　三十六の頃です。それまでもずっと小説は書いてたんですが、とうとうライアソン・プレス社の編集者から手紙が来たんです、カナダの出版社で、いまはマグローヒル社に吸収されてますが、本にまとめるだけの数の小説はあるか、と訊いてきました。もともとは他の二、三人の書き手といっしょに一冊の本を作るつもりだったらしいですがね。でも、それは流れたんです、しかし、かれの手元にはわたしの作品がある程度渡っていた。まもなくかれは辞めましたが、引き継いだべつな編集者が、あと三つほど書いてくれたら本にできる、と言ったんです。それで書きました、「イメージ」と「ウォーカー・ブラザーズ・カウボーイ」と「ポストカード」を一年で。翌年に本が出ました。

——ほかの作品は雑誌にすでに発表していたものですか?

マンロー　ほとんどは「タマラック・レヴュー」に載ったものです。すてきなリトル・マガジンで、ずばぬけた雑誌です。編集長が言ってました、読者全員をファーストネームで知っている編集者はカナダでは自分だけだとね。

——書くための時間は特に決めていたんですか?

マンロー　子どもたちが小さいときは、学校に行った直後からがわたしの時間でした。だから、その何年間かはすごく必死で仕事をしました。夫とわたしは書店を経営してましたが、そこで働いてるときも、わたしはお昼までは家にいました。家事をかたづけながら、同時に書くということもしていました。しばらくして店に毎日は出る必要がなくなると、みんながランチに家に帰ってくるまで書き、みんなが店に行くと、だいたい二時半くらいでしたが、コーヒーを一杯急いで飲んで家事にとりかかり、三時か四時頃までにはなんとかかたづけようとしてました。

――お嬢さんたちが学校に行く前はどうしてたんですか？

マンロー　昼寝の時です。

――お嬢さんたちが昼寝をしているあいだに書いていた？

マンロー　はい。午後の一時から三時まで。ろくでもないものをどっさり書いてましたが、かなり生産的ではありました。二冊目の本の『少女たちと女たちの人生』を書いた時は、とくに生産的でしたよ。娘たちの友だちのひとりがいっしょに暮らしてたので子どもは四人いたし、週に二日は店で働いてたんですけど。午前一時あたりまで仕事をして、六時には起きてました。もう死ぬかもしれない、つらすぎる、きっと心臓麻痺になる、と思ってたのを覚えてます。まだわずか三十九歳ぐらいでしたが、そんなことを考えてました。でも、もし死んでも、これだけたくさん書いたんだから、きっと日の目は見る、と考えてもいましたね。デスペレートな、ほんとにデスペレートなレースみたいでした。あんなようなエネルギーはもうありません。

――『少女たちと女たちの人生』はどんなふうに書いていったんですか？

（3）五大湖のヒューロン湖につながる湾で、マンローが生まれ育ったオンタリオ州にはいる。

マンロー　書き始めた日のことはよく覚えています。一月の、日曜日でした。うちの書店に行ったんです、日曜はお休みなんですが、そこに閉じこもりました。夫が夕食は自分がつくると言ってくれたので、午後が自由になったんです。ずらりと並んだ偉大な文学作品を見て回りながら、おまえ！　ここでいったいなにをしている？　と考えたのを覚えてます。そしてオフィスに行くと書き始めた、「プリンセス・アイダ」というパートを。わたしの母親についての話です。母親のことはわたしの中心にある題材で、いつでもすぐにひょいと浮かんでくるんですよ。ちょっとリラックスするとすぐに現れる。ですから、それを書き始めると、どんどん行ける。でも、大きなミスをしてたんですね。ふつうの長編のように書こうとしてたんです、ありふれた子どもの成長もののような長編に。三月頃になって、うまく行かないのに気がつきました。どうもしっくり来ないんで、これは捨てるしかない、と思いました。ひどく落ちこみました。そのとき思いついたんです、ばらばらにして短編のかたちにすればいいんじゃないか、そうすれば、うまくいくだろう、と。その時ですよ、ほんとうの長編を書くことはないだろう、と知ったのは。そういう頭にはできてないんだ、と。

——『乞食の少女』も長編のような作品ですね、連作の短編ですから。

マンロー　後からあれこれ説明をつけるのはいやなんですが、たがいにつながっている短編をもうひとつやりたいとつねづね思ってたんですよ。今度出た『オープン・シークレッツ』には何度も現れる登場人物たちがいます。「破壊者たち」のビー・ダウドは、最初に書いた「運ばれて」では幼い子として登場してます。ビリー・ダウドは図書館員の息子ですが、「宇宙船、着陸」にはふたりとも登場します。でも、こういうプランは、作品よりも先に考えようとしてはいけないんですね。ひとつの短編をべつな短編に合うように構成し始めると、たいていうまく行かない、使ってはいけない力を使ってしまうからですね。だから、このようなつながりのあるものをまたやるかどうかはわからないです。アイデアは好きなんですけど。キャサリン・マンスフィールドはある手紙のなかでこんなことを書いてます、ああ、長編が書けたらと思う、こんなような断片ばかりを残して死にたくはない、と。断片ばかりだという、そういう思いを捨てるのはとてもむずかしいです、いままで書いてきたものがぜんぶばらばらの短編ばかりだったりすると。もちろんチェーホフなんかのことを考えたりもするんですが、それにしてもねえ。

――チェーホフもいつも長編を書きたがってました。「わが友人たちの人生の話」という題名にするつもりのものもありました。

マンロー 知ってます。いろんなものをひとつのパッケージに収められたら達成感があるだろうなあという気持ちはわかります。

――書き始めるときは、どういう話になっていくか、わかっているんですか？ すでにプロットはできている？

マンロー すっかりできているわけではありません。ましなものになりそうな小説はたいてい変化していくものですから。いまかかっているのは準備なしで始めました。毎朝、とりかかっていて、とてもすいすい進みはするんですが、あまり気に入ってません。そのうち、たぶん入っていけるようになるとは思ってるんですけど。ふつうは、書こうとしている小説と頭のなかでたくさん接触をもってから、書き始めるようにしてます。以前は、きまった時間を執筆にあてられないこともありましたが、そんな時でも、小説たちは頭のなかでいつもずっと動き回っていた。だから、いざ書き始める段になると、すぐに深く入っていけた。いまは、そんな作業をしてくれているのはメモ帳です、せっせとメモしてます。

――メモ帳を使ってるんですか？

マンロー 山ほどあります、どうにもならないひどい文章が詰まってます、とにかくなんでもメモしてますから。それらを見ると、こんなことをしていったい意味があるんだろうかとはよく思いますけどね。でも、わたしは頭の回転が速くないんですよ、すぐに頭が動き出すような書き手とはまったく正反対の人間なんです。すぐにアレを捕まえることができない、「アレ」というのは自分がやろうとしていることですが。間違った道に入ってしまって引きあげざるをえなくなることもよくあります。

――間違った道に入ってしまったのはどうしてわかるんですか?

マンロー たとえば、ある日せっせと書いて、うまくできたと思う。いつもよりもたくさん書けた、とか。ところが、翌朝起きると、もうやりたくないという気分になってるのに気がつく。わたしの場合、近づくのがいやでいやでしかたない時や、かなりお尻を叩かないと続ける気がしない時は、たいてい、なにかがとんでもなくうまくいかなくなっている証拠なんです。よくあることですが、だいたいわたしの仕事の四分の三がそうですけど、かなり早い時期に、この作品は捨てることになるだろうなとわかるときが来ます。一日か二日か、ひどく落ちこみますよ、不機嫌になります。べつなものが書けるんじゃないかと考えたりします。恋愛に似てます、失望や惨めさから抜けだすために、べつに好きでもない、しかしそのことが自分ではまだわかっていない新しい男とデートしたりするようなかんじです。そしてそのうち、捨てた作品にかんしてなにかをいきなり思いつく、どうしたらいいかがわかる。でも、そういうことが起きるのは、これはもうどうにもダメだ、あきらめよう、と自分に言った後みたいですね。

――いつもそういうふうにうまく行くんですか?

マンロー ときどきはダメです、丸一日、最悪の気分で過ごしてます。そういう時はほんとうにイライラしてます。ジェリーが話しかけてきたり、部屋を出たり入ったり、どたばた動き回ったりしてると、ピリピリしてカッとなります。歌とかうたわれたりしたらもう、たまったものじゃありません。なにかをじっくり考えようとしても、煉瓦の壁に激突するだけで、通りぬけることができない。そういうことをしばらくやり、やがてあきらめることになるんです。こういう状態がだいたい一週間ですね、じっくり考えようとする、なんとか回復しようとする、そしてあきらめてなにか別なことを考える。そして戻ってくる、たいていはじつに思いがけなく、食料品店にいる時とか、ドライブに出た時とかに。そして思うんです、なんだ、そうか、ああいうふうな視点からやればいいんだとか、あの人物はカットすればいいんだとか、あの連中は結婚してないんだとか、いろいろ。大きな変更で、それがたいていラディカルな変更になる。

――そうして小説が動きだす？

マンロー　それで小説が良くなるかどうかはわかりません。ともかくそれで書きつづけることができるようになるんです。圧倒的ななにかがわたしのなかに入ってきてわたしに言葉を書きとらせるというようなことは、わたしの場合、ないと思ってますから。書こうとして四苦八苦しているものについての手がかりがつかめるだけという感じですね。それも、かろうじて。

――視点やトーンをよく変更したりしますか？

マンロー　そうですね、うまく行ってないなあと思えるときはときどき、一人称から三人称に何度も変えたりします。わたしの大きな問題でもあるんです。しょっちゅう一人称にすることで小説のなかに入っていこうとし、そして、なぜかうまく行ってないような気分になるというケース。そうなると、ひとの意見にすごく振り回されるようになります。わたしのエージェントは「アルバニア人の少女」を一人称で進めているのが気に入らなかった、それで、もともとそんなに自信がなかったこともあって、言われるままに変更したものです。もっとも、それからまた一人称に戻しましたけど。

――テーマについては、どの程度意識しながら書いてらっしゃいます？

マンロー　そうねえ、あまり意識してません。話が間違った方向に進んでいるのがわかるだけです。いいことより悪いことのほうが簡単にわかるんです。ほかのもののようにはうまく行ってないなとか、ほかのものより構想が軽いなとか。

――軽い？

マンロー　軽い感じがする。大きなコミットメントがあるように感じられない。このところずっとミュリエル・スパークの自伝を読んでますが、彼女はクリスチャン、カトリックなので、神がほんとうの著者である、と思っている。だから、われわれはその権限を奪おうとしてはいけない、人生の意味についてのフィクションや、神にしかつかまえられないものをつかまえようとするようなフィクションを書こうとしてはいけない、と考えている。したがって、ひとが書くのはエンターテインメントである、と。彼女はそういうことを言っているんだと思います。考えてみれば、わたしもときどきエンターテインメントのつもりで小説を書いてますよ。

――例をあげていただけますか？

マンロー　「ジャック・ランダ・ホテル」はとても気に入ってますが、エンターテインメントになってます。ともかくそういうものであってほしい。いっぽう、「若き日の友」はエンターテインメントになってません。なにかべつなものになってます。わたしの心の深いところで動いている。

――エンターテインメントと考えているものについても、あなたの中心的なテーマと考えているもの同様、かなりあれこれ思い悩みますか？

マンロー　はい、それはそうです。

――書くのにぜんぜん苦労しなかった小説ってありますか？

マンロー　「若き日の友」はほんとにサッと書いてしまいました。聞いた話がきっかけです。わたしの知り合いにゴドリッチの図書館で働いている青年がいて、わたしのためにいろいろ調べ物をしてくれるんですが、ある晩わたしの家に来て、かれの家族の隣人たちの話をしたんです。隣の農場の脇に住んでいるひとたちです。帰依している宗教がトランプ遊びを禁じているので、クロキノールというボード・ゲームをしてたそうです。かれが最初にした話はその程度だったんですが、その家族についてわたしがいろいろ訊いたんですよ、どんな宗教で、どんな生活をしているのか、細々と。そしたらそのひとたちのことをていねいに語り、結婚をめぐってのスキャンダルを話してくれたんです。わたしの家に来ていた青年も、じつは、その教会のメンバーで、その家族の娘のひとりと婚約していたんですね。ところが、なんということか、その娘の妹のほうが妊娠し、結婚相手が変更になった。そしてその後はみんないっしょにおなじ家で暮らすようになった。家の修理とか塗り替えとかについてのくだりはぜんぶ事実のままです。若夫婦が半分塗り、姉のほうは塗らなかった——だからペンキが塗ってあるのは家の半分だけ。

——作品に出てくる看護婦はじっさいにいたんですか？

マンロー　いいえ、看護婦はわたしの創作です、でも、その名前はもらったものです。ここから十マイルほど行ったところにあるブライズ・シアターで慈善団体の募金集めのイベントがありましてね、だれでもなにかをオークションにかけてお金を集めることができました。そしたら、だれかが、最高値で落札したひとは自分の名前をわたしのつぎの小説の登場人物の名前にできるという権利をオークションにかけたらどうか、と思いついたんです。それで、トロントから来た女性が四百ドル出して登場人物になった。その彼女の名前がオードリー・アトキンソンでした。これは看護婦だな、ととっさに思いました。その後その方からは音信はありません。気に入ってくれてるといいですけど。

——どんなふうにして書き始めましたか？

マンロー　あの小説を書き始めたのは、オンタリオ州からブリティッシュ・コロンビア州へのいつもの旅の最中でした。毎年、秋に車で出かけ、春に戻ってくるんです。だから、じっさいには書いちゃいなかったんですが、夜あちこちのモーテルにいる時は小説の家族のことを考えてました。そしたらその家族の話を包みこむようにしてわたしの母の話が前面に出てきた、そしてつぎにはその母の話を包みこむようにしてそれを語るわたしが出てきた、それでどういうことなのかが見えてきた。あの小説は簡単に生まれたと言っていいと思います。むずかしいところはありませんでした。母のこと、それから母にたいするわたしの気持ちはそれまでもたびたび書いてましたから、とくに探る必要はなかった。

――あなたの作品には母親が何度も登場します。まさにあの小説の母親はほかのにも出てきて、とてもリアルです。でも、フローもリアルですね、「乞食の少女」に出てくるローズの継母ですが。

マンロー　でも、フローは実在の人物ではありません。知り合いのひとたちにとても似ているところはありますが、小説家たちがよく言う、実在するいろんな人間を混ぜ合わせた合成人格です。フローがパワフルな存在になっているとしたら、二十三年ほど留守にしていたここにまた戻ってきたときに書いたからだと思います。ここの文化全体にわたしは打ちのめされましたから。それまでわたしが使ってきた世界、わたしの子ども時代の世界は、記憶のなかの釉薬《うわぐすり》のかかった世界だったんだとわかりました、戻ってきて本物の世界と面と向かったときにね。フローはそういう本物を体現したものであり、わたしの記憶にあったものよりはるかに粗暴なものでした。

――あなたはかなりたくさん旅をしてらっしゃいますが、作品はというと、基本的に、地方の感性で書かれているように思います。この近辺で耳にする話がいちばん心に響くということですか、それとも、あちこちの都市に暮らしてたときのこともけっこう材料として使っていたんですか?

マンロー　小さな町に住んでいると、いろいろなことが耳に入ってきます、しかもあらゆる種類のひとたちについての話が。いっぽう、都市では、耳にするのは、自分のようなひとたちについての話が主です。女性なら、友だちからたくさん話も入ってきます。「ちがうふうに」はヴィクトリア(4)での生活から材料をもらいました、「白いお菓子の山」の大半もそうです。「発作」はここでじっさいにあったひどい事件に材を得ました――六十代のカップルの無理心中です。都市にいるときは、出来事については新聞で読むだけです、細かなところまで集めるのは無理でした。

――ものを発明したり合成したりするのは以前よりずっと少なくなってますが、それは単純明快な理由からです。

マンロー　個人的なことを書くのは、ウィリアム・マックスウェルみたいに、何回戻っても素晴らしく新しいレベルのものが見つけられるのでなければ、ネタ切れになりますから。後半生では、個人的なもので深い素材になるものといったら、自分の子どもたちでしょう。でも、自分の両親については、亡くなってしまえば、書けますが、子どもたちはまだこれからもいるわけだし、いずれは養老院に訪ねてきてもらいたいということもありますからね、観察にもとづいた小説を書いていくようにしたほうが無難でしょう。

――家族の小説のほか、あなたには歴史小説とも呼べそうなものがけっこうあります。そういった素材は探しに出かけるんですか、それとも待っていると向こうからやってくる？

マンロー　素材を見つけるのに苦労したことはありません。待っていると現れます、かならず現れます。苦労するのは、押し寄せてくる素材にどう対処するかです。歴史物については、史実をたくさん探さなければいけませんでした。何年間か、ヴィクトリア朝時代の女性作家についての小説を書きたいと考えていたことがあります、この地域で暮らしていた女性作家です。ところが、わたしの欲しい韻文が見つからない、見つかったのはぜんぶひどいしろもので目も当てられない。わたしとしてはもうすこしましなものが欲しかった。そこで、自分で書いちゃいました。その小説を書いてるときは、昔の新聞をたくさん見ましたよ、夫が集めていたんです――夫はオンタリオ州のこのあたり、ヒューロン郡の歴史の研究をしてるんでね。引退した地理学者です。おかげで町のイメージはしっかりつかめました、ワリーという名前にしたんです

（4）　カナダのブリティッシュコロンビア州の州都。

がね。イメージがしっかりつかめたのは新聞の切り抜きのおかげですよ。それ以来、なにか特定のものが必要になったときは、さっき言った図書館で働いている青年にときどき探してもらってます。昔の車とかいろいろ、一八五〇年代の長老派教会についてとか。いい青年です。楽しそうにやってくれます。

——よく登場する親戚のおばさんたち、あのすてきなおばさんたちについてはどうでしょう?

マンロー　大おばと祖母はわたしたちの生活ではとても大事な存在でした。なんだかんだ言っても、結局のところ、家族はキツネとミンクの養殖という壊れかけた事業で暮らしを立てていて、しかも町ではいちばん評判の悪い地域にありました。しかし、あのひとたちはしっかりとした町のすてきな家に暮らしていて、文明の恩恵をすっかり受けていた。だから、あのひとたちの家とわたしたちの家の関係にはいつも緊張したものがあったんですが、それがとてもわたしには重要なことでした。小さい時はその緊張関係が大好きでした。そして思春期になると、それをやや重荷に感じるようになりましたが、その頃にはもう母は、わたしの生活のなかで指導的な女性ではなくなっていましたからね、途方もなく重要なひとではありましたが。つまり、基準を提示するひとではなくなっていた。そして、大おばや祖母といったお年寄りの女性たちがその役割を担うようになり、わたしの興味を惹くような基準はいっさい提示しなかったものの、たえず緊張したものはあって、それがわたしには大事なものになりました。

——じっさいに町に引っ越すことはなかったんですか、『少女たちと女たちの人生』では母と娘はそうしてますが?

マンロー　一冬だけ、そうしました。一冬町に家を借りたい、と母がいよいよ決心して、そうしたんです。母は、奥さんたちを招いてランチのパーティを開いたりしてなんとか社交の輪を広げようとしましたが、どうにも入っていけなかった。彼女には無理でした。まったくわかってもらえなかったんです。田舎の家に戻ってきたら、そこはすっかり男たちの、父と弟の棲み家になっていたのを覚えています。リノリウムの床もすっかり模様は消えていました。まるで家のなかに泥が流れこんだかのようでした。

――あなたは気に入っているのに他のひとたちはそうでない小説ってあります？　たとえば、ご主人が気に入ってない小説ってありますか？

マンロー　わたしは「オレンジ・ストリート、スケートリンクの月」がたいへん好きですが、ジェリーは気に入ってません。ジェリーが話してくれた子どもの時の逸話がもとになってるんですが、かれとしては、まったくちがうかたちの話になると期待してたんでしょう。わたしは気に入ってくれると思ってたので、心配はしてなかったんですがね。そしたら、きみのベストには入らないな、と言われました。わたしが書いたものでふたりのあいだにトラブルがあったのはその時だけです。それ以来、かれは、すごく気を遣い、わたしが留守にするまではわたしの作品は読まないようになりました。そして、気に入ると話題にするんですが、まったく話題にしないことが多いです。結婚生活をうまくやっていくにはそういうふうにしなくてはいけないんでしょう。

――ジェリーはここの出身ですね、あなたが育ったところから二十マイルも離れてません。かれが語る逸話とか思い出話は、最初のご主人のジムのよりもつかえますか？

マンロー　ジムはトロント郊外の出身でした。でも、生い立ちがわたしとはまるでちがうんです。かれが住んでいたのは上層中流階級の郊外生活者が暮らす町で、そこの男たちのほとんどはトロントに通勤する知的専門職に就いている人たちでした。ニューヨーク郊外のそういう町についてはジョン・チーヴァーが書いてました。この階級のひとたちのことはそれまではまったく知りませんでしたから、かれらの考え方はどれもすこぶる興味深いものでしたが、逸話性に富んではいなかった。たぶん、長いこと反発心みたいのがあって、わたしがわかろうとしなかったんでしょうね。当時のわたしはかなり左翼でしたから。いっぽう、ジェリーが話してくれることはわたしが育ってきたことから思い出せる事柄の延長のようなものでした——もちろん、町の男の子の生活と農場の女の子の生活のあいだの大きな違いというのはありましたけど。ジェリーの人生で最高だった時期は、おそらく、七歳から十四歳までで、男の子たちが徒党を組んで町を歩き回っていた頃でした。不良とかそういうものではなかったんですが、ともかく好き勝手にふるまっていた、町のサブカルチャーを満喫していた。女の子はそういうものには入れなかった、といまもそう思います。女友だちといつも小さくつるんでいるだけでした、自由というのはなかった。だから、それを知るのはおもしろかったんです。

——どのくらいの期間、この地から離れていたんですか？

マンロー　結婚したのは一九五一年の末で、バンクーバーに暮らすようになり、そこに一九六三年までいて、それからヴィクトリアに移り、マンロー書店という本屋を始めました。それからわたしだけが戻ってきたんですが、たぶん一九七三年の夏でした。だからヴィクトリアにいたのは十年ほどです。結婚してたのは二十年間です。[5]

——東部に戻ってきたのはジェリーと出会ったからですか、それとも仕事のためですか？

マンロー　仕事のためです。それと、最初の夫とヴィクトリアで十年も暮らしていたというせいでもありました。結婚生活が、一、二年、うまく行かなくなってきていたんです。あそこは、都市といっても、小さいですから、友人たちの輪も小さくて、みんながおたがいのことを知っている。だから、結婚生活が破綻しかけているとなると、おなじところにずっといつづけるのはむずかしい、と思えた。いっしょにそこから出るのがいいだろうと思ったんですが、かれのほうは本屋を経営してましたから、出られない。ちょうどそのとき、トロント郊外にあるヨーク大学から創作科で教えないかという誘いがあったんです。でも、あの仕事はつづきませんでしたね。いやでいやでしかたなかったんで、一文無しだったんですが、辞めました。

――フィクションを教えるのが好きになれなかった？

マンロー　いやですね、あれは！　最悪でした。ヨーク大学はカナダではかなりラディカルな大学に入りますが、でも、わたしのクラスはほとんどが男性で、たったひとりの女性はほとんど口もきけずにいました。かれらがやろうとしていたのは当時流行していたもので、わけがわからなく、かつ、退屈なものが一番なのだ、と考え、そういうもの以外には目もくれようとしないかんじでした。それまでは細かく考えることのなかった文章の書き方について怒鳴るようにして説明する術を学んだことは、わたしにとってはいいことでしたが、でも、かれらと心を通じ合わせるにはどうしたらいいのか、どうすればかれらと敵対しないですむのかはついにわかりませんでした。きっと、いまならわかるんでしょうが。だけど、かれらが考えてたのは文章を書くこととはぜんぜん関係なかったようなんですよ――どっちかというと、テレビのような世界に入っていって常套句を使いこなせるようになるためのトレーニングをしてるふうでした。そこをわたしが変えなくてはいけなかったんでしょうが、できませんでした。ひとり、クラスの子ではない学生が小説を持ってきたことがあります。目に涙があふれたのを覚えてます、とてもよかったからというのと、学生が書くいい作品にかなり長いことお目にかかっていなかったからでもあります。そしたら彼女が訊くんですよ、先生のクラスに潜れますかって。だから答えました、だめよ！　わたしのクラスに近づいちゃだめ、わたしに直接作品を持ってきてって。彼女は小説家になりました。小説家になったのは彼女だけです。

――カナダでもアメリカ同様、創作科が急増してるんですか？

(5)　ジム・マンローと結婚したのは二十歳のとき。四人の子ども(一人は生後まもなく死亡)をもうけた。四十一歳のときに離婚。ジェリーとの結婚は一九七六年。

マンロー　それほどではないと思いますけど。アイオワ大学みたいのはこっちにはありません。でも、創作の講座をもつという仕事は生まれてきました。しばらくのあいだわたしはそういう仕事に就くひとたちのことを気の毒に思ってたんです、だって、自分の本を出版できずにいるんですから。でも、じっさいは、わたしの三倍ものお金をそれで稼いでいたんですね、わたしが知らなかっただけで。

――あなたの小説は、かなりの数、オンタリオ州を舞台にしています。なおここに住みたいと思われますか、それとも成り行きで住んでいた？

マンロー　ずっと住んできたので、住みたいと思いますね。ジェリーの母親の家があったんです、かれはそこに住んで彼女の世話をしてました。それから、わたしの父と継母もここに住んでました。わたしたちとしては、一定期間こういった老人たちの世話をすることになるんだろうなという気持ちでした、そうすればそのあと気兼ねなく生きていけるだろう、と。ところが、いろんな理由でそういうことにはならなかった。三人とも、亡くなってずいぶん経ちます、そしてわたしたちはいまなおここに住んでいる。いつづける理由はいろいろありますが、ひとつには、ここの景色がわたしたちふたりにとってとても大事だということです。それがとても大きい。ジェリーのおかげで、わたしはそれをちがった目でながめられるようになりましたしね。このような景色、このような土地、このような湖、このような町をほかで見つけることはわたしにはできないでしょう。それがよくわかってるので、離れることはありえません。

――ジェリーとの出会いは？

マンロー　ジェリーは、大学がいっしょだったときから、知ってます。かれが四年で、わたしが一年でした。かれは第二次大戦の帰還兵でしたから、つまり、七歳、年は離れてました。十八歳のわたしはかれにすっかり夢中だったんですが、かれのほうはわたしのことなんかまるで気づいてなかった。ほかのひとたちに気をとられていた。小さな大学でしたから、みんな知り合いで、だれがだれか、わかってました。で、かれは小さなグループの一員でした——なんかこう、ボヘミアン的なグループのね。まだボヘミアンという言葉が生きていた時代だったんですよ。かれらは文芸雑誌をつくって詩を書いたり、けっこう危ないひとたちで、よく酔っ払ったり、なんやかんややってました。かれはきっとその雑誌に関係してるんだとわたしは思い、生まれて初めての小説を書いたんです。わたしの計画では、その原稿をかれのところに持っていけば、話をすることになり、そうなればかれはわたしに恋をして、あとはぜんぶうまく行くはずでした。それで、持っていった、そしたらかれはこう言ったんですよ、編集長はジョン・ケアンズだ、あっちにいるよ。会話はそれだけでした。

——大学時代のそれが唯一の会話ですか？

マンロー　ええ。でもそのあと、わたしの小説がその雑誌に掲載されてからのことです、かれは大学を出てたんですが、手紙が来たんです。一年から二年になろうとしてるときで、わたしは学費稼ぎにウェイトレスの仕事をしてました。小説についての感想を述べたほんとうに素敵な手紙でした。わたしがもらった最初のファンレターですよ。でも、わたしについてはなにも書いてない、きみは美しいとか、またぜひ会いたいとか、そういったことはぜんぜんない。ただただ文学的な賛辞のみ。だれかほかのひとからのそういう手紙だったらともかく、わたしが期待してたのはそういう中身以上のものでしたから、あまりうれしくなかったです。まあ、素敵な手紙ではありましたけど。それから、わたしがオンタリオに戻ってウェスタン大学で仕事をするようになってからのことですが、わたしがラジオに出てるのをかれが聞いたんです。インタヴュー番組に出てたんです。いまどこに住んでいるか、わたしがしゃべったらしいんですね、そしてそのときのかんじで、わたしがもう結婚してないとわかったようです。まもなくかれが訪ねてきました。

——それが二十数年後のことですね？

マンロー　まったくね、二十年以上も経ってたんです、その間一度も会ったことはなかった。思っていたのとずいぶんちがってました。かれから電話がかかってきました、ジェリー・フレムリンだ、いまクリントンにいる、いつかいっしょにランチでもどうかと思ってね、と。かれの家がクリントンにあるのは知ってましたから、きっと両親に会いに帰ってきてるんだろう、と思いました。かれがオタワで仕事をしているのは知ってましたから。だれかから聞いてたんで。だから、奥さんや子どもたちはオタワにいるんだろう、と。両親を訪ねて帰ってきたので、古い知り合いとランチをするのもいいだろうと考えたんじゃないか、と。まあ、そんなふうにわたしは思ってた、ところが、現れたら、かれはクリントンに住んでいて、しかも、妻も子どももいないのがわかったんです。大学の校友会のクラブに行って、ふたり揃ってマティーニを三杯飲みました、ランチなのにね。ふたりとも緊張してたんだと思います。でも、すぐにすっかり打ち解けました。夕方になる頃には、いっしょに暮らそうかと話してたように思います。とても速かったです。ウェスタン大学での授業はその学期で終え、クリントンに来ました。そして、かれが母親の世話をするために戻ってきていた家でいっしょに暮らし始めました。

——書くためにここへ戻ろうとそれまで決心したことはなかったんですか?

マンロー　書くことを考えて、なにかをとくに決心したようなことは一度もありません。でも、やめようと思ったことも一度もないんです。それはたぶん、書くためにふさわしい条件があるなんて、考えたことがないからでしょう。これまで書くのをやめさせたものは、ただひとつ、仕事だけでした——世間的に作家と認定されて、ここで仕事をしなさいとオフィスを与えられたときだけです。

——それって、あなたの初期の小説「オフィス」みたいですね。女性が、書くためにオフィスを借りたはいいものの、家主からあれこれうるさく言われて、結局は出ていかざるをえなくなるという話でしたが。

マンロー　あれは実体験です。オフィスを借りたんですが、そこではぜんぜん書けなかった——収穫はいまおっしゃった小説ひとつだけですよ。家主がしょっちゅうなにかを言ってきましてね、でも、言わなくなってからも、やっぱり書けなかった。いつもそうなんです、書くための場所を、オフィスなんかをセッティングするとそうなるんです。オーストラリアのクイーンズランド大学にライター・イン・レジデンスとして招聘されたとき、オフィスをいただきました、英文科のなかに。とても気持ちのいい、すてきなオフィスでした。でも、だれもわたしの名前など聞いたこともないので、だれも訪ねてこない。そもそもあそこには作家になろうなんて考えるひとがいないんですよ。フロリダみたいなところですから。みんな、いつもビキニでふらふら歩きまわっている。だから、時間はたっぷりあり、ずっとオフィスで、ただただすわって考えごとをしてました。なにも思い浮かばなかったですね。がんばっても、頭が麻痺してまったく動かない。

――バンクーバーは素材的にはあまり使えるものではなかったですか？

マンロー　郊外に住んでたんです、最初はノース・バンクーバーに、つぎはウェスト・バンクーバーに。ノース・バンクーバーでは男たちは朝いっせいに出かけていき、夜戻ってきました。昼は主婦と子どもたちだけでした。なんとなくみんないっしょみたいな雰囲気がそこかしこにあって、ひとりでいるのがむずかしかったです。掃除機とかウール物の洗濯についての競うようなおしゃべりで、頭がおかしくなりそうでした。子どもがまだひとりだったときは、ベビーカーに娘を乗せて何マイルも何マイルも歩きまわり、お茶会からは逃げてました。わたしが育ってきた文化と比べると、はるかに狭苦しくて鬱陶しいものでした。とてもたくさんのことが禁じられてました――たとえば、なんであれ真剣に受けとめるのはダメでした。生活はきっちりと管理されていて、許されたレクリエーション、許された意見、許された女としてのあり方が延々と繰り返されるばかりでした。唯一のはけ口はパーティで他人の夫たちといちゃつくことなんだな、と思いました。そのときだけ、リアルだと感じられるものが現れるんだ、と。男たちとつながりが持てるのは、リアリティがあるつながりが持てるのは性的なものだけなんだというふうに。ほかのことでは、男たちはまず話しかけてきませんでしたから。もし話しかけてきたとしても、高級な話から低級な話まで、話しつづけるのは男でしたしね。どこかの大学の教授みたいなひととお会いしたこともありますが、かれが知っていることについてこっちが知っていたりすると、望ましい会話にはならず、まず受けいれられない。男たちは女には話をしてほしくないし、女たちもそんなことはしたくない。だから、女が得られる世界は最高のダイエット法とかウールものの最高の手入れ法とかについての女のおしゃべりでした。まわりじゅうがみんな、出世の道を駆け上る男たちの妻だったんです。わたしはそういうのが大嫌いでしたから、いまだ一度もそれについては書いてません、書けないんです。そのつぎに住んでたウェスト・バンクーバーは、もっといろんな人間のいる郊外で、若い夫婦だけではありませんでした、そこではたくさん友だちができました。本の話をしたり、噂話をしたり、つまらないことにもげらげら笑ったりして、まるで女子高生みたいでした。そのことは書きたいと思ってますが、まだ書いてません。破壊的なところがある若い女たちの集まりでした、おたがいが元気いっぱい刺激しあっていて。でも、ヴィクトリアに移って本屋を開いたのが一番素晴らしいことでしたね。なにがよかったって、街中のクレージーなひとたちがみんなやってきて、いろんな話をしていくんですから。

――本屋を開こうというアイデアはどんなところから出てきたんですか?

マンロー ジムがイートンズを辞めたがってたんです、街一番の大きなデパートですが。かれは自分でなにかビジネスをやりたかったんです、そして、どうすればそれができるか話してるとき、わたしが、ねえ、本屋だったら、わたしも手伝えるよ、と言ったんですよ。みんなからは、ぜったい潰れる、と思われていて、じっさい、ほとんど潰れそうでしたよ。とても貧しかったですが、当時は上の娘ふたりが学校に通うようになってましたから、わたしもいつも本屋で働けた。最初の結婚生活ではあのときがいちばん幸せでしたね。

——この結婚はつづかない、といつもずっと思ってたんですか？

マンロー　わたしは保守的で規律にうるさいヴィクトリア朝時代の娘ですからね——結婚しなければというプレッシャーはすごく大きかった、まずそれをさっさと片づけなくては、と感じてました。結婚しちゃえばもううるさく言われることはない、そうすればほんとうの人間になれて自分の人生が始まるんだ、というふうに。思うに、わたしが結婚したのは、そうすれば書けるようになるからでした、落ち着いて、大事なことに気持ちを集中させることができるからでした。その頃のことをいま振り返るとときどき思います、なんと薄情な若い女だったんだろうってね。あの頃の自分と比べると、いまのほうがはるかに因習に忠実な女ですよ。

——若い芸術家は、ある程度は、薄情でなくちゃいけないんじゃありませんか？

マンロー　女だと、それだけじゃ済みません。いまは、子どもたちに電話して、あなた、大丈夫？と訊きたい気持ちでいっぱいですよ、あんな目にあわせるつもりはなかったの、と……でも、そんなこと言うとかえって怒らせることになるんです、だって、子どもたちのことをなんだか傷物みたいにあつかってるかんじになりますから。わたしのなかのある部分は子どもたちにまったく無関心でした、そういうことは子どもたちはわかるんです。育児放棄をしてたわけじゃありませんが、専念しているとはとても言えなかった。いちばん上の娘は、二歳の頃、わたしがタイプを打っていると、そばに寄ってきました。わたしは片手で彼女を追い払い、もう片方の手でタイプを打っていた。そのことを彼女に言いました。そのたびに、わたしがよくなかった、とね。だって、わたしがいちばん大事にしているものをあなたは敵だと思うようになったんだから、と。やることなすこと、なんだか間違ったことをしていたような気がします。一心不乱になって作家に集中していたとき、じつは、子どもたちは小さくて、わたしを切実に必要としていたんですから。そしていま、子どもたちがわたしをぜんぜん必要としなくなったとき、わたしはすごく彼女たちを愛するようになっている。いまは家のまわりをふらふらさまよいながらよく思います、昔はもっともっと家族揃っての夕食というのがあったのだったなあ、と。

——最初の本であなたは総督文学賞をとりました。アメリカのピューリッツァー賞にほぼ匹敵する賞です。アメリカでは最初の本がそのような大きな賞をとるのはきわめて稀なことです。そういうことになると、そのあと作家として仕事をつづけていくのが苦しくなるようにも思いますが。

マンロー　まあ、わたしは若くなかったですからね。でも、大変でした。およそ一年間なにも書けなかったです、長編にとりかからなくてはいけないとそのことばかり考えてましたから。みんなが話題にするような大きなベストセラーを出してしまったというような重荷こそありませんでしたけど。たとえば、エイミー・タンが最初の本の『ジョイ・ラック・クラブ』でそういう目に遭ってしまったようなことはなかったです。本の売れ行きはひどいものでしたから。だれも——総督文学賞をとったにもかかわらず——本のことは知らないんですから。本屋に行って探そうとしても、本が置いてない。

——書評は気になります？　書評からなにかを学んだと感じたことはありますか？　傷ついたことは？

マンロー　あるとも言えるし、ないとも言えます。書評から学べることはたいしてありませんが、でも、ひどく傷つけられることはあります。ひどい書評だと、おおっぴらに辱めをうけたという気持ちになります。気にならないとはいえ、ブーイングを浴びせられるよりは拍手されたほうがいいですね。

——子どもの頃から本はよく読んでましたか？　なにかとくに影響をうけたものは？

マンロー　三十歳になるまでは読書が人生でした。本のなかで生きてました。アメリカの南部の作家たちがわたしの心を動かした最初の作家たちです。なにしろ、小さな町や田舎の人たちについて、つまり、わたしがよく知っているような生活について書くこともできるんだと教えてくれたんですから。でも、南部の作家たちのことでとくに興味をそそられたのは、自分でも自覚してませんでしたが、ほんとうに好きになった南部の作家たちがみんな女性だったということでした。フォークナーはそんなに好きじゃなかったんです。大好きだったのはユードラ・ウェルティ、フラナリー・オコナー、キャサリン・アン・ポーター、カーソン・マッカラーズでした。女だからこそ、一風変わったものや周縁的なものについて書けるんだという感じがありました。

――あなたも同じようなことをいつもしてきました。

マンロー　はい。それが女たちの領域なんだと感じるようになったんです、じっさいの生活についてメインストリームで大きな長編を書くのは男たちの領域なのだ、と。自分は周縁にいるんだという気持ちにどうしてなったのかはわかりません。そこへ押しやられたというわけじゃないんです。きっとずっと周縁で生きてきたからなんでしょう。偉大な作家たちにつきもののなにかから自分はシャットアウトされているのはわかってましたから。それがなんであるかはよくわからなかったんですが。初めてD・H・ローレンスを読んだときはすっかり混乱してしまったものです。作家たちの女性の性についての見方にはしばしば混乱させられてました。

――混乱させたものがなにか、指摘できますか？

マンロー　それはこういうことでしたね。わたしが他の作家たちの対象物であるとしたら、わたしはどうすれば作家になれるのだろうか？

――マジック・リアリズムはどう思われますか？

マンロー　『百年の孤独』は大好きでした。大好きでしたが、あれは真似できるものじゃありません。一見簡単そうですが、じつはそうじゃない。アリが赤ん坊を運ぶところとか、処女が空に舞いあがるところとか、族長が死ぬところとか、花の雨が降るところとか、美しいですね。でも、同じようになかなか真似できない、同じように美しいのが、ウィリアム・マックスウェルの『では、また明日』で、犬が主人公です。マックスウェルは陳腐になりかねない素材をとりあげ、それをみごとに輝かせる。

——最近のあなたの小説のなかにはこれまでとはちがった方向に向かっているものがあります。

マンロー　およそ五年前、『若き日の友』に収められることになる作品を書いていたときですが、代替現実をあつかった話をやりたくなったんです。なんとかこらえたのは、『トワイライト・ゾーン』みたいなものに結局なってしまうんじゃないかと心配したからです。ほら、あのジャンクな感じのものにね。そうなるのが怖かった。でも、今度の作品集に入れましたが、結局、「運ばれて」を書いてしまいました。あれこれいじくってるうちに、あんな不気味なエンディングになりました。たぶん年齢《とし》のせいなんでしょう。起こりうること、それと起こったことについての認識のしかたが変わったんです——起こりうることだけじゃなく、じっさいに起こったことについてのですね。わたしの人生にもあんなような辻褄のあわない現実がいろいろありました、ほかのひとたちの人生にもそういうものがあるのをよく見ます。そういうところが問題だったんです——どうしてわたしには長編が書けなかったのかというと、それはものごとを辻褄があうように上手にながめられないからだったんですよ。

——自分にたいする信頼についてはどうですか？　年とともに変化してきました？

マンロー　書いてるときは、いつもすごく自信にあふれてました、その自信がまったく見当違いなものかもしれないという怖れも持ってはいましたけど。たぶん、思うに、わたしの自信は自分が無知だったことから来てたんです。メインストリームからかなり離れたところで生きてましたから、女は男みたいに簡単に作家になれるもんじゃないことも、下層階級の人間も同様であることもわかってなかった。本を読む人間とほとんど会ったことがないような町でそこそこまともな文章を自分が書いていたりすると、これはたいへんな才能だとどうしても思いこんでしまうんです。

——あなたは文壇を上手に避けてきました。それは意識してのことですか、それともたまたま状況的にそうなったということですか?

マンロー もちろん長いこと状況的にそうだったんですが、そのうちそうなることを選択するようになりました。自分はフレンドリーではあるけれどもあまり社交的ではない人間なんだと思います。なによりも女で主婦で母親ですので、時間をたくさんキープしておきたいんですね。これは、恐いからだ、とも翻訳できます。だって、自信をなくしていたでしょうから。自分に理解できない話をたくさん聞かされる羽目になっていたでしょうから。

――だから喜んでメインストリームから外れた?

マンロー たぶんこういうことなんでしょう。そうでもしてなかったら、おそらくろくに生き延びられなかったんです。きっと自信をなくしていましたよ、自分がやっていることについてわたしなんかよりもはるかに多くを理解しているひとたちといっしょにいたりしたら。そのことについてたくさんしゃべられたりしたら。わたしなんかよりはるかにしっかりした根拠ある自信にあふれているひとたちのそばにいたりしたら。でも、作家については語るのはとてもむずかしい――自信のある作家っているんですか?

――あなたが育ったコミュニティーではあなたの仕事は歓迎されてましたか?

マンロー あちこちで小説が出版されているということは知られてましたが、わたしの書くものはけっして素敵なものじゃなかったですから、故郷の町での受けはよくなかったです。セックス、下品な言葉、わかりづらさ……地元の新聞がわたしの作品について社説を載せたことがあります、しかめ面で内省的な人生観であるとか……歪んだ個性が投影されているとか。それが出たときは父は死んでました。父が生きていたら、そんな記事は新聞も書かなかったでしょう、父はみんなに好かれてましたから。すごく好かれていて尊敬もされてましたから、みんな、あまり話題にしなかった。でも、死んでしまうと、事情は変わりました。

――でも、お父さまはあなたの作品が好きだったんでしょ？

マンロー　好きでした、はい、とても自慢にしていました。本をよく読むひとでしたが、いつも読書というものを恥ずかしいことだと思っているようなところがすこしありました。亡くなる直前に本を一冊書き、それは死後に出版されました。南西部の奥地に入った開拓民の家族についての小説で、かれが生きた時代よりも前の時代を舞台にしていて、エンディングあたりでかれがようやく子どもになっています。作家としての本物の才能がありました。

――どこかすこし読みあげていただけますか？

マンロー　ある章で、かれが生きた時代よりもちょっと前の少年にとっての学校がどんなものだったか、書いています。「ほかの壁には色あせた茶色の地図が何枚か貼ってある。おもしろそうな土地、たとえばモンゴルのあたりでは、羊の毛皮のコートを着た住民たちが小馬にのって走り回っているのが見える。アフリカの中央部は空白で、口を大きくあけたワニたちや、黒人を巨大な足で押さえつけているライオンたちの絵があるだけだ。そしてそれらに挟まれるようにして、スタンレー氏がリヴィングストン氏を出迎えている。ふたりとも古い帽子をかぶっている」

――お父さまの小説のなかにあなたの人生のなにかが読みとれましたか？

マンロー　わたしの人生はなかったですが、わたしのスタイルがたくさんあるのは感じました。視点の位置のとりかたにはおどろきませんでした、共通してるのは知ってましたから。

――お母さまは、生きてらっしゃるときに、あなたの作品は読んでました？

マンロー　母は気に入らなかったでしょう。気に入ったとは思いません――セックスとか下品な言葉とか。もしも母が元気だったら、わたしは大喧嘩をして家族と縁を切らなければなにも出版できなかったでしょう。

――そうしていたと思いますか？

マンロー　していたと思います、はい。さっきも言いましたが、当時のわたしはかなり薄情でしたから。いまでこそ母親に優しい気持ちはもってますが、長いことそうではなかった。わたしだって、もしも娘のだれかがわたしのことを書いたりしたらどんな気持ちになるか、わかりません。娘たちもそろそろ自分の子どもの頃を書いた第一作でデビューしたっておかしくない年齢になってきましたから。すごくいやなことだと思いますよ、わが子の小説の登場人物になるなんて。みんな、書評では、無神経に傷つけてきますけどね、たとえば、そうです、わたしの父はみすぼらしいキツネの養殖業者だったんだとかそんなこんな。そうすることで貧困について考察してくる。あるフェミニストのライターは『少女たちと女たちの人生』のなかの「父」を、完全に自伝的なものとして解釈してました。わたしのことを悲惨な環境で育った人間としてあつかい、それは父親が「無能な父親」だったからというわけです。こういうのがカナダの大学のアカデミズムだったんです、頭にきたので、彼女を訴えようともしました。わたしは怒り狂いました。どうしたらいいか、わかりませんでした。そのとき思ったのはこういうことです、わたしはいい、それなりに成功を収めてるんだから、だけど、父はわたしの父親でしかない。もう死んでいる。ということは、これからずっと無能な父親として記憶されていくのか、それも、わたしの仕打ちのせいで？　それから気がついたんです、このフェミニストの彼女はわたしとはまったくちがう経済的土壌の上で育ってきた若い世代なんだ、と。いくぶんか福祉の行き届いた状態のなかに生きているんだ、と――つまり、国民健康保険《メディケア》(6)。たとえば病気になると家庭は崩壊しかねないということが彼女たちにはわからないんです。ほんとうに経

(6)　カナダは、アメリカとちがい、公的なこの医療保険制度で医療費は原則無料。ただし、それが実現したのは一九七二年以降のこと。

済的に困ったことが、どんなものであれ、彼女たちにはない。だから、貧しい家庭を見ると、それは選択した結果のように思ってしまう。自分を良くしたいと思わないのは無能な証拠なんだ、と。愚鈍さかなにかの現れなんだ、と。わたしが育った家には室内トイレはなかったんですが、それは、彼女たちの世代には、ショッキングでとても耐えられない。でも、じっさいには、耐えられないようなものではありませんでした。素敵なものでした。

——原稿を書く日について訊いてませんでした。週に何日、じっさいに書いてらっしゃるんですか？

マンロー　毎朝書きます、週に七日。八時頃から始めて十一時あたりでやめます。それから後はほかのことをしますが、最終稿にとりかかっているときとか、どうしても続けたいものをやっているときは別ですが、

——そういう場合は、ほとんど休みなしで一日中かかりっきりになります。

——そのスケジュールは厳格に守るほうですか、結婚式とかその他避けられない用件があるときでも？

マンロー　わたしはかなり神経質なので、ページのノルマを決めてます。出かけるのが前もってわかってるときは、その分のページを先にやっておくようにしてます。神経質すぎるって、いやなことなんですけどね。でも、どんどん遅れてしまうのはダメなんです、なんだかなにかをなくしたみたいで。年をとってくるとそうなるんですね。こんなふうに物事にたいして神経質になる。いまは毎日どのくらい歩いたかにも神経質になってます。

——どのくらい歩くんですか？

マンロー　毎日三マイル(約4.8㎞)です、だから歩けない日が前もってわかってるときは、その分を補塡しなければいけません、父もおなじことをやってるのを見てきました。こういった儀式や日課を守っていればきっとどんなことにも負けないという気持ちになれて、お守りになるんです。

——五ヶ月かそこいらかけてひとつの作品を仕上げた後、休みはとりますか？

マンロー　まったくそのまますぐにつぎのに入っていきます。子どもたちがいて責任がたくさんあったときはそうじゃなかったんですが、最近は、止まっちゃうんじゃないかという思いにすこし怯えているところがありますんでね――書く手を止めたら、永遠に書くのを止めてしまうんではないかというような。アイデアの在庫はあるんです。でも、大事なのはアイデアだけじゃないし、テクニックやスキルだけでもない。ある種の興奮と信仰がないと、仕事はできません。昔はそれがなくなることはぜったいなかった、まず尽きることがなかった。でも、いまは、それがなくなりそうだなと感じるときがときどきあって、いろいろやりくりすることもあります。それがなんなのかはうまく言えないんですが。とりかかっている作品がどういうものか、それをしっかり感じとっているということでしょうか。作品がうまく行くかどうかということとはぜんぜん関係ないんです。年をとってくると、物事への興味が枯渇してくるということが起こったりします、それは本人にとっては思いもかけないことです、だって、人生にたくさん興味をもって深く関わっていたようなひとたちにそういうことが起きるんですから。つぎの食事のために生きているだけみたいなものになる。旅行に出ると、レストランにいる中年の人たちの顔にそういう表情をよく目にします、わたしと同じくらいの年齢――つまり中年期が終わって老年期に入ろうというひとたちの顔にね。見ていると、カタツムリみたいにのろのろと、みんなに同調するようにくすくす笑いながら名所見物をしている。物事に反応するという能力がどこか遮断されつつあるというかんじです。可能性を感じます。といっても、関節炎になりそうだというような可能性ですが。それで、そうならないようにせっせと運動したりする。いまのわたしは、すべてをなくすかもしれない、かつては人生に満ちあふれていたものをなくすかもしれないという可能性をすごく意識してます。おそらく、続けること、さまざまな動きのなかを進んでいくことをやらなければいけないんです、そうすればそういうことが起きるのは防げる。作品には、あ、ここでつまずくんだなという箇所があります。でも、いま話しているのはそういうことじゃありません。作品がつまずいて失敗しても、しかし、作品にとりかかることの重要性を信じるという気持ちはつまずかない。それがつまずくかもしれないとなると、危険なんです。それが、老年というクローゼットのなかに潜んでいる魔物かもしれませんね——なにごともやる価値があるんだという気持ちがなくなることが。

——でも、どうなんでしょう、アーティストというのは最後の最後まで仕事をするように思えますが。

マンロー そういうことも可能ではあるでしょう。でも、すこし注意して見張ってる必要はあるかもしれませんよ。二十年前のわたしなら考えるはずもなかったことなんですから、書くことへの信仰とか欲望とかをなくすなんて。これって、恋をいっさいしなくなるようなことに似てるように思います。ただ、恋はまだ我慢できる、だって、恋はどうしても必要なものというわけではありませんでしたからね、こういうことと比べると。だからわたしは続けてるんだと思います。ええ、一日たりとも止めません。毎日のウォーキングみたいなものです。いまや、その運動をしないと、わたしの体は一週間のリズムを失ってしまいますから。終始、見張っている必要があるんです。もちろん、書くのをあきらめるのなら、それはそれでいい。わたしが恐いのは、書くのをあきらめることじゃないんです。興奮というか、書くという方向に気持ちをもっていってくれるものをあきらめることです。よく思います、多くのひとは、いつも仕事をするという必要を奪われたら、いったいなにをするんだろうって？　リタイアした人たちだって、いろんな講座に通ったり趣味をもったりして、そんな空白を埋めてくれるものを探してます。そんなようなことになる、そんなような人生をもつことになる恐怖がわたしにはあるんです。これまでわたしが自分の人生を充実させねばと思ってやってきたことは、唯一、書くことだけでした。ほかのさまざまなことで人生を生きるという術を学習してこなかった。わたしに唯一思いつくほかの人生といったら、学者の人生ですが、それだってたぶんかなり勝手に理想化しているんだろうと思いますよ。

――かなりちがった人生ですよね、ひとつのことを追求する人生ですから。つぎつぎと書きつづけていく人生とは正反対です。

マンロー ゴルフを楽しむとか、庭いじりをするとか、ひとをディナーに招くとか。書くのをやめたらどうなるんだ、とときどき思います。書くことが尽きたらどうなるんだ、と。そうしたら、なにかを一から学び始めなければいけなくなるでしょう。フィクションからノンフィクションに簡単に移れるというものでもありませんし。ノンフィクションを書くというのはそれなりにそうとうに大変なことですから、まったく新しいことを学ぶことになる。でも、きっとわたしはなんとかしようとするでしょうけどね。最近、ちょっと頑張って、ある本の計画を練ったんです、みんなが書いてるような家族についての本みたいなものを。でも、まだかたちが決まらない、センターになるものが決まらない。

――『グランドストリート読本』に掲載されていた「生活のために働く」というエッセイなんかはどうお考えなんですか？　回想録のように読めますが。

マンロー はい。エッセイの本は作りたいんで、あれも入れるつもりです。

――そういえば、そんなふうなかたちで自分の家族について書いたのはウィリアム・マックスウェルの『先祖たち』ですね。

マンロー あの本は大好きです、はい。あの本のことはかれにいろいろ訊きました。使える材料をたくさん持っていましたね。かれのやりかたで見習わなくてはいけないことは、家族史を同時代の大きな出来事にくっつけるということです――かれの場合、一八〇〇年代の宗教復興です、それについてわたしはなにも知らなかったんですけど。アメリカが事実上ずっと神のいない国だったとは知りませんでした、ある日とつぜん国中が発作にかかったように神に恍惚としはじめたなんてことも。すごかったです。そんなような素材があれば、本が書けますよ。時間はかかりますけど。そんなようなことがしたいなあとずっと考えものが、それはもう無理な感じで、ぼくの前にあらわれるんです。何でもかんでも、大事なものに思えてきます。ところが、新しい小説のアイデアが生まれると、そっちのほうがいつもはるかにもっと大事なもののように思えてくるんです、たかが小説にすぎないのに、ほかのどんな仕事よりも。「ニューヨーカー」に載ったウィリアム・トレヴァーのインタヴューを読んでたら、かれが言ってました――するとさらにまたひとつ新しい小説があらわれて、人生のあるべき道を示してくれるんだ、と。

第一三一号　一九九四年

イアン・マキューアン

Ian McEwan

「悪なしで生きるのは、
神なしで生きるよりも大変なことだと思う」

イアン・マキューアンは早々と世に出たが、いやな評判もいっしょについてきた。本はどれも歪んでいて暗いというのである。事実、初期の作品には――『最初の恋、最後の儀式』（一九七五年）と『ベッドのなかで』（一九七八年）の二冊の短編集、『セメント・ガーデン』（一九七八年）と『異邦人たちの慰め』（一九八一年）の二冊の薄い長編――不快なくらい鮮烈でかなり不穏なシーンが多くあって、子どもを巻きこんだものも少なくなかった。こういった本のおかげでイギリスのジャーナリズムではひとつのニックネームをいただくことになった――曰く、イアン・マカーブル《おどろおどろしい》。

いったん作家にくっついた名札というものはしつこくてなかなかはがれていかないものである。マキューアンの次の四冊の小説は――『時間のなかの子供』（一九八七年）、『イノセント』（一九九〇年）、『黒い犬』（一九九二年）、『愛の続き』（一九九七年）――初期の本よりもはるかに意欲的で思索に富んだものであったが、しかし、相変わらず鮮烈だった。どのあたりが記憶されることになったかといえば、順番に言うなら、誘拐された子どものこと、バラバラに切り刻まれる死体のこと、二匹の凶暴な犬のこと、ゾッとするような気球の事故のことだった。しかし、そんなセンセーショナルな要素も、そんなショッキングなエピソードを忘れがたいものにしている素晴らしく効果的な文章も、マキューアンが新境地へと着実に成長してきたことを隠すことはできなかった。『アムステルダム』(一九九八年)は辛辣な風刺の味があるブラックコメディで、方向にまたひとつ変化がでてきたことを示した。これ見よがしの仕掛けのない、遊び心のある小説だったのである。これはブッカー賞を受賞し、そこから道は広がり、商業的にも批評的にも大きな成功を収めた次の小説『贖罪』(二〇〇一年)へとつながっていった。それはマキューアンの最高作であり、小説家とは進化するものであることを示す証しでもあった。『贖罪』は、『黒い犬』や『愛の続き』のような概念をあつかった小説であると同時に、『アムステルダム』のように社会を見る目も鋭く、『異邦人たちの慰め』のように危険なほど暴力的で、『セメント・ガーデン』のようにセクシーで——しかも、そのような要素がみごとに統合されていたのである。

マキューアンは大人も子どもも楽しめる本を一冊書いている。『夢みるピーターの七つの冒険』(一九九四年)である。映画の脚本もいくつか手がけていて『プラウマンズランチ』(一九八五年)はそのひとつ。またテレビの脚本もいくつかある。ものを書いていないときは、好んでハイキングに出かけている。

すっきりした体型のハンサムな男で、注意深く綿密で、(作家にしては)おもしろいくらい神経症的でない。オックスフォードの静かなよく手入れされた街並みのなか、きらきらするほどクリーンなジョージ王朝風のテラスハウスに住んでいる。妻のアナリーナ・マカフィーは著名な新聞記者である。

このインタヴューが始まったのは一九九六年のある日のことで、マキューアンはひどい風邪をひいていた(われわれの会話を録音したテープにはしょっちゅう鼻をかむ雷鳴のような音が入りこんでいる)。その後、マキューアンが本を書き上げるたびに会い——そのたびに、もう十分だろう、とともに思ったものだ。最後のセッションは二〇〇一年の冬におこなわれたが、そのとき『贖罪』はイギリスのベストセラー・リストの上位にあり、それから数ヶ月後にはアメリカで大歓迎された。

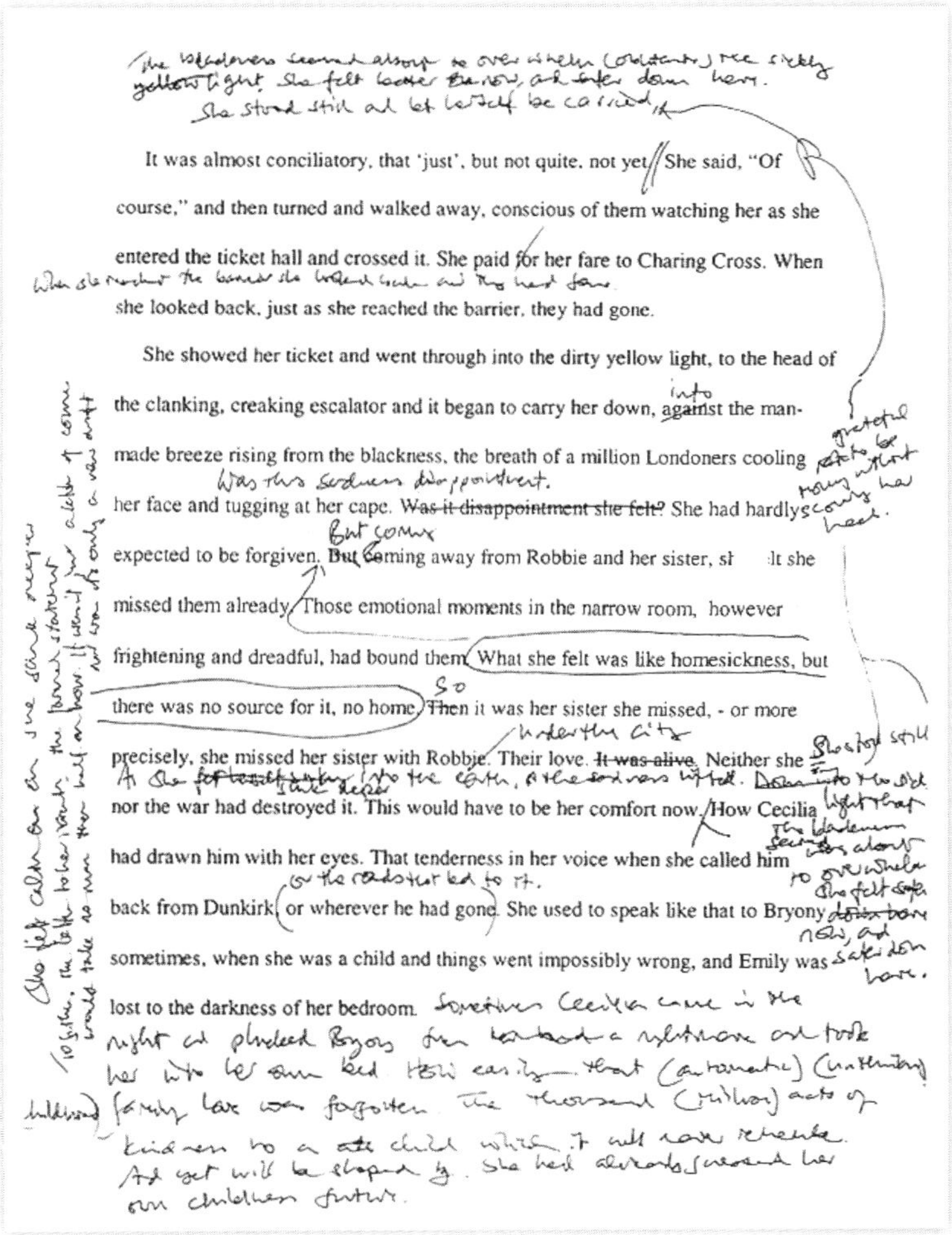

It was almost conciliatory, that 'just', but not quite, not yet. She said, "Of course," and then turned and walked away, conscious of them watching her as she entered the ticket hall and crossed it. She paid for her fare to Charing Cross. When she looked back, just as she reached the barrier, they had gone.

She showed her ticket and went through into the dirty yellow light, to the head of the clanking, creaking escalator and it began to carry her down, against the man-made breeze rising from the blackness, the breath of a million Londoners cooling her face and tugging at her cape. ~~Was it disappointment she felt?~~ She had hardly expected to be forgiven. But coming away from Robbie and her sister, sh[illegible]lt she missed them already. Those emotional moments in the narrow room, however frightening and dreadful, had bound them. What she felt was like homesickness, but there was no source for it, no home. Then it was her sister she missed, - or more precisely, she missed her sister with Robbie. Their love. ~~It was alive.~~ Neither she nor the war had destroyed it. This would have to be her comfort now. How Cecilia had drawn him with her eyes. That tenderness in her voice when she called him back from Dunkirk, or wherever he had gone. She used to speak like that to Bryony sometimes, when she was a child and things went impossibly wrong, and Emily was lost to the darkness of her bedroom.

『贖罪』の原稿

――三作目の『時間のなかの子供』に語り手の両親が登場しますが、あなたのご両親に似ているのではないですか。どのくらい近いものになっていますか？

イアン・マキューアン　かなり近いけど、いくらか理想化されているところはあるね。両親はなかなか付き合いづらいうえに、そのことを認めてなかったから、ふたりが生きているあいだは書くのはむずかしかった。ぼくは一九四八年にオールダーショットの外れに生まれた、軍の訓練基地があるどっちかというとおもしろくもない偽善的な町さ。おやじは当時は陸軍の特務曹長だった。グラスゴーの出身だが、そのあたりには仕事がなかったんで、年齢を詐称して、一九三三年に入隊した。

おやじは『贖罪』にも登場しているよ。一九四〇年、バイクでの伝令の任務についてたんだが、脚を負傷した。もうひとりの兵隊とチームを組んでたんだが、そっちは腕を撃たれた、だからふたりで協力して一台のバイクを操作していた。腕を撃たれたほうが血まみれの腕でフットペダルを動かすというようなかっこうで、ロビーを路上で追い越してダンケルクへ入っていくというシーンが『贖罪』にはある。

おやじのデイヴィッド・マキューアンはハンサムな、やけに姿勢のいい男でね、ぜんたいに危険な雰囲気があった。大酒飲みで、恐いくらいだった。潔癖でうるさい昔ながらの軍のやりかたを自分にもほかの者にも強制してくるようなところがあった。と同時に、だんだん育っていくぼくをすごくかわいがってもいた。でも、ぼくの子どもの頃の思い出のなかでは、母親とのどかにすごしている毎日が週末になるとやかましく現れる父親にぺしゃんこにされていたという印象があるね、小さなプレハブの家がおやじのタバコの煙でいっぱいになったりして。幼い子どもとコミュニケートする能力はあんまりなかったよ。パブとか、兵隊同士でわいわいやるのが好きな男だった。母親もぼくもどっちかというと恐がっていたな。母親はオールダーショットの近くの小さな村で育ち、十四歳で学校を出るとホテルの客室係のメイドになった。ずいぶん後になってからはデパートで働くようになった。でも、たいていは主婦だった、母親の世代に特有のものだろうけど、家をきちんと整理してぴかぴかに磨きあげておくことに凄まじいほどの誇りをもった主婦。

――『時間のなかの子供』には母親がむせび泣いているシーンがあります。読んでいるわれわれにはその理由はよくわかりません――なんかまずいことがあるんだろうな、ということが漠然とかんじられる程度で。

マキューアン　父親の飲酒はなにかと問題になっていた。ともかくほとんどしゃべらない。自分の気持ちをうまく口にだせないひとだった。そのくせ、ぼくにたいしては情愛が深くて、試験に合格したときはとても自慢していた――大学に進学したのは家族のなかではぼくが初めてだったしね。

――どんな子どもだったんですか?

マキューアン　静かで、顔色は悪くて、夢見がちで、母親にべったりで、恥ずかしがりで、成績はクラスの平均。『夢みるピーターの七つの冒険』のピーターが、まあ、ぼくに似ているかな。引っ込み思案な子で、ひとがたくさんいるところではまず口をきかなかった。親しい友だちといっしょにいるほうが好きだった。

――幼い頃から本はよく読んでました?

マキューアン　両親は自分たちが受けられなかった教育をぼくには受けさせようと熱心だった。特定の本にぼくを導いていくようなことはふたりにはできなかったけど、ともかく本はせっせと読ませたがるので、ランダムにひっきりなしに読むことになった。十代のはじめに寄宿学校に入ると、かなり指針は得られるようになった。十三歳のときにはアイリス・マードックやジョン・マスターズやニコラス・モンサラットやジョン・スタインベックを読んでいたよ。L・P・ハートリーの『仲介者《ザ・ゴー・ビトウィーン》』からは強烈な印象をうけたなあ。やさしく書かれた科学の本もよく読んでいた——血についてのアシモフの本とか、脳についてのペンギン・スペシャルのシリーズとかいろいろ。科学を勉強しようかと真剣に考えたりもした。十六歳のときだね、ものすごく素晴らしい英語の先生の影響をうけたのは。ニール・クレイトン先生といい、幅広く読むことを勧めてくれたし、ハーバートやスウィフトやコールリッジといった昔の巨匠たちをまるで現存する作家のように語るテクニックがあった。おかげで、エリオットの『荒地』もすごくわかりやすくてリズミックなジャズの時代の詩だとわかった。クレイトンには文学を至高のものとしてあつかったF・R・リーヴィス的なところがあってね、ぼくも文学を聖職みたいに考えるようになって、いずれはそこに自分も入っていくんだろうなと思ったりしていた。

入った大学はサセックスで、新しい大学のひとつだった。教育を受けた人間はかくあるべきという生きとしたラディカルな雰囲気がただよっていた。領域を超えて、歴史的なコンテキストのなかで本を読むよう勧められた。最終学年でカフカとフロイトを読んで強烈な印象をうけたよ。

——大学に入ったのはどうしてですか？　将来なにになると思ってました？

マキューアン　文学を聖職みたいに考えるようなことは一年目で消えた。たんに教育を身につけようとしているんだと思うようになっていた。でも、書くことに夢中になりだしていた。よくある話で、作家になりたいという思いだけがあって、なにか書きたいことがあるわけじゃなかったんだけどね。卒業してからだよ、イーストアングリア大学に新しいコースができたことを知ったのは。そこに入ればアカデミックな研究ともども小説が書けるらしい、と。大学に電話したら、驚くべきことにマルカム・ブラッドベリが直接出てきた。そして「でもねえ、小説部門はなくなったんだよ、応募者がいなかったんで」と言われた。そのコースの一年目だったんだ。だからこっちは「じゃあ、ぼくが応募したらどうなります？」と訊いた。「それじゃあ、お出で。話をして決めよう」

ラッキーだったね。あの年――一九七〇年――がぼくの人生を変えた。三週間か四週間に一編、短編を書いては、大学があるノリッジのパブで三十分マルカムに会った。そのうちアンガス・ウィルソンにも会った。ふたりともだいたい激励してくれて、ぜんぜんちょっかいは出さなかった、とくにアドバイスもくれなかったけどね。でも、それで十分だったよ。バロウズやメイラーやカポーティやアップダイクやロスやベローについてのレポートも書かされたけど、かれらの存在も啓示だったなあ。当時、アメリカの文学はイギリスの文学よりもはるかに活気があるように見えたから。野心といい、パワーといい、ほとんど隠そうともしない狂気といい。そんな狂ったようなところをぼくなりにささやかにでも真似したくてね、イギリス的なスタイルやテーマは灰色に思えてもいたから、そういうのじゃないものを書きたかった。極端なシチュエーションと狂った語り手と猥褻さとショックを探し求め、そしてそういうものをていねいできちんとした文章のなかに収めようとした。『最初の恋、最後の儀式』のほとんどはその年に書いたものだ。

――そういった短編小説がパブから出版へとつながっていった経緯は？

マキューアン　「トランスアトランティック・レヴュー」がぼくの最初の短編を掲載した、一九七一年だ。でも、作家になりたての頃もっとも重要だった編集者、ぼくと真剣につきあってくれた最初の編集者は「ニューアメリカン・レヴュー」のテッド・ソロタロフだね。一九七二年にぼくの短編をつぎつぎと掲載してくれたんだ。とても力になる、勘のいい編集者だった。「ニューアメリカン・レヴュー」はペーパーバックの大きさの季刊雑誌で、毎号、聞いたこともない作家たちの逸品がぞろぞろ入っていた。かれはアメリカ文学界のキー・パーソンだと思うね。すっかりお世話になった。初期に自分の作品が活字になるときのゾクゾク感はどの作家にとっても二度と得られるものじゃないけど、ソロタロフはね、一度ぼくの名前を雑誌の表紙に刷ってくれたんだよ、ギュンター・グラスとスーザン・ソンタグとフィリップ・ロスと並べて。こっちは二十三歳だよ、なんか別人の名前を見てるみたいなかんじだったな、すごく興奮した。その頃だ、ふたりのアメリカ人の友人とヒッピー的な旅に出た。アムステルダムでフォルクスワーゲンを買って、カブールとパキスタンまで行った。しかし、旅している間は、なにかというと、おもしろみのないロンドンの灰色の空の下にもどって小説を書くことを夢のように考えていてね、六ヶ月もたつと無性に書きたくなった。もどるとまもなく、ケープ社のトム・マッシュラーがぼくの短編集を出したいと言ってきた。一九七四年の冬、ノリッジからロンドンに引っ越した。ちょうどその頃だ、イアン・ハミルトンの「ニュー・レヴュー」がスタートしたのは。かれは二〇〇一年十二月に亡くなったけど、知り合いはみんなまだ喪に服してるよ。あの雑誌はひとつの環境をつくったから——非公式なオフィスはグリーク・ストリートのパブ〈ピラーズ・オブ・ハーキュリーズ〉でね、酒で勢いづいた生き生きとしたカオスの場を仕切ってたのがイアンだった。そこでたくさんの書き手と会った、その後も長く付き合うことになる友人たちで、いまもかれらの書くものはきちんとフォローしてる——ジェームズ・フェントンとかクレイグ・レインとかクリストファー・リードとか。マーティン・エイミスに会ったのもその頃だし、ジュリアン・バーンズとも知り合った、かれは当時はエドワード・ピギーという名前で「ニュー・レヴュー」にコラムを書いていた。みんな、最初の本を出版しようとしていた時期だった。ぼくみたいな、田舎のネズミみたいな者にはうれしいことだったよ、新参者にもすごくオープンな大都会の文学の場に入れたのは。

——「ホームメイド」があなたの最初の短編集の最初の作品です——十代の語り手が妹を騙して近親相姦するというものですが。

マキューアン　ヘンリー・ミラーの小説の語り手のパロディのつもりで書いた、自分の性の自慢話を切れ目なくずっとワンパラグラフ話しつづけるやつね。やはりしゃべりまくるロスの『ポートノイの不満』的なやりかたへのオマージュでもあったよ。

――「ホームメイド」では選り抜きのトピックが取りあげられてます、性交、近親相姦、自慰。それから強姦同然の処女喪失。そういった強烈なものでデビューしたのを後悔したことはありません？

マキューアン　あのときはそれがおもしろかったんだ。でも、最近、ときおりそういうのが、つまり「イアン・マカーブル《おどろおどろしい》」的なものが邪魔してくることはある。初期の評判から逃げだすことはできないんだなあ、といまはときどき思うよ。アップダイクが冷静に書いてくれた『贖罪』の書評にさえ、雑誌の「ニューヨーカー」は、タブロイド新聞ばりに、「欲望とむかつき」という見出しをつけたりしていたから。

――初期の頃、作品を書いているとき、大胆なことをやっていると自分でも考えてました？

マキューアン　大胆なことをやっているというよりはじれったいという思いのほうが強かったな。当時、友人たちともしょっちゅうきわどい話ばかりしていたから。みんなバロウズもロスもジュネもジョイスも読んでいて、なんだって言えるようになっていたし、なんだって言われるようになってきていたから。ぼくは自分のことを因習打破主義者だなんて考えたことはないよ。じっさい、自分の書くものはどっちかというと行儀のいい保守的な文章だと思っていた。ただ、イギリスのフィクションにはなにか自己制御しているような退屈さがあるなあとは感じていた。日々の暮らしについてやたら細かくニュアンスをこめるとか、微妙なちがいを見極めるとか、ドレスや口調や階級の細々したところとか。つまり社会コードね、うまく操れればオーケーだし、下手すると破滅するというようなやつ。それは豊かな分野だよ、もちろん。だけど、ぼくはそういうことはなにも知らないし、関わりたくもなかった。

――育ちのせいですか？

マキューアン　育ちといえば、いつもなんだか奇妙に切り離されているというかんじはあったなあ。父親が一兵卒から昇進したときも、わが家は階級のノーマンズランドのなかに入っていくというかんじだった、ふつうの兵隊でもないが、かといって将校の仲間だというわけでもないというような。それから、ぼくが入った寄宿学校も国立の実験校としてつくられたもので、ロンドン中央部の労働階級の子どもらを教育程度の高い中産階級に送りこもうとするものだった。そのあと行った二つの新しい大学だって、イギリスの基準でいえば、階級的には低い。ぼくには特定の居場所も、また、忠誠を誓えるような場所もなかったんだよ、この国の複雑な階層のなかではね。初期のぼくのフィクションはまったくすべてに無関心の状態で書いた。カフカが大好きだったんで、おもしろい小説には歴史的な事情に縛られない登場人物たちがあらわれるものなんだと考えながら。しかし、もちろん、縛られない人間なんていないんだよね。イギリスの書評家たちは目ざとく、ぼくの作品の登場人物たちは「下層中流階級」である、と識別した。学を身につけて使えるようになった下層中流階級、とフィリップ・ラーキンあたりなら言いそうだけど。

――子どもたちはどうですか？　かれらは歴史に縛られていない。最初の短編集の『最初の恋、最後の儀式』には子どもがたくさん出てきます。

マキューアン　その通りだね。子どもには仕事も結婚も離婚もないから、書く必要がない。

――ほかに子どもを書く理由がありました？

マキューアン　二十一歳の書き手だよ、使えそうな経験がないことに悩むものさ。子ども時代と思春期だけだったね、ぼくにわかっていたのは。多くの作家は、初期においては、想像力のなかで要約という作業をせっせとするものさ。子どものときの感覚はきらきらしているからね、ぼくは忘れようがない。ゆっくりとしっかり注意を向けていくことさえできれば、すうっと現れる――一所懸命になって思いだす必要もない、簡単に手に入る。

――『贖罪』で光り輝いているところのひとつにブライオニーの視点があります。初めの数章ですが、彼女はまだ早熟な少女で、作家になりたいという思いとメロドラマに危険なほど関心をもっている。あれは、子どもの目でもういちど世界を見てみたいというようなことだったんですか？

マキューアン　すごく深いところへ潜っていくようなかんじだったね。ひとにショックをあたえようとかグロテスクなことに耽ろうとか、そういう気持ちがなかったんで、心理的にとても自由になれた。フィクションで子どもをあつかうときいつも問題になってくるのは、視点を限ると息苦しくなってくるという点だ。ぼくは子どもの心を複雑な大人の言語を総動員して描きたかったんだよ——ヘンリー・ジェームズが『メイジーの知ったこと』でやっているようにね。子どもっぽいボキャブラリーで囲ってしまうようなことはしたくなかった。ジョイスは『若い芸術家の肖像』の初めの数ページをそうやって始めていて、みんながそれを真似しようとしてきたけどさ。ジョイスは幼い子ども特有の感覚と言語の宇宙に読者を導きいれていて、それは光り輝く一種の魔法だよ——そしてやがてそれは消える、子ども時代が消えるように。そしてジョイスは先へ進み、言語も広がっていく。この件にかんしてぼくはどうしたかというと、ブライオニーを「著者」にすることにして、子ども時代の彼女を彼女自身に叙述させたんだ、内側から。それも、大人の小説家の言語でね。

——『セメント・ガーデン』(1)が出るまではどんなかんじだったんですか、知名度は？

マキューアン　目立ちすぎていたよ。ぼくとエイミスが最初の本を出した一九七〇年代の半ば頃は、そんなにたくさんは若い小説家はいなかったから。ぼくらが注目を一身に浴びた。

——その頃にはもう書く習慣はできていたんですか？

マキューアン　毎朝九時半に仕事を始めた。父親の仕事のやりかたを受け継いだ——前の晩どんなに遅くまで起きていても、父はいつも七時には起きていたんだよ。軍にいた四十八年間一日も仕事を休んだことがなかった。

(1)　長編第一作。

一九七〇年代はアパートのベッドルームの小さなテーブルで仕事をしていた。万年筆で手書きで書いていた。そしてそれをタイプで打ち、それに手を入れて、またタイプで打ち直した。一度、プロに頼んで最終稿をタイプで打ってもらったこともあったけど、自分で打っていたら直していたにちがいないものがあるような気がして落ち着かなかった。一九八〇年代の半ばになると、嬉々としてコンピュータに転向したよ。ワープロは親しみが持てる、思考そのものというかんじで。振り返ってみると、タイプライターはがさつな機械の障害物のようなものだったね。コンピュータは暫定的なところが好きさ、データをプリントせず、メモリーに保存しておけるというところ——まだ口に出されていない想いみたいなところがある。文章を際限なく書き直せるというのが好きだ。それと、こっちの小さなメモや自分へのメッセージを忠実に記憶してくれるというところも。もちろん、機嫌を損ねてクラッシュされるときもあるけど。

——一日どのくらい書ければオーケーですか？

マキューアン　六百語を目指してる、調子のいいときは最低一千語。

——『海外へ』の序文で、こう書いてらっしゃいますね、「創作には自己愛撫的なところもある程度あって、それは文学理論ではとてもフォローできるようなものではない」。その例をあげていただけますか？

マキューアン　歓びは驚きのなかにあるんだよ。小さいところだと、名詞と形容詞がじつにうまくくっついたというようなこととか、あるいは、まったく新しい場面があらわれてきたとか、あるいは、想定外の人物が文章のなかからすごく自然にいきなり登場してきたとか。文芸批評というのは意味を追いかけがちだからね、作家に快感をあたえてくれたという理由だけでなにかがページの上に出現したりもするということはけっして理解できないものさ。順調に朝を過ごした作家は、順調に文章が書けている作家は、密かに穏やかな歓びを味わっている。そして、そんな歓びが思考を豊かに自由にして、新しい驚きを産みだすことがある。作家たちはそういう瞬間を、そういう展開を心から求めている。『贖罪』の二ページ目から言葉を拝借するなら、「その瞬間こそ企てがもっとも実現に近づいたとき」で、ほかのどんなものからも――楽しい出版パーティや満員御礼の朗読会や好意的な書評からも――「それに匹敵する満足は得られない」。

――『イミテーション・ゲーム』の序文で、多忙な映画作家たちに憧れがある、と書いてますね。しょっちゅう緊急のミーティングがあったり、いつもタクシーで急いで移動していたりというのが羨ましい、と。

マキューアン　毎週毎週、することといえば、幽霊との交流と机とベッドの往復だけということになると、なにか他人が関わるような仕事がやってみたくなるものだよ。でも、年をとってくると、幽霊たちにもどんどん慣れてきて、他人と仕事をすることへの興味はいささかなくなってきた。

――脚本も書いてらっしゃいますが、満足してますか？

マキューアン　けっこう楽しんできた。頭が痛くなるのは後になってからさ。最初の体験の『プラウマンズランチ』で味をしめたんだね、あれは順調に行ったから。リチャード・エアー[2]とふたりで、国家を題材にした映画をつくりたいねということになったんだ。数ヶ月がかりであれこれ細々と材料を集めた――BBCのニュースルームに入り浸ったり、スエズ危機についての本を読み漁ったり、政党の集会に出かけたり、テレビのコマーシャルの製作現場を見学したり。しまいには、連帯の時代のポーランドにも行った、国家というのはどういうふうにして構想されるものなのか、考えさせられたよ。

　やりかたについてはグレアム・グリーンがうまいイメージで表現している。まずはインスピレーションを溜めていくんだが、それをかれはプールと呼んでいる。小説を作っていくのは、そんないくつものプールを溝を掘ってつなげていくことだ、とね。ぼくの場合、プールはインスピレーションでいっぱいと言えるほど大きなものではなくて、こういうのにしたいなという設定とかシーンだけだったけど。で、それら

（2）　舞台の演出、テレビドラマの制作、映画の監督をつとめる。主な映画に『あるスキャンダルの覚え書き』。

をぜんぶなんとかつなぐと、映画のプランを二、三ページにまとめて、当時リチャードが仕事をしていたナショナル・シアターでランチを一緒にしてそれを見せた。読むと、かれが即座に、こういうのを作りたかった、と言った。

脚本は六週間で書いた。リチャードがいい助言をいろいろくれた、たとえば、「主役は故郷に戻ったほうがいい、そうすればかれのバックグラウンドがみんなにわかるから」とか。フォークランド戦争が始まると、スエズ危機と興味深い類似点のあるのもわかった。でも、じっさいの話、ぼくが始めにリチャードに見せた二枚の紙が、まあ、そのまま映画になったんだ。あの経験は楽しかった、簡単にも済んだし。全部がオーケーだった。そういうのはきわめて稀なんだとはそのときは考えもしなかったけど。

――『イノセント』の映画化[3]での経験はいかがでしたか？

マキューアン　やけに時間がかかったし、ごちゃごちゃしたし、しんどかった。自分の小説を脚色するのはやめたほうがいいとはわかっていたけど、説得されてね。それと、ベルリンの壁の崩壊を取り込めるんじゃないかと、そんな思惑もあった。壁の崩壊は一九八九年に小説を書きあげてから数ヶ月後の出来事だったから。ひとつひとつの要素はすべてよかったんだよ――キャストも素晴らしかったし。イザベラ・ロッセリーニにアンソニー・ホプキンスにキャンベル・スコットに、そして監督はジョン・シュレシンジャーだから。ところが、いわゆる相性がよくなかった。いい組み合わせにならなかった。編集する前のラッシュはいいかんじだったんだけど、ラッシュというのはいつもそういうものらしいね……

――『セメント・ガーデン』のアイデアはどこから生まれたんですか？　あれは「かぎりない都市の悲しみ」についての本なのではないか、とわたしはつねづね思っているのですが――あなたの「ふたつの断章」[4]に出てくる言葉ですけど。

マキューアン　小説を何年もずるずると書かずにいたときだった。一九七六年に初めてアメリカに行って浮き浮きして帰ってきたんだ。子どもたちが大人なしで生きていこうとする話のアイデアをいじくりはじめていた——たくさんの子どもの本でお馴染みの設定さ。ゴールディングの『蠅の王』も、もちろん、それがポイントだけど、ぼくはその話の都会ヴァージョンが書けるんじゃないかと思った、しかしうまい入り口がなくてね。その頃はサウスロンドンのストックウェルに住んでいた。高層ビルと雑草が生い茂る荒れ地の荒廃した区域だった。ある日の午後だったよ、デスクの前にすわっていたら、あの四人の子どもたちが、姿形も鮮明に、ぼくの頭のなかにいきなり立ちあがってきた。なにひとつ造形する必要はなかったよ——まるですっかりできあがっていた。急いでメモをとると、ぐっすり眠った。目を覚ましたときには、書きたい小説がついに手に入ったのがわかった。一年間、憑かれたように作業をした、削り削りしながらね。この小説は短く凝縮されたものにしたかったので[5]。

——悪魔祓いみたいなものだったんですか？

マキューアン　うーん、というか、まとめみたいなものかな。これとつぎの小説『異邦人たちの慰め』で十年に及んだ一連の執筆作業に終止符が打てたんだ——形式的にはシンプルで直線的な短編に、閉所恐怖症的で非社会的で性的には奇妙なダークな話にね。自分をずいぶんと窮屈なところに追いこんでいたんだなあ、と気がついたよ。その後はしばらくフィクションから遠ざかった。戦時中のブレッチリーパークの暗号学校の暗号解読をめぐるテレビドラマを書いたり、それから『プラウマンズランチ』とか作曲家のマイケル・バークレーと組んだオラトリオとか作ったりした。一九八三年になってようやく新しい小説にとりかかったとき、『時間のなかの子供』だけど、場所や時代は——時間すらも——正確にし、社会的な背景

(3)　邦題『愛の果てに』。
(4)　『ベッドの中で』所収。
(5)　『セメント・ガーデン』では両親を亡くした四人の子どもが両親をコンクリ詰めにして地下室に隠して生きていく。

も考え、形式的な実験もやろうという気になっていた。

――『時間のなかの子供』は子どもの誘拐から始まります――人生を変えるドラマとなる重要な瞬間のひとつで、作品のポイントのようなものになっています。

マキューアン　ええ。人間の経験の極限を書くことにまだ興味はあったから。でも、登場人物ともっと真剣に取り組むようになっていたよ。いろいろな危機の瞬間というのも、登場人物を探り、テストするためのものになった。極端な経験にわれわれはどのようにして耐えているか、あるいは耐えるのに失敗しているか、どのようなモラルの質が問題とされているか、自分たちの決断の結果とわれわれはどのように生きているか、記憶はどのようにひとを苦しめるか、時間はなにをしてくれるのか、われわれが当てにできる資質とはなにか。そのときはそういったことを意識的にやっているともシステマティックにやっているともほとんど考えてはいなかったけど、その後の小説では自然にそれをやるようになっていったわけで、その始まりがこの小説だった。それから、もちろん、子どもの誘拐とか黒い犬たちのこと(6)とか気球からの墜落(7)とか、そういったシーンはそれ自体フィクションが広がっていくための魅力あるバネにもなった。速度をどうするか、描写をどうするか、意欲をかきたてた。文章のドラムビートとか、そういう調子というのはアクション・シーンからのみ得られるものだからね。また、そういうものは読者をつかまえておくのにも役にたったし。アクションとさまざまな観念、そのふたつを相手にできるようになっていった。こういったいろいろな要素への配慮を長年かけて培っていった。

一九八六年にアデレード文学祭へ出かけたとき、『時間のなかの子供』から子どもがスーパーマーケットで誘拐されるシーンを朗読した。一週間前に第一稿を書いたところだったので、反応を見たかったんだ。読み終えるとすぐ、ロバート・ストーン(8)が立ちあがり、すごく情熱的なスピーチをした。心からの叫びのように聞こえた。こう言ったんだ、「どうしてわれわれはこういうことをするのか？　どうして作家たちはこういうものを書き、読者たちはこういうものを欲するのか？　どうしてわれわれは思いつくかぎり最悪のことを自分たちのなかから探りだそうとするのか？　文学は、ことに最近の文学は最悪のケースばかり探しつづけている」。

ぼくにはいまなお明快な答えはないよ。登場人物を、それとわれわれのモラルの質をテストするというか調査するため、としかとりあえずは言いようがない。ヘンリー・ジェイムズが『小説の技法』で提出した有名な問いのようにだよ。つまり、登場人物を描かずして事件があるか、ということ。きっと最悪のケースをつかってわれわれはモラルの奥行きを測っているんだ。また、きっと想像力の安全な範囲のなかでわれわれの恐怖を吐き出す必要があるんだよ、一種の悪魔祓いを期待して。

——『イノセント』は書いていて楽しかった、と以前話してらっしゃいました。その発言が理解できない読者もいます、なにしろ、小説は血なまぐさいという評判ですし——死体から手足を切断してスーツケースのなかにいれていくところを細かに書いていたりして。

マキューアン　そういう評判があてはまるのは六ページくらいさ。あとは、ぼくに言わせれば、歴史小説への第一歩となった作品だ。イギリス帝国からアメリカ帝国へのパワーの移動は長い時間をかけてゆっくり進行し、完成したのは一九五〇年代で、イギリスにとってはスエズ危機で屈辱をなめるというつらい結末になった。大きな出来事が個人の人生に影響をあたえるというような状況に、ぼくはずっと関心があったからね。『イノセント』は、世間知らずの若いイギリス人の通信技師が一九五〇年代半ばの冷戦下のベルリンで成長することになる話だ。アメリカのマネーと自信のパワーに、その軍事力に、その食べ物と音楽と

（6）『黒い犬』に登場。
（7）『愛の続き』に登場。
（8）アメリカの作家。

映画にめざめていく。そしてベルリンという都市は破壊から立ちあがろうするいっぽうで、ついこのあいだまでの過去の亡霊たちにつきまとわれている——こういうことぜんぶに夢中になった。古い地図や写真にすっかりうつつを抜かしてしまった。そして自分が通信技師になってしまった。

書いているあいだはベルリンには近づかなかったよ。小説の舞台はほとんど一九五五年だしね。しかし、最終章で一九八七年という時代になって、年老いた主人公のレナードがその都市をふたたび訪ねようと決意したところで、ぼくも、いわばかれといっしょに行こうと思った。インフルエンザの薬を大量にのんで出かけた。カラフルできらびやかなベルリンの西半分は、自分がそれまで知ったつもりでいた破壊された土地ではなかった。歩きまわっていると、自分が年とって、ひどく面食らっているような気分になった。レナードが恋人と暮らしていたアパートを訪ねたときは、存在しないその女にたいする愛で胸が痛くなり、おかしな気分だったよ。ベルリンの南西の端にあるスパイ用のトンネルにも行った。フェンスをのぼって、使われなくなっている土地に入ろうともした。東ベルリンの国境警備兵たちに見張り塔から双眼鏡でのぞかれながら、地面の凸凹を突いてまわって、電話線の切れ端や、シカゴ製の袋布のはぎれや、古い切り替え器の破片を見つけだした。そしてそこでも、自分の知らない時代へのノスタルジーをかんじた。それまで書いた短編集や二冊の中編では時間や場所にうつつを抜かすというようなことはなかったから、ずいぶんと遠いところにまで来てしまっていたんだよ。外国の都市にいて、過ぎ去った歳月に思いを馳せながら、自分を小説の主人公のひとりだと思いこませようとしていたんだから。

——読者にそう思いこませたいように、自分を思いこませてしまった。

マキューアン　ふつうは自分を思いこませるのは避けようとするものだけどね。

——『イノセント』のために医学的なリサーチはやりましたか？

マキューアン　マイケル・ダニルと食事をした、マートン・カレッジの病理学の講師さ。そして、不器用で恐がりの男が死体を切り刻むシーンを書こうと思っているんだけど、と相談した——

——そしたら、「さすが、イアン・マキューアンだ」と言った。

マキューアン　もっと恐いことを言ったよ。のこぎりで腕を切り落とすのにどのくらい時間がかかるのかと訊いたら、月曜の早朝の定例の死体解剖に来い、と誘われた。「来ればいい。わたしたちが腕を切るから、見てればいいさ」とね。だからぼくは「でも、親戚にはなんて言うんだい?」と訊いたんだ。そしたら「助手がまた縫い合わせておくから、分かりっこないよ」だと。

この月曜の朝の約束には真剣に悩まされた。うまく書けていると思っていたから、それを台無しにされたくなかった。と同時に、見学に行くのは作家の義務だともかんじた。そしたら、とても幸運なことにリチャード・エアーと夕食を食べることになって、かれは、ぼくが行くのはバカげているという考えだった。「あんたは創作したほうがうまくいく、記録するよりも」。そう言われた瞬間、その通りだなと思った。あとで、ぼくが書いたシーンをマイケル・ダニルに見せたら、合格だったよ。もしも解剖に出かけていたら、ぼくはジャーナリストにならなければならなかったろう——すぐれたジャーナリストにはなれないと思うけどね。頭のなかで想像したものを書くほうが、見た覚えがあるものを書くより、ぼくは正確に書けるんだ。

——書き手のなかには、パラグラフを基本単位にして考えを進めていくと言うひとたちがいます。また、センテンスが基本単位だと言うひとたちもいます。さらに、シーンのなかで書いていく書き手もいます。

マキューアン　それらを厳密に分けるのはもちろんむずかしいけど、でも、ぼくはセンテンス派かな。いつも作業はそこから始まるから。第一稿でセンテンスがうまく決まらないと、あとでそれをよくしようとしてもうまくいかないかんじがある。まったく無理だというわけではないけど、うまくいかない。だから、仕事はのろい。第一稿が最終稿であるような気持ちでやっている。パラグラフができあがると声にだして読む――これも大事な単位でね、センテンスがおたがいにどう響き合うか、耳で聞くのは好きだ。章の第一稿ができると、妻のアナリーナに読んで聞かせる。二、三章分をとっておいて休日に読んで聞かせたりもする。章というのは一個の完成した独立した生命体で、それなりの性格をもった、一種の短編小説なのだと考えている――だから重要な基本要素だ。ときどきそれらのあいだのちがいが崩れたりもするけどね。それと、シーン。これをまとめるのには十時間から十二時間ぶっつづけでかかりっきりになる。たいていはさっき話したようなバネというか仕掛け的なもので、それらはわりあいパッパと頭に浮かんできたものだから、かなりゆっくり書き直さなければならなくなる。

――ウェンディ・レッサー[9]があなたの『黒い犬』の書評で、グレアム・グリーンが「プロットに影のように君臨している」と言っています。

マキューアン　異国を舞台にしてそこにモラルや宗教の考察を織りこんだ話を作家が作ろうとすると、きまって、グリーンの名前があがってくるんだよ。熱帯の倦怠感、ウィスキーの瓶、解決の見通しのないジレンマ……こういうものをかれ自身のものにしたグリーンはたいしたものさ。かれの作品は興味をもって読んでいる。フィクションの性質について語っている論考は好きだ。でも、そんなにファンではない。かれの文章はすこし平板で、好みじゃないし。

――ウェンディ・レッサーはこんなことも言っています。「大作家たちは(小賢しい小説家とはちがい……)、小説を書くたびに、フィクション世界をすっかり新しく構築するようなことはしない。二流の作家たちにはできるそういったことをやろうとしないのは、かれのフィクション世界がもはや自分の手から離れてリアリティをもってしまっているからだ」

マキューアン　大作家はいわゆる二流より自由でないだろうというのはおかしな考えかただと思うよ。でも、彼女の言おうとしていることはわかる。もっとも、ぼくは大作家とかなんとかは言わないけど。小説家はみんな、ジャンル小説の作家たちは別かもしれないが、程度の差こそあれ、題材の前で途方に暮れているものさ。巡り合わせなのだ、という便利な常套句もあるけどね。それに、小説家の個性というのは拭いがたく足跡として残っていくものだから。彫刻や音楽やあらゆる芸術においてもまったく同様だとは思うけど。ただ、小説は特別なところがある。豊富につぎつぎと意味を明示していくし、他者や人間関係や人間性と細かく関わるし、それにどんどん延びていくから——何万語と——作家は自分の個性をページ上に残していかざるをえない。これはかりはどうしようもない。そういう形式なんだよ、小説は。ぼくは、本を書き始めるときはまったく新しい第一歩なのだと考えるのが好きだ、『贖罪』と『アムステルダム』はまったく別な世界だと考えている。だけど、こっちがなにをどうしようが、読者というのはこっちが以前にやったもののなかにそれを難なく含めてしまうんだということは学んできた。

——『黒い犬』に、ジューンとバーナードという若いカップルの写真についての一節があります、このスナップ写真を見ながら、語り手はつぎのように考えています、「写真というものはイノセンスの幻影をつくりだす。写真という凍結された物語のアイロニーとは、被写体に、いずれは変化もすれば死にもするということを意識させせない点である」。

マキューアン 過去を写真で伝えようとすると、まやかしのイノセンスが生まれる。その点、フィクションは写真よりいい。押しつけがましくないし、備え付けの死後のアイロニーもない——これはスーザン・ソンタグの言葉だけどね。小説は、過去を現在とは縁のないものとして考えたいという誘惑とたたかうのに力を貸してくれるよ。『高慢と偏見』や『ミドルマーチ』を読んでいるとき、登場人物たちが奇妙な帽子をかぶっていても、馬で散策していても、セックスについてあからさまに話していないとしても、かれら

（9） アメリカの批評家。作家。

のことをイノセントだなどと考えるようなことはしないだろ？　それはどうしてかというと、かれらの感情や考え方、かれらのジレンマにフルにアクセスできる、というか、部分的ではあるが上手に調整されたかたちでアクセスできるようになっているからさ。物語に引っぱられている読者の前に、登場人物たちは、無傷なかたちで、同時代の人間として、思いもかけないアイロニーで傷つけられていない姿で、あらわれる。

――アイロニーなしで書くのは勇気がいります。たとえば、悪(Evil)について書くのに大文字のEをつかったりするのは。

マキューアン　それを信じていないとしたらとくにそうだね。神がいない場所で、悪を、人事を動かしているものとして、ぼんやりとしかわからない超自然的な力として信じるのはむずかしい。『黒い犬』では、ジューンはまさにそういうものとして悪の存在を信じていて、夫のバーナードは信じていない。でも、夫はそういう思想が強い力をもっていることは承知している。それは人間の一面を語るには便利な方法なんだよ、比喩的にも豊かで、それゆえ、それなしでは生きていくのはむずかしい。悪なしで生きるのは、神なしで生きるよりも大変なことだと思う。

――『愛の続き』では、悪は精神病のかたちであらわれます。どのパートがまず最初に浮かんだんですか？　レストランでの暗殺未遂ですか、「ニューヨーカー」にまず掲載されたのはそれでしたが？

マキューアン　初めの数章は住所録をぱらぱら見ている男についてのもので、かれは犯罪でつながりをもつことになりそうな人物を探していて、それから年老いたヒッピーたちのところに銃を買いに行く。この時点では、かれがなぜ銃を欲しがっているのか、かれが何者なのか、こっちはぜんぜんわかってなかった。でも、このシーンが必要なのはわかっていたんだ。つまり、それはグレアム・グリーン言うところのプールだったわけさ。そして最初に掘った溝でレストランでの暗殺未遂へとつながっていった。そんなふうに

『愛の続き』は始まったんだよ、でたらめに書かれたいくつものシーンやスケッチを頼りに、闇の中で口笛を吹くようにしてね。ぼくは理性的なものを讃えるようなかたちで書きたかった。ブレイクやキーツやメアリー・シェリー以来、理性をもっている人間の衝動的行動は愛のないもの、冷たくて破壊的なものと結びつけられてきたから。われわれの文学では、そういう登場人物たちはいつも自分の心がおかしくなってしまったために当てにできなくなったという設定になっている。しかし、われわれの理性の力はなかなか素晴らしいもので、社会のカオスや不正義、それから悪いかたちで度を過ぎた宗教上の信念にたいしてしばしば対抗してきている。『愛の続き』は、以前『黒い犬』を読んだ友人が、理性の人間であるバーナードにもっといろいろ意見を言わせろよ、と言っていたことを思いだして、それに応えるつもりで書いていた。じっさい、その通りだったからね、『黒い犬』では、ジューンが自分の経験をことごとく心霊術的に解釈するという作業が小説の中心的なメタファーを主導していたから。

――『愛の続き』では科学も登場人物になったとは思いませんか、『イノセント』と『黒い犬』で歴史が登場人物になったみたいに？

マキューアン　なんとも言えない。この数十年、科学の領域はかなり興味深いかたちで広がってきてはいるけど。感情とか意識とか、人間性そのものが生物学の正統的なテーマになってきているし。こういったものはもちろん小説家が一番関心をもっている事柄だが、われわれの領土がこのように侵略されてくるのはいいことかもしれない。『愛の続き』では、『時間のなかの子供』でよりもけっこううまく科学を取り入れられた。

『愛の続き』には、赤ん坊の笑みについてクラリッサとかわした会話をジョーが思いだしているところがある。そこでジョーは生物学者のエドワード・O・ウィルソンの言葉を引用している。赤ん坊の笑みは「社交的なリリーサー」である、つまり、赤ん坊が親の愛情を獲得できるようにと選択されてきた人間行動のひとつである、ということね。これはジョーにはある程度までは完全に理解できることだった。つまり、笑みは学習した行動ではぜんぜんないということ——目の見えない赤ん坊だって笑みを浮かべるんだから、いわゆる、本来備わっているものなのだということだよ。ところが、クラリッサは、そんなことで赤ん坊の笑みは十分に説明されない、と言う。すると、ジョーは——これがかれの欠点なんだが——ごり押しする。相手の気持ちなどかまわず無神経なまでに説き伏せる。というのも、本当の話題は自分たちに赤ん坊がいないことなのだというのがかれにもわかっているからだ。

おもしろそうなメタファーのために科学の力を拝借するということ以上のことをしたかったんだよ。生物学の思想のおかげで、こんなような小さなシーンで感情的なものと科学的ものを擦りあわせることができた。時間についての画期的で力学的な見解とか宇宙論的な見解を小説のなかに取りこむことなんかよりもはるかにおもしろかった。はるかに馴染みやすいし、人間的だしね。

——『愛の続き』には付録として実症例がついていて、アメリカではそれに欺された批評家がいました。

マキューアン　あの付録は書いていて楽しかった。もとにした症例を小説はなぞりすぎている、と酷評した批評家もいたしね。

——ジョーは進化生物学をかなり信奉しています。あなたの立場をどのくらい反映しているんでしょう？

マキューアン　宗教の狂信者くらいだろ、われわれが生物進化の産物であることを否定したがるのは。問題は、進化上の過去がいまのわれわれをどのくらい説明してくれるかということだよ。ぼくの考えでは、かつてわれわれが考えていたよりはたくさん、進化心理学の「もっともらしい」話ほどではないとしても、けっこう語ってくれると思う。人間性については、一連の素質というものについては、文化をまたがって存在しているものについては説明できるようになっているし、それを生みだしてきた淘汰圧についてもだいたいの目星はつけられるようになった。しかし、個々の行動の細かなところをどのくらい先まで、どのくらい深く説明してくれるのかというと、それはわからない。文化、というか社会的環境は遺伝子の形成に寄与してきたものだが、それは強力で魅力的なシグナルを出しているからね。選別していくのはむずかしい。命がわれわれをつくったのはまちがいないが、しかし、われわれはまっさらな状態で生まれたわけではない。といって、どんなかたちにでもなれるわけでもない。差異は無限の領域のなかで生じるものではないから、おたがいに似ているところ、それと、ちがっているところがおもしろいんだよ。このあたりのことになると、小説家も生物学者も言いたいことがいっぱいあるわけさ、ぼくが『愛の続き』を書いたひとつの理由でもある。

――『アムステルダム』を書くきっかけになったのは？

マキューアン　昔からの友人でハイキング仲間でもあるレイ・ドーランとしょっちゅう言っていた冗談から生まれた。こういう約束をするのはどうかね、とふざけて話したんだ、つまり、ふたりのうちのどちらかがアルツハイマーみたいのに襲われたら、みじめに倒れて行くがままにさせず、片方がそいつをアムステルダムに連れていって、合法的に死なせることにしようってね。それ以来、どっちかがハイキングのときに装備で大事なものを忘れてきたり、あるいは、まちがった日に空港に出かけていったりすると――こういうことってあるんだよ、四十代も半ばになると――片方が「そろそろアムステルダムだな！」と言うようになった。かれとふたりで湖水地方をハイキングしていたときだよ――『アムステルダム』でクライヴ・リンリーが歩くルートとおなじだけど――そういう約束をしたふたりの登場人物がやがて仲違いしておたがいをアムステルダムに誘い出して殺そうと図るというような話はどうだろうか、とふっと思ったんだ。どっちかというと奇抜でコミックなプロットさ。そのときは『愛の続き』を半分くらいまで書いていたところだった。思いついた晩にそのアイデアの概要を書きとめ、まさかのときのためにとっておくことにした。ふたりの登場人物があらわれたのは、いざ書き始めたときだ。ひとりでに動き出したようなかんじだったよ。

――『アムステルダム』はそれまでの作品とはだいぶちがいますね。

マキューアン　それ以前の四つの小説――『時間のなかの子供』『イノセント』『黒い犬』『愛の続き』――は、ある概念を探ってみたいという望みから生まれた。それと比べると、『アムステルダム』はまったくの自由放任だった。単純な計画がひとつあるだけで、それがどういうところへ向かっていくか見るためにいっしょに進んでいった。のんきに気晴らしに書かれた作品だと受けとめた読者もいたが、ぼくにとっては、『時間のなかの子供』がそうだったように、ターニングポイントになっているなあというかんじがあったよ。登場人物たちにゆったりした空間をあたえているという思いがあった。知的な野心みたいなものから自分を遠ざけたかったから。『アムステルダム』を書いてなかったら『贖罪』は書けなかったろうね。

――グレアム・グリーンにもどりますが――かれは文学作品と「エンターテインメント」を分けていました。『アムステルダム』はエンターテインメントのカテゴリーに入りますか、それとも文学のカテゴリーですか？

マキューアン　グリーンもそういう分け方は最後にはやめていたと思うよ、理由はだいたい見当がつくけど。でも、あなたの言いたいことはわかる。『アムステルダム』は書いていてものすごく楽しかったし、書けてよかったといまも思っている。出たときは評判はけっこうよかったんだ、ところが不幸だったのは（意に反して）ブッカー賞をとっちゃったことで、その時点から一部で無視されるようになった。そんなこともあったから、ぼくとしては、あの作品も、これまで書いてきた作品ともども、正当に評価されたらいいなあと願ってはいる。もちろん、あれをエンターテインメントとして別扱いするつもりはない、寛大にあつかっていただきたいものだと望んでいる。

――『贖罪』はどんなふうに書いていったんですか？　ブライオニーからですか？

マキューアン　最初はセシーリアだったね。『愛の続き』と同じで、何ヶ月もスケッチしたりメモ書きしたりした末にこの小説も生まれた。ある日の朝、六百語ぐらいで、ひとりの若い女が野の花を手にもって居間に入っていって花瓶を探す場面を書いたんだ。彼女は若い男が外で庭の手入れをしているのを意識していて、その男に会いたいような、避けたいような気持ちがある。自分でも理由はよく説明できなかったんだが、あっ、いよいよこれで書ける、とわかった。

――そういうスタートだと、ラブストーリーが書けるという？

マキューアン　なにもわかっていなかったよ。ゆっくりと一章をつくりあげていった――セシーリアとロビーが庭の噴水のところに行き、花瓶が割れ、彼女は服を脱ぐと水のなかに入っていって破片を回収し、なにも言わずにロビーの元を去る。[10] しかし、そこでストップだよ。そして六週間かそこいら、考えていた。そこはどこだ？　時代はいつだ？　このふたりは何者だ？　なにをおれはつかんだんだ？　そしてまた書きはじめ、ブライオニーが従姉弟たちとお芝居をやろうとしている章を書いた。[11] そしてそれを書き終える頃には、小説が見えてきていた。家族全体の姿があらわれてきていて、ダンケルクとセントトーマス病院がかなり先で待っているということもぼんやりとわかってきていた。そして肝心なことなのだが、ブライオニーがこのふたつの章の作者で、いずれひどい間違いを犯すことになり、生涯原稿を書きつづけるのは彼女なりの償いの行為なのだということがわかっていた。後に第一部を書き終えたところで、ふたつの章の順番を変え、両方を何回も書き直した。

――ブライオニーは『贖罪』を書いていないときはどんな小説を書いていたと思いますか――償いをして

（10）『贖罪』第一部第二章となる。
（11）第一部第一章となる。

いるのでないときは？

マキューアン　『日ざかり』のエリザベス・ボウエンのような書き手だね、『ダスティ・アンサー』のロザモンド・レーマンがちょっと混じった。そして書きはじめのときはヴァージニア・ウルフがそこかしこにまぎれこんでくる。最初の原稿では、ブライオニーの略歴を本の終わりに入れようと思って書いた。そして後でやめたんだ。でも、あるよ、まだここに。グリーンが登場するのは(また出てきたな)、かれはいつも若い作家にやさしい褒め言葉を贈っていたからさ、たいしたものでなくても。「二〇〇一年七月」という日付はぼくがゲラに最後に手を入れた日だ。

「著者について。ブライオニー・タリスは一九二二年にサリーで高級官僚の娘として生まれた。ローディーン校に入り、一九四〇年に看護婦になる教育をうけた。戦時中の看護婦としての体験は第一作『乗るアリス』に生かされている。一九四八年に刊行されて、その年のフィッツロヴィア賞を小説部門で受賞した。二作目の『ソーホーの至点』は、エリザベス・ボウエンに「心理的考察に富んだ黒い宝石のような作品」と賞賛されたほか、グレアム・グリーンをして「戦後に登場したすこぶる興味深い才能の持ち主のひとり」と言わしめた。一九五〇年代には多くの長編や短編を刊行して評価を揺るぎないものとした。一九六二年には、ジェーン・オースティンの幼少期における家庭演劇を研究した『スティーヴントンの納屋』を刊行。六作目の小説『水責めの椅子』は一九六五年のベストセラーとなり、ジュリー・クリスティー主演で映画化されてヒットした。その後、評判はあまり聞かなくなったが、一九七〇年代後半にヴィラーゴ社から旧作が復刊されて、若い世代にも知られるようになった。二〇〇一年七月、没。」

――ブライオニーに長命と文学的名声を簡単にあげすぎたとは思いませんか？

マキューアン　彼女がしたことはどれも悪意から出たものじゃないからね。それに、彼女が置かれていた環境やその他もろもろを考えると、長生きさせたのもたいしたことだとは思わないよ。本当の悪党であるポールとローラのマーシャル夫婦も成功と幸福と長命を手に入れているから。心理的リアリズムによれば、ときに悪者が栄えるんだよ。

――ダンケルクから撤退したときのことをお父さんからよく聞いていらしたんですか？

マキューアン　うん。晩年は(死んだのは一九九六年だけど)ダンケルクへ追い詰められていったときのことで頭がいっぱいで、その経験を繰り返し話していた。それをぼくがどう文章にしたかを見せてあげられなかったのは残念だよ。あの小説に登場する多くの行方不明となる父親たちのなかには父の死が知らないうちに反映されているかもしれないな。ダンケルクへと追い詰められていった男たちは自分たちの父親もおなじ北フランスでかつて死んだり戦ったりしたことを思いだしていたんだろうと思う。ぼくの父はリヴァプールのオルダー・ヘイ病院で亡くなったけど、そこはかれの父親が一九一八年に手術をうけた病院だ。

――『夢みるピーターの七つの冒険』についてあまり話をしてませんでした。『黒い犬』の後にギアを切り替えて子ども向けのものを書いたわけですが、それはどんなかんじだったんですか？

マキューアン　とくに変わったところはなかったけど。

――基本原則みたいなものはありました？

マキューアン　所得税は話題にしない、露骨なセックス・シーンはなし。もちろん、避ける話題というのはあるよ。でも、適切な言葉さえ見つければ、十歳の子と話し合えないことなんてほとんどない。それに、子どもたちが楽しめて理解できるような明快で正確で簡潔な文章がもともと好きだし。道徳的な重たい調子は避けた――いい子にしなさい、とお説教するような子ども向けのフィクションって好きじゃないし。ひとつひとつの章を二十五分で読めるベッドタイム・ストーリーとして書き、息子たちに読んで聞かせた。

いろいろと馴染みのある家庭のあれこれを盛りこんだ――猫とかキッチンの散らかった引き出しとか、もろもろ。子どもたちもたくさん助言をくれたよ、しまいには、ゲラも、表紙のデザインも、書評も見てくれた。一冊の本がどういうふうにして作られていくかを見たかっこうだね。当時は『黒い犬』にかかりっきりだったから、あれはとても快適な気分転換になった。

――『時間のなかの子供』でスティーブンは、最高の子ども向けの本では作者の姿が見えないものになっている、と言っています。その言葉は、『夢みるピーターの七つの冒険』を書こうとしたとき、頭にありましたか？

マキューアン　覚えてないが、もちろんそれが目標ではあるよ。子どもたちというのは作者の表現力の美しさとか濃さに感心したりはしないから。言葉が働きかけてきて自分たちを話そのもののなかへ連れていってくれるのを期待しているからね。かれらが知りたいのはなにが起きるかだ。たぶん、作者の姿が見えないというのはイノセンスが失われた時代のものなのだと思う、だからこそ、子ども向けの本ではいっそう大事なものになってくる。

――そっちの方向へ向かっているようなのは、あなたの世代ではおそらくあなただけです。マーティン・エイミスは派手に言葉を見せびらかすほうに、サルマン・ラシュディは言葉を氾濫させるほうに、バーンズは博識のほうへ向かってますから。

マキューアン　ちょっと待ってよ、いま話していたのは子ども向けの本のことだ。文学のほうでは、一世紀にわたるモダニズムのさまざまな実験と悪影響の結果、いま話しているような作者の姿を見えなくさせるというふうなことは不可能なことになった。ぼくの理想は白い卵の殻のようなキャンバスに鮮やかな文字を描いていくことだよ。それらの文字が文章になる、そして、理想を言えば、ものすごい力で向こう側へ、名づけられたもののなかへ、話そのもののなかへと押しだしていく。二つともできればいいが……でも、それは希望だから。

――それは作家ならではの自意識とどのくらい関係してきますか?

マキューアン　ときどき感じるのは、どんな文章にもその文章ができあがったプロセスへの解説が幽霊のようにくっついてくるということだ。けっしてありがたいものではないが、でも、逃れられない。こっちにできることはせいぜい、そんなものかなと受け流して、自己言及のとりこにはならないようにし、言語がもっている官能的でテレパシー的な力を信じることだ、思想と感情をひとりの人間からもうひとりの人間へ運んでくれる力を。

――『夢みるピーターの七つの冒険』のような本は今後もっと書くことになると思いますか、子どもと大人の両方に向けた?

マキューアン　そういうことを訊かれたときは、たとえば芝居は書きますかとかね、いつも反射的に嘘をついて、はい、と答えている。

――どうしてですか?

マキューアン　可能性を閉ざしたくない。と同時に、つぎにやってくる本については、なにがあらわれることになるか、ただ待っていたい。自分ですっかり意識的にコントロールしてしまうと、そういうプロセスは得られないし、欲しいとも思わなくなってしまう。もちろん、芝居も書きたい、子ども向けの本も、すごいソネットも書きたい。でも、それってどういうことかというと、すでに書き上がったものが欲しいということなんだよ。よく見る夢にこういうのがある。自分が書斎のデスクにすわっている、気分はすこぶるいい。引き出しをあける、すると、小説がそこにあるのが目に入る、去年に書き上げたが、忙しすぎてすっかり忘れていた小説だ。取りだすや、ただちに素晴らしい出来だとわかる。傑作だ! いろんなことが思いだされてくる、どんなに一所懸命に取り組み、そして結局しまうことになったか等。とてもいい出来なので、見つけたことをとても喜んでいる。

——そして落ちがあるんですか、その小説にはマーティン・エイミスという署名がついていたとか？

マキューアン　ない、ない。幸せな夢さ。それはぼくの小説だ。だから、やることはひとつしかなくて、郵送し、あとは目が覚めないようにがんばるんだ。

第一六二号　二〇〇二年

訳者解説——1

本書は、アメリカを代表する文芸誌のひとつである「パリ・レヴュー」(The Paris Review)の看板ページとなっている作家へのインタヴュー「フィクションの術」から二十二編を選んで翻訳したもので、二巻から成る。I巻ではいちばん古いのが一九五六年の第一四号に掲載されたイサク・ディネセン、いちばん新しいのが二〇〇二年の第一六二号のイアン・マキューアン、II巻ではいちばん古いのが一九五六年の第一三号のドロシー・パーカー、いちばん新しいのが二〇〇五年の第一七四号のサルマン・ラシュディである。

「パリ・レヴュー」の作家へのインタヴューは、テープレコーダーといった録音機器がまだ一般的ではなかった、また、作家へのロング・インタヴューなどほとんどどこもやっていなかった頃から大々的に、しかも創刊号から始まった。そこには編集にかかわった者たちの強い思いが託されていたので、まずは、この雑誌の来歴から紹介していきたい。

「パリ・レヴュー」が「パリ」を名乗っているのは、フランスのパリで誕生したからである。創刊号は「一九五三年春」となっているが、登場は一九五二年の秋だ。(日本ではこれまでしばしば「パリス・レヴュー」という表記で紹介されたりもしてきたが、いうまでもなく、「パリス」は「Paris」の英語読みであ

る）

その頃のパリには、長期に、あるいは短期に滞在するアメリカ人が多くいた。ミュージカル映画の『巴里のアメリカ人』がつくられたのは一九五一年で、ジーン・ケリー扮する第二次大戦からの復員兵であるアメリカ人の青年はパリで画家として身を立てようと奮闘しているが、芸術に関心のある者にとってパリは魅力がいっぱいの都市だった。

よく知られているように、『巴里のアメリカ人』はジョージ・ガーシュウィンが一九二八年に書いた同名の曲にインスパイアされてつくられたもので、映画にはガーシュウィンの曲が満載だが、一九二〇年代のパリには、本国アメリカの空前の好景気と強いドルに支えられて遊びに来ているアメリカ人が多くいた。ヘミングウェイやフィッツジェラルドやドス・パソスといった作家たちもよくやってきていたし、かれらを「ロスト・ジェネレーション」と名づけたガートルード・スタインもまたパリに暮らすアメリカ人だった。だから、文学や芸術の好きな一九五〇年代の若いアメリカ人には、パリに来るということには憧れの作家たちの歩みの跡を詣でるような喜びもきっとあった。

一九五〇年代のパリでもアメリカのドルは強かった。後に海外の芸術映画をアメリカに配給するジェイナス映画社を経営することになるウィリアム・ベッカーも当時パリに住んでいたが、かれによれば、「われわれは王様みたいに暮らしていた」とのことで、闇市だと一ドルは六百フランになったという。「わたしがいたホテルは三百フランで、百八十フランもあれば、フライドポテトのついたステーキをボージョレのボトルといっしょに食べられた」。ベッカーもそうだったが、第二次大戦から復員してきた者たちにはGIビル（復員兵援護法）が適用されていて、毎月七十五ドルが支給されていた。だから、「パリはGIビルで暮らすGIたちであふれていた」。「パリでは月七十五ドルでかなり優雅に暮らせるのがおどろきだった」[1]

『巴里のアメリカ人』のジーン・ケリー扮する画家志望のアメリカ人も復員兵だったから、GIビルの恩恵におそらく浴していたのだろう。

芸術を志す若いアメリカ人たちにとって、パリには経済優先のアメリカにはない魅力があった。「パリ・レヴュー」の創刊に参加した若い作家のひとりであるウィリアム・スタイロンは、第一作の『闇のなかに横たわりて』を刊行してまもなくパリに来たのだったが、「若いときにパリにいるということは自信をあたえてくれて気持ちを高揚させる体験になる」と語り、アメリカとの価値観のちがいについてつぎのようなことを言っている。

アメリカでは、ものを書いている人間は、自分が何者であって、どういうところに位置しているのか、わからないばかりか、そんなことはわかりたくないと思っている。なにしろ、ひとから言われることといったら、「で、きみの書いているものは売れてるのかい?」であり、「きみの書いているものはいわゆる歴史小説、それともいわゆる心理もの?」であり、「ところで、じっさいにはどうやって生活してるの?」であるからだ。ところが、パリでは事情がまったくちがう。たとえば、詩を書いていたあるアメリカ人だが、「ヌーヴェル・リテレール」(フランスの文芸新聞)にかれの詩が翻訳されているのに気づいたフランス人の家主は、そのことを誇りに思って、家賃を二パーセント引いてくれた。わずかなご褒美ではあるが、このようなことでわれわれの気持ちは奮い立ち、自分がいまいるところがどういうところかがわかって、ずっといたいと思ったものだ。だから、われわれはいつづけた。(2)

I巻(本書)に登場しているジェームズ・ボールドウィンも、その時期にパリへ移住している。アフリカ系であるかれにとっては、それは人種差別のきびしいアメリカにいたらいずれは殺されてしまうという切羽詰まった思いからの脱出で、パリではGIビルの恩恵はうけていなかったが、文無しになってもホテルから叩きだされなかったという、アメリカとはおおいに異なるパリの空気への驚きをインタヴューでは語っている。ボールドウィンとスタイロンはここで知り合い、やがては人種のちがいを超えておたがいに深い理解者となった。

「パリ・レヴュー」は、「パリ・ニュース・ポスト」という雑誌から生まれた。これはパリのアメリカ人たち向けのパリ情報誌で、つくっていたのはハロルド・ヒュームズというアメリカ人である。パリのレストランや劇場についての情報が主だったが、ヒュームズは小説なども載せて、もっと充実したものにしたがっていた。娘の証言によれば、ボールドウィンとも親しくしていて、いずれは「作家が安心して書ける作家のための雑誌」をつくりたいとふたりで話していたこともあったようだ。(3)

そして、ヒュームズなりにその路線に進みつつあった一九五〇年代のはじめ、ピーター・マシーセンがアメリカからやってきた。イェール大学時代から小説を書いていて賞なども受けていたマシーセンだったが、まもなくヒュームズと知り合い、雑誌に小説を書いてくれ、と頼まれた。サンプルとして見せられた号にはテリー・サザーンの短編が載っていた。後には風刺のきいたブラック・ユーモアの作品をいくつも書き、また、『博士の異常な愛情』や『イージー・ライダー』といった映画の脚本をものすることになるサザーンだが、その頃はやはりGIビルでパリ暮らしを満喫しながら、ボールドウィンやら、パリの芸術好きなアメリカ人たちと交流を深めていた。

サザーンの短編を読んでいたく感心したマシーセンは、ヒュームズのやっている情報誌のようなものに載せておくのはもったいない、と思ったようだ。しかも、ヒュームズの雑誌は、かなりクレージーな性格の持ち主でもあるヒュームズのもとで運営が行き詰まってもいた。そこで、「こう言ったんだ、「こういうのには書く気がしない。フィクションを出したいんなら、どうだい、ほんものの雑誌をつくろうよ。」かれは即座に同意したよ、それで「パリ・ニュース・ポスト」はおしまいになった。それからはこのアイデアをふたりで、一ヶ月かそこいら、練りに練った」とマシーセンは後年に語っている。(4)

マシーセンには、じつは、秘密の思惑もあった。それがおおやけになったのは二〇〇七年のことで、ヒューームズの娘が撮った父についてのドキュメンタリー映画『ドック』(ヒューームズの仇名だった)のなかでマシーセン本人が語ったのである。パリに行きたいと思っていた矢先、誕生してまもないCIAに雇われ、パリで諜報活動をすることになったので、雑誌の編集をするのは隠れ蓑になる、と判断した、と。

「冷戦がはじまったばかりで、パリは反米運動のホットスポットで、共産主義者たちはソビエトのためにせっせと活動していた。だから、わたしの愛国心にアピールするものがあって、共産主義の脅威とたたかう国のためにはたらこうと思った(5)」

もっとも、アメリカで赤狩りの嵐がどんどん吹き荒れてくるとさすがに嫌気がさして、二年でCIAとは縁を切ったという。後悔している、と後に語っている。

隠れ蓑であったとしても、というか、隠れ蓑だったからこそか、「パリ・レヴュー」創刊に向けて積極的に動いたのはマシーセンで、イギリスに遊学中の小学校時代からの幼友達のジョージ・プリンプトンに声をかけた。ハーバード大学で伝統あるユーモア雑誌「ランプーン」を編集していたプリンプトンの経験を頼みにしてのことだった。

「ランプーン」については、やはりそこで編集を手伝っていたこともあるジョン・アップダイクが、II巻に収録のインタヴューで、「みんながギャングスターならぬギャグスターを名乗ってました」と語っているが、そんな遊び心はプリンプトンもおおいに共有していて、プリンプトンは飛んできた。

プリンプトンが誘いに乗ってこなかったら「パリ・レヴュー」は出ていなかったろう、とマシーセンは語っているが[6]、プリンプトンの到着は一九五二年、それから話はいっきに具体化していった。プリンプトン、マシーセン、ヒュームズ、スタイロン、さらにはプリンプトンの「ランプーン」時代の仲間のジョン・トレイン、マシーセンの大学時代の友人のトーマス・グィンズバーグ、『二十一の気球』といった絵本ですでに高い評価を得ていた絵本作家のウィリアム・ペン・デュボアが集まって、どういう雑誌にするかが話し合われた。デザインを担当することになるデュボアだけが三十代で、あとはみな、二十六歳から二十七歳で、すこぶる若かった。

　全員のすぐに一致した意見は、小説や詩を載せ、アートワークにも凝ろう、というものだった。そして、批評を載せるのはやめようということになった。そうしたのには理由がある。

　アメリカの文芸誌は、一九三〇年代、社会批評の意識がつよかった時代の雰囲気を反映して、「パーティザン・レヴュー」といった左翼の色彩の濃い雑誌などが文学の世界に影響力を持っていた。それが一九四〇年代になると、そういったものへの反発もあって、文芸批評に特化したニュー・クリティシズムが台頭し、「ケニヨン・レヴュー」や「ハドソン・レヴュー」といった批評理論を重視する文芸誌が輩出した。

　そういうものからは離れたものにしよう、というのが全員の一致した意見だったのである。そして創刊声明文はスタイロンが書いたのだが、いくらなんでも批評をけなしすぎじゃないの、とそれに異論を唱える者がいた。スタイロンはそれに反論。その結果、「パリ・レヴュー」の創刊号には、スタイロンのその反論文が「編集者への手紙」というかたちで掲載され、それが事実上の創刊声明文となった。けなしすぎじゃないの、と言われたのは、たとえば、つぎのようなパートである。

「批評の時代をわれわれはずっと生きてきた。カフカ論、ジェームズ論、メルヴィル論、あるいはしばし注目を浴びている作家についての論が、〈構造的《アーキテクトニック》〉とか〈時代思潮《ツァイトガイスト》〉とか〈二項対立《ダイコトマス》〉といった用語とともに語られ、文芸誌は文学を破壊する寸前のところに来ているように思える。素人の攻撃には耳を貸さず、重たい学識がいっぱいのおしゃべりで窒息しそうになっている」[7]

もっとも、批評は載せない、という全員の意見に変わりはなくて、批評に代わるものとして浮かびあがってきたのが作家へのロング・インタヴューだった。それは創刊号から始まった。プリンプトンはそれを「インタヴュー」というより、「小説の技術についての対話のかたちをとったエッセイ」と考えていた。[8] 看板ページになるとは、その時点では思っていなかっただろう。

二〇一五年一〇月

青山南

(1) Becker, William., *George, Being George*, Aldrich, Nelson W. ed., Random House, 2008, p. 85
(2) Styron, William., “Born in Montparnasse” http://www.theparisreview.org/blog/2015/6/24/born-in-montparnasse/
(3) Humes, Immy., *George, Being George*, p. 90
(4) Matthiessen, Peter., *George, Being George*, pp. 94–95
(5) Ibid., pp. 86–87
(6) Ibid., p. 95
(7) Plimpton, George., *The Paris Review Anthology*, W. W. Norton, 1990, pp. 23–24
(8) Plimpton, George., *George, Being George*, p. 112

青山 南

1949年福島県生まれ．翻訳家，エッセイスト．

著書―『短編小説のアメリカ52講』(平凡社ライブラリー)，『ネットと戦争』(岩波新書)，『英語になったニッポン小説』(集英社)，『翻訳家という楽天家たち』(ちくま文庫)，『南の話』(毎日新聞社)他多数．

訳書―ロス『われらのギャング』『ゴースト・ライター』『素晴らしいアメリカ作家』(集英社)，ケルアック『オン・ザ・ロード』『トリステッサ』(河出書房新社)，ラシュディ『ハルーンとお話の海』(国書刊行会)，ジョーン・ディディオン『ベツレヘムに向け，身を屈めて』(筑摩書房)，コラゲッサン・ボイル『血の雨』(東京創元社)他多数．

パリ・レヴュー・インタヴューI

作家はどうやって小説を書くのか、じっくり聞いてみよう！

2015年11月27日 第1刷発行

編訳者 青《あお》山《やま》 南《みなみ》

発行者 岡本 厚

発行所 株式会社 岩波書店

〒101-8002 東京都千代田区一ツ橋2-5-5

電話案内 03-5210-4000

http://www.iwanami.co.jp/

印刷・三陽社 カバー・半七印刷 製本・松岳社

ISBN 978-4-00-023059-9 Printed in Japan

パリ・レヴュー・インタヴューII
作家はどうやって小説を書くのか、たっぷり聞いてみよう！
青山南編訳
四六判三九八頁
本体三二〇〇円

モロッコ幻想物語
ポール・ボウルズ編
越川芳明訳
四六判一七八頁
本体二四〇〇円

七つの夜
J・L・ボルヘス
野谷文昭訳
岩波文庫
本体七二〇円

岩波書店刊

定価は表示価格に消費税が加算されます
2015年11月現在